軍装

ゲームの規則 II

FOURBIS

ミシェル・レリス
岡谷公二 訳

平凡社

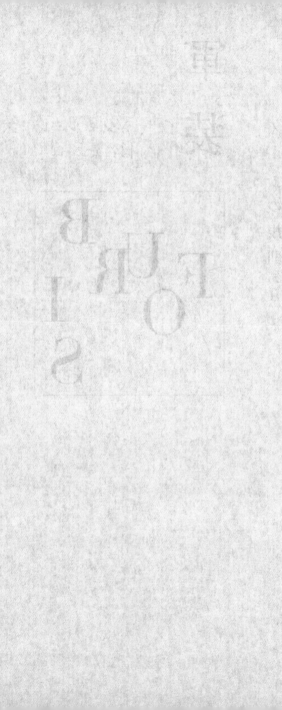

目次

ゲームの規則Ⅱ　軍装

Michel Leiris
La Règle du jeu II
Fourbis
Éditions Gallimard, 1955

死《モルス》

「雲のカーテン〔空一面の雲の意〕。」

ヴァーグナーや、ニーチェのこの有名な友人同様、神話のオペラ化に熱心だった他の作曲家の台本を読んでいて、二つの場景の区切りを示すこの言いまわし――無限大に拡大された舞台空間を思わせる――に出合うと、僕はいつも敏感に反応したものだった。ある期間眠らせておこうと決めた（大まかにいって、もう立ち戻ることはあるまいと思ったほどのペシミズムから出たさまざまな理由から）原稿を再びとり上げるとき――たぶん思ったより早く――、僕が考えるのは、持続の中断を二重に意味するかのような、視線をさえぎる霞の表現たるこの「雲のカーテン」である。二重といったのは、まずこの霞は、色つきの布地かチュール織のスカートの裾飾りのような、ほぼ透明な重ね合せのガーゼでできているカーテンだからであり、さらには、人間の座標軸が存在する時空世界の否定たるカオスを暗示する、漠としたイメージだからである。

雲のカーテン。まだうつらうつらしながらすでに目ざめかけている折にも、時として瞼のカーテンがこうした形であらわれる。アルルカンのマント〔舞台迫持のこと〕や、操作するには単なる道具方よりむしろ神がかりの舞台装置《デウス・エクス・マキナ》が必要になるにちがいない、錆びつき、埃だらけの、あるいは蜘蛛の巣で真っ白になった滑車を備えた舞台の他の隠れ場所のように、さだかならぬヴェールが僕たちの意識や視線をおおい続けている。目を閉じているとき、僕たちの瞼の内側にはりついている、赤みを帯びた、時にはもっと暗いしみとは、まさしく厚い雲のカーテンだ。いつまでも隠そうとしていた生のフットライトがやはり謎めく点灯をしたとき——日ごと繰り返される僕たちの活動のはじまりを見張っている謎の舞台監督がどこやらで三度打ち鳴らす開演の合図のあと——、意識の芽生えから完全な覚醒まではとてつもない力が必要と思われる。この合図によって暗闇から引き出されるや、自分は石になったのではないかという強い不安に襲われ、意識はほとんど戻っていながら、四肢は死んだようで、身動きがならず、まさに最後の審判を待つばらばらの骸骨だ。僕たちと一緒に夜が横たわっていた実際の寝床——それ自体分厚くて、沈みこむような——と区別のつかないあの眠りの寝床から決して抜け出せないのではないかという、気休めの叫び一つあげることのできない絶望感、目があいているのに気づき（息苦しいまでに逆巻く、こんなにも厚い雲が、どうしてあっというまに消え去ったのかも分からずに）、これらの苦しみからやっと身をもぎ離すことのできた突然の意識の到来。それゆえ、目ざめの関門とは、この立戻りのたびごと、こうして醒めたまま、冥府に宙吊りにされていなければならない、越えるのがなかなか厄介なものだ。薄暗がりの中での待機、霧の消失やカーテンが突然引かれるのを今かいまかと待ち望む気持、それはたとえば、混迷と無気力の一時期のあと、自分の中にありながら馴染めぬままだった何ものかに押され、意志では大方どうにもならないゆえ、できるとは確信できなかった跳躍によって、書きはじめるのを可能にしてくれる明るみが差したときのようだ。

　だから再び這い上がらねばならない。書きたい気持と能力とが、いつまでとも知れぬ期間、埋もれたままだった眠りというこの暗喩の淵からだけでなく、もっとはるかに現実的な穴、すなわち、少なくとも、回顧風に自分を描くのではなく、在庫調べを行い、おのれを乗り越えるために現状を明らかにするたぐいの著作（去年の夏のはじめ、僕が書きおえて形にした一冊の場合のように）が問題になるとき、出版されて、最後の変身をとげるや否や、一冊の本が僕たちの深奥部に掘るあの穴からも。空虚の感覚。それは、僕たちの心と頭の中にあったものを、文字どおり「空にした」からだけでなく、各人のめぐり合せや、専心しなければならない仕事——天職であろうとなかろうと——の性質によって決まる地位に応じ、社会から許される閑暇の一部をそれを読むことに費やした、相対的には数多くの人々から好悪いずれの評を得たにせよ、この本は期待したものに比べると、筆者にとってまさしく空を切る行為だったらしいという痛切な思いからもくる穴からも。

いまではもはや幻滅の種にしかすぎないこのような紙束は、筆者の存在を一層強固なものにしようという確たる目的をもっていたのだった（自身の釣合いのとれた再建の一助となるはずだった、筆者が職人であると同時に素材でもあったような建築）。しかしこの本は、ひとたび世に出るや、良かれ悪しかれ、そしてたとえ、いくらか明るい方向への一歩を示していようと、僕たちの知らされる唯一確かな事実は、それが存在しないにひとしいか、さもなければ——誇大妄想を一切抜きにして総括するなら——、それによって運命が変わる——魔法のように——と信じた、なかば星に向かってでもあるかのような筆者自身の発射などではなく、一部のものよりはましかもしれないが、要するに「本」、これまで出た無数の本に加わった一冊というだけの存在にすぎないということだ。

はじめに、満足していなかった人生に対し、この失敗の意識のなかに成功のきっかけと、他の分野でもっと意味ある何ものかを実現するための土台とを求めることにより、仕返しをしようとしたこと、そして、結局そこにあやふやなものしか見出せなかったので、それもまた失敗したこと。そのあと、なんといおうと、完全には倦んでいなかったこの人生のなかで、もう一度運だめしをしよう——このまたの失敗を、まるで清算を済ませたかのように逆手にとって——と試みたこと、そしてこのもう一つの試みもやはり失敗に終わり、筆者の人生そのもののなかに、どう考えても欠陥があるのだという否応ない確認に至ったこと。以上が、現在僕が這い上がらねばならない、あまりにもリアルな空隙——不安な状態のなかの実際の穴——だ。

ところで、こうした暗中模索の思いを僕が表明しているのは、実際には手にペンを持ってのことであり、したがって、すでに半ば以上、再犯の道に踏みこんでいるのである。たとえそれが文学にかかわるものであろうと、それぞれの失望のあと、いつも決まって、まるで他に解決法がなく、ずっと以前からそう観念していたかのように、また書きはじめるのだ。当り前の話だが、そんなことは、すぐ軌道にはのらない。書くことへの信頼は底をついているので、僕は何か月も何か月も足踏みをする。こうした信頼の危機を無視して、なにはともあれ前進し、そして、いずれにせよ僕がひき上げるか、引き裂くかせねばならない雲のカーテンのこちら側で起きたことを、とりあえず示す——昼の生活に身を投ずる前に夢を思い返す、さめきらずにまだ眠っている人さながら——べきではないのか。

それで言うのだが、一年近く前のこと、僕はアンティル諸島への旅に出発しようとしていた。戻ってきたのは昨秋のことだ。この旅が多くの点で僕を満足させてくれたのは確かだ。世界の果ての、そして世のはじめの風景、椰子、パンの木、竹、木生羊歯、つまり、僕が話したいのが本当にこの種の思い出であるなら、たぶんためらわずに「夢のように美しい」と形容するであろう——これ以上頭を悩ますことなく、一つ一つの観念、一つ一つの言葉につまずくのをやめて——熱帯風景につきものの数々だ。この旅のすばらしさについて、たしかにあれこれと言葉を——そして、できるなら美しい言葉を——連ねたい。持ち帰ってきたイメージの豊かな貯えで気分を昂揚させ、旅人の木のひらく半円形の枝葉のように（としよう）、それらを扇形に並べていくらか詩的感興をもう一度掻き立てたい。

問題になるのは、しかしそんなことではない。そうしてみたところでやはり僕は穴の底にいるのであり、しかも、そうしたいときにも、ましてやいますぐには、そこから抜け出せないと身にしみて理解しはじめている。とはいえ、あちらで見た愉快ならざる事柄を告発するという、まったく別の仕事よりはまだ気が向く。そうした事柄とは、大方がみじめな住居で暮らし、栄養失調に陥っている（ハイチの多くの農民の場合のような飢餓の状態ではないとしても）、有色人種の大多数の人々の嘆かわしい生活状態であり、農夫たちがモルヌ〔アンティル諸島の小さい円丘のこと〕を耕して、かつかつの暮らしをしているのに、平野の肥沃な土地は大規模農園に占められている状況であり、クレオールの白人たちの傲岸さである。この種の白人たちはしばしば青っちょろいが、それは太陽が彼らの大方（とくに女性）にとって、自尊心と衛生の面から避けねばならないおぞましいものだからであり、彼らのほとんどすべての血が、階級への誇りからくる同族婚的傾向によって、貧血気味になっているからである。彼らは、概して金のことしか考えず、奴隷制擁護論者の心性をいまだにもちつづけている。人種の序列についてのばかげた偏見、最古からの、その主たる責任者は白人――「恥ずべき」といわれる病気のなかでも、もっとも不名誉な病気の痕跡をもつのと同じくらい、極度に褐色の肌色をもつのを怖れる――である偏見のおかげで生まれた悪夢。ただしこれは、アフリカ人の後裔たちの多くもまた、彼らの暮らす領域において示す偏見だ（まるですべての人間存在は、結局のところ、自分と同じだと分かると軽蔑の喜びを感じることができないので、自分の下に別種の階層の存在を必要としているかのように）。一般に聖職者たちのもつ、人を痴呆化させるほどの影響力、迷信の根強さ。島であるために、外部の動きから隔絶されているのを遺憾に思う、教育を受けた人々の悩む視界の狭さ。大多数の人々にとって、学校の数の不足。西欧より一層ひどい資産の格差（というのも、空間が小さいので、対比がいきなり目に飛びこんでくるのである）。富者と貧者の話す言葉まで違うほど、画然と区別された社会のおぞましさ（ハイチと同様、マルティニックでもグアドループでも、フランス語は教育を受けた人々の、クレオール語は無教育の人々の言葉なのだから）。強者による弱者に対する絶えざる圧迫、前者は生活水準の高さを、自分たちが神に近いしるしとみなしているのだ。いかなる革命や政体の変化も、これまでのところ救い出しえなかった、これらの国々の行政がはまりこんでいる怠慢、あるいは不誠実の怖るべき因習、おそらく奴隷制の怖ろしい過去を、忌わしい天性のしるし――自然や、少なくとも、住民のなかの肌色の濃い人々のあいだで出合う楽園の残影にもかかわらず――とみなさねばなるまい。

雲のカーテン。半カーテン〔窓の下方をおおうカーテン〕。

差し当りのことだけに限って自分を眺めるなら（深く眠りすぎたり、ろくに安眠できなかったあとで、顔つきがいくらか変わっているのではないかと、まず鏡を覗きこむ人のように）、僕は何を見るだろうか。

しばらく前から――それは、島々から戻って以来、ひどくなる一方だった――左の耳がきこえにくくなっているように感じていた。相手の言っていることを理解するため、時折繰り返してもらわねばならなかった。そこから、断絶感が不安定感（まるで体の半分が、片方と同じようには支えられていないかのような）に加わった。とうとう僕は、無精に打ち克ち、きりをつけようと耳鼻咽喉科医を訪れた。すると彼は、湯を噴射させて、僕の耳から大きな耳垢――「耳くそ」――の塊をとり出した。この難聴騒動から解放されたあとも、他にも不具合があるのではないかと心配になって、かかりつけの医者に診てもらうと、肝臓が腫れていると言われ、肝硬変になると脅かされた。一方、視力が落ちていたので（とりわけ疲れたとき、たとえば一晩中、酔うことなくワインやアルコール類を飲みすぎたあとなど）、この医者は眼科医を、眼科医は眼鏡屋を紹介してくれた。そして、いまでは読むときには――書くときにさえ――、眼鏡をかけている。それをかけると、学者くさい、重々しい感じになっていやなのだが。この、いうところの診察の結果、僕は、羽目をはずすと決まって——あるいはほとんどいつも——瞼に生じる結膜炎のため、「青い点眼薬」も使っている。最後にもう一つ、項の不快感（特定の時間やある種の動きをしたときに感じる節の痛みと、骨がはずれたような感覚）、最初、フランスからマルティニックまでの機内でとっていた不自然な姿勢のせいだと思っていた不快感に悩んだあげく、約六週間前、レントゲン写真を撮ってもらった。その結果、第一頸骨の関節炎（簡単にいえば、リューマチ？）に罹っていることを示す三枚一組の写真——哀れなヨーリック〔デンマーク王室の道化役者。『ハムレット』の中にハムレットが墓掘りから彼の頭蓋骨を見せられる場面がある〕のおぞましい上半身を思わせる自分の部分像——を受けとった。こうして目下、僕は放射線専門医の手中にあり、彼は骨の磨滅が原因なので、根本的な治療を期待してはならない旨を隠さなかったが（とても気を遣ったその慎重な言いまわしによれば、いったん壊れたものは元に戻らないのだから）、ともかく僕は彼の治療を受けている。これらすべては、それ自体は大したことはないものの、老いの近づきを告げる、ささやかな心配事の雪崩となって僕を襲ってきた。この警告がなされたのは、情事のあと、せめて体だけは鍛え直そうと決心した矢先のことだった。情事に関していえば、僕は、この種の分野で一般に人がめざす目的には達したけれども、あるいはむしろ、こうした目的に達するとは、あえていうなら、大きく開いているドアを叩き破るようなものだという事実そのものからして、僕の目には失敗と映っているのである（それにはごく早くから気づいていたものの、はっきりと認めたのはやっと二か月経ってからのことだった）。また、相手の心をとらえたいばかりに、毎度、虚栄を張りつづけた結果、彼女の肌色がどんな幻想を抱かせようと、もはや嘘の塊でしかなくなり、何者でもなくなってしまう娘と向きあうことになってしまったという事実からもそうである。客観的には、僕のアンティル旅行の後遺症にすぎない問題、そのために「情事」という言葉などを使ったことに思わず笑いそうになったほど、いまではみすぼらしくて期待はずれだったと思われる問題。そういうわけで、身体の不具合と、感情上の誤解が、ごく限られた期間に降りかかってきたのであった。まるで、支払うべき重大な借金が、僕がこれまでにした距離的には一番遠いこの旅行の直接の結果ででもあるかのように、また、まだ反撃はできるものの、戦いが最終局面、殺される段階に入ったことを告げる鐘がすでに鳴った闘牛の牛に、自分が変わってしまっているのを突然発見したかのように。

　乱れに乱れた雲。絹雲。積雲。乱雲。

　外側に目をやると、僕は何を見るのか。突然、俗にいう「急な老けこみをした」のは僕だけだろうか。それとも僕という人類のはしくれだろうか（アンティル諸島の一つの島よりもっととるに足らないはしくれ、僕が「西インド諸島《ウエスト・インディーズ》の亡霊」〔レリスが作ろうとした詩の題名〕に仕立てあげて、「ランドア・ロードの移民」〔アポリネール『アルコール』の中の詩〕風の長い詩の中心人物にしようとしたはしくれ）、それとも、ただ単に、パリ中心部のブルジョワ的なアパルトマンの中にある書き物机と事務机のあいだで再び揺れ動く、この言葉と知覚の群島——なんと海の揺れるがままになることか——なのだろうか。この群島は、まだそれほどではないにしても、いずれはやってくるにちがいない時の流れの、目もくらむような加速化と関係はあるものの、それとは裏腹の、全人格の減速化の影響を受けて（一種の縮み現象に加わって）、この状態に至った——最初は何がなんだかろくに分からないうちに——のである。僕が目にするのは、堅固不動の考えにもとづくことなく、一種の夢遊状態のまま老いに襲われている世界——完全に眠りこむことも、といって完全に醒めることもないこの大きな体——でもあるのではないだろうか。「事件が殺到している」（よくいわれるように）ときにてきぱきせず、足踏みばかりし、視力が弱く、耳が遠く、さんざん言葉を濫用してきたので、口もろくにきけなくなってしまったこの世界、アメリカの沿岸から程近く、まぎれもなくすばらしいのに生活は苦しいままのその一部を僕が訪ねてきたばかりのこの世界には、上から下まで、東から西まで悪い噂の数々が駆けめぐっているのではないだろうか。そのきわめつけは、「私は平和維持のためなら、必要とあれば、原爆を用いるのをためらわない」というあの歴史的な言葉を、あっけらかんと口にした——どこかのマイクからきこえてきた、たとえ内容はばかばかしくても異論を許さぬ断固とした——老トルーマンの説教じみた声ではないだろうか。

しかし僕個人を超えた破産について語る資格が自分にあるとして、また、その理由をみつけるために大西洋を越えるなど、本当のところ余計なことなのだが、もっと総括的な検討をするなら、老化は世界全体の問題ではないといわざるをえない。破滅に瀕しているのは、僕がその只中で育った社会、すでに年久しいことではあるけれども、人間関係のいびつな社会に限ってのことなのだ。たとえば、ずいぶん以前から活動しはじめた中国は、マルティニックでのある晩、フォール＝ド＝フランス〔マルティニック島の首都〕の市長で、共産党の代議士であるエメ・セゼールが、市の野外ホールで行われたミーティングで全同胞に語りかけた際に口にした言葉に従うなら、あらゆる人種に属する何百万という人々の目に、目下、日ごとに「希望の赤いしるしがひろがっている」場所と映っているのではないだろうか。この栄えある時のあいだ、ラウドスピーカー——そのラッパは、直径が、かの地で摘むことのできるある種の花の花冠とさして変わらなかった——は、『マルセイエーズ』、ついで『インターナショナル』の前に、ビギンを陽気に流し、一方、あちこちから聴衆が、一人で、あるいは家族や友人たちの小グループを作って押し寄せてきた。そのなかには、軽い布地製の短いドレスを着、日沈後や、「夜露」を案じて夜明けに人々が好んでかぶる大きな麦藁帽をかぶり、赤ん坊やごく幼い子を抱きかかえた多くの女たちがいた。まもなく彼女たちは、驚くべきクレッシェンドをなして増してゆく熱気のさなか、群衆に支持されている、そして群衆も彼に支持されているわけだが、その演説者に対して紹介する——感謝の、あるいは喝采の（僕はすんでのところで奉納の、と言いそうになる）しるしとして——

かのように、子供を両腕の先に捧げ持つことになるのだ。熱気は、その演説に感動した人々によって、演説者へと送り返され、今度は彼がそれを、トーンを新たに高めたさらに熱っぽい言葉によって彼らへと送り返し、こうした絶えざる往復の末、歓呼の声にまで高まってゆく。

綿雲の浮かぶ空。コルクの仕切壁。浮彫風《ギピュール》の文様レース。

この本——当初はよりよい生き方を明らかにするための手段であったものが、少しずつ他の関心を凌いで自己目的化していることは自覚しながらも、社会的な生活条件の改善への関心に劣らず、エキゾティックな夢想が僕を再び旅立たせようとしている——によって僕のしているばかげたレース（動かずに、自分を速駆けで走らせる夢のギャロップ）とは、「死へのレース」ではないだろうか。この本の最後になって、ある発見に至りついたとしても、たぶん遅すぎて、僕にはそれを利用する時間がもはやないだろう。そして、これからどれほどの年月のあいだ、腕ずくでのように、こうして自分の記憶の中から一切をひき出すことができるままでいられるのか、僕には分からないのだ！　僕は、以下のような真実に向きあわねばならない。発掘したり、古文書をみつけ出したりする学者の仕事よりもっと報われることの少ない僕の仕事は、時が経てば経つほど困難が増す——たとえば、メモしてとっておいた記憶が、いざ利用しようという段になって、まるで価値を失ってしまっているとか、それらをもう一度生き直すのに、そして文章の中でよみがえらせるのに必要なだけの鋭敏な心を、そのときにはすでに失っているとか、さらには、流されるままの泳ぎ手さながら、メモの整理保存をやめてしまい、前もって書きとめておいたある種の事実を説明するのに役立つ他の多くの事実をほったらかしにするとかして、脈絡のない、雑然たる素材の状態に捨て置かれたこれらの事実は、謎の威厳をもつようになることさえなく、ただ単に、僕が歩む道のあちこちに残していったものにすぎなくなり、一切に結末をつけようとするときには、どういう意味があるのかさえ分からなくなっているだろう

——のを覚悟しなければ、続けることはできないという真実に。

細部の問題に関して犯したいくつかの過ち、誰に対しても不公正でありたくないなら、とり消さねばならない——長すぎるほど長引いた幕間に起きた変化のため——一、二の断定、最後に、僕が今日、新しい見方によって明確にし、示すことのできる一つの点。落ちこんだ穴から脱出する瞬間を待ち望みながらも（そしてこの脱出の一助ともなる最初のとり片づけ作業として。というのも、言いまわしを信じるなら、「ものには潮時がある」からであり、こうしたささやかながら面倒な義務を果たして、周辺をきちんとしておけば、時間稼ぎにもなるだろうから）、これは、なにか建設的なものに到達したいと心がはやるけれども、避けては通れない調整の仕事の題目だ。

アンティル諸島へ出発するにあたって、旅の目的地であるその島々に共通の方言に馴染むため、一九三七年にポルトー＝プランス〔ハイチ共和国の首都〕で出版された、ジュール・フェーヌの『クレオール語の文献学』というハイチに関する著作を読んだ。僕はそこで、ノルマンディーの俚言（著者によると、クレオール語はそれから多くを借用しているという）では、「ses enfants《セザンファン》〔彼の子供たち〕」の代わりに「s'effants《セッファン》」と言うことを知る。となると、昔父が、承知のうえでかどうかは分からないけれど、僕たち兄弟を面白がって「les enfants《レザンファン》」の代わりに「les efants《レゼファン》」と呼んだとき使っていたのは、野良着の臭いのする百姓言葉だったことになる。

シチリアへ向かうイギリスの女友達が最近パリに立ち寄った際、ロンドンで一番すてきだと彼女が思っている、近所のパブについて話してくれ、もし僕がその界隈に行くことがあれば、そこで「ギネス」を飲むべきだと言う。スタウトに関して、「ギネス」のほうが本当に「バス」よりいいのかと彼女に訊ねると、バス社の作っているのはスタウトでなくエールだと教えてくれる。「バス」というと、僕がいつも間違って——女友達の言を信じるなら——、ほとんどブラック・コーヒーに近い色の飲物を連想してきたのは、この言葉のきびしい感じのせいだ。そこから、「一杯飲む《ボワール・アン・グラス》（boire un glass）」という言いまわしが思い起こさせる「スタウトのバス」といういちぐはぐな組合せが生まれたのであり、言いまわしのほうはまた、雨氷《ヴェルグラ》（verglas）ときくとすぐ心に浮かぶのである（雨氷は冬の、悪い天気のものなのだから、そのイメージはそもそも、スタウトよりもっと透明で金色のビールのイメージには、そう簡単には結びつかなかったはずだ）。

一方、両親が二夏続いてヴィロフレで借りた別荘のあった大通りの名は、「ゴーシェ（Gaucher）」ではなく、「ゴージェ（Gaugé）」——数週間前、兄が教えてくれたところによれば——だ。「ゴーシェ」、「ゴージェ」。ささやかだけれども、このずれによって、見方にある種の変化が生じる。「ゴージェ」となると、僕のきくポンプの軋む音——いくらかシューという音が入る——にもうそれほど近くない（「ゴーシェ」が思い起こさせる、話すのを忘れていた昔の音。おそらく、音の類似が僕の記憶を「ゴージェ」から逸らさせ、音のほうへと向かわせていったにちがいない）。兄によって訂正された名前は、聴覚の分野にアンテナをのばすのをやめ、兄弟で「路地」と言っていた狭い通路によって、自分たちの住む大通りと結ばれていたと思われるある通りの名をむしろ呼び出す——問題の二つの道路の実際の近さのため——ことになろう。それはソーセ（Saussaie）通りで、そこには（僕の記憶がここでもう一度過ちを犯すのでないなら）洗濯屋があり、通りはその名前自体——僕は長いこと、それが柳の植わっている場所、換言すれば柳林（saulaie）からきていることを知らずにいた——の中に、とろとろ煮えるソースや、濡れた下着のアイロンがけから立ちのぼる、さだかならぬ色合の蒸気のような、台所や洗濯場の物悲しい臭いを含んでいる。

さらには、『ヴィラールの竜騎兵たち』のシャンソンだ。僕はいくらか変えて引用したのだが、現在その正しい歌詞を復元することができる。

いなくなっちまったブレーズ（Blaise qui partait）
戦争に行っちゃって……（En guerre s'en allait...）

と僕は書いていた。しかしこのシャンソンは、実際には次の三行で始まるのである。

いなくなっちまったブレーズ（Blaise qui partait）
海に行っちゃって（En mer s'en allait）
一年間、お国に尽くすために……（Servir un an la partie...）

姉がヌムールの家に、歌曲に関するありとあらゆる種類の古いプログラム――娘時代の夜々の思い出――や雑誌と一緒に保存している、オペラとオペラ＝コミックのいくつかの楽譜のなかの一つで僕が読んだかぎりではこうだ。

壊れかけていた屋根を直したばかりのこの田舎の家では、僕ががらくた部屋みたいだと書いた部屋は整理されたようで、自動ピアノも修理されていた。最近幾度か訪ねた際のあるとき、姪はそのことを僕に納得させようとした。すると、『抹消』を書くことで、僕はまるまる時間をむだにしたわけではなかったのではないだろうか――なにしろ姉と姪とは、乱雑な部屋を片づけ、ピアノを修理させることによって（少なくとも、その種の事柄に関して可能なかぎり）、この二つの点に関し、優しい反証を突きつけようとしたのだから――、そして僕もまたある日、過剰な期待はしないものの、気づかないうちに自分の中で整理がつき、また、永久に音は出ないと思っていたのに、十分念を入れて押すと、時々一連の途切れとぎれの和音を発するまでになっているピアノのように、壊れた楽器をきける状態にしたのと同様の効果を認めることができるのではないだろうか。

「お前、鶏みたいに顔が真っ赤だよ」、「お前、汗ぐっしょりだよ」、これは、あまりに走りすぎたり、動きまわって遊んだりしたときの母の小言だ。

トルテュ島〔アンティル諸島の一つ〕から帆船で戻ってくるとき、ゾワゾー岬とポール＝ド＝ペ〔ハイチの滝〕のあいだで、連れの連中と僕は数時間、一種の魔法にかかった。それを説明するには、「帆走不可能になる（être encalminé）」という動詞のほうが、一様の静穏や一切の動きの欠如の観念より、こうむった作用の観念を僕たちの心の中に呼びさますところから、「凪（accalmie）」という名詞より説得力がある。船頭たちは、上半身を汗で光らせ、歌ったり、時折櫂で船の外板をリズミカルに叩いたりしながら、自力で漕ぎ進まねばならず、そのあいだ、ハイチ人の乗客とその妻君——少しもきれいではなかったけれど、しとやかな、クレオール語と英語を話すジャマイカ女性——は、彼らを励ますため、自分たちも拍子をつけて船板を叩いたものだった。

手動の、そしてクラリネットやフルート、太鼓、シャシャと呼ばれる釘箱、さらには、短い棒で誰もが勝手に叩ける、水平に渡した太い竹の棒の音に合わせてまわるマルティニックの木馬。ハイチで船員たちが風を呼ぶために吹くのを見たランビの貝殻。信じがたいほどに衝撃的な、ラダの祭儀の際のヴードゥーの太鼓。ペトロの祭儀の際の、打楽器の音を強めるための鞭と呼子の音〔ヴードゥーはハイチを中心として行われる民間信仰。西アフリカ起源の信仰とキリスト教の習合。ラダもペトロもその神〕。それをきくと僕は、真夜中の鐘が鳴ると同時に鋳造されるあの魔弾の話と、イギリスの無法者とは何の関係もないものの、フランスでの最初の脚色者たちが「森のロビン・フッド」と呼んだ、オペラ『魔弾の射手』の怖ろしい狩りの場面——犬の吠え声はきかれなかったけれど——を思わずにはいられなかった。オラトリオの顫音、オーケストラの痙攣。雷。快不快を問わず、僕がいつも敏感だったこの聴覚の世界のさまざまな断片。
去年の四月十九日――つまり僕の四十七歳の誕生日の前日――、ヌムールの姉の家にいて、庭のテーブルに坐り、料理のメニューや、舞踏会その他の催しの招待状とまじり合っている昔の新聞雑誌、プログラムからなる彼女のコレクションを繙いていたとき、僕は、一九〇六年七月発行の、ジュール・マスネを特集した雑誌『ミュジカ』のある号にゆき当たる。マスネは、父が熱烈に讃美していた人だ（レーモン・ルーセルと父は、詩について同じ考えを共有していたらしいが、それを別にすると、これが二人のあいだに結ばれた友情の理由の一つだ。父は、口笛で野次られた俳優を主人公とする処女作『代役』〔一八九七刊。韻文小説〕を書いていたころからルーセルを知っていた）。フランスの音楽家のなかでおそらくもっともポピュラーではあろうが、一方で、残念ながらもっとも通俗の、とまではいえないにしても、もっとも通俗な者の一人であるマスネを讃えたこの特集号の中に、その安直なメロディと、お涙頂戴の主題によって、これからもかなりの世代を喜ばせるにちがいないこの巨匠が、カチュール・マンデス〔一八四一―一九〇九。フランスの詩人、作家〕の台本をもとに作曲した『アリアドネ』で、ペルセポネー役を演じた歌姫リュシー・アルベルのポートレートをみつける。彼女は、豊満な胸もとの前に両手で花を持ち、赤い髪の垂れている頭には、一種の兜をかぶり、耳には、精巧な細工を施し、飾りの宝石が下がっている、金属製で大きな円盤形のイヤリングをつけた立ち姿で写っている。かれこれ七年前に、僕がこの地獄の王の妻を題にして書いた章の中で、地下の王妃の名前に関するくだり――大部分は一種の詩の形をとっている――はまるまる、間違いなく、忘れていたこの写真の記憶によって暗示されたのであり、だから最近の再発見の際、それに指で触れずにはいられなかったのである。僕にとって「ペルセポネー」が意味するものを説明するために列挙した曲線や螺旋の諸要素は、そのイメージが消え去っていた（その形のごくかすかな名残りを別にすれば）、あの二つの円形のイヤリングの代わりにしようとしたらしい、一連の不確かな近似物と実際には思われる。これらのイヤリングはそれだけで、僕が「花の」と形容した――写真に見える彼女の持つ花束が漠としながら、そう形容する気にさせたので――女神が、なぜこれほどまで聴覚の世界に結びついていると思われるかを説明できるはずなのだ。父が家に持っていたモダン・スタイルの二つの胸像の一つ――僕は、自分自身を裸にした最初の試みにおいて、マスネのロマンスに惚れこむような好みの凡庸さを非難している同じページで、それについて書いた――は、テラコッタか彩色された石膏でできていたのに、本物のブロンズ製（複雑なモティーフがからみあって生じたいくつかの隙間もあって）の、同じような兜とイヤリングをつけていたように思う。かたや子供のころ、この同じリュシー・アルベルについて、その声をきくと「ランプのほやの中で」歌っているみたいだ（けれどペルセポネーに扮した彼女の写真から判断するなら恰幅がいい）と人が噂するのをきいたおぼえがある。しかしこのランプの件に関しては、若いころのシャンデリアその他の照明器具のもつ気どった感じへの皮肉な言及を別にすると、何であれ僕の書いたものの中で、何かしらの細部のもとになっているとは思わない。

このように、僕の本の意識の網目――書きすすむ各ページに必ずや先行して存在し、それに事実上《イプソ・ファクト》作り物の性質を与えるかぎりでは、技巧の網目――の下に、自分の知らない、あるいは、偶然なにかのイメージに出合ったり、ふと記憶がよみがえったりする折に、一端をかいま見ることしかできない網目が走っているのである。ガイドの熱意（この場合は単一言語の）に報いるためのチップの額に至るまで、一切（この場合、時間割を除いて）の予測がついている公式ルートに比べ、たぶんもっと重要な地下の道程。名所旧跡めぐりよりむしろ、注意をひくめざましいところなどどこにもない、そして一部には知られているものの大方には通じないその名前だけが、そこで起きた現実のあるいは架空の出来事の証拠として残っている、曰くある場所をめぐる旅。それらの場所はといえば、偶然のおかげで目星がつき、それぞれにひとたび名誉回復がなされたあとは、一種の秘儀伝授の旅のところどころに設けられた休み所のように、神のみぞ知る土地において道筋に点々と並んでいて、その謎を僕が解読できるか否かが問題になるだろう。同じようにたとえるなら、力を放射する、そしてその秘密裡の存在が、これも無関心ではいられないもう一つの問題を課する一連の点。すなわち僕とは別の誰かは、僕にはその秘密を見破ることができない場合が頻繁に起きるときでさえも、少なくともその隠れた存在を察知できるのではないだろうか（明確に理解したかどうかは別にしても）。そうであれば、本が終わったあと、彼の読んだ一連の文章は、彼には、たとえはっきり目に見えなくても、その遠方の背景が不可欠なパノラマのように思われることだろう。なにしろその背景――山なのか雲なのか、野原なのか海なのか――は、たとえ何だか分からなくても、全体に生き生きとした奥行を与えるものなのだから。

隠されていた脈絡が結びつき、未知なるもののあのような余白を生む、これらの消し去られたイメージは別としても、僕の記憶の中には明確な欠落――すばらしい音楽がたくさん入っているのに、どうしてもまたみつけることのできない蓄音器のレコードのせいで、かつて夢の中でしばしば心に開いた空洞や、心底から愛せるか打ちこめるなにか外側のものをみつけることで、埋めようとはしたものの できなかった空洞のような穴を自分の中に掘って――がある。その場ではっきりと意識していたのに、永久に消え去った人生の無数の事柄（当り前のことだ）についてはいうまでもなく、多くの経験――ちょっと考えれば、たしかにそうだと分かるはずのことだ――が、出来事としての痕跡は何一つ残さなかったとはいえ、いつまでも僕の心に刻印をとどめた。僕の記憶は、学校の歴史の教科書同然で、そこに残るのは、多少なりとも劇的な様相を帯びた事柄、とりわけ挿絵にむいているかどうかが決め手になる事柄――たぶんきわめて重要であるのに、それより目立たない事柄はあとまわしにして——である。勝つか敗けるかの戦争、議会の召集、戴冠式、君主の譲位と追放、包囲の解除、条約の署名、虐殺、飢饉、農民叛乱、大陸の発見、宮廷での画期的な出来事、記憶すべき演説。僕の歴史を世界の歴史にたとえるなら、以上のような事柄が、そこで優遇される特権的な事実の範疇だ。それでも、国民の発展と衰退にあっても、文化の成熟と頽廃にあってと同様、決定的な要素となるのは、必ずしもこうした大仕掛に演出される呼物の部分ではない。一見もっとはるかに地味な、偉大な勝者の姿とも、もっと感動的な偉大な敗者（僕も昔見せられたことのあるパノラマ的大作『スマラの攻略』によって、オーラス・ヴェルネ〔一七八九—一八六三。フランスの画家。歴史画、戦争画を得意とする〕が不朽のものとしたエミール・アブド・エル＝カデル〔アルジェリアの愛国者。侵攻したフランス軍に抗して勇敢に戦った〕、その肖像入りのハイチの郵便切手によって広く知られるようになった、一名「黒いナポレオン」のトゥッサン・ルヴェルチュール〔一七四四—一八〇三。ハイチの黒人奴隷解放者〕）とも関係のない事実が真の転回点をなしており、この真実について納得するには、歴史哲学にも社会学にも助けを求める必要はない。というのも、それにはたとえば、馬具のつけ方の技術的改良が、古代世界において、奴隷制消滅の決定的な要因の一つであった（この発明のため、これまで人力を必要としていた仕事に動物の力を使うことができるようになったので）ことを明らかにした司令官ルフェーヴル・デ・ヌエット〔一七七三—一八二二。フランスの将軍〕——彼が騎兵隊とか砲兵隊、あるいはなにか他の、馬をつなぐか、馬に乗るかする部隊に属したことがあるのかどうかあまりよく知らない——の著作を読むだけで十分だからである。突然僕の中に誇大妄想の風が吹いたとしても、せいぜいが「ささやかな」歴史に属するものとしかみなしえない僕の人生においても、同種の指摘をすることができるだろう。歩くのをおぼえたとき越えた敷居のほうが、時間をおいて見ると啓示らしく思えるある種の発見より、ずっと重要なステップであることは疑いない。ご多分に洩れず僕にもあるエピナル版画への好みと、色香のあるものや話柄になるものを愛着する美的な面とが相俟って、他の人と同じように僕にも起きる無数の事柄のなかから、神話を生むような形をとるものだけをとどめておくという、僕の記憶の生来の傾向をどうやら強めているらしい。

クレオパトラの鼻。クロムウェルの尿道。それに、ポトフが一般に理解されている意味での家庭生活とわかちがたく結びついているとするなら、食物の煮方のような技術上の発明についてはなおさらである。

心につきまとって離れないこうした欠落——不安の原因であり、自分を完全に把握しているという誇らかな感情をもつためには、とり除かねばならない病巣——のなかで、ある一つが他よりいくらか気になる形でその空白を僕に感じさせているようだ。それを埋めるためなら、できるだけのことはしたいと思っている。けれどここで問題になるのは、どうやら欠落や、虫によって気まぐれに食い荒らされた古い材木にあるようなうろではなく、虫食いの衣類や古い靴下を繕うように、このなくなった部分をなんとしてでも復元しようとすれば、当然のことながら、間違った問題を解こうとするのと同様の、時間のむだになるような、絶対的欠如（あとからの消失ではなく、生来の欠陥）であるらしい。けれど、深淵が目と鼻の先にあるとき、長くみつめていれば目がまわって、場合によっては転落する危険さえあるのはいうまでもなく、吐き気しかおぼえないだろうと分かってはいても、自分を抑えるのに苦労するのと同様、この欠落のもつ引力に逆らうのはむずかしい。この場合に、「深淵」という、このような危険な航跡を引きずっている言葉を比較に使うのがよい趣味とはいえないにしても、誇大だとは思われない。いつも思い出すことができなかった（そんなことは決して起きなかったにちがいないというただそれだけの理由で、ぎりぎりにならないかぎり、せめて形の上だけも、そのようなことを思い出す機会すらなかったにせよ、最終期限が迫るにつれ少しずつこっそりと思い出すにせよ）主要な出来事とは、実際僕にとって死を、もっと正確にいうと、僕自身の生——他の人々の生と同じ法則に従っているとは信じることのできないこの生――が必ずや、不意に止まって完全に崩壊してしまうという事実を意識するに至ったらしい出来事である。

延音記号《フェルマータ》(音が発せられたあともすべてが終わったわけではなく、次には長さの不特定な休止が続くものの、そのあいだにまだ響きの残る、もう一つの生ともいうべき装飾音が入る可能性を示す)ではなく、中断符(肉体の徐々の解体過程のほかは、もはやあとには何も残らない断絶)としての死を想像するのはむずかしい。死の事実という決定的な断絶はあまりに考えがたいことなので、想像力はそれについてごく貧しい象徴(墜落、飛躍、さもなければ場所の変更という観念。「他界(trépas)」という語はこの最後のイメージにもとづいている)しか考え出せないでいる一方、状態としての死――実際、何もないということは、理屈からいって、無意味なものは別として、いかなる表現の素材にもなりえないゆえ同じくらい考えがたいけれども――、涅槃という曖昧なことをいう仏教も含め、全宗教があくまでも否定する死という状態は、僕たちの精神の構築に関して、実りがないとはいえない分野を提供するように思われる。この題目(それに、一般化しようと胆を決めたら、他の題目についても)について、僕はあまりにも立ち入りすぎているのかもしれない。けれど、僕個人に関していえば、死とは何かを考えようとするとき思うのは、ある状態と状態の欠如を截然と切り離す、剃刀の刃のような境界としての死よりもむしろ、一種別の存在のあり方だ(ここではもちろん、度はずれなまでに、生き残りたいという欲求が働く)。それゆえ、僕が「死の意識化」と呼んだものがどのように生じたかをまだ探し求めていたとき(なにか明確な経験を思い出すかもしれないという素朴な期待を抱いて)、拾い集めることができた諸事実は、とりわけ、失神のような体の不調が感じさせる、虚無の中へと滑り下りてゆくような印象ではなく、別の世界のへりにいるとか、その世界からのメッセージを受けるとか、さらには、解体することなくその中に入りこんだとか、死後の視角に従って、生と死の歩みを眺め渡すといった印象に要約される。このような検証が示す態度が宗教的態度——ともあれ非合理的な——であることを僕は否認しないだろう。

もう一度ヴィロフレでのこと（この場所がなぜ僕の話す多くの経験の舞台となったかは、夏休みにそこに行ったときの五歳から六歳という年齢がその説明となるだろう）、だが、それは僕のきく、かすかな、明らかに遠くの音だ。僕の怖がる音。なぜなら夕刻であり、散歩道は暗いのだから。日の暮れ方、どこかの大通りや道を通るとき、両側に植わった、いつも怖ろしかったああした木々がそこにあったとは思わない。頭上に生い茂る繁みも、木々の枝と幹がよく描き出す、ああした魔王の奇妙な輪郭も記憶にない。むしろ空は晴れていて、星が瞬いてさえいたようだ。僕にあれほど強い印象を与えた音は一種の素早い、絶え間のないリンリンいう音、たしかに虫の声だ（ただ当時、そのようにききわけることはできなかった）。僕は泣くふりをしたのか、それとも「狼狽した」様子をし、少し喉をつまらせて、きこえてくる音が何かと訊ねたのか。父は僕を安心させるために「あれは、とても、とても遠くの馬車だよ」と言う。それは一層僕を怖がらせる。

なぜあれは虫だと言わなかったのだろうか。いまそれについてよくよく考えてみると、話の真実性についての疑念がいくらか湧いてくる。僕が蟬や蟋蟀の歌に比すべき鳴き声を思い起こすとき、たぶんこの音の性質を歪曲してしまっているのだ。というのも、あの鳴き声、父があれに気づかなかったとは思われないからだ。そうなると、彼のほうがとり違えたということはありえないわけで、一体どういう動機から、僕を不安にさせないため、ただ単に説明する必要があり、その原因が馬車でなく、虫の鞘翅《さやばね》であったとしても、別に怖がることもない音の本当の発生源をあっさりと明かすかわりに、父は馬車のことを口にしたのだろうか。それとも、父がしたと思っているこの答えを、僕は変えたか、あるいは彼が実際にこの種の言葉を口にしたのとは別の場合に結びつけてしまったかしたのだろうか。

けれど、僕の恐怖が募ったのは、この説明のため、その不適切な部分のためだったように思われる。まるで僕がその嘘を探り当て、この説明が、当然僕をおびえさせたにちがいない何かを僕から隠すための、思いやりから出た嘘にすぎないと考えでもしたかのように。

疑いを晴らす確たる動機の有無は別として、僕にはこの恐怖について、とてもはっきりした記憶がある。父のかかわり方に関しては、さだかならぬ、勝手に拵えた気味さえある記憶。闇の中からきこえてきた、そしてその不安をそそる性質は、それが、そのような時刻には一切が眠りこんでいるか眠りはじめていると想像していた多少とも田舎に近い場所の静寂の中で、音を発する唯一の存在たる、頼りない、遠い何ものかだけが目ざめている事実を示していたことからもっぱらきていたらしい、かすかな鳴き声によって呼びさまされた恐怖に関しては真実の記憶。

夜に対するおびえ。闇に対するおびえ。しかし問題となっているのは、物がはっきり見えないとか、闇の黒い塊しか見えないということではない。一日の時刻の中で眠りが支配する謎めいた部分についての思いがそこにはある。それこそは神秘の世界であり、その異常さは、自分ひとりは目ざめていて、他の人々はもはや限られた生しか生きていないと気づくとき実感される。それは、成人の場合はなにか得意な気持を生むかもしれないが、普通は一番最初に寝て、大人たちがまだ仕事をしているとき、すでに夢うつつになっている子供の場合には快いことではないだろう。夏の夕方、たそがれといわれる時刻（覚醒の世界と眠りの世界の国境地帯であると同時に、昼と夜のはざま）に、四十五年ほど前にはまだかなり田舎だった郊外を散歩するのは、たしかに、僕がいつもそうであったような不安に襲われやすい子供にとっては、あまり安心できることではなかった。まず夕暮という、一日の中で、不安にはお誂えむきの時（大人になってからでさえ、アフリカへの最初の旅から戻ってきて、パリの夕暮に再び馴染むのにある種の苦労をしたとき、僕はそのことを実感した。夕暮というものがほとんど存在しないといっていい熱帯地方に比べ、パリの夕暮はあまりにも長く、物悲しく、耐えがたかった）。それから、町の幼い住人であった僕の目に、たかが郊外にすぎなかったが、見慣れていた都会の外観より様子がずっと鄙びた風景の帯びていたエキゾティシズム。最後に、夜が近づく頃合、ヴィロフレのような村のごく近辺ですらが、両親が住んでいた、当時はとても静かだった界隈にいてさえ、町の通りのある種の賑わいに慣れていた子供にとっては強い印象を与えたほど、寂漠として、ひと気がなかったという事実。それゆえ、あんなに気をもませた声をきく前に、僕はちょっとしたきっかけさえあれば、すぐにはっきりしたものになる漠たる怖れにすでにとらわれていて、落ち着かない気分だったと想定してもいいかもしれない。一体あの音は、正確には何をつけ加えたのだろうか。

なぜこのような話が、夜の感じさせる不安を説明するのに引合いに出すことのできる他の話よりも、死についての僕の観念と明確な関係をもっているように見えるのかを明らかにしたければ、この問いに答えなければならない。しかしそれに答えるにあたっては、えてして役に立たない、勝手な僕の記憶のために思い出すことのできなかったことのかわりに、推理や臆測が必要になってくるので、僕は作り事をするのを避けることができない。だから、あとからの分析によって空隙を埋めるとしても、また、自分の中に大きく口を開けているあまりにも大きな未知の部分を一見小さくして、空虚があらかじめわがものとした獅子の分け前をもぎとったように思われるとしても、こうして虚無から奪い返した僕自身の分け前は、無理矢理に一時的にそうしたのであって、十七世紀にオランダ人たちが、居住可能な土地を海から作り出すために行った干拓の大工事のような埋立て作業にも比すべき企てを成功させたからといって、自慢するほどのことはないだろう。このオランダ人の工事については、芸術の主要な表現とみなすことのできる作品をめぐり、芸術とは何かを明らかにするイメージとして、僕は折々思いを馳せることがある。すなわち芸術とは、僕たちの中にあって、その上げ潮が僕たちを脅かす名状しがたいあるものから守る、死活にかかわる重要性をもつ部分をこしらえたり、開拓したりする試みなのだ。

僕たちのまわりに海——あるいはゾイデル海〔北オランダの入江。一部は排水されて埋立地になっている〕——はなく、あるのはただ田舎、というよりむしろ、僕にとって田舎と思われるもの。たしかに道には、僕たちの足音。たぶん、散在している家々のものであるいくつかの灯。おそらくみな話をし、父と母が、兄弟（あるいは姉妹）同士が、両親と子供たちが、その日の出来事や道すがら気づいたちょっとしたことについて脈絡もなく言葉を交わしている。消化を助け、「外の空気を吸う」ための、夕食後の軽い散歩。なにしろ一時的でもパリの悪い空気から離れるのが、夏のこの滞在の大目的なのだから。僕たちは、別荘からせいぜい十五分ほどしか離れていないはずだ。いつものように、父はサン＝ラザール駅で乗った夕方の列車で着いたにちがいなかった。そこへ突然、物音。

現在、僕が太陽の降り注ぐ地方で蟬の声をきくとしても、それは光と暑熱に浸っておぼえる喜びを絶頂にまで高めるだけのことだ。つまりそれは、反響を生じずにはいられないほど生き生きとした暑熱と輝きとの、他の音域での発現にほかならない、多くの声が発するかのような陽気なざわめきだ。もう一年以上も前、マルティニックで、闇が訪れるや、「樹の山羊（cabrit bois〔クレオール語〕）」と呼ばれている蝗と、蛙——とりわけ、いずれも動物界に分類するのが慣例の、実にさまざまな存在の中で——が生み出す、信じられないような大音響をきいたとき、それも僕には、人を元気づけてくれるもののように思われた。この騒音と熱帯の雨季の夜の湿気とはまるで不似合いで、あるのは、蟬の場合と同様、さまざまな歓喜と、それらが一つになって生まれる音楽だ。二つの異なった風土のもと、まったく別の時間での、あまりにも微細すぎて、おびえさせる（解き放たれた人間の大群衆がそうであるような）には程遠い存在の、数えきれないほどの数を示す音の雑多な集まりや横溢、音の芽ばえ。これらの存在の数は無限に繁殖可能な強い生命力を思わせるため人を安心させる。

僕たちの話し声とヴィロフレの道に響く足音によってもほとんど乱されることのない静寂の中で、虫の声か、その車軸と輻は華奢で乾いた部材でしかない馬車のかすかな響き、一体その音は、僕に何を――一つの音として――ささやこうとしたのだろうか。

あれこれ検討した結果、この音はある一つのことだけを言おうとしていたと、そして、言おうとしていた一つのこととはそれが二つであったということだと僕は思う。

目ざめの世界と眠りの世界。二本の平行線のように、並行しながら決して交わることのない定めの、はっきりと異なる二つのありよう。僕たち目ざめている家族は、比較的ひと気のない、闇に包まれた場所でおしゃべりをし、歩いていた。ただ、いくつかの明かりが、僕たち目ざめの小島が浮かぶこの大海にあって、一切が眠りこんでいるわけではないことを主張していた。漠とした空間の只中、周囲の至るところで僕たちの孤立を際立たせている静寂に対しての、弱々しい、力のない主張。この空間には、生きとし生けるものの姿一つ見ず、いかなる存在も、活潑な機能の働き（呼吸、脈動等々）を少なくとも前提とする、小さなものであろうと音を発するだけの実在性の段階にさえ達していないように思われた。

夢遊病者は昼間の活動と夜の無為とが彼の中で交わっているためにいつも怖ろしい。たとえば、このヴィロフレで、ある晩、僕のいとこ（彼の庭にはとてもすてきな鉄道模型があった）の枕元に来て、「遊ばない？」と言ったあのジャノ。僕がきいた音は、真っ白な寝巻姿で部屋の暗がりの中へと忍びこんできた夢遊病者のように、たぶん僕たちの小島の中へ介入してきたのであった。眠っている一切のもののなかで一つだけいる――僕たちの世界から遠く離れている（なにしろ彼の眼差しは、人間感情のカタログに載っているものは何一つ感じさせないのだから）けれども、ごく近くに――、たったひとり、おのれを閉ざしつつもその生を営みつづけるものが一つだけいる、ということを示す出現。みなシーツにくるまって寝ているものと思いこんでいて、このような亡霊の訪れなど予期していなかった僕たちの前への、墓場でもそうだったにちがいないように、僕たちのなかでもたった一人の両棲類を思わせるような衣裳を着こんだ潜水夫や、おのれの遊星から離れ去った火星人のような異様な立ち姿の出現。同様に、孤立した、異様な（声でさえない）声の介入。自分のためにたったひとりで歌っている、そしてなにかの営みの伴奏か、あるいはその営みから直接生まれたものであることが分かる弱々しい歌声。ただしその営みのほうは何だか分からないだろう。聴覚器官の内側の部分が織りなす迷宮を通して伝えられてくるメッセージといえば、自分もまた眠りの世界（死の世界にとても近い）の大使であることを示すだけの頼りなげな声。なにしろそのかぼそい何かが触れあうような音は、あの世のものとしか思えないほどに孤独な、あるたった一つの固執の、ただ一つのサインとして、僕たち目ざめている者たちの領域に入りこんできたのだから。

　僕は一連のずらしを行っている。暗闇から眠りへ、郊外からひと気のない場所へ、忘却からゾイデル海へ、昆虫から夢遊病者へ、孤独から死へ、というように。イメージや観念の相似に、きびしい検閲（すべての言葉の重み）が働かなくなるや、いつもえてして脱線しがちな筆の勢いもここには加わっている。ずらしを行いながら、昆虫から夢遊病者（somnambule）への移行——彼自身、潜水夫という水中の労働者に、ついで別の遊星から落下してきた怪物に結びつけられている——を、顎の脇道から得られる新しい鎖の環の助けを借りてもっと根拠あるものにするために、そして、夜、闖入してくる異様な世界の孤独者（あるいは奇妙な孤立者）という観念から、遅い時間にささやく虫と目ざめている睡眠者とのあいだにこれまで作り上げてきたいささか恣意的すぎる関係をこうしてもっと強化するために、なぜたとえば下顎（mandibules）という言葉に頼らないのか自分でもよく分からない。「下顎」は、「口」や「顎」（日常生活の中にとてもすっぽりと収まっている）よりも、青みを帯びた黒の、無煙炭のような色をした、きらめく体をもつ、ブンブン唸る大きな蠅のような奇妙な危険を思わせはしないだろうか。

　隠しているものを吐き出させるためあれこれと穿鑿し、疑わしい部分もあるけれども諦めてほうり出すことなくこうしてとり上げてきたごく平凡な挿話に話を戻すならば、僕は一つ忘れていることに気づく。闇の中からきこえてきた虫のほうばかり追いかけて、馬車をほったらかしにしてしまった。音は遠くを走る乗物のものだという説明を父のものだとするのは間違いだとしても（乗物といっても、動物の曳く乗物であって自動車ではない。なぜって、この明確な記憶、あるいはもうすでに一部は嘘で、記憶の記憶という突然二重底が明らかになる視点、いまここの視点によってもう一度逸脱してしまった記憶の中で、「車〔voitureには馬車と自動車の二つの意がある〕」は、ごろごろ走るという感じをもっているのだから。記憶の記憶とは、芝居中の芝居にいくらか似ている。たとえば、ハムレットが金ぴかの王冠をかぶった王その人にほかならない罪人の仮面を剝ぐために演じさせたパントマイムとか、舞台の端《はな》にいて、彼ら自身、観衆から見られている何人かの俳優たちによって見られている舞台の奥で展開する無言の場面とか。沈黙のために一層遠くに思われる場所にかたまった下っ端の、台詞のない場面の俳優たちはおかげでほとんど亡霊じみて見えるが、これは、それ自体かぼそい記憶の奥の奥から立ちのぼってきたかと思えるような、所在のよく分からぬ声に関するものであるうえ、書くことを通しての想起によって事情が倍加している僕の記憶に関しても同様だ）、このように説明を父のものだとすることが、僕を現実ならぬ拵え事のなかに投げこむ誤りにすぎないにしても、僕の人生を織りなす時間の中のある時——「車」が共通語にあって、「自動車」を言うために使われはじめた時期のおそらく前なのだから、たぶん遠い昔のある時（これは、もし問題の時がそのあとだとすると、たとえ若干であるにせよ、乗物の走る音の正確な性質について、僕の考えにあやふやな点が出てくるのは間違いない）——僕の方へ、一頭の馬だけが曳いていたと思われる馬車が、実際に起きた出来事のひと齣だったにせよ、いまとなっては見当のつかない何らかの共通点のために、その出来事の多かれ少なかれ歪曲された反映であるおぼろげな記憶にある日つけ加わったにせよ、恐怖の効果を生み出す小道具の一つであるかのように進んできたことに変わりはない。

しばらく前から人々が床についていたパリの夜に、通りを走る一台の箱馬車。虫を思わせるものは何もないし（敷石に当たる馬の蹄は力強すぎるほどの音をたてるのだから）、実際のところ、何であれ並べて云々しうるような、類推によって比較の手がかりとしうるような明確なものは何もない。ここで、蹄鉄に匹敵するほどに重い、鉛の靴底をそなえた潜水服を引合いに出さないかぎり、どうにもならない。しかし、ひとたび深海から出たあと、馬の速足を思わせる軽快な足どりで動きまわる潜水夫はちょっと想像できない。となると、虫でも潜水夫でもなく、一台の箱馬車の通過、その口が手綱の結びつけられている馬銜を介して馭者の手とつながっており、横腹が二本の轅にはさまれている、長頭の四足動物が曳く箱馬車の通過だけということになる。こうした轅は、その四足動物が倒れたり、舗石の上で荒れ狂ったりすると、よく折れてしまう。そうなると突然の大騒動だ。なにしろ癲癇の発作に襲われた人とか、なにかの事故の結果、抑えようもなく、怖ろしいばかりにあたりに血を噴出させて倒れる人のような、人前での悲劇の勃発なのだから。

けれど、変死を思わせるものは何もない。こうして通ってゆく箱馬車は平穏な姿だ。とてもリズミカルに、急ぐことなく地道に進んでゆく。しかし何をしているのか。どこへ行くのか。事態が妙になるのはそこだ。なにしろこんな時刻に箱馬車で散歩するなんて考えられないのだから。厩舎に戻るところなのだろうか。すると、事はますます陰気になる。藁や秣棚や角灯の不吉な光が頭に浮かぶ。貧しい界隈のあばら家の中、湿気のためしみのついた壁のあいだ、野菜屑の散らばるたたきの上でのことだ。そこに住んでいる人たちが本当に生者たちなのかどうか、疑われるほどみじめな界隈。よく知らない、ただ見かけるだけの別種の人々。ブルジョワの少年が酔っ払いに対して抱く怖れは、とりわけ貧しい酔っ払いに対するものだ——いくらか荒れていて、裕福な人々の秩序が命じる礼節を投げ捨て、歩道や車道を真の野蛮人のようにどなりながら千鳥足で歩き、こうして実際、文明と縁を切り社会の絆を断つとなると、その反発が怖るべきものとなる別人種のひとりであることを示す貧者の。

けれど、酔っ払ってもいないし、革命的でもなく、とても諦めきった様子での、速足での箱馬車の通過。それは、もし歩調が重々しくなかったならば、箱馬車よりもむしろ幌つき四輪馬車《カレシュ》だった可能性も十分あるだろう。その歩調は高級な馬のもの（より軽快で、よくいうようにもっと「飛び跳ねるよう」だ）ではなく、プロレタリアの馬、一日の仕事を終えた馬、馭者が鞭も使わず、言葉もかけず、なかば居眠りしながら、未知の、こうして当然のことながら謎となり、僕たちを不安にする仕事の往復に使った馬のものだ。

彼は何をしているのか。どこへ行くのか。虫、乗物、何でも構わないが、これが、他の一切が眠りこんでいる（あるいはそう見える）ときに、異様にもたったひとり目ざめている者がひき起こす疑問だ。それが実際には何であるかについて何も知らないし、僕たちにとっては、不意に容喙してきた音の形でしか存在しない。一切にお構いなく、僕たちとはまったく無関係に（それが自分たちの耳に入りこんでくることのほかは）、活動は続けられている。不吉を呼び起こす力は、事情も手伝っているが、その謎めいた性質よりも、たぶんこの孤立した執拗さからきているのではないだろうか。それは、何ものかが、僕たちなしでも生きうる——他の者が眠りこんでいるときに、自分たちが目をさましていることができるのと同様に——ということのれっきとした証拠だ。

そのため、弔鐘のようにしかきくことのできない何か。すなわち僕たち自身の生活とは共通点がなく（虫とか馬車だと言っているこのものは、一体何をしているのかについて何も知らないので、結局のところ理解不能のままだから）、他の一切（それが目ざめているとき、見たところ眠りこんでいると見えるすべての存在）とは無関係であるため、僕とも無関係なそれは、事象の推移の永続性そのもの、身震いせずにはとても考えられない死の諸様相の一つ、すなわち僕たちの終わりは間違いなく世界の終わりではなく、終わりは僕たちだけに限られる——不当だと、いつでも思われるだろう——ことの揺らぐことなき永続性をはっきりとあらわしているのではないだろうか。

その名をきくと昔の電気自動車の穏やかで規則正しい音を思い出すものの、かつては一番速い車の一つに数えられていた「モルス（Mors）」（前にモーターはついておらず、単なる間仕切だけがあって、中には垂直なハンドルの前に背をのばして坐っている制服姿の運転手が見える）。火星《マルス》（Mars）からの信号となにか示し合せがあるのではないかと思ったモールス（Morse）符号。鼻面にはえている長い硬い毛の見事な口髭のほか、牙のようにとがった二本の長い歯をもち、あざらし（サーカスに出て曲芸をしたり、動物園の水槽に大きな水しぶきをあげて飛びこむあのあざらし）と同じ目《もく》の水棲哺乳類で、とても近いがもっと大きい（?）セイウチ《モルス》（morse）。眼鏡で顔を隠した自動車の運転手（chauffeur）ではなく、金の隠し場所を言わせるために農民たちの足を焼いた強盗である「ドローム県の足焼き山賊（chauffeurs）」の恐怖を忘れたころ、ラテン語を学ぶ際に教わることになる、死を意味するmors。

ヴィロフレ近くのピカルディ街道沿いにはまた自動車おやじのガンゲット〔郊外にある、野外で飲食でき踊ることもできる居酒屋〕があった。庭と小さな林、吊り橋、結び目のある綱、吊り棒、ぶらんこ、そしてたぶんトノー遊び〔上部に穴の開いた箱の中へ金属板を入れて点数を競うゲーム〕の台もあったが、ロト遊びのセットはなかったジムの柱廊。少なくとも一度、僕たちはここでレモネードを飲んだと思う。もしかすると、僕にはグレナディン・シロップだったかもしれない（数年後にはキルシュ入りグレナディン・シロップに代わった。「結核はバーで罹る」のようなスローガンや、その他健康を慮る警句などものともしない人たちが愛用する、まぎれもないアルコール飲料への第一歩）。けれど自動車おやじのガンゲットに関して残っている、おぼろげで、ほとんど現実離れしたイメージには、シロップ状の飲物のべたべたした感じよりもむしろ、レモネードの泡立ちのほうがぴったりだ——グラスの中にも、栓を抜く瞬間、ほとんど必ずこぼれてしまうごくわずかな液体のためにできた小さな水溜りの一つ一つのメニスカス・レンズ〔一方の面が凸で、他方の面が凹のレンズ〕を通して、木製テーブルの天板にも見ることのできる泡のせいで——と思われる。それゆえ、グレナディン・シロップ（そのような場所と時代、当時の僕の年齢からすれば至極納得がゆく）をあげないとすれば慎重さに欠けることになり、したがって、絶対手離すまいと思っているあの科学的精神に照らして誤りとなるのは当然だとしても、僕は少なくともそれを控え目な形であげるのがいいのだ。

　僕たちがガンベッタ〔一八三八—八二。フランスの政治家。共和主義を奉じ第三共和制の時代、首相となる〕の死んだ家、「ジャルディ荘」を見物に行き、おそらくジュイ＝アン＝ジョザス〔当時のセーヌ・エ・オワーズ県の町〕だかを通って家に戻ってきた日、タールの臭いのするあのピカルディ街道を通ったかどうかは分からない。このジャルディ荘には正確には何があるのか。僕は何もおぼえていない。しかしたしかに、少なくとも胸像と、そしてたぶん、ばら（硬くなってしまったドライフラワーや黄楊などを、ここで生花に変えてしまっていなければの話だが）があるはずだ。ジャルディ荘（Les Jardies）——ばら園があってもなくても、偉人の肖像があってもなくても——とは、ともかく奇妙な名前だ。それは、「庭（jardin）」に似ているが、そのみずみずしさはない。それは、湿っぽく、平板で、痩せていて、いくらかピカルディ街道（route de Picardie）のようだ。

　実際、それは一風変わったものだ。家と屋外の景観が、妖精の杖のひと振りによってのように、時のある一点において博物館と化し、動きを止めてしまった田舎の別荘（だから、庭にばらがあるとしても、いまを盛りの自然のばらというよりもむしろ、人の手によって長持ちさせられている過去のばらだ）。ある人間が暮らした、そしてそこに集められた多くの思い出の品のなかでどれが生前、当人のまわりに置かれていたもので、どれがのちになってから置かれたものか分からない住居。それらは人間の記憶のよすがではなく、大文字の歴史に属する非人格的な品々だ。ガンベッタのばら、ジャルディ荘訪問時のばら（季節ごとに咲くよりもむしろ、いつも同じ永遠のばらだと信じがちになる）、それから僕がここで言うばら。それはばらの記憶か、あるいは僕がでっち上げたばらだ。持続のなかの二つの時の縫目に咲いたこれらのばらに関し、僕が子供っぽくも落ちこんだと思っている不確かさ、嘘とはいわれないにしても、軽率といわれかねないそしりに対して自分をカヴァーする（官庁用語でいうように）ため、「と思う」という言葉をここで使う羽目に至っている不確かさは、問題の要《かなめ》の一つに間接的に触れるように仕向ける。すなわち、持続の脈絡を失うや否や、また、想起とでっち上げとのあいだでためらうや否や、僕がおぼえるめまい——僕がいま身をまかせ、その頂点に達しているこのめまいのような。まるで、時間を端折り、かつて実際に経験したことをよみがえらせようとする動き（思い出すとは、ともあれ、物事を想像する際のごく卑近な方法にすぎないのだから、その性質自体が疑いを招く動き）、すでにその本質自体が疑わしく、めまいをおぼえずには考えることのできないこの動きは、昔のめまいの報告をしようとすると一層厄介なものに、そして、昔の、時間に関する疑いを中心としつつ、さらにそれ自体疑わしいという要素を含むこのような話を問題にすると、輪をかけて一層厄介になるかのようだ。

「コンソメ（consommé〔コンソメはスープのことだが、この語は元来は「消費する、飲食する、なしとげる」を意味する動詞 consommer の過去分詞〕）」、それはレストランでスープが出されるときの言葉の符丁にすぎない。「コンソマシオン（consommation〔consommer の名詞形。消費、飲食、飲食物の意〕）」、それは最初、僕にとっては、ビストロにある自動ゲーム機で手に入れ、飲食物と引き換えることのできるある種のコインのことだった（こうしたゲーム機について無知だったし、コンソマシオンが飲物であるということも知らなかった。しかし時折、僕は伯父のポケットから出てきたこのような小さなコインをもらったことがあった。彼はおそらくそれをカフェで手に入れたのであろうが、使うのは好ましくないと思ったにちがいなかった。なにしろアペリティフをとる必要があるときには、衛生無害なマデラ酒入りのレモネード以外を注文するのをあまり見たことのない人だったのだから）。蜜入りワインと酢をしみこませたスポンジのあとにくる「すべてはなしとげられた（tout est consommé〔十字架上のキリストの最後の言葉〕）」。「言葉の混乱（confusion des langues〔バベルの塔の故事から〕）」や「胎内の御子（fruit de nos entrailles〔『アヴェ・マリア』の一節〕）」のような、ブロンズの鐘に刻まれている「世の終わり（consommation des siècles）」。いずれも教理問答の時期に教わった言いまわしで、そのあまりに重々しい音は、飲む液体であるコンソメやコンソマシオンとまったく違っていた。一つは断末魔の、一つは世の終わりのものであるこれらの言葉はあまりにも重々しすぎ、こうした比較をするとき、いまでさえ、憐れむべき語呂合せに耽り、寄席芸人の低俗さに落ちこんでいる、という印象を抱かずにはいられない。

ブイヨンの眼〔ブイヨンの浮き脂のこと〕。ロトの玉〔ロト遊び用の木の玉。ロトの玉とは丸く出た眼のことでもある〕となって転がされる眼。これらの複数形の眼〔眼は単数が œil、複数は yeux と形が変わる。以下は単数の眼〕に、鷲の眼、ハイタカの眼、大山猫の眼、まむしの眼〔いずれも鋭い、あるいは陰険な眼の意にもなる〕が対置される。総じてこれらは、人が見ている眼（des yeux）だが、人を見ている眼（un œil）（あるいは人が注目するあの異様な眼（œil）でもある。内側には、僕たちの頭の中の二つの暗室（しかしこれは、こんなふうにものを外側から見るかぎりのことでしかない。なにしろ僕たちには、内側のことなど何一つ知るよしもないのだから）があり、皮膚の表面にはあの二つのレンズがある。外から見るとき、突然輝いたと思うと、蠟人形館のような死の不動性へと移る内部の真の部屋——「心の底」といわれているものの想像上の表れである、あの完全に閉ざされた空洞——からの外部への投影と思うように仕組まれているものすべてと同様、人工的に照明され、空間の中にはめこまれた、ジオラマ的光景が帯びる死後の世界の気配。それゆえ、僕たちの二つの眼が一体となって働く視線の前にあらわれる多くの情景とは蠟燭の燃える死体仮安置所と化する。これらの光景が、その性質自体によって、あるいは周囲の事情によって、僕たちを日常生活からなかば引き離す演劇的性質を帯びるとき、また、その内容が僕たちを引きこまずにはいないとき、そうしたことが起きるのだ。たとえば、おのれの犯罪の再現の場に居合わせるクローディアス王〔『ハムレット』第三幕第二場への言及〕とか、象徴的演出によって示されるその奥義を眼前にしている秘儀伝授を受けんとする者とか、絵（小さな雲のなか上方にギロチンや絞首台ののぞく）に描かれているような、自分たちの受ける刑を想像する死刑囚とか、さらには、壁、床、天井が、卑猥な光景に完全にとり憑かれてしまった彼の精神の狭さをそのまま模しているような密室の中で展開するエロティックな行為を覗き見するために、鍵穴に眼——当然一方だけの——をはりつけている男の場合のように。

たぶん瞬時のことであって、努めてするわけではないにせよ、気をとり直して抑えなければならない不安を生むのは、洞窟や深淵や、この地上にあって口のへこみを巨大な規模でなぞっている一切のもののもつ性質であろう。暗闇（脅威を感じる他の危険は別にして、呑みこまれるような気のするこの別種の洞穴）の中にいるときの居心地の悪さとおそらく同様に、そのような不安は食われることに関して僕たちの抱く子供っぽい恐怖と結びついていると思われる。母の乳房を吸うとか、何であれ食物を摂るときのほかはほとんど眠っている赤ん坊に精神状態がまだきわめて近いこの時期、僕たちの存在が世界の中でさらされていると想像する攻撃のなかで、食われるというのがもっとも基本的な形なのだ。キリスト教のアレゴリーでは、眼窩が空洞で、歯をむき出しにした骸骨としてあらわされる死は——眼の代わりをする二つの黒い穴をもち、サディスティックな人食い鬼のひきつったような笑いを浮かべ——、いつか人を食べる、暗い、眼差しをもたないものなのではないだろうか。洞窟や石切場を見物することになった、あるいは少なくとも、僕の目にそのように思われたものと向きあうに至った観光その他の折に関してあるのは、死の腹中への真の侵入（古代の多くの宗教の信者たちが見るとそうされたように、僕が怪物に生きたまま食べられてしまったかのような）、深淵、あるいは地獄落ちとの接触の記憶である。

　有名なパディラクの井戸〔フランス南西部の石灰質高原にある深さ七十五メートルの淵〕（一九三四年に一度だけ行った）には、まず最初、幽霊列車や謎の川のたぐいの見世物でもあるかのように、切妻壁の三角小間に大文字で「淵入口」と書かれた建物などがしつらえられていて、どこか滑稽なところがある。くぐり戸を抜けて、エレヴェータに乗り、天然の巨大な円筒（あるいは逆さにしたガスタンクの一種）の中を降りてゆく。円筒は深さ数メートル足らずなのに、突出部があって、その上に「テラスのレストラン」がある。エレヴェータのあと、いくつかの階段を下り歩廊を過ぎると、地下の小川のへりにある桟橋に着く。そこまでは、心底から驚くようなものは何もない。とてもジュール・ヴェルヌ風にしつらえられた、想像していたとおりの、地質学的名所といったところだ。さざ波一つ立たない小川を舟で遊覧しはじめるや、驚きがやってくる。もちろん、鍾乳石の下がった高い穹窿、たえず不思議な形の岩が見え、舟頭が教えてくれるその名前はどれも、そうした岩が思わせる生物、無生物そのままだ。しかし——そしてそこが驚くべき点だ——時折、一見するとまったく動いていないかに見える水に穹窿が実にそっくりそのまま映っているので、人々はこの水の存在を忘れ、小舟が二つの穹窿のあいだの仕切面を支えなしに進んでいるかのように思うほどだ。二つの穹窿に関していえば、人の手になるいかなる建築の天井も丸天井も達しえないと思われる高さにある天頂と、それと瓜二つの、逆さになった同じ壁面がその方へと向かってゆく天底と、目がくらむほど高いのはどちらなのか、あちこちでまったく分からなくなる。思うに、露天の光景で、この閉ざされた世界の大きさほどに僕に圧倒的な印象を与えたものはない。そこでは天と地が否定され、この巨大なポケットの底に呑みこまれた無限の空間は、包みこむものではなく、中身だと思われる。

「ここは巨人たちの寝室」、これは、その三年後、レ・ボー＝ド＝プロヴァンス〔南仏アルルの近くの村〕の石切場の一つで見た落書だ。なかば洞窟で、なかば建築物の、並はずれた高みにある広いこれらの壁龕は、岩をじかに削って作ったエジプトの神殿に似ており、『アイーダ』の終幕でファラオの若い将校と彼の恋人となった囚われのエチオピア人女性が閉じこめられて息絶える石牢を思わせる。落書の張本人がティタン〔ギリシア神話中の巨人〕たちの溜り場だと想像した石切場の中には、大鎌を持つ骸骨も描かれていた。妻と僕とが妖精たちの洞窟を見にいった——夏のあいだ住んでいたサン＝レミから歩いて出かけた折の一つ——のも、レ・ボーでのことだ。実をいうと、ごくありふれた洞窟だったが、そこからとても長い地下の回廊がはじまっていて、アルルまで達し、闘牛場の下に出るのだといわれている。アルルの闘牛場——そこでは現在、スペイン風とプロヴァンス風の闘牛が行われている——は、記念建造物としての名声に加えて、一地方の重要地点の一つとなるに足る現代的魅力をもつに至っているのではないだろうか。そして一方、ローマ時代以来、石切場が利用されつづけているこの同じ地方で、アルル、ニーム〔南仏の町〕、およびその周辺にいまなお遺跡が残っている古代の建築物の一つと、打ち捨てられた古い宮殿や、大墓地なのか、あるいは石工たちが岩を掘って作ったバベルの塔の労働者たちの寝室の一部なのか見わけのつかない、大きく開いた十字窓のある、亡霊じみたレ・ボーのような場所とのあいだに、魔法じみた連絡があると民衆が想像しつづけてきたのは驚くべきことだ。わが国ではそこに人が埋葬されるので、死の世界と一体となっている地下の世界への玄関——さもなければ所有地の一部――のように見える洞窟、石切場、何かの穴があると、すぐに寓話を思い起こさずにはいられない。

サン＝レミの近辺、「古代の台地」と呼ばれる場所から遠からぬところに石切場がある。そのときには何だか分からなかったけれども、僕たちは偶然そこを発見した。それは、現在では見捨てられているローマ時代の古い作業場だった。到着したその夕方、「古代の台地」の主体となっている小さな凱旋門と霊廟をちょっと見ておきたいと思った僕たちは近くに小道の入口を見つけた。夕食前の散歩をいくらか長引かせたく、またこの道がどこに通じているのかという好奇心もあり、暮れ方で左右に灌木や藪の茂るこのような道の中はすでにとても暗かったけれども踏み入ってみた。いくつかの曲がりくねった道と短い下り坂のあと、僕は突然、漆黒の巨大な幕に直面した。一気に浮かび上がり、まったくうかがい知れない真っ暗闇。どうやら巨大な洞穴の入口らしいが、あまり急にあらわれ、視線をまったく受けつけないので、むしろ虚無に通じる門と思われた。僕がおびえたとするなら、突然にあらわれて僕たちの歩みをさえぎり、衝突や転落を逃れようとする気持を抱かせた壁や、断崖や、なんらかの障害物に対してというよりかは、まるで「あの世へ行く」――慣用句を使うなら――とき越える閾の一歩手前に実際にいるかのように思われたためだ。現実の危険の切迫を感じさせるほど激しくはない恐怖。けれどおそらく、もっと深かった恐怖。というのも、その対象が、激烈さを思わせるものなど一切なく、僕の心に死に対するむき出しの恐怖の刻印を押すに足るだけの、突然の災難がひき起こす不可避の結果など頭に浮かぶことも、全存在がその方向にひきずられて破局が現実になりうるなどという思いもなく、いわば純粋の状態であらわれたからである。同じ場所を真っ昼間の光の中であらためて見たとき――翌日早々――、小道が通じていたのは、実際には洞窟ではなかったことを確かめた。洞窟ではなく、あきらかに人の手が岩壁を掘りくぼめて作った一種の広間で、その後、飛びまわる、赤みを帯びた大蝙蝠にいくらかぞっとしながらも、比較的暗くないものを選んで僕がめぐり歩いた、その種の広間の長い連なりの最初のものだった。これらの窪みの一つに、轅が地に置かれている二輪の運搬車を数台みつけた。それらは、藁屋根や羊の群と関わりのある、田舎のある種の道具を見ると思い浮かぶような、歴史上の年代とは無縁の時代に属する人々の、しばらくのあいだ使われていない野営地の一部をなしているかのようにしまわれていた。それで僕はそこに——遊園地のロシア山脈〔ジェット・コースターのこと〕や、散歩者が登山の真似事ができるように公園としてしつらえられた山と高さのさして変わらない、小型の奇妙な山脈であるアルピーユ〔プロヴァンス地方にある石灰岩の小山塊〕の目と鼻の先に——、『ロバの記憶』の中の、抜け目のないカディション〔セギュール伯爵夫人（一七九九—一八七四）の童話。カディションはその中に出てくる驢馬の名前〕がその鳴き声で憲兵たちに通告し、彼をさらってその巣窟へ連れていった盗賊団を逮捕させるに至った章の中に出てくる洞窟に似た、密輸業者や山賊の昔の隠れ場があったにちがいないと信じこんだのだ。町へ戻って、自分は長いあいだ放置されたままになっている古い石切場を散歩したのだということを知った。そこで、それらを徹底的に探査してみる気になった。しかし必要な許可を得るために市役所に行くと、応対した吏員はなんとか思いとどまらせようとした。坑道は、遠く、奥深くまで続いており、これらの迷宮を探査するには、たぶん途中で出合うはずの穴と立坑のために、照明の点で十分な装備が必要だというのである。つまり、それはまさに探検なのだ。というわけで結局は諦めた。けれど僕は、これらの石切場に何度も立ち戻り、そのたびに同じ感情を抱いた。それは、日の暮れ方に最初に訪れたときの、その先には何も見えない真っ黒のカーテンを前にしての不安ではすでになく、もっとはるかに多くのものが入りまじった感じだった。ある種の遊びをしていて、本当の危険とは似て非なるものにすぎないとよく分かっている危険に立ち向かう子供の気持。岩が張子製で、原寸より縮小されてはいるもののまだかなりの大きさで、住めそうに見える、他愛のない象徴や図像のため毒の強すぎる一切の神秘が消されているキリスト降誕の場面の模型を教会でたまたま目の前にし、それでも別世界にいると思う、やはり子供の気持。また、綱、支柱、実物の大道具が、迫出しや奈落にちがいないと思われるものと一緒になって、迷ったり、思わぬ障害にぶつかったり、人々の見ている前で不意に転んで笑われるとか、書割の倒壊や破損のあとで屈辱的な追放にあうとかするへまを犯したりする危険をものともせずに、平然と果たさねばならない地獄の旅や秘密結社の試練の印象を与える、劇場の舞台裏で人々のおぼえる気持。たとえば、エレシウス〔ギリシアの都市。古代デメーテル信仰の中心〕の廃墟をめぐり歩いたときよりもはるかに、僕は神秘の洞窟の中に入りこみ、そこから生きて出てきた——その闇にぶつかったあと、サン＝レミのローマ時代の古い石切場を訪れて——と想像することができた。

　他の一切が眠りこんでいる（あるいはそう見える）とき、異様にもひとり目ざめている者。時間を端折る（あるいは否定する）ことができたと信じる者のめまい。地下世界というあの逆さの世界での、閉ざされた空間の広大さへの一瞥。ライオンのいる穴にほうりこまれたものの、無傷で戻ってきたダニエル〔旧約中の「ダニエル書」の著者とされるユダヤの預言者。バビロンの司祭たちによってライオンの穴にほうりこまれたものの、生きて戻ってくる〕を演じた喜び。
　そうはなりたくないひとり目ざめている者の怖れに、人はさまざまな幻想で対抗しようとする。短いあいだに運よく最大の満足を得る幻想、それは、象徴的に向こう側に移ったり、いくらかなりとも時間の敵意をくじいたと思うだけでなく、他のすべての人々が消え去ったとき、ひとり光の中に残る者その人になったと、ひととき考えて満足することのできる幻想ではないだろうか。僕は、たまたま舞台に上がった稀な機会の一つに、そのような変身の、ほとんど肉体的といっていい感覚をおぼえた。けれどいうまでもなく、その変身は僕だけに起こったことであり、ホールの闇の中に集まっていた観客の誰かにそれを認めさせるだけの明確な性格をもつものだなどというつもりはさらさらない。

フランス解放の直後、マチュラン劇場で、一部の人々によって、その誕生に恥辱の刻印が押され、人類の性質と運命をめぐる錯乱の無数の犠牲者の一人となったある人物、すなわち、サン＝ブノワ＝シュル＝ロワールの隠遁先の僧院でユダヤ人として逮捕され、ドランシーの収容所で死んだマックス・ジャコブ〔一八七六―一九四四。詩人〕を記念して、詩的なマチネが行われた。劇場の支配人の一人――僕たち同世代の多くの作家、芸術家たちがそうだったように、マックスの熱烈な讃美者で大親友だった――が、このマチネの上演に関して、僕のことを思い出した。講演をするのはいつも大嫌いだったけれども、断るわけにはゆかなかった。敬愛の情からという単純な理由のほか、このような詩人の記念に公的な最初の讃辞を捧げることは最高の名誉だと考えたからであり、それは要するに、文学の分野における僕の真の指導者であった人が対象であるからには逃れることのできない義務と思われたからである。

タイプで打った文章を手に持って、短い挨拶をし、プログラムの主要部分をなす詩と散文の朗読の割当てをこなすのが役目だった。僕は動揺していた――そんなことはとやかくいうまでもないが――、三重にそうだった。その場の状況自体に胸を締めつけるようなところがあったし、加えて、自分はその役柄ではないのではないか、あるいは、弔辞のたぐいにありがちなおぞましさに落ちこむのではないかという不安があり、さらには、舞台に上がる人間のきわめて自己本位の気後れ、僕のような不慣れな人間――そのことは考えてもらわねばならない――が、他の人より襲われやすい気後れもあったからである。準備された演出は、実をいうと、ぜんぜん気をもむ必要のないものだった。即興で話すことも、メモの助けを借りる必要すらなく、ただ用意してきた文章を読むだけでよかったし、マックスの作品（そのレジスタンス文学の断片、「お嬢さん、電話を切らないで、あるいはＰＴＴ〔郵便電信電話局〕の誤り」は、数人の人物の会話からなる滑稽譚だった）はといえば、やはり読みさえすればいいので、暗誦する必要はなかった。だから、話の途中でつまずくおそれも、同様に、記憶の欠落――えてして生じがちな――のため立往生するおそれもなかった。

人前で話をするとき、両手で原稿を持つということは、少なくとも時々は目を落とさなければならないその紙が、単なる備忘のためのメモだけではなく、手で触れている、そして、観衆とのあいだを隔て、人々と向かいあっていると感じないでも済むようにしてくれるスクリーンの役目を果たすと同時に平静にもしてくれるなじみのものだという意味で、一方である種の肉体的な安心感を与える。このような直接の差し向かいから逃れるために、僕はもう一つ、別の防御物を当てにすることができた。その向こうに仲間たちと一緒に居並び、役がまわってきたときだけ順番に立ち上がるテーブルだ。こうした式次第は、総じて朗読者に対し何度か立ったままでいる（坐っているかわりに）ことを求めはするものの、舞台の上で彼をむき出しのまま人目にさらすようなことは一瞬たりともしないだろう。かくして、悪魔たちを呼びさますおそれのある人間は、使う護符の有効性について、屈服させなければ怖ろしいことになる不吉なものたちから自分を隔てる境界となる、必ずや描かねばならぬ魔法の輪の有効性について、何度も自分に問いかけねばならない。

だから僕は、一方ではテーブルが、他方では原稿が、観衆たちとのあいだに介在するだろうと、そして、この二重の砦が気後れが手に余るものになるのではないかという不安を完全に消し去るには足りなくても、せめて自分の容姿が示す目に余るそうした徴候を観衆から隠す屏風にはなるだろうと考えて安心していた。幕が下りて、それぞれテーブルの前に席を占めたとき、僕はむしろ落ち着いていた。しかし――立ち上がって一番最初に話をするのはこの僕なのだ――それでも、床を三度叩く開幕の合図があって、幕が上がり、坐ってこちらを見ているすべての人々の顔を見て、最初のショックを受けるであろう瞬間を怖れていた。そのとき僕はどう感じるだろうか。他者とのあいだにコミュニケーションを作り出すことのできる語調などない精彩を欠いた声とは違った声で、原稿を読むことのできる状態にあるだろうか。コミュニケーションは、僕を安心させていた小道具、すなわちバランスシートのページのような僕の原稿、そのまわりで会社の重役たちや政治屋どもが議論する事務机のようなテーブルのおかげで、たしかに一層むずかしくなっていた。

偉大な詩人を偲ぶという同じ気持を抱いてやって来ているのだから、全体として僕たちに好意的であるにちがいないホールの観衆のなかに、多くの友人、知人がいたことを知らないわけではなかった。けれどそれを喜んでばかりいたわけではない。無関心なよそ者からなる聴衆の前でだって、ぶざまな姿をさらすのはいやなものだが、自分を知っている人々の前となればなおさら気が滅入る。なぜって彼らの失望は、友情のため、こちらに抱く信頼のぶんだけ、大きくなるおそれがあるからだ。それに、あなたの検査官たちのなかに——僕の検査官たちのなかにいたように——あなたの話す主題に関して、親族としての一種の権利をもち、その扱い方次第では、あきらかに無礼を犯したといって非難できる立場にいる人たちがまじっているとすれば、それはたしかに一層辛い試練となる。ここに至って、僕の怖れは倫理的な不安の段階にまで高まっていた。僕より古くからマックスを知り、彼とともに芸術と詩の再生のために戦った人たちが、裏切りと考えるような不手際な讃辞を捧げようとしているのではないだろうか。幕が上がった瞬間、テーブルの向こうに坐っている僕が、被告席にいる人間といかに似ていたかを見てとれなかった観衆——ちょっとした洞察力があって、僕の仕草に気をつけてさえいれば——は一人もいなかったにちがいない。

そのことを考えると(事が起きてから五年以上も経っているのに)、いまなお異様な感覚のごときものをおぼえるのは、問題の瞬間がきて、僕たちが席に着いている舞台が突然観衆の視線にさらされたとき、フットライトの光のほか、眼前に何も見なかったからである。その光がこちらへ向かっていた電球の列がまぶしく、僕の前には二つの世界、すなわち、自分たちのいる空間の主体となっている数メートル四方の床と、あまり暗いので存在しないかのように見えるホールとのあいだの厳密な境界線のごとき光の向こうに、黒い穴しかなかった。最初の数分間、ただ一つの顔のかすかな輪郭すら見わけることができず、何も見えず、自分を見ている人たちがいるということだけが分かっている巨大な洞窟のへりに立っているかの思いで話をした。そこでは僕が盲で、少しも見者（voyant）〔普通の人には見えないものを見る詩人のこと。ランボー、ジャコブへの連想もある。また単に見る人、見える人の意にもなる〕ではなかったこの世界によって、こちらの一部始終が見られていることを承知していた――ひとりだけ光に照らされ、ひとりだけ見える姿で、そして（矛盾するけれども）視線の攻撃からは解放されて、なぜって僕をみつめているはずのこれらの眼についていえば、僕には何一つ見ることができなかったのだから。この数分のあいだに、死んだ詩人のために話し、いくらか彼の栄光の輝きに包まれるのを感じながら（すべての人々に姿をさらしてはいるが、眼差しがなく、自分の中に閉じこもった、台座の上に立つ彫像のように、この舞台の上に立っていたとき）、僕がついに一歩を踏み出し、そして――「アケロン川〔ギリシア神話の中の冥界との境を流れる川〕を勝ち誇って二度越えた」〔ネルヴァル『幻想詩篇』の「廃嫡者」中の詩句〕人のように――もはや穴の攻撃を怖れる必要はないと思ったといえば、笑いを誘うだろうか。

マックスのものであったキリスト教的な考えを、そうであるよりもっと信じていたら、僕は今日、思いやりのなさと傲慢の罪を犯したと必ずや自分を咎めるだろう。周知の怖ろしい迫害の犠牲となったあの友人のことよりもむしろ、僕は出番のあいだ中、最初は、話をきいている人たちのいるはずのこの黒い洞窟と向きあって一種の陶酔をおぼえ、次には、最初の気後れをもっと醒めた形ではあるがよみがえらせた不安に襲われながら、自分の生み出す効果のことばかり考えていた。すなわち、眼がホールの暗闇に慣れ、前よりはっきりものが見えるようになって呪縛が解けるにつれ、自分の言っていることに賛成か不賛成かを読みとるため、見わけることのできたいくつかの顔を探したのだった。

詩の朗読が終わったあと、僕は——打ち明けると——期待したほど拍手喝采を受けなかったことにがっかりした。つまり、輝かしい陶酔感を数分味わったあと、僕は台座から下りてこの世界に戻り、そこに属する人物の見本のような何人かの連中が、狭い、限られた、さして重要でない分野において、僕に対して下すにちがいない直接の判定に気をもむのだった。ライトの思わぬいたずらのおかげで、そして死を支えとしてかりそめの不死の高みまで昇りつめたあと、自尊心からくるごく下らぬ関心事にたちまち自分が再びとらえられているのを発見するには、僕の盲目的な天啓が終わりを告げ、観衆のさまざまな動きが目に映るだけで十分だった。人を欺く、そしてあっというまに消え去った恍惚に——一切のヴェールが剝がれて——役割を十分果たしていないのではないかというごく単純な不安がとって代わった。それは、最初から僕を悩ませており、とりとめのないざわめきだけからその存在を推測していたさだかならぬ人々の群のほかには、もはや自分以外のなにものも存在しないとほとんど信じるに至ったあの一種の壮大な孤立のなかにいたとき、思い上がった昂揚へと変わっていたのだった。それゆえ、自分の分際をわきまえず、僕を見ている人々の姿が視野にあらわれたときになってやっと現実生活に戻ったのであった。まるで、僕自身は見ることができずに見られているかぎり、この相互性の欠如が僕を人間世界の外へ連れ出したかのようであり、また、僕が一切を独り占めしている光を人々の見えない眼（まだ裁判官ではなかった）の方へ向けたいと考えることができるような位置にいて、自分が偶像の不可侵性に包まれていると感じていたかのようであった。蜃気楼はたちまち消え失せた、ましてや、劇場の舞台というとりわけ拵えものの場所で生まれた蜃気楼となると必然のことであるように。しかし、蜃気楼の実験室にすぎないけれども、劇場が僕たちを魅了するのは、まさにそこで役者たちと観客たち（一方は光の輝きの中に、他方は写真家のカメラの暗闇の中に閉じこめられていて）が、生と死のはざまで、このような想像の旅をするからではないだろうか。

劇場。それは見せかけの死の、シャルル＝カン風の死〔シャルル＝カンはカルル五世（一五〇〇―五八）、神聖ローマ皇帝。言い伝えによると、彼は晩年引退した修道院で死の直前、繰り返しおのれの葬式の場面を行ったという〕の場所。この教科について多くの授業が行われるであろう、白墨も黒板もない教室。

まだ子供だったとき、オペラや芝居で一番わくわくしたのは、主人公たち（あるいは主人公）の、すなわちロミオとジュリエットやシラノの死だった。死ぬすべを知っているか否かが名優の試金石であった。現在僕は、名優はそこに「決定的瞬間」、細部の違いは別として闘牛士にとってのとどめ《エスト》のひと突き《カート》に類するものを見出すのだと信じるようになっている。策を弄することはできない。死ぬすべを知らない俳優にあっては、決着をつけるのに用心深すぎたり、的はずれの突きが多すぎると、闘牛がもはやグロテスクな屠殺にしかならないのとまったく同様に、劇はその尊厳を失ってしまう。いずれの場合――へたに演じられた死や、しそこなった殺害――においても、要《かなめ》の部分が抜きとられたように思われ、そうなると、他がすばらしくてもどうでもよくなる。すなわちこれらの見せ場のすべて、声の抑揚だの、ケープのパセ〔牛の突進をかわす技〕だの、そのほか人々を熱狂させた動きは、下らぬ、俗なもののなかに投げ捨てられてしまう。それはまるで、実体変化〔パンとワインがキリストの肉と血に変わること〕が起きなかったことが、信者たちにとって言語道断なものとなるミサのようだ。エリザベス朝式の偉大な殺戮を、滑稽なところなしに正面切って演じることのできる現代の俳優のなんと少ないことか。たぶんそこに演劇の頽廃のもっとも明らかなしるしがある。演劇は死ぬすべを失ってしまったとき、その当初の目的――僕たちの世界と他界とのあいだに橋を架けること――にもはや応えてはいない。

たしかに僕は図式化しすぎている（陥りやすい傾向）。劇ではない、多くの演劇のジャンルが存在するし、『ベレニス』〔ジャン・ラシーヌ（一六三九―九九）の劇〕のような、引き裂かれた恋のほかは何も起こらない、死のない悲劇もある。だからといって、そうした劇では頂点がきわめられていないといえるだろうか。そんな考えが支持されるとは思わないが、真の演劇が対象となるとき、たとえ外見はどうあろうとまったく死を欠いていることはありえないと断言しても過言ではない。

　操り人形同然の男女があらわれるああした滑稽な劇（人違いのため人物の同一性があやしくなる場合にせよ、狂宴を行うためにイヴニング・ドレスを着た同性愛の男たちのように、その漫画的な恰好が登場人物をなかば仮面、なかばは悪魔のような、得体の知れぬものにしている場合にせよ、彼らが偶然のめぐり合せや他人の悪意のために運悪く翻弄される場合にせよ）でも、ヴォードヴィルや笑劇、さらに裸の女たちのレヴュー（ばかげた仕草、石膏のような化粧、金ぴか物の装身具の）、あるいは単に、その陳腐さ、貧困さが下劣にさえ見える見世物であっても、いわば悲劇の陰画——死を招くような破壊力をもって、あるいは、心の死を意味するに足るだけの深甚な被害を与えて、人間存在に襲いかかる運命の力の、低音域での表現の滑稽な等価物——なので、それらが、僕が演劇において要だというあの死を含んでいることを示すのはきわめてたやすい。三単一の法則〔筋が単一で、それが同一の場所で進行し、二十四時間内に終わるべきとしたフランス古典劇の法則〕に従って作られた古典劇に関しても、主題が何であれ、それらに死は無縁ではないとやはりいうことができる。なぜなら筋は、要約して表現された人間の一生さながら、太陽のリズムに従い、日が生まれ、育ち、夜になって終わるように進行するからである。一番むずかしいのは、この考え方の仕組のなかに、たとえば風俗喜劇、あるいはあらゆる種類の近代の喜劇を入れることであろう。遠慮会釈なしにそれらを除外し、原則として「真の演劇」の資格がないとするなら話は別だが、もし、三単一の法則を知らず、ヴォードヴィルでも笑劇でもなく、かといって無視をすれば粗野な無教養のそしりを免れない作品のとりわけ典型であるシェイクスピアの喜劇がなければ、僕は九分どおり、こんなふうに問題を片づけるだろう。

　いくらか問題から逸れるけれども、ここで、詩、驚異、また、一般に演劇が現実から離陸し、そして——昼、あるいは夜の照明に照らされた舞台の平行六面体の中に浮かび上がるのを見るように——、それに参加することのないまま、僕たちの眼前に展開する夢のごときものとしてあらわれるような結果をもたらすすべてのものについて触れねばならない。

客観化された夢、その中に加わっていないけれども心が動かされる僕たちの見る夢とは一体何だろうか、生の外へ連れ出されながらも意識は明晰なままの僕たちに提示され、眼前で演じられて、熱烈な関心を抱いて眺める僕たちから切り離され、新しい身分に固有の視角によって変形された自分たちの物語でないとすれば？　あるいは、すでに生が終わっているか、ただ単に時間の制約を免れている人々が、まだこの世に属する僕たちのために、彼らの身に起きたこと、僕たちと彼らの立場の相違から生ずる屈折の効果によって変えられて、僕たちに送り届けられる彼らの武勲詩を演じているかのようなものでないとするならば？

それゆえ、結局のところ、死——たしかにとりわけ劇的な出来事ではあるけれども——は演劇につきものであるとしても、舞台の上であらわされたり、物語によって明示されたりする必要はないように思われる。舞台装置が作り出すトリックの現実の中を動きまわる、日常とは違う時間に組みこまれた、隈取りをし、衣裳をつけた人々があらわれるだけで、舞台は——真実がいろいろ歪曲されていようと、十分まざまざと提示されていさえすれば——死を想像しようとすると思い描かずにはいられないあの他界の控えの間と化するのである。カーニヴァルの仮装（中に肉体はなく、亡霊の空虚があるだけの奇妙な服）にまつわる一切が感じさせる死。粉黛、婦人帽のヴェール、レースのへりのついたルー仮面〔かって仮面舞踏会などで貴婦人がつけた黒のサテンやビロードの仮面〕、裸体への気どった付《つけたり》のようなひらひら飾りに類する——奢侈の面——一切。すべてのしな、媚態、化粧漆喰、壁の上っ張り、けばけばしい塗装、飾り立て、また人間が生きそして滅ぶ被造物としてのおのれを否認し、あるいは自分の外に出て死後の世界に根を下ろし、ついにはあれを、あの死を欺くためのように、自然の状態から遠ざかり、変装し、おのれの証人となるものをおおい隠す手段によるさまざまな種類の付け加え……。

葬儀用の黒幕。雲の、あるいは夜のスクリーン、その陰にポロニアスの隠れているカーテン〔『ハムレット』第三幕。カーテンの陰に隠れて王妃とハムレットの話を盗みぎきしていた侍従長ポロニアスはハムレットに殺される〕。目を楽しませたり、あまりにも目を欺く美しい書割よりも、ある種の貧しさや欠乏にこそ（それだけが人に、現実離れした一種の不気味な暗示を与えることができるのだ）、結局のところ、死が場面を大きく支配しているさまをあらわすのにふさわしいものがあるのだ。すなわち、宴のあとの残滓にすぎず、いったん死の刻がきたとき、僕たちが陥るこれ以上はない貧寒さをあざけるかのように思わせる貧寒さ。妖精の国という過剰の幻想境の対極に、その否定的な性質ゆえに必ずや陰気な色彩を帯びずにはいない欠乏の幻想境を作り出す、縁日のバラックのみじめったらしさ。

火山学を対象とし、とりわけプレ山の噴火に関する諸資料、熱雲〔噴火の際に高温のガス状の雲となって放出される噴出物〕が町を破壊しようとしていた一九〇二年の五月、市の劇場が上演していた『コルヌヴィーユの鐘』〔フランスの作曲家ロベール・プランケット（一八四八―一九〇三）作のオペレッタ〕のポスターなどを所蔵しているマルティニック島サン＝ピエールの博物館。三十年以上も前、モザール大通りで、僕が乗っていた路面電車にぶつかって怪我をした、きちんとした黒の三つ揃いを着て（と思う）自転車に乗っていた男がつけていたと思われる赤いつけ鼻。格が上がって警鐘と化したあれらオペレッタの鐘と、そして本物の気狂いなのか、そのふりをしているだけなのか分からない「王侯お抱えの道化師」がするとされるような、あやしげでどっちつかずの行動をするあれら道化師の一人のつけ鼻に似た、あの血のように赤い鼻面の不気味なおかしさ。そして一九一三年、ラムズゲート〔イギリス南東部ケント州の港、海水浴場〕の浜の主要な散歩道で、絞首刑の真似を演じていた人形たちの――実際にはごく小さかったけれども――怖ろしい見世物（行列を通すために両開きになっている牢獄の門、受刑者の足もとで開く落し穴、首をおおっている黒い布切の上のロープ）。入口の上に「入場自由」と看板を掲げた自動ゲーム機のたくさん並んでいるホールの中にあって、一ペニー出せばそれを見ることができた。

マルティニックのサン＝ピエール——一切が、家々が、植物のように灰と溶岩の上に再びはえてきた——では、博物館のそばに劇場の跡である壁の一部が残っていて、それに沿ってローマ様式の胸像が置かれており、その壁はまた、数段の階段で上ることのできる一種のテラスの支えにもなっている。テラス、もっと正確にいえば、ひと握りの空地。ほとんど野生の状態に戻った公園、いや、小公園に決まって置かれている彫像があることを除けば、「公園」とさえいえないだろう。

あきらかに火山のものである黒ずんだ石に刻まれた彫像は、生い茂る雑草から守るためごく一時的に箱の上にのせたという感じで、木の台の上に置かれている。それは、腹這いになり、両腕で体を支え、顔を空の方へ向け、淫行や飲酒の果てにひと息ついているバッカス神の巫女のようなポーズで、半裸の体を再び起こそうとしているアフリカ系の女性をあらわしている。よみがえるサン＝ピエールがテーマとなっているのだ。しかし別の解釈——公式のものではないが——も根拠があるように思われる。二度目にこの公園にやって来たときいた老婆の話によると、この像は、熱雲に襲われ、泉水に身を投げ、こうして「二度死んだ」若い娘をあらわしているのだという。というのも、純然たる焼死のあと、彼女は熱湯によるやけどでも死んでいるからだ。——この説明は最初神話から出ていると思ったが、その後、それほど空想的なものではないことを僕は知った。サン＝ピエールのある住民たちは、熱雲の怖ろしい熱さから逃れようと、中の水がこれほど煮えたぎっているとは思ってもいなかった池に飛びこんで、こんなふうにして死んだらしいからである。老婆の話は、彫刻家が公言している意図とも、たしかに彫刻にあらわれているエロティシズムとも、どうやらだいぶかけ離れている。けれど、肉体的快楽、もっと一般化して陶酔——これもまた死の性質を帯びている——の表情の中にある曖昧さの、数ある特徴の一つをそこに見るべきではないだろうか。こうした表情は苦痛の表情に近いのだが、それは陶酔も苦痛も自体なんともいいがたいものなので、どっちつかずの形をとってしかあらわれないからである。

サン＝ピエールのむし暑さ。そこではまるで真昼ごとに地がなかば開いて、死者たちがあらわれ、ある者は花模様のガウンを着て、ある者は藤の大きな帽子をかぶって、通りを散歩するかのようだ。鎌を研ぐ石の色にかなりよく似た鉄灰色の彫像、かまきりにも、ノルネ〔北欧神話の中の運命の女神〕にも、もっと簡単に女悪魔、つまり暑さのもっともきびしい時刻に道で出会い、牧羊女神のような気まぐれな足どりのあとを追ってうかうかとついてゆく者を迷わせたり、耕作地から遠いところまで連れ出して淵へ突き落としてしまう、真昼の悪魔のクレオール版である色の黒い美女にもなぞらえたい火と水の娘。

ルナ＝パーク〔第二次大戦前、パリにあった遊園地〕――常打のサーカスである冬のサーカスやメドラノ・サーカスが巡回のサーカスに対してもつのと同じ関係を縁日に対してもつこの多目的遊園地の見本が、順化園〔パリのブーローニュの森にある動物園〕（有名な電車式の小鉄道のある）の周辺にできた直後に連れてゆかれた――で、迷宮園の呼込み屋が、客集めの口上の一つとして、「銀の湯舟の中に悪魔が飛びこむのをご覧ください！」と叫んでいた。僕が見せてもらえなかった（そのほうがよかった。それについての話をきくと、ぞっとさせられたから）この迷宮は、双六の枡目の一つに描かれているのを見たことのあるバベルの塔のたぐい――数層の円形の回廊でないとすると、螺旋状の、一つだけの回廊がとり巻いている円錐台――とは、あきらかに名前しか関係がなかった。こうした枡目には、他の伝統的な罠、ホテルとか井戸、そして（それこそ容赦のない罠）渦巻線状をなす長い道筋のほとんど果てにあらわれる、頭蓋骨が象徴している死も出てきた。

ルナ＝パークの迷宮園の道筋が、地図の上に再現された場合、どのような形をとっていたのかは知らない。ただ、この道筋——ありそうにもないことだが、僕はいつも地下にあるものと想像していた——のあちこちに、足もとの地面がなくなるとか、手探りしている両手が電気ショックを受けるといった不意打ちが仕掛けられていた、ということだけは知っている。出口をみつけられない人たちを明るい表へ連れ戻すために、その施設の使用人が日に何度も巡回するのは確かなようだった。そのうえ、最初のころは何人もの人が足を折らずには済まなかった、人を転落させる装置のような、趣味のいいいたずらを、当局が介入して禁止しなければならなかったともいわれていた。これらは単なる噂話か、あるいは、「迷宮」と言われて僕の頭が勝手に作り出したものにすぎなかったかもしれない。それでもとにかくルナ＝パークは、ウォーターシュート（と、その水しぶきをひどく浴びての到着）や豆鉄道（息も止まるほどの下り坂がある）のような、戸外での実に刺激的なアトラクションがあったにもかかわらず、ジュール・ヴェルヌの小説や、画家ロビダ〔アルベール。一八四八—一九二六〕の漫画本、ジョルジュ・メリエス〔一八六一—一九三八。初期の映画作家〕の映画に出てくるような月世界旅行や奇妙きてれつな冒険を思わせるその名前から予想のつくとおりの、あちこち安心ならない場所であった。

実をいうと、晩、床につき眠ろうとするとき、昼の光や、遊びその他の関心事のおかげで追い払われていたすべてのものが頭の中に次々とあらわれるのを見るとき、僕を悩ませたのは、銀の湯舟に飛びこむ悪魔（近代的設備のない古いアパルトマンに住んでいたころ連れてゆかれた風呂屋にあったような、亜鉛製のものでも、外側に白い布を張ったものでもない、きらめく湯舟の中に、角を折る危険を冒して飛びこもうとしている赤いタイツの美しいメフィスト）でもなかったし、復活祭の休暇にロワール川の城めぐりをした際にブロアで見せられた地下牢のような暗い小部屋、守衛が解放してくれるまで僕はその中でルネサンス時代のわが国の王たちが地下牢に投じた人々の運命について思いめぐらすのだが、その小部屋になにかの罠によって投げ落とされるかもしれない予想でもなかったし、架空のお化けの先取りした姿でも悪ふざけの結果でもなかった。ルナ＝パークを見にいったあと、僕の心に立ち戻ってきて、ある期間――たぶん数日足らずだったであろうが、振り返ってみると、数週間あるいは数か月だったような気もする――、不安に陥れたのは、むしろ一つのはっきりした記憶、悪魔とは関係ないし、少しも冒険的なものではない、単に事実をもとにしたジオラマのたぐいの、したがって迷宮とはまったく異なった、純粋の見世物であったあるアトラクションの記憶であった。それが僕の心につきまとったのには、以下のような理由があったにすぎない。すなわちその見世物は、実物大より小さいが、厳密な正確さでもって、アメリカ合衆国で起きた国家的災害をあらわしていた。おそらく最近のことであろうが、時間がもはや流れない太古的なものと、出来事の差し迫った否応ないありさまとがまじり合い、ひと続きになっているがごとき遠い伝説的時代に設定している演出の特殊な視点のせいで、僕には昔のことと思われた。

鐘楼を戴き、大時計をそなえた教会――おそらく――もその中にある、ミニチュアの家々の並ぶアレゲーニー山脈〔アメリカ東部のアパラチア山脈の支脈〕中の小さな町。たぶん市役所のたぐいか、市の別の建物も。スピーカーが人々に必要な説明を流している。一日が平和に終わり、とっぷり日が暮れて、松明行列の際の音を抑えたファンファーレと、そのあとあまり間をおかずに鳴る時刻を告げるか消灯を命ずるかする鐘の音のごときものがきこえてくる（と僕には思われる）。村自体に見合った、これらの小さく、遠い音。村ではすべての灯が少しずつ消えてゆく。そのあと何が起きるのか。何も、と僕は思う、しばらくのあいだは。スピーカーだけが、教師ぶった生まじめさで、長広舌を振るっている。彼方、アレゲーニーの山中では、多量の水がダムによって塞き止められている。村が静かに眠っているあいだにダムが壊れる。模造された建物群の並ぶ場面に襲いかかる波打って噴出する水は、少しずつひろがり、すぐに一切を沈め去り、巨大な水溜りと化す。水がやって来るあいだに、警鐘が鳴ったのであろうか。

そのあとに何が起きたのかも、人々が——日が昇ったとき——動かぬ巨大な水溜りがひろがっていて、村を思い出させるものは跡形も、あるいはほとんど跡形もなくなっているのを見たのかどうかも、そして——もっとあとになって——人々が、長いあいだ浮かび漂ったあげく、いったん水がひくや最後には動かぬ漂着物と化してしまった壊れた家やその屋根と壁を発見したのかどうかもおぼえていない。この光景について、僕は確かな細部を何一つ思い出すことができず、ただ、はじめは山中のかなり高いところで何事もないかのように滴り落ち、ついで斜面に沿って、あるいは谷の凹みを下りてきて、次第に至るところに達する、襲いかかる波のイメージを思い浮かべるだけだ。スローモーションで、弱音器をつけているかのように進行する——なにしろトーンもリズムも総じて、もういつもとは違うのだと思わせるようなところはどこにもない、火の用心と平和な眠りを告げるなかば消えかかったような銅と青銅のああした鐘の音そのものによって、端から決められてしまっているので——衝突も大音響もないこの破局によって掻き立てられた、なんともいいようのない不安のほかは正確には何もおぼえていない。

ラムズゲートのゲーム機の、人形の家ほどの大きさのガラス箱の中に再現されていた、輪差結びの縄による絞首刑。ルナ＝パークの、大きさでは普通よりはるかに小さい劇場の舞台で見せられた、一つの町の水没。これら再現された場面のいずれに関しても、見世物とはいえるにしても、劇芸術を云々することはできない。俳優もいなければ、会話もない。事実に即したもののほかは何の舞台装置もない、きわめて貧弱な、文字どおりきわめて限られた手段でもって提示された、むき出しの状態の劇。たぶんそこから、二つの光景のそれぞれの内容からくるあからさまな恐怖に加えて、心にひそかに忍びこんでくる恐怖が生まれるにちがいない。運命という、そして、人間の活動にえてして生じがちな不手際一つなく——美しさのかけらもなしに——素っ気なく、機械的に進行する、ずっと以前から演じられてきたシナリオという印象。それも、見せられるものと見る者とのあいだに共通の尺度がないので、こちらは、超自然的な教育者がいて、イメージによる授業を、とても高い、遠いところから受けさせているると想像するような形で。

実際の絞首刑は僕をもっとひどく震え上がらせたのは疑いないし、水没して死ぬという場面に居合わせたら、恐怖で完全なパニック状態に陥ったであろう。しかしどちらの状況も、今日思い返すとき、これほど異様な、胸の締めつけられるような不安に変わる、こうした恐怖を感じさせたであろうか。どこにも逃げ場がないので、それを見ることさえできず、出来事の耐えがたい荒々しさにただ打ちのめされ、押しつぶされるだけだったのではないだろうか。そうであれば、僕の口にする経験など何の意味があろう、それらを口にするには、そのうえそれを明晰に記憶しているには、そうした明晰さを一切失わずに済んだほど、それらがとるに足りないものである必要があった、というのが自明の理であるとするならば。おそらく僕は、こんなふうに下らぬ些事と格闘することを余儀なくされている。なにしろもっと圧倒的なサイズをもつものは一切、そのために目には入らないだろうし、僕が決して理解できないことを認めねばならない巨大で、不透明なマッスのままであろうから。

逃れえない歯車装置という考え、こちらが熟睡しているあいだに、ひそかに起ころうとしている災厄という考え。すなわち、死に関する一片の真実。一見すると、いましたばかりの二つの描写からそれをひき出すことができるように思われる。けれど事を歪曲してはならず、注意深く検討しようとしてもとの事実にかかずらった際、示唆された考察をもとの事実ととってはならない。というのも、経験とそれについての記憶とのあいだにある距離に、そうした記憶とそれを記述する行為とを隔てる距離だけでなく、こうして記された記憶とそれについて考察したときのこの同じ記憶とのあいだの隔たり（別種の逸脱）までもが加わるのであり、ひとたびこれらの距離が割りこむとすれば、状況を復元する手はないからである。要するに、記憶は永久に変質し、迷いこんだ横道にいまさら入るなと怒ってみたところで、こうして生じた損害を償うことはできないだろう。だとすれば他に解決法はない——縞目の走るページの空に、僕の苛立ちとは別の嵐を出現させることもない細部の訂正に熱中することなどはやめて——、堅固な何ものか（もう考えなどではなく、コンパクトな実体）についに突き当たって、僕固有のものを抽象化して薄めないで済んだという確信を少なくとももてるところまで、考察をもっと先に押しすすめるほかに解決法はない。

小銭を入れると動き出す機械。こちらから見当をつけて手を出さなくても、さまざまに変化するジオラマ。僕の記憶の中では、こういうわけで、死を劇的な形であらわした二つの機械装置が隣り合っている。しかしどちらにも人間の主役がいなし、そのうえ後者には人物は一切おらず、水と家々とを向き合わせているだけだ。不吉な目的をもつ二つの機械仕掛。それらは機械仕掛、すなわち、見たところ一種の個人的な生命をもち、したがって自動人形のあやしい世界に属する仕組だけに、こうした目的に一層ふさわしい。この世界は、夜の中で時折汽笛を鳴らし、駅に着くときには大きな溜息を洩らすのがきこえる蒸気機関車から、その音が「内燃機関」という言葉の正確さを一番はっきりと裏書きするオートバイ（僕が昔「ペトロレット」と呼んでいたもの〔フランス語でオートバイはmotocyclette、petroletteは小型オートバイのこと〕）からはじまり、無数の人間の声がその中に住んでいる、生きた蓄音器である腹話術師や、骸骨そっくりの完全な不動状態や、ある種の内的な動き、無意識の変身までが生じる、生身の自動人形たる夢遊病者を経て、金属製の球形の頭をもつ潜水夫にまでひろがる。機械仕掛的効果——それらもまた——といえば、その結果死者が「空になる」死後の弛緩状態がそうだ。ある期間のび続ける髭や爪はもちろん、腹のふくらみや腸管の働きは、死者が亡霊に昇格する前に、自身つきまとわれるこの種のみじめな死後の生のしるしだ。死体の冷たさと硬直が、いまや一連の苦難に巻きこまれている存在をマネキン人形や彫像に変装させる偽りの外観にすぎないとすれば、こうした存在が呼び起こす恐怖は、生き物であって機械という雑種の存在である自動人形がそうであるように、そのどっちつかずの位置、境界生物といいうるような、蝙蝠、両棲類、土蟹その他の動物のもつ面からくるにちがいない。

その廃墟から再生するサン＝ピエールをあらわす女性像――人形の大きさではなく、等身大にされている――が位置していたのもまた境界、すなわち火と水の、快楽と苦痛の境であった。それは凡庸な裸体彫刻で、その狂おしい表情、彫刻的というより性的な体の反り、その形体のリアリズムのほかにはあまり魅力はなかった。大災害があった場所とは想像しにくい、熱帯植物の豊かに生い茂った風景の中、相変わらず眠りこんだ、田舎じみたこの町のちょっと引っこんだ片隅で、蒸し風呂やトルコ風呂でのように、真っ黒で、裸のまま横臥している、火山の真のニンファ。おそらく炎の色の水着を彼女に着せた熱雲に包まれて、（僕が話しかけた老女の言葉を信じるなら）すでにやけどを負いながら池に飛びこんだ。しかし――豪奢な浴槽にめざましく飛びこんだものの、どうやら何の痛い目にもあわなかったらしい（ルナ＝パークの呼込み屋によると）悪魔よりも幸運には恵まれず――、この池の水の精になりはしても、もう一度死ぬ羽目にしかならなかった。その後、前よりもっと田舎くさくなったものの、それぞれの区画の所有者を示す印、すなわち土地の白人の名家の名前と土地台帳にのっている番号とがあちこちに刻まれていた境界壁の古い石の上に町は再建されていた。そして空中水族館のたぐいへと上ってゆくかのような二つの階段が通じている、異様なほど中心から離れたこの場所にぽつんと置かれた溶岩の彫刻は、最初の破局やその後の復興を示しているのだった。

野性味と官能性を漂わせてはいるものの、実のところあまり推奨できない彫刻をめぐる伝説らしきものが開いてくれた道にひととき踏みこんだ僕は、欲望がかける罠と、熱帯の男が日がな身に及んでくるのを感じる邪悪な力の化身たる魔女を想起した。しかしこの同じ道は、いまでは分岐し、逸れ、もっと具体的で暗いイメージへと僕を導く。

どんな風土——暑いあるいは寒い、晴れやかなあるいは陰々たる空——の下にも、「神頼みをせぬ人」といっていいかなり多くの人々がいるのに対し、寝てもさめても亡霊に対する恐怖に襲われかねない一群の人々がいる。そしてこの怖れは、アンティル諸島の民間伝承では、ゾンビに対する信仰という形をとる。ゾンビは、大方の農民にとって（多くの都会人にとってさえも）、グアドループでもマルティニックでも、単なる幽霊や地獄の使者だが、ハイチでは、機械仕掛の死者や、呪術によって意識と意志を奪われた生者となる。こうして呪術師は安い値段で労働力を手に入れることができ、墓地から引き出した死体であれ、彼の呪文のために人格がゼロとなった人々であれ、奴隷として働かせるのである。知能はないが働くことはでき、生きていようが死んでいようが使うことのできるこれらの人体とは、要するにロボットだ。狂人、夢遊病者、独言を吐きながら夢を見ている人——そのうえ単に、いびきをかいて眠っている人も——、つまり、それがなければ人間は自分のためにだけしか存在しなくなる、明瞭な共通の理性を失った、ただの骸骨にすぎなくなったあらゆる種類の人間もロボットである。これらの人々——みな何らかの形で疎外された状態にいる——にあって、彷徨、機械的な動き、とりとめのない言葉や、荒々しい息の音は、人間存在の本来のものが完全に根こそぎにされた人間存在であることを示しているように思われる。つまり、閉じこめられていて、ただ、腐敗の生化学的作用を通して、もっと醜い形であらわれるだけの特殊な生命の宿っている死体も同様だ。このことからして、ゾンビに対し、どんなお伽話に対するよりも多くの注意を払わずにいられようか。それは、機械になり下がった生者であるとともに、完全によみがえったとはいえない死者かもしれないのである。

ゾンビに関していえば、ひと月足らずのハイチ滞在のあいだに、僕がそれを一度も見なかったのはいうまでもない。たしかにポルトー＝プランスのラ・サリーヌ界隈にあったヴードゥーの集会所（大通《グラン・リュ》りを左の方へ曲がっていったところ、かつての屠殺場の看板であった「赤い牡牛の頭」の真正面の家）で、死の主要な精霊の一人バロン・サムディ〔土曜男爵の意〕に、こちらの曲げた左右の小指を同じように曲げた相手の左右の小指に絡ませて挨拶し、場合によってはその両頬にキスをする機会はあった。「仮祭壇」は普通、墓場のものと似た十字架からなっており、彼は一般に黒服をきちんと着、山高帽をかぶった男の姿であらわれる。僕という一介の旅行者が、家の主人たちからその神に敬意を表するよう促されたとき、神は仰向けに横たわり、同僚の女性祭式者たちからなるコーラス隊と同様、真っ白な服を着た肥った女の姿をとっていた。彼女たちの大方は、昼のあいだは市場の売子であり、揚菓子、魚フライその他のささやかな食料品を商っているのだった。先立ってしたダンスとトランスの激しい動きのため汗みずくだった彼女は、僕が挨拶し、言われたようにキスをしたとき、死体の不動の姿を装っていた。島に何か月もいたら、僕はゾンビに、あるいはそうだといわれている人たちに出会っただろうか。あまりにも早々に島から離れてしまったので、読んだり、人に聞いたりしたことでしかそれについて話すことができない。だからとやかく言わないほうがいい。けれど僕は他のところで、ゾンビのたぐいを面前にし、すでに言及した一種の不死（けれどきわめて相対的な）にもかかわらず、あきらかにすべての死体の運命であるあの一切の終わりを免れ、たしかに限られてはいるものの生命をもって生きつづけている死者と顔を合わせている、といった印象を否応なしにおぼえたことが一度もなかっただろうか。僕がこのような経験をしたのはすでに遠い昔の夢の中でのことで、それは、父の死とか、それから数年後の、そう考えたからといって苦痛が減るわけではないが、仕方がないことだったと認めるある別れ――避けがたいものではなかったが――のような決定的な出来事の刻印を帯びている。

通りすがりの外国の町の市立博物館で、僕は数体の人体が、壁を背に坐っている部屋を発見する。何らかの器官の突然の破裂によって、これらの体はその場に釘づけとなり、肉体から流れ出た一種の鳥もちによって床板にはりつけられ、天然のミイラ化によって、手つかずのまま保存されてきたのだ。屋根裏の小部屋にやって来ると、寡婦と思われる貧しいなりの一人の女を見る。彼女は男の子と一緒にそこへ逃げてきたのだ。パン屑が床に散らばっている。彼女は、愛する者のそばで死んだ老農夫にちがいない、石膏のしみのついた青い仕事着姿の死体から離れていないところで、コーヒーを沸かす。僕は、博物館付属の庭に下りてゆき、そこで高い肱掛椅子に坐った何体かの他の死体を見出す。看護婦たちが彼らに飲み食いさせ、大便を採取するために、体の下に石の便器をさしこむ。断絶があって、今度は夜、同じ庭でのことだ。庭は紙提灯に照らされていて、そのため閑人たちが時間つぶしに、あるいは趣向を凝らしたパーティにやって来る緑におおわれた四阿のある郊外のレストランのように見える。僕はそこで、衣服を通して見える、燐光を発しているかのような血管をもつ何人かの友達と、それに別れた——この夢を見たときには——あの女、よくあるように、肉欲に燃え、それが愛情と思って結ばれたあと、いまではまったくその気がなくなっていた女と出会う。手で仕草をして、彼女は僕に、解剖台の上でのようにむき出しの心臓を見せる。

　虫に食われた、おそらくギシギシいっていた床、体から流れ出た鳥もち（転がっているひびの入った薄青いチューブから出た、硬く隆起したセコチン〔強力接着剤〕のような）、おそらく埃だらけで、蜘蛛の巣が張っていた屋根裏部屋か、屋根裏の物置、洗いざらしで埃だらけの粗布の仕事着、たぶん少し硬くなっていたパン屑、寡婦の黒衣、彼女がみじめな様子で淹れていた自分用のコーヒー、それから、こうした小道具にまじって天然のミイラ、そして吝嗇家、母親とその男の子、死んでいようが生きていようが、みな同じ程度の人間である登場人物。

かつて、旧ギメ博物館のガラスケースの中にある「タイス〔元娼婦のエジプトの聖女〕のミイラ」といわれるミイラ――たぶん木曜日〔フランスの小学生はかつて日曜日のほか、木曜日が休日だった〕（自分たちの日だから、小学生のころは誰もが日曜日より好きな日）にしたこの見学で記憶に残っている唯一のもの――を見せられた。薄いガラス越しに、悔い改めた娼婦のごくわずかな残骸を長々とみつめた。しかし彼女はあまりにも枯れきり、干からびているので、黄ばんだ黄楊の小枝に感じるほどの恐怖も感じなかった。また別の午後、現在はなくなってしまった小劇場トリアノン＝リリック座に、『コルヌヴィーユの鐘』を見に連れてゆかれた。この上演については、二つの記憶が残っている。コティヨン〔農婦などが着るペティコート〕を指先でつまみ、「こちらをご覧、あちらをご覧」と歌いながら、ふくらはぎをあらわにするために陽気に裾をまくり上げる快活な農婦セルポレット。甲冑が立っている広間にひとり閉じこめられ、悪ふざけをして、彼が不当に得た金を吐き出させようともくろむ連中が中に隠れているとは知らずに、それらが動くのを見ておびえる老守銭奴のガスパール。またたぶん――昼興行のこのマチネの三つ目の記憶の名残り――「私は三度世界一周をした」というテノールのアリア。城の模造の壁にかこまれて偽の幽霊に脅える、青い仕事着の農夫のことを他の観客同様笑った。

死の恐怖が僕たちの心の中まで忍び入ってくるのは、えてして回り道をしてである。闇の中からきこえてきた虫の声、人々が眠りについているとき通りの敷石に響く啼の音、家具の軋み（僕たちのあずかり知らない生活を示す）、機械の作動を知らせる始動装置の音、あるいは――喘鳴のような――音を発するだけで何も語らない、眠っている人のいびきの声。骨の軋み（人が衰えつつあることの明らかな証拠）とは反対に、これらはとくに人を不安にさせる性質のものは何一つ含んでいない。どことも知れない場所から洩れてくる片言や世間とは離れた生活のしるし、これらはどちらをとっても、よく考えなければ不吉な徴候となるようなものを示すとは思われないだろう。

いまお話しした夢はといえば、まったくの無言だ。僕は終始、ただの散歩者にすぎず、庭にいた友人たちも、あの女さえも、誰一人僕に話しかけない。彼女はただ仕事で自分の意志を示すだけだ。死体が世話を焼かれるのも、やはり無言のうちでのことである。瀕死の人々の部屋の防音装置のせいだろうか。僕の父が前立腺の手術の結果死にそうになっていたとき、みな押し黙っているか、囁くだけだった。ゾンデを使わなければ尿が出なくなってしまっていたので、手術はもとの苦痛にさらに苦痛を加えただけにすぎなかった（これは、僕がこの夢を合理的に解釈しようとするなら、死人たちを悩ませつづけ、おまる、それも彼らの重要性を強調し、彼らに威厳を与えるためであるかのようにエナメル塗装の金属製ではなく、石製のおまるの使用を必要とさせるあの生理的欲求の説明となるだろう）。しかし夢が無言だったのは——対話によって生気が吹きこまれることもなく、通りから肉屋の店の薄暗がりの中に認める、レースつきの紙で飾られた肉ほどにしかこちらを怖がらせなかったあの心臓をさし示す最後の仕草に至るまで、僕が立ちまじることのなかった一連の画面——、それが最初から死の夢だったからだと僕はむしろ考えている。

　自動人形とロボット。ショーウィンドーに飾られた模造の人間、そっくり真似たものとか、ただ暗示するだけのものとか、断片にしたものとか（官能的なデコルテの服を着た上半身とか、片足とか、片手とか）。ガリアの戦士につきものの長い口髭やブレ〔ガリア人やゲルマン人の着用していたズボン〕を、インディアンの長老の羽根飾りつきの帽子と革のマントを、前世紀半ばごろのバスク地方の男女の服装を、あるいはアフリカやオセアニアの野蛮人たちの日常生活の場面を示すための、あるときは一体、あるときはカップル、あるときは数体集まった博物館のマネキン。死体が——ましてや僕たちのよく知っている人の死体が——、これほど胸を締めつけるような疑問を呼びさますのは、その不動性にこの同じ沈黙が加わり、見かけは大して変わっておらずそれなりに生存しつづけているのに、もはや僕たちに応えることのできない状態にあるからではないだろうか。また、僕たちにとり冥府からの声となる物音に、時折、ほとんど同じ胸騒ぎをおぼえるのは、その音の向こうに沈黙がひそんでいて、そこからは、深淵からのように生き残りの者が浮かび上がってきて、僕の耳の扉を軽く叩き、問いかけてくるように思われるからではないだろうか。

あ＝けて＝ください
泣き＝なが＝ら
僕が＝たた＝く
この＝扉＝を
人生＝は
エウ＝リポスの流れ
のよう＝に
変わ＝り＝やすい

音声記録所で録音されてから二十年ほど経ったあと、その陰気な（朗誦のアクセントそのもののために）、加えて録音の質の悪さのために聞きとりにくくなり、とても古いフィルムのように雨が走っているかのような声を再現している亡きギヨーム・アポリネールのレコードは、こんなふうに語っていた〔アポリネールの詩「旅」の一節。エウリポスは古代ギリシア、ボイオティアとエウボイア島のあいだの海峡〕。深く悲しい死者の思い。そしてその独言は、休ませねばならないのに、せめ立てられている人のような物憂い声で言われ、とても遠くからきこえてくる。セルバンテス作の、スキピオ・エミリアン（つまり『夢……』のスキピオ〔古代ローマの軍人（前一八五―一二九）。スペイン北部の都市ヌマンシアの攻略において功があった。セルバンテスの『ヌマンシア』は一九三七年、ジャン＝ルイ・バローによって演出され、レリスも見ている〕によるヌマンシア占領をテーマにした悲劇でも、降霊術師に質問されて、やはり死体に口をきかせている。つまり死者は、最初口で強要され、ついで力いっぱい鞭打たれ、墓から出て、ローマ人たちが包囲している町に何が起こるかを予言させられるのである。そして僕は、ずっと以前、化学の勉強をしていたとき、ゼラチンをとり出すために圧力釜で骨（もちろん動物の骨だが、なぜ人間の骨ではいけないのだろうか。まったく同じ結果になるだろうに）を煮ることを学ばなかっただろうか。同様に、第一次大戦の終わりごろ、ドイツ人は殺した兵士たちの死体を処理して脂肪をとり出す、という噂がフランスで流れた。――こうしたこと（一九三八年、世界的な破局の脅威がさし迫っていたとき）は、僕に夢の素材を提供した。すなわち、僕のような動員可能な人々を対象とし、ほっておく人々と、戦争に必要な品を化学的にとり出すべき人々の選別を目的とした一種の徴兵審査会、ないし死者をあらかじめ決めるくじ引き。

事の次第は、来世に行ってまでも休息できない死人たちがいるかのようだ。それは、彼らすべての運命でさえあるのだろうか。しかし些少ながら、僕たちの知っている一切は、死人はいったん死んだら本当に死ぬのであり、実際には体にしか関係のない死後の出来事を怖れるのは子供っぽい想像力にすぎないことをこぞって保証してくれる。けれど僕たちが一切の迷信から解放されていようと、想像力はこの断絶、つまり、一つの存在のありようを、一定の空間を占有しながらも、永久に意識を失ってしまっている者のありようへと否応なしに変化させてしまうずれを、いつも埋めようとするだろう。生命が途絶えた人と残った亡骸とのあいだの、うわべは同じなのに共通点のなさ。だから、それにつけこんで、迷信や幽霊めく気配が入りこんでくる断絶が生まれるのであろう。

下ろされるカーテンや引かれる幕。口の沈黙に眼を同調させようとするかのように、手の動作一つで眼球の上に下ろされる瞼。死者が埋葬される前にすでに、僕たちと、死者が属していながら僕たちには語りえないあの怖ろしい世界――僕たちにその恐怖のすべてをのぞかせるその大きく見開いた眼すら――とのあいだの一切の交信を断つ必要があるのではないだろうか。同様に、死者にあって顰蹙を買うもの、そのガラスケースのような眼だけでなく、(紐がなければ)下がってしまう顎が語る言葉なき物言い、そして(死者をあまり長いこと隠さずにおいた場合には)、液化したその顔立ちが対象となるぞっとしない隠喩にもけりをつける必要があるのではないだろうか。無口の人間はえてして考え深いとみなされる。同様に死体の沈黙は、死者には語るべきものがあるのだと人に信じさせる。無口な人間に対してのように、死者に対する僕たちの態度はどっちつかずだ。死者が黙っていると気まずさが生まれるが、かたや僕たちは、いったん死者の舌がほぐれたらとんでもないことを言い出すのではないかと怖れるのだ。だから死者は黙りつづけてくれたほうがいいし、僕たちは裏切られるおそれもなく、この深遠な仮面の陰にどんな崇高さがひそんでいるのかと勝手に揣摩臆測したままでいるほうがいいのだ。要するに、守るべきものは死体の威厳のある無言である。なぜって、死者が黙っているのは単に僕たちに言うことが何もないからだと分かれば、あまりにもがっかりさせられるし、死者の顰めっ面は鼻を垂らした白痴のものとなるだろうから。

なにしろまったく何も言わないのだから(それに、示すものなど何もない状態に立ち至っている)、どうにもとりつくしまのない謎をかけること。視覚がないので見られる眼でしかなくなっているだけに、一層こちらにとって耐えがたい眼となること。なにはともあれ、なにかの表れにはちがいなく(なにしろ、考えも視線もない、ただ出現している人間の形なのだから)、幻か潜在的なゾンビである死者は、不感不動そのもののゆえに場の主役となる。その役柄をしかるべく演じるには、ある種のスタイルを保ちつづけるだけでいい。そこから死体の防腐処置に至るまでの多少とも複雑なあれらの措置が生まれてくる。まるで人々は、死者のなりをそのままにしておくと、死のおぞましい姿をありのままに見ざるをえなくなるのを怖れているかのようだ。これはいままでのところどのような文明にあっても、誰もがなしえなかったことである。けれど死を、このようにおどろおどろしい色彩をまとわせるには及ばない、ごく自然な事柄とみなすことに慣れさせる教育は考えられないだろうか。そして死をごまかし、嘘によってそれを回避するのをしきたりとする社会を欠陥あるものと——死が悲劇的なものとみなされ、総じて決定的な経験をあらわしているかぎりでは——考えるべきではないだろうか。嘘とは、不死の信仰やそれに類するもの、死期を宣告された病人たちに対し、なにか言い残すことがあるなら、いまこそ遺言を用意すべきいまわの際だということを隠すための偽りの言葉などだ。

僕に関していえば、死に対する強迫観念をいつまで経っても制御できない事実が、全き人間としてあることの、そのうえ生きることの妨げになっていると思う。というのも、最後には自分の死があるという事実によって、一切が僕の目には価値を失うため、僕が死ぬことのほかに何一つ価値あるものはないからである。ところで、死なねばならないということを忘れさせてくれるものが何一つないとするなら、また死に立ち向かえると感じるまでの愛情——もしくは嗜好——が何一つないとするならば、僕はただむだに生きているだけであり、同時に、僕を例外とすることなく、一切が無化してしまう。一切の真の情熱も、一切の罪も、一切の野心すらなく、僕は生きながらにして、ある夜の眠りのなかに入りこんできた博物館のあれらの像たちに似た無気力にとらわれることになる。そして僕の行為は、まるで恐怖が自分の中にあるすべてのものを消し去り、いまから僕をあれほどそうなるのを怖れている意識のない骸骨人間に変えてしまったかのように、自動人形の仕草やゾンビの機械的な労働とさして変わらぬものとなる。一切が崩れ去る——地下牢の闇へと落ちる人の足もとから地面が消えるように——ぞっとする時間の予感だけで、僕は幾何学的な点のごとき抽象的存在と化し、脅威を読みとる、あまりになまなましい姿のほかはもはやいかなる姿もない漠々たる世界の中で生きることになる。耳にはもう何の歌もきこえてこないし、ここ何年も前から夜々が夢のために活気づくことさえきわめて稀だ。まるでまじめなものの領域の外にある一切は何であれ、僕を怖れさせるかのようだ、あたかもその反動が僕の死を早めかねない、不吉な影響を及ぼす罪ででもあるかのように。『コルヌヴィーユの鐘』とカーニヴァルのあいだの、至るところでのどんちゃん騒ぎとさんざめく笑いのあと、火山が住民たちを灰にしてしまったのは、あまりの軽薄さのせいではないだろうか。

破産状態のおかげで——不幸も何かの役に立つ——、ひきかえに僕は物事を乾いた実際的な目で見るある種の能力を手に入れたし、僕にとっては今日、一切が永遠に恐怖の対象であるものを中心として順序立てられるようになっているし、彼女の無言の非難の刻印が押された夢は、いまや僕の心を動かすにはあまりにも遠いものになっているとすれば、もうずっと前からもはや僕の生活の軸ではなくなっていたあの女、そしてその認められない愛情に対して僕のした残忍な行為のしるしとして血まみれの心臓を示したあの女に対して僕の抱いたヴィジョン、心臓というもっとも意味深い内臓のあの解剖学的なヴィジョンも、遺憾のイメージ（結局のところ、根拠はきわめて不確かな）や、当時もがき苦しんでいた心の混乱や支えのない状態（ついでに言っておくと、あのころ、それが単に自分だけのものではなかったと考えうるような手がかりはどこにもない）から生まれた悔恨のイメージとして、当座そうであったほど否応ないものとはもはや思われない。こうした表象——僕たちの内的構造をきわめてあからさまに映し出す、厳密な意味で教訓的な表象と同じたぐいの——の中に、僕の昔からの迷信の一つの反映を見出す。性愛には危険でいつでも多少とも犯罪的性質があるという迷信で、それがここでは、外科手術の結果であるかのようにむき出しにされた器官によって、情熱のしるしというより、埃だらけの床に釘づけにされた死者たちの分泌する鳥もち状の粘液や、父が耐えた排泄と生殖の機能を司る部位の苦しみを僕に思い出させた便器のような不吉な象徴を伴う器官によってあらわされているのである。

二十五年以上も前、呪術が科学よりも、錬金術が単なる哲学よりも僕にとって身近だったとき、当時日記をつけていた、そしてあちこちに夢の話やパタフィジックに関する着想（たぶん思っていたよりも物知らずのままに）が見られる、表紙がベージュ色のボール紙で背が赤い金巾のノートに次のような考察を記した。

「僕らの死は性が二つあることと関係している。男性であると同時に女性であり、ひとりで生殖できる人間がいるとすれば、死ぬことはあるまい。その魂はまじり合うことなく後代に伝わるのだから。両性が相手に抱く本能的憎しみはたぶん、死すべき運命が性の分化からきているというこの事実の漠たる認識から生まれているのだ。彼らが性交によってなだめすかそうとするのは、合体への性向――生の唯一のしるし――のために収支が合わせられている激しい怨恨である。」

これらの行――そのまじめさには、自分自身に対して滑稽にならずに済ますための一片のユーモアが必要だった――から僕は、故意の独断的な口調のため、曖昧な部分がおおい隠されているけれども、人類の両性への分割に関係があると感じられた死の観念をとり上げる。性交するとは所詮、原初の傷口を癒そうとして男女未分化の状態に戻ろうとすることなのであり、そうであれば、男性が女性に対して抱く欲望がなぜ必ずや両義的なのかの説明がつくだろう。というのも、カオスの中へのこの潜入の道具は生殖器、すなわち、僕たちが不完全で、かりそめの、永続しえない、ただ繁殖するだけのものだというあの二重性を、その存在が示している器官そのものだから。それゆえ性交渉――下半身の器官が手探りで営みをしているあいだの、これまでになく活気づいた二つの肉体の交流――が、その風俗がきわめてふしだらだと思われる民族にあってさえ、まったくの放恣に至るのを妨げる束縛が示しているように、地球上の至るところで、ある種の厳粛さをもつものとみなされている事実には何も驚くことはない。また、西欧社会から遠く離れた、しかし他の地と同様男性が支配的な位置を占める社会において、女性——毎月出血し、不規則な間隔をおいて子を産むために痛ましくも体を開く——が、その相手よりもむしろ不吉な要素をあらわしている事実にも驚くことは何もない。そのような特徴のため、彼女のうちに暗々裡に、前者に加わって存在し、したがって忌わしい二分状態に責任がある——なにしろこちらは侵入者のように突然入りこんできた、本来的には他者なのだから——としなければならない、二元性の二つの項の一方を認めるのが当然であるかのように万事ができているからである。

一九二四年十月十三日の日付のあるこの覚書をどのように扱うべきかは不確かだ。——それは月曜日（日記でそうだと分かる）のことで、ミニェ街二番地、ミニェ通りとオートゥイユのジョルジュ＝サンド通りの角にいたときであり、父は死に、兵役は終わり、僕は物を書こうとしており、例の女との関係が終わって以来女性なしに生き、さしあたっては稼ぎの心配をする必要がなく、母と暮らしていた。当時は、地平線にいかなる戦争の暗雲も立ちのぼっておらず、今日のように、次なる殺しあいを控えて朝鮮で戦いあうこともなく、僕は若く、ロマンティックで、理屈のうえでは絶望しており、死という大テーマについて、のうのうと（いかなる脅威にもさらされず）思索することができた。——問題の文章をどの項に分類すべきかは不確かだ。要するに深め、訂正し、そして曖昧さはたぶん除き去る必要はあるが、出発点とみなすべき思考なのか、それとも詩が目の前に姿をあらわした時期の、僕の精神状態に関する単なる資料なのか。僕は前者をすすんで選び、留保は課しつつも、これらの行を「思考」として扱った。そしてなにか役立つものをそこからひき出そうとして注釈の糸口をつけてみた。しかし個人的な反応がこの種の建造物にどの程度役割を果たすのかは十分承知している。なにしろこの建造物を補最小限いえるのは、それは空中楼閣程度のものしか築けないということだ。

強するに至った現実の人間的事実についての広汎で、むずかしい、骨の折れる検証をしていないのだから。もっぱら自分の個人的経験や感情から物事についての意見をひき出し、それを僕だけではなく全人にあてはまる根本的真実だと言い出したのだから、たしかに軽率な振舞いであった。けれど、わがこととして同意してくれる人々があれば、意見共有というこの事実によってただ一人の人間の思いつきや世迷い言ではなくなるある種の大筋の真実を、このように体験をもとにし、言葉を道具として、提示することこそ（そしてこれが、書くことが他の思考方法と違うところだ）、文学活動のごく自然な目的の一つではないだろうか。したがって、行き過ぎを犯したことは認めるのだから、僕が言い出したことの中に疑わしい部分、ともかく不完全な部分があるという点について少なくともはっきり意識していることをついでの折に示しさえすれば、何も抹消したり、否定したりする必要はなく、修正は十分可能だと思われる。僕の描く自身の肖像と、この肖像の光と同時に照明となるようなものを作り出すため、僕が掘り起こそうとする遠い昔の真実の切端から、ある日——そして場合によっては、僕の知らないうちに——何らかの一般的真実が生まれるであろうと期待することは、とまれ許されるのではないだろうか。

愛の交わりこそはきわめて愛情深い人間的行為だと（それに、話す、手を握る、キスをする、抱きしめるという一連の行動の最終段階にほかならぬものとして）思いたいのに、信条《クレド》の片のつかない昔の借金のおかげで、僕がそれを汚れた堕落したものと考えている事実をはっきりと示すのは、恐怖の時期にセックスしない——教会文学の昆虫学めいた用語を使うなら、「姦淫の罪を」犯さない——傾きがあることだ。不安なとき、僕は、身を丸めて、引きこもる（死が僕のことを忘れてくれるようにと自分を無にする。そして時代の不安が、普段からあまり豊かでない詩の泉を開いてくれるどころか、僕を詩から遠ざけるのもたぶんそのためだ）傾向があるだけでなく、どのような発散の動きにも逆らう自閉の欲求を感じるだけでなく、性の快楽自体、それに耽れば罰せられるおそれのある、道からはずれたものと思われるのであり、それは、平和なときにはどうということもないのに、世界が嵐の脅威にさらされていると、そしてやがて、いい子でなかった直後に、なにかちょっとした災難にあい、「神様の罰を受けたのよ！」と言われる子供と似た立場に追いこまれかねないと分かっているとき、もっと明確な意味を帯びるのである。肉体関係のなかに、人間の運命のもっとも赤裸な表れを認めるどころか、そのようなとき、反対に、そうした関係が示している運命への挑戦におびえるのであり、それはしたがって、僕を麻痺させる死との象徴的な結びつき（一方が「小さな死」にすぎないのに、こちらは永久の消滅）というよりは、僕の目には重大な情勢とは相容れないおぞましいものとなるだろう、まるで性的快楽は、伊達男や千三人以上の女とかかわったドン・ファンどもの真似をするまでもなく、それだけで騎士長の拳の力が身に及ぶのを感じるのに十分だ、とでもいうかのように。

もし——僕をほとんどいつも放蕩から遠ざけたあの慎重さと、加えるに一種の吝嗇さも同様——信心に凝り固まった連中の言によるなら、性交の自然な目的であり、唯一の根拠たるものに対して、僕が嫌悪しか抱かなかった（子供を作らぬことを長いことモラルとしたほどに。すなわちそれは生命を伝えることの拒否だ。なぜって生命はあまりにも大きな悪なのだから）とするなら、この拒否は、永続するための唯一の手段たる生殖は僕たちの死すべき条件をもっともはっきりと示すという事実からきているのではないだろうか。実際、父親の列に加わるとは、墓へと通じる階段を一段公式に下りることを意味する。なぜってそれは、人間のストックをたえず更新させるメカニズム、各世代には次々と別の世代がとって代わることを、そして生むとは、交換の容赦ない作用により、僕たちの下降とひきかえでなければ、その上昇がありえないかのような存在、その成長が僕たちの徐々のおさらばを意味し、僕たちを死へと追いやる存在を作ることを意味するのを是とするメカニズムに積極的に加わることだからである。父親の——あちこちに子供を作るいい加減な種つけではなく、子供たちを手もとに置いて、守り育てる一家の父親の——列に加わるとは、また、結婚が元来もつ近親相姦的性格を極端にまで押しすすめることをも意味する。その機能は恋愛関係を家族関係に変えることだからであり、家庭に入った恋人のなり変わった姿である夫が、近親とみなすことを意味する「わたしの子のお父さん」と言われる存在になるとき、その目的を達するからである（少なくとも、兄弟と姉妹の恋という近親相姦の形よりは、情熱の点からするとあきらかに批判の余地ある関係だ。この点からすれば、情熱——あるいはそうだと自称するもの——を時とともに生ぬるい家族愛に変えるがままにさせるよりは、快楽の熱狂のなかでは血の絆を忘れるほうがいいからである）。父親の列に加わるとは——それが老化をおおっぴらにするところからも、それがついには男と女の共同生活を染め上げてしまう近親相姦的、マイホーム的色彩からも、またそれがあらわす義務と責任からも——、僕をいつもうんざりさせたことだった。けれど、僕たちができる贈物のなかでとりわけ悲しい贈物である生命の付与など世のためにならないという考えにあって、僕にはこれらの理由を優先させる権利があるとするほど自分をモラル第一の人間とは思っていない。ともかく、きわめてばかげた有為転変を繰り返す人類の存続を助けることとの拒否を、父性への嫌悪を楯に主張するとすれば、たぶん偽善ということになろう。自分の中の次のような矛盾に気づくまで、僕はこうした観点を支持してきた。つまり、生殖には反対だが、後世には賛成なのだ。その判断にあまり期待はしないものの、この先、同時代のある人々が世に出してくれた僕の著作が破棄されて——あるいは忘れられて——、次世代に、少なくとも何人かの読者をもつことができなくなってしまうと思うと、あまりいい気持はしないからである（だから僕は、自分が選んだ活動、形だけでも死後の生を望んでいる活動が、僕の断罪するものに他の人々が専念し、ばかげた出来事を引きのばそうとしているときしか十全な意味をもちえないときには、おおむね著作を世に出すのを拒否している。こうした出来事も、結局のところ、書くことが、人間の無数のばかげた活動の一つとなるのでなければ、ばかげたものとみなしえないだろう。世界のばかばかしさを告発するためだけに書くとしてもそうだ。ばかばかしさに向かってばかばかしいものについて語るとは、当然ばかばかしいからである）。

　恋愛——それが実を結ぶと否とにかかわらず——を罪ある行為とみなすという目に立つ性向は、それに対する何らかのアンファンテリスムを示しているようだ。死を性の二分性にかかわるものとする形而上学的観念よりもはるかにここで僕にブレーキをかけているのは、大人になるという予測を前にしてのいつに変わらぬおびえだ。大人とは、子供を助け時には罰する（それも心配りを示すもう一つのあり方だ）のを役割とする両親の庇護から離れた、自分自身の裁量に従う自由な存在である。こういうわけで、恋愛をいくつものタブーで封印させることになる僕の怖れは必ずや何らかのノスタルジーを伴っているのであり、直接の不安よりはむしろ、罰せられるのが怖かった、そして「禁断の木の実」とは鍵をかけてしまわれた食物とたぶん「他の人のお宝」だけをおおむねさしていた時代にもう一度戻りたいという、ともすれば顔を出しがちな欲求をあらわしているようだ。一方、「欲しがる」という言葉が、欲しがる対象を単なる甘い物（「薄荷入りキャラメル（bêtises de Cambrai〔直訳すればカンブレ（フランドルの都市）の愚行〕）」その他の甘い物のような）以上の何かにし、「プレヴァリカトゥール（prévaricateur）」（いま引いた僕のリトレ辞典を信じるなら、「自分が守らなければならない利害に背いた」人間のこと）という奇妙な言葉で呼ばれるあやしげな人間とむしろ同列にしてしまうように見えたものだった。

　どん百姓がなけなしの金をけちるように、僕自身をけちるのだ。恐怖に羽交い締めにされ、恋には煮えきらず（たぶん、苦しみのことを考えてやはり僕をちぢこまらせる、体で支払わなければならないというあの怖れのせいで）、闘牛は好きなのに、真の牡牛である自分と向かいあったことはかつてなく、女をものにしたことも騎士長に挑戦したこともないドン・ファンであり、もはや著作によってしか存在せず、そして日がな、まるでもうすでに指が死の石の手袋で締めつけられているかのように、最後の言葉のような、遠い調子の文章を書こうとしているこの僕は、運命に関しての不誠実な受託者、言葉をかえていえば、あのプレヴァリカトゥールではないだろうか。子供を作ることに対する拒否と、とくにそれについてした説明の一つ（近親相姦に関するちょっともっともらしい見方に頼っての）にのぞいている不誠実さの陰に潜んでいるものを検証すると、そう考えたくなる。なにかにつけて子供の状態に戻ることを、そして僕ひとりだけで経験したわけではなく、なかには僕ひとりのものとさえいえない昔の思い出がよみがえるのを望んでいる一方で、家族と袂をわかとうとしているのは、単に群から離れるという思い上がった喜びのせいではないと知っているくせに、家族への帰属がいつも課す（さまざまな形で）くびきへの反抗を道徳的態度とみなす――僕が始終そうしているように――のは嘘をつくことであり、したがって、僕自身の人間をともあれ偽ることになる。この自ら望んだ分離によって、自分が別の人種（他の連中のように、老化、苦しい病気、死のような不幸に陥ることのない人種）であることを暗に仄めかし、こうして埒外にいるという淡い期待のなかに逃れることにより、さらに一層安心しようとしているのである。なぜって、自分の根っ子を否定し、自分を、以前にあったものと、これからやって来るものとのあいだの橋渡しにする生殖を拒否すれば、一切の段階を免れたその単一性のなかで、僕は時間の流れの外にいると想像できるからである。

天をひらけ、地獄を閉じよ！

「ヤマノイモの床入り〔ヤマノイモの収穫直後に行われるヴードゥーの祭〕」の晩、ポルトー＝プランスのマンボ〔ヴードゥーの女司祭〕の家では、ウンシ〔マンボを助ける信者〕たち——白いドレスを着て、出席者たち全員のコーラスに支えられた黒人女たち——が歌っていた。

ここでは、死を前にしてのように
どんな意気地なしも努力をする

と、召集兵の誰も——あるいはほとんど——が、自分たちの性的不能を臭化物の神話のせいにしたあの「奇妙な戦争〔第二次大戦のこと〕」のあいだ、ルヴォワル・ベニ＝ウニフ（南オラン地方〔アルジェリア北西部〕）にあった半永久センターの簡易便所の壁に、見知らぬ男の手が、震えることも、間違うこともなくなぐり書きしていた。

何も失われず、何も創造されず、

二人いる兄のうちの長兄が、哲学者のような重々しい様子をして引用した格言。僕自身もこれを——当時、「物質は残り、形は消える」といったロンサールのことは知らずに——「あげたら、戻らない」とか「狩りにゆく者は席を失う〔快楽を追う者は職場を失うの意〕」とか「身近な者の眼の中に藁を見る人は、自分の眼の中の梁を見ない〔他人の小さな欠点をあげつらいながら自分の大きな欠点に気づかないの意。「マタイ伝」第七章〕」のような諺にはない意味深いものと思ったものだった。

偽りの証（témoignagne）をたつるなかれ

決して嘘をつくなかれ……

の中で「…gnage」の代わりに「…gnagne」〔証の正しい綴りは témoignage〕といっているのは、ふくれっ面（grognen）の子供のひどい舌足らずか、気のない繰り返しの結果か、もっと昔、「全燔祭《ホロコースト》〔古代ユダヤ教で獣を丸焼きにして神に捧げる儀式〕」というと、聖霊降臨祭《パントコート》（Pentecôte）のときの骨つきあばら肉《コテ》（côtes）を焼く火を思い出したころの、モーセの十戒を暗誦した愚痴っぽい（gnangnan）口調に輪をかけた愚かしさでないとするなら、本を読む人間としての僕のぼんくらさを示すものだった。

他人のものを欲しがるなかれ

「その妻も、牛も、驢馬も」きらきら光る貪欲な眼がみつめるものは何も。なぜなら贖い主（Rédempteur）（穴の中の調教師ダニエル〔旧約「ダニエル書」の著者とされる前六世紀のユダヤの預言者〕のように、獄中にいるのをかいま見られた）によれば、「富める者が考えにより、言葉により、行いにより、あるいは手抜かりにより」天国に入るよりはむしろ、駱駝が針の穴——あるいはめど——に入るほうがやさしいのだから。

汝らきけ、彼は神を冒瀆せり！

カヤパ〔イエスをローマ総督ピラトにひき渡したエルサレムの大祭司〕はこう叫び、その服を裂いて、神の子を、罵りと唾を浴びるままにさせる。

「電球が破裂するときは」と長兄はまた説明したものだった。「破裂（explosion）より内破（implosion）

って言ったほうがいいだろうね。」突然の不規則な動きが示す小さな死――意識の停止、時の持続の一様な流れの中断――、そして、夢の中での落下や飛び起きての目ざめ、電気ショック、蓄音器のサウンドボックスの中に響く突然の衝撃音、マグネシウムの閃光（かつて、オットー写真館で肖像写真をとってもらったとき浴びねばならなかったような）、あるいは、待っていて、しばらく経ってからしか生じないときのほうがたぶん一層僕にはいやな爆発（大通りのキネマ・ガブカ〔一九〇六年創業のパリ最初のニュース映画館〕でかつて見た、「音を真似た」古い映画の場合のような。この映画の中では、あきらかに大人である一人の道化者がベレー帽をかぶった少年役を演じていて、彼の風船が突然ふくらみはじめ――少年自身が自転車の空気入れでそれをふくらませているのでなければ――、ついには中が、爆発寸前までいっぱいになり、それが起こるのが刻一刻と迫っているのだった）があらわしているのも、おそらくそうした小さな死だ。

『神々の黄昏』〔ヴァーグナーの四部作の楽劇『ニーベルンゲンの指輪』の第四部〕の火災と溢れた川。それまでひき臼をまわしていた眼のえぐられた奴隷サムソンが、二本の主柱をひっくり返したためのダゴン神殿の倒壊〔サン＝サーンスのオペラ『サムソンとデリラ』の場面〕。大饗宴を命じ、その間に火薬庫に火をつけさせた予言者ジャン・デ・ライデンのサルダナパロス的な最期（ここでマイヤベーアのオペラ〔再洗礼派の指導者ライデンを主人公にしたオペラ〕の終幕の幕が下りる）。グアドループのバス＝テール〔アンティル諸島のグアドループ島はバス＝テール島とグラン＝テール島の二島からなる〕の、海岸への急斜面にあるデルグレ通り。その名は、ボナパルトの兵士たちに敗れ、指揮下の反抗者たちとともに海に身を投じた黒人の男を記念してつけられたものである。マルティニックのサン＝ピエールにある黒い形。これは、万が一にも成功の望みのない逃亡を企てたとき、罠に捕えられ、火と水のために死んだ娘を思わせるものだ。トロ・デ・フエゴ〔火の牛の意。紙で作った等身大の牛を曳きまわし、最後にその牛にくくりつけた花火を打ち上げる北スペインの行事〕の最後に打ち上げられる花火、旋回しながら空中高く舞い上がる「王冠」、それは、木とボール紙製の牛《トロ》が吐く――最後の激しい吐息として――とされる魂の形象化だ。

破局という形をとってやってくるにせよ、ごく平凡にある日、僕の床の中に忍びこんでくるのを感じるにせよ、死は、事故死であろうとなかろうと、僕にとって「自然死」ではなく、事件としか考えられない。それは、たとえ避けがたいものであろうと、突然にしか起こりえないだろう。僕が、自分自身を超えるものは一切認めない、というのなら、世界の終わりであり、僕が去ったあとも、他の人々が引きつづき残っていると感じるなら、怒って、僕の「悪い星」のせいにするはずの終わりであるこの事件は、それ自体ばかげたもの（突然糸を繰り出して、スープに飛びこむ蜘蛛のように突飛な、運命の神《デウス・エクス・マキナ》の思わざる降下）であるだけでなく、僕の一生を、本当は大詰めを迎えるはずはないのに、なんとしてでも上演は終わらねばならないという理由で終わらせてしまう、出来の悪い筋書と同列なものにし——どこにでも転がっているような一生として——、ばかげたものにしてしまう。それについて、田舎では町にいるときほど恐怖を感じない。体がこうむる変化の予想（ペルセポネーが再生する麦のような、植物の世界でこれからはえてくる灌木や樹木やその他のもの）が、都会的な環境でよりも、僕には怖ろしく思われないからである。しかし僕がどこにいようと、死について考えるために、いつとも知れぬ以前から、こうして自分の中に滴り落ちるばかばかしさの小さな雫がたえず荒廃をもたらしつづけているのである。そして恐怖から死を、たえずそれを想定している筋書の本質的な構成要素の一つと認めないとすれば、僕の人間としての実相はいまからすでにして無になってしまうのではないか。この筋書の各局面は、営みを続けてゆくためには目をつむらねばならないとしたら、その瞬間から偽りの意味しかもちえないのではないだろうか。目を背けようとしている——にもかかわらずそこにあることを知っている——この死は、僕の人生をそれが終わる前にもう変質させてしまっているのだから、恐怖を抑え、眼を大きく開け、明晰な精神をもって、迷うことなく、自分を待っている運命を避けようとせず、勝負を賭ける気持で、それが来るのをみつめるという根本条件がみたされないかぎり、この人生をなにか価値あるものにしようとするのは、愚の骨頂ということになろう。だから僕がしなければならない転換は、一切を変革するほど重大なものとなる。その転換とは、先祖代々形成されてきた集団への帰属は死の保証だからといって家族を憎む――一種子供っぽい拒否の念から――かわりに、血統に逆らうことなく、共通の恐怖に同調しないことによって自分を他の遊星の一員にしたいのなら、それとは反対に死を軽蔑しようと努めるといったたぐいのものであろう。

空の入墨。黄道帯。地獄の女神を演ずるオペラの女性歌手がつけていた繊細な細工の円形のイヤリング。僕は夢で、半暗がりの中、いくつもの裸体の動きを目で追う。一方投光機の光線は、たえず移動しながら、これらアクロバットをする裸体の皮膚――それが、ぱっぱっとしか照らさない――に、複雑な、数字や紋章からなる文様の集まりに見える傷痕をえぐる。僕を捕えないかぎり、死は総じて、遠ざけるべきではなく、むしろ飼い馴らすべき観念だ。これがたぶん、死に似通う何かが姿をのぞかせているように見えた僕のいくつかの貧しい経験から学ぶべき意味であろう。こうしたささやかな断片的な回想を吟味してみると、おかげで死の顔が以前ほど冷酷非情ではなくなる若干の特徴を知りえたように思う。しかし他界とは、理の当然として、現実上、想像上の地図の上で、その境界を定めることのできない形のない穴への落下であり、右の掌に重い大理石の円柱（ポンペイのある種のフレスコ画に見られるように装飾された）をのせて支え、そのどえらい重さときたら、ある瞬間に誰かが目ざめさせてくれなかったら、叫び出したにちがいないほど僕を圧迫していたと言ったとしても、何一つ明らかになしえないことを承知している、あるいはまた、ある晩少し酔っ払って、ちょっと何かを食べるために台所へ行き、寝る前にいくらか水を流しこみ、それから壁にもたれ、煙草を吸いながらそこにいて、いずれは必ずや死なねばならないと考えながら、ガスのメーターや銅の皿の二つついたロベルヴァルの秤に目がとまったと話したとしても、やはり何一つ解明しえない。まったく同様に、アンティル諸島の風景のある種の要素に訴えることもできよう。たとえば、時折椰子の木立ちのなかに聳える「工場」の象徴（主塔が封建時代の町にあってそうだったように）である蒸留酒製造所の古い煙突とか、かつては砂糖黍の汁を処理するためのボイラーだったが、いまではキャッサバの粉を炒るための炉として使われている錆びた鋳物の大きな半球――まさしく魔女たちの大鍋であり、真っ黒で皺のよった祖母たちの鍋だ――とか。とりわけバス＝テール地域の、「大昔」（ある農民は、僕と散歩の連れに向かって、奴隷制廃止以前の時代全体をさすのにこう言った）の「住居」の跡の近くで見たそれ。

一念発起しようとして沈黙の帯をはずしたとき――いまではそれも一種の先史時代に組みこまれてしまった――以来、そういうわけで、さまざまな道筋や坑道を一つ一つためしてみることしかしてこなかったが、頼りになるものは何一つ見出せなかった。自分を解明してくれる経験が不足しているので、僕は不安のための休み所の役割を果たす拠点――要塞かオアシス――をもてずにいるのだろうか。

ミュンヘン会談に先立つ国際的危機〔ナチス・ドイツがチェコの一部をドイツ領にしようとし、英・仏などの努力により、ミュンヘン会談で一応、事は平和的に解決された〕のあいだ、ニームでそれまで当てにして生きてきた一切がトランプの城のように崩れ去るかに思われた。そのとき僕は、見て、いくらか心の休まる外部のもの（それらは、スケールの点で戦争に匹敵するほどの偉大さをそなえている、という印象を受けたから）は、メゾン・カレ、ディアナの神殿、闘技場〔いずれもニームの名所〕といったローマ時代の遺跡だけだったと気づいた。もっとささやかな事柄についていえば、子供のころ夢中になったある種の遊びに立ち返るとき、この世から消えねばならないという確信をそれほど苦にせずに受け入れることができるのは確かだ。たとえば、蛙に変わるのを見たいと思って水槽に飼っておくおたまじゃくし獲り。しかし実験者のわくわくする気持を抱いて、自然のプロセスの展開をこの目で確かめたいと思っていた僕たち兄弟の期待はいつも裏切られた。変身の三段階（二本の脚、四本脚と尻尾、最後に尻尾の消失）のうち、最初の段階以上は決して見ることができなかったと思うからである。

好季節のスポーツであるおたまじゃくし獲りは、城壁跡やブーローニュの森のごく近くの、「オートゥイユ沼」に流れこむ木陰の小川（沼も小川も今日ではなくなってしまった。それらがあった場所は、かなり前に競馬場に併合されてしまったからだ）で、何の道具も使わずに素手で獲った。「沼」——僕はずっとあとになって、イギリス人のある男の子がそこを散歩し、後年それを思い出して「ピーター・イベットソン」〔イギリスの作家ジョージ・デ・モリス（一八三四—九六）の同題の小説の主人公〕とその半ば以上は夢見られた人生の物語を考えたことを知った——、この「沼」は、人目につかぬ緑豊かな場所に入りこんでいる小道から出はずれないかぎり目につかぬ池で、周囲が徒競走をしてみたくなる、ほとんど円形のきちんと整備された遊歩道にとり巻かれていて、一方、近くの茂みはかくれんぼうに絶好の場所だった。小道のはずれに一番近い池の先端には、木材を模造した欄干つきの橋が架かっていた（ような気がする）。そこにはコンクリート製の模造された木の枝もあって、身を乗り出せば、絡みあったその枝越しに、小川の一つの上に架かって、自動人形のような正確さでほとんど水平に揺れている「蜘蛛の巣」を見ることができた。あの小山があったのも、たぶん同じ先端だ。ヌムールで姉と僕とが先を競うようにしてそれを話題にした最近まで忘却のなかに消え去ろうとしていたのだが、こうしていくらか立体感を帯びて浮かび上がってきてみると（幕や雲のスクリーンの陰に隠れて見えなかったあと、新しい照明を受けて目に入った芝居の大道具のように）、螺旋状の道をたどってそれによじ登ったことと、ルナ＝パークの一番人を戸惑わせるアトラクションの一つや双六——はるかギリシア古代から伝わってきたといわれている——の絵の一つのように、それが迷宮と呼ばれていたことを思い出すのである。

スポーツ記録板

『スポーツ記録板』（板チョコの板ではなく、物を書きつける板）、これが、一九一四—一九一八年の戦争の前、日刊紙『自動車』が三、四年のあいだ刊行した年鑑の書名である。

真のスポーツ愛好家の主な特徴の一つは、荷厄介なものを嫌うことだと考えていた——あるいは推測していた——事情通のこれら記録板の編集者たちは、その刊行物のために手帖形式を選び、それには、一年間に行われた選手権などの大きな試合結果や、統計を使い、記憶に残るすべての成績がそのときまで達成されたさまざまな記録と一緒に掲載されていた。表紙——分冊の一冊はクリーム色、別のはグレー、三つ目は淡緑色——には、一連の円形の肖像画がのっていて、鳥打帽の飛行士、絹の縁なし帽の競馬騎手、丸襟のジャージを着た自転車競走選手、両手にグローヴをはめたボクサーその他の、グラビア雑誌ですでにおなじみの何人かの有名選手たちを紹介していた。ごく簡潔な印刷された内容のほうはそれでも表現豊かで、読むと夢心地にさせられた。「オムニウム〔競馬の混合レースや自転車競技のミックスレースのこと〕」、「クリテリウム〔選抜競技〕」、「ビエナル」、「トリエナル」は、「challenge〔英語のチャレンジからきており選手権試合の意〕」（「シャランジュ」と発音した）と並ぶと、ローマ風の高貴さを際立たせ、こちらは緑の広い野原での長足の走りや、川の堤のあいだを行くオールの力強い、けれどそれに劣らず静かな水のはね具合を思わせた。「eight e cocks〔八人の漕手とコックス〕」は川水の競技者たちのことだし、一方「racers〔英語のレーサー、競技用モーターボート〕」とその対である「cruisers〔英語のクルーザー〕」（一方は「レスール」、他方に「クルズール」と発音すれば、申し分なかった）はモーターの大きな音と水しぶきを海面にひき起こした。黒人のボクサーたちの名前――ジョー・ジャネット、サム・マック・ヴェア、ジャック・ジョンソン――がボクシングの欄に綺羅星のように並んでいたし、別の欄では、フレッド・アーチャー、トム・レーン、パーシィ・ウッドランドといったアングロ＝サクソン系の競馬騎手の名前が、若い牝馬ソージュ・プルプレ、若い牡馬アンディミオン、ヌゴフォルやフォシュール（脚を折り、競馬新聞が長いこと、その具合に関する記事を報じていたあの名馬）の名前と隣り合っていた。表紙の裏ページ――あるいはどこかの広告面――では「The Sport〔モンパルナスにあった店〕」（「テ・スポール」と発音する）はドレッシーです」ということを知ることができた。

パリの市門のあたり、なにしろそこで生まれ、今次大戦のはじめまでほとんどずっと同地で暮らしてきたので、いまでもいくらか地元と思っている界隈のごく近くに、若い自分には闘牛の国にあっての闘牛場にいくらか似たものをあらわし、僕たちの散歩の折々に、その観衆と叫びが背景をなしていた戸外の二つの場所――オートゥイユ競馬場とプランス公園の競輪場――がある。

プランス公園には、兄のピエールと僕はたまにしか行かなかった。ダラゴン〔ルイ・ダラゴン、一九〇四年の自転車レース選手権保持者〕はそこで、僕たちの目の前で八十キロ・レースを争い、革のヘルメットをかぶった先導者ローソンは燃え上がったオートバイを乗り捨てたし（素早く、そして怪我することなく）、また、フランス対ウエールズ戦を含むいくつかのラグビーの試合もそこで見た。二十四時間の競技ボル・ドール〔黄金の鉢の意。オートバイによる二十四時間耐久レース〕が毎年行われたのも、この競輪場のサーキットの中でのことだ。そのポスター（オートバイに乗った先導者たちの後ろに続く長距離の競走者たち）に感心したのをおぼえている。しかし僕たちは、見にゆかせてくれと親たちをせっつくことはしなかった。だめだと言われるのが分かっていたからという単純な理由だったと思う。そうなれば、僕たちに監督をつけなければならないだろうし、両親は教育者として、ばかばかしいと、したがって有害だと思っている催物についてゆくのには尻込みしただろうから。

　僕たちにとってそれよりはるかに魅力的で手近だったのは、オートゥイユ競馬場だった。グラン・スティープル・パリ大障害〔長距離の障害物競走〕の日やその他の重要なレースでは、各自一フラン払えば「芝生席」に入ることができたし、それに——こちらのほうがよくあった——競馬場の外側の、一部乗馬道がそれに沿って走っている道路のある場所にしかるべき瞬間に陣取るだけで十分だったのだから。

　この観察場から兄と僕とは、競馬騎手たち——毛並のきらめく馬に乗り、さまざまな色のヘルメットをかぶった——が垣を越え、芝生の丘をのぼって、その向こうへ消え去るのを眺めることができた。「栗色、白いスカーフ、白い縁なし帽」はリュー厩舎の色。「さくらんぼ色、トウモロコシ色の袖と縁なし帽」はヴェイユ＝ピカール厩舎の色。「深緑色、オレンジ色のベルトと縁なし帽」はヘネシー厩舎の色。人々（観覧席に黒山になっていて、騎手たちのゴールの瞬間、その喚声が僕たちのところまできこえてきた人たち）が金を賭け、時には、「馬と馬車」を持っていたのに利鞘で得た全財産を賭ですってしまい、株式取引所で父に会うと、つつましく百スー借りてゆく父の元同僚のように破産するのがこの埒の中でのことであり、きらびやかに着飾ったこれらの騎手たちのせいであることを知っていた。この広大な草地こそは、そこで展開する華々しい競技と、そこで得られあるいは失われる莫大な金額のために、魔法の場所であり、魅力的な、しかし将来僕たちが「ギャンブラー」になるのではないかと心配して父が非難していた良からぬ場所であり、要するに、一切が恩寵と失寵、幸運と不運の面からはかられているように見えるほとんど超自然的な場所だった。

最大の喜びの一つは、レースのスタート地点が「こならの垣根」のそば、つまり僕たちが陣取った場所の近くになるときだった。競走に加わるサラブレッドと並ぶ、肥ってたくましいレスラーのような肉づきの馬に乗ったフロックコート姿のスターター、鶏のように足踏みし、白鳥のように体を揺らしている、スタートのために集まった競走馬の群。いつも手間のかかるスタート・ラインへの整列のあと、突然のギャロップと土にあたる蹄の音、僕たちにはそのごく耳慣れた響きを聞きとることができるように思われた。その瞬間から、たえず変化するレースの局面を追う観衆の喚声が、騎手たちのいる地点にしたがって、彼らの一人が遅れていたのに少しずつ主集団に迫っているとか、逆にリードしていたのは彼だったのに追いつかれてしまったとかにしたがって、また、事故——障害物を前にしての馬の尻込みとか、ジャンプのあとの落馬とか——が騎手の一人から容赦なくチャンスを奪うとともに賭手の一部に金銭の損失をもたらすにしたがって、あるときは小さく、あるときは大きく、僕たちのところまで届くのだった。

僕はつねにスポーツマン（そうなりたい気はいくらかあったのだが）とは反対の人間だったけれども、この時期のことを考えると胸のときめきをおぼえ、おかげで今日でも、スポーツに関するすべての催しのなかに祭儀のパレードのごときものを見るような気になる。騎手たちの馬具一式、馬場と観覧席の白いロープ、準備作業の一切、すなわち騎手たちの縦列行進、競走相手の紹介、「役員」と呼ばれている人たち——審判員、スターター、ゴール判定者のような——の役目。規制がこまかく行き届いていて一見揺るぎない表面の陰に感じられる、薬の塗布やマッサージ、ドーピング、特殊な健康管理（闘鶏の鶏に呪いをかけるような）などの一切。このような騒ぎの主役たちは、たとえば俳優たちよりももっと観衆から孤立していると同時に、もっと近い別世界で振る舞っているかのようだ。というのも、ここでは嘘は何一つないからである。演出がいかに重要であろうと、トリックの部分がどれほど大きくても、賭の範囲を別にすれば、理論上その結末が予測のつかないスポーツ試合は現実の行為であり、細部に至るまで紆余曲折の一切があらかじめ決められたとおりに展開する絵空事ではない。そこから、これらの超人たちには及ばないという鋭い意識と同時に一層強い参加意識が生まれてくる。なぜなら、こうして僕たちとは別世界に生き、勝利あるいは敗北に向かって必死になって突進する人たちは、ありきたりのマネキン——自分たちの淡い影か、実体をもたない幾何学模様と化した人物——ではなく、少なくとも僕たちと同様に血肉をそなえた、ひょっとしたら僕たち自身かもしれない人々だからである。

オートゥイユ競馬場と、やはりブーローニュの森のエリア内にあったので家からさほど遠くなかったロンシャン競馬場、それにアンギャン〔パリ北部、アンギャン湖畔の温泉地〕のそれ（行ったことがなかったが、親戚の女性オペラ歌手が催した上演会のため、ある晩連れてゆかれたカジノの近くだということは知っていた）以外に、パリの周辺に点在していた——いまも存在する——他の競馬場もあった。ル・トランブレエ（かつて「重馬場〔競馬で馬場の状態を湿った状態から乾いた状態へと段階的に分けるが、その二番目〕」として知られていたと思う。その名は湿った地の上をギャロップで走る一団の馬の音を思わせる）、メゾン＝ラフィット〔パリ北西部、セーヌ左岸の町〕（「シャトー＝マルゴー」のような特別銘柄の）、シャンティイ〔パリ北方の町。城が有名〕（その名はレースのマンティーユ〔マンティーラ。スペイン婦人の使うスカーフ〕やシャンティイ・クレーム〔ホイップクリーム〕よりは、はるかにレンズマメ《ランティーユ》（lentille）を思わせるけれども、とりわけ貴族的だ）、ヴァンセンヌ〔パリ東部の町。森で有名〕（僕たちにとっては下らぬものだった。なにしろ騎乗であろうと繋駕であろうと、速歩競走には軽蔑しか感じていなかったから）。競馬ファンがオートゥイユやロンシャンのようにベンチつき馬車につめこまれてではなく鉄道で行くこれらの競馬場は、僕たちにとってはほとんど現実とは思えない遠い彼方の存在だった。それらについては、本物の競馬狂を真似て、予想を立てるために調べる新聞を通しての、こういってよければ孫引的な知識しかもっていなかった。

『競馬の噂』、『オートゥイユ＝ロンシャン』をかなり定期的に、『運』も（時々）読んで、それ自体評価しにくいことの多い、重要性は相対的な、さまざまな要素の入ってくる立てにくい予想の基礎となる資料を得た。つまり馬の体重、あるいはむしろ重量（トップ＝ウエイト、換言すれば一番重量のある馬は、厄介な問題を荷う。なにしろその馬の現在の難点は、過去の記録が優秀さを示していることにまさしく由来しているのだから）とか、それぞれが以前にあげた成績とか。そこからある馬は別の馬の「行手をふさぐ」といった結論を出す（競走馬たちの長所の評価ができるような一連の長い作業を通じて。万一の場合は、これらの馬が過去に対戦した他の馬もとり上げるが、こちらも同様の評価基準の対象となる）、さらに馬場の状態（それぞれの馬の能力に多少とも適しているとみなされる）、血統、馬主、調教師の評判、騎手たちの質、「総合順位」における彼らの位置、さらに総騎乗回数に対する勝馬となった場合の「パーセンテージ」に関して（全勝利数によるランクづけよりも量的に大ざっぱでないため、僕たちが選んだ基準）、「つきのなさ」（つまり、彼らのうちの某がこうむったばかりの相次ぐ敗戦の数。その数が多いとすれば、良い騎手の場合、不運の時期がもうじき終わると考えることができる）というあやふやな概念が結びついた。この騎手たちの好不調、こうした件に関し、専門的ではないけれど、特別に目が利くと分かっていた一部の新聞の予測。

兄と僕にとっては、チェスの指手や研究室でむずかしい科学的問題の解決を追究する研究者のものに近い無私無欲と真剣さで行った共同作業の結果である予想を、たとえ想像上にせよ金を賭けることによって確かめるのは問題ではなかった。的中を望んだとするなら（ギャンブラーとしての僕たちの能力の試金石）、それは単に名誉のためであり、いま考えると、欲得のなさそれ自体のおかげで、僕たちのほうが勝者を当てるのがどうやら多かったように思われる。本当のところ、持主たちが厄介払いしたがっている勝目のない馬たちが対戦するハンディキャップ・レースや「クレーミング・レース〔優勝馬が競売に出される条件で行われるレース〕」の雑魚どもは眼中になかった。重要な試合にしか関心はなかった。そこでの争いは有名な馬たち同士に限られており、したがって不測の事態は避けがたいけれども、不確実性の余地はきわめて小さかった。僕たちの賭が欲得抜きであるところからして、大穴を狙おうと穴馬のために本命を無視する必要がなく、さまざまな競走馬のなかでどれが最良かを決めるのに、ひじょうな忍耐と方法上の厳密さをもって行った探究だけをもっぱら信じて「倍賭」タイプの策をとらなかったのは本当である。

　競馬に情熱を燃やしたこの時期を通じて、兄と僕とは、大きくなったら騎手になるといつも考えていた——貧しい界隈の多くの少年たちが自転車競技の選手やボクサーになることを夢見るように。宗教の創始者や偉大な革命家や偉大な征服者と同様、宿命のもとに生まれ、そしてもっとも恵まれない階層の出身であることの多いチャンピオンのめくるめくようなその出世は、梯子を一気に駆け上り、普通の人間が、たとえ生まれつきどれほど恵まれていようと、常識で考えて期待できるものとは桁の違う社会的地位——たしかにいくらか埒外のものではあるが——に達することを許す例外的な幸運——あるいは魔法の力——のしるしのように思われる。ある点で、チャンピオンは魔法使い、とくに一般にアルカイックと呼ばれている社会のシャーマンを思わせる。シャーマンもまた、多くの場合、最初は単なる不遇な人間にすぎなかったのに、他の人々とは違って彼ひとりだけが精霊たちと結ばれているという事実によって、運命に対してめざましい復讐をとげる人物なのだ。

　たぶん兄と僕とは、ああしたジョッキー・ブラウスを着た自分たちの姿を想像するとき、漠然とそうしたことに気づいていたにちがいない。それは、他の人々と僕たちを区別する一種の紋章ないし祭服のごときものであり、同時にそれは、注目の的、集団的熱狂の焦点、名声を縫いつける針のように僕たちに注がれる眼差しの集中する場所、受皿として、彼らと僕たちを結びつける。ああした絹の薄手のチュニックは、シルクハット、連発式ピストル、金貨入れその他の父の権威の象徴よりもっと、一切の障害物を乗り越え、落馬の危険などものともしない人間である僕たちの力、僕たちのマナをよく示したであろう。時は過ぎ、野心は消え去っていったけれども、背広やコートの生地のある種の名が僕の心をとらえるのは、ああしたジョッキー・ブラウスの遠い名残りのせいであろうか。たとえばシェトランド〔スコットランドのシェトランド州産のごく細毛の羊毛〕、ワーステッド〔イギリスのノーフォーク州の村産の梳毛織物〕、カヴァーコート〔霜降りの毛織物〕、ツイード〔スコットランドの町ツイード産の毛織物〕（「ハリス」という名がついていて、長いこと信じていたようには、必ずしも「アイルランドのもの」でなかった）、チョーク＝ストリップド（あるいは「レエ・ド・クレ（rayé de craie〔chalk-strippedの仏語訳〕）」）、シャーク＝スキン（あるいは「ポ・ド・ルカン（peau de requin〔shark-skinの仏語訳〕）」）。『スポーツ記録板』――外見は比較的地味な――のほかに、僕たちが本をしまっておく戸棚には、必ずしも子供たちを喜ばせるものではないが、少なくとも書棚の飾りになっている（その点では、本のなかに読書用というよりむしろ装飾用というべきものを見かける、多くの大人たちの書架と少しも変わらない）、小口が金色で、パーケール〔目のつんだ平織の綿布〕装の本がたくさんあった。こうした子供用の本のなかに、それを芝居に翻案しようとしはじめたほど僕の想像力を刺激したものがある。芝居といえばオペラぐらいしかあまり知らないので、ごく自然にオペラの台本の形をとった。「あれはパートナーで、ファン＝レールじゃない」、これが、二頭のライヴァル同士のサラブレッドを叙事詩風な形で競わせるルフランの大体の内容である。ルイ十五世時代を枠組にした『ローザン伯の小騎手』〔ジュール・シャンセルの小説一九一〇〕は、最高のスポーツ精神とフランス人の主君にきわめて感動的な忠誠を示したイギリス人の少年の例を、兄と僕とに示してくれた。コンフラン伯爵ないしは侯爵に対し、ローザン伯が応じた賭の結果、イギリスから有名な名馬パートナーを連れてくるため、ローランという名の性悪な従僕（相手方の悪党）の仕組んだ術策の裏をかく必要があり、波瀾万丈の末ボブは、シャイヨーかパッシーの近くのどこかで、意気揚々とこの馬に乗ることになる。天使ケルビムのように、ボブ少年はリボンで後ろを結んだ髪粉をふった鬘をつけていた。しかしその上に三角帽〔十七、八世紀頃に流行した帽子〕、つまり騎手のトック帽〔法官などのかぶる縁なし帽子〕や騎馬猟の連中の猟騎帽に類する半円形の黒いお椀帽はかぶっておらず、ハイヒールをはく女形の粋な絹靴下の代わりに、ふくらはぎは紋章入りの長靴でおおっていた。話はそのあと、投獄事件や革命の諸場面へと続いていったのだろうか。よく考えてみると、そうだとはあまり信じられない。しかしローランというこの極悪人が、その悪業の罰として、他の従僕連中から罵倒され、そのうえしたたかに殴られたのだと思われる。

駿馬パートナーと老いぼれ馬の差し替え。フランスへと帆走する船上か陸上の街道のとある宿駅で（このほうが本当のようだ）、しばらく略奪を人に知られないようにするため、そこらの駄馬を駿馬に見せかけようとしたのはこのローランだったのか。それともむしろ、不倶戴天の敵の悪だくみを名も知れぬ馬のほうへと逸らせ、悪党が奇跡の四つ足獣の代わりにそちらのほうをさらう――あるいは薬物を飲ませる――ようにさせるため、このトリックを使ったのはボブだったのだろうか。その理由はどうであれ、また、どのような秘密の闇の中で起きたにせよ、一頭の馬がその毛色を変えるペンキのひと刷毛で別の馬に変身する。この取違えの喜劇の行方の知れぬ有為転変は、主人公が優位に立ち、若い敵手の聡明な公正さには歯が立たない下劣なたくらみを事とする不届き者の狼狽のうちに終わる。ポンパドゥール夫人〔ルイ十五世の愛人。浪費家として有名〕に仕えた黒人の少年やナポレオンと親しかったマムルーク族のルスタン〔エジプト遠征の際、ナポレオンに与えられた二人のマムルーク族の一人。ナポレオンがエルバ島に流されるまで仕える〕のように忠実な、律儀で心優しいボブは、本の作者がその苦難を終わらせるべき時がきたと判断したとき、逆上した主人を大変な難局から救い出したのである。

ローザン伯の少年騎手が示した誠実さ、先見の明、まじめさは、僕たちがひいきの騎手たちのものと考えていた資質そのものだった。もっとも偉大な騎手とは、もっともすぐれた馬の乗手（やすやすと馬を乗りこなしているそのさまから判断できること）であるだけでなく、「乱痴気騒ぎをしない」人間であり、体重を維持するために必要なきびしい食事制限をもっとももよく守る人間であり、訓練の厳格な規律にも決して背くことのない人間である。そして、こうした禁欲的な資質は、知的であると同時に道徳的な資質を伴っているのだ。偉大な騎手はインチキをしないし、馬に成功の機会を惜しみなく与えるかわりに、馬のスピードを落とすために、こっそりと「手綱を引く」ようなことはしない。彼はすぐれた戦術家でもあって、「先行レース」より「待機レース」を好み、好機をみはからい、一気にダッシュをさせるために、馬の力を制御するすべを知っている。

一頭の馬が終始先頭を差しつづけるのはそうあることではないし、そのうえ、レースの興味にとっては少しも望ましくない。レースの大きな楽しみは、競走馬のうちの一頭が他を制しつづけるのを見ることではなく、それが順位を上げて、他の馬を一頭ずつ、時にはやすやすと、時には苦心して抜いてゆくのを見ることにある。長いこと後れをとっていたのに、騎手が拍車を入れ、鞭打つことによって、全力疾走へと駆り立てられ、すでにレースに勝ったと思われていた相手をゴール寸前で抜き去るとなれば、喜びは頂点に達する。騎手が、ほんの一秒までも、ほんの数センチまでも計算して、有効に行動したかのように、遅れていた馬が勝つのは、クビ差、アタマ差、さらにはハナ差でさえあるだろう。

このように急に飛び出してくる馬、有望株《カミングマン》（自転車競技のファンたちが好んで口にするような）は、先輩たちを追い抜こうとしており、すでに彼らに不安を与えている。チャンピオンの目に映る挑戦者同様、有望株は兄貴たちにとって代わろうとする意欲に燃えた弟分だ。まだまったく位置は定まっていないものの、若いので身をかばう必要のないこのような人間は、周知のように、真っ向勝負を挑み、そして（頭角をあらわすため、著名な闘牛士になったらもう冒さないような危険を冒す新米《ノヴィレロ》のように）、つねに全力を尽くす。だから、彼の呼び起こす熱狂的な関心には一種の愛情が加わる。それは、これほど将来性のある若さを眼前にしての驚嘆であり、そのやり方にまだ駆引きのない人間に対する共感であり、栄光の座に収まり返っている連中をそこからひきずり下ろしてくれるかもしれない者への期待である。

期待でしかない段階はとっくに通り越しており、障害物競走の騎手として指折りの熟練者に数えられていたけれども、ルネ・ソーヴァル――ラ・ヴィレットの肉屋の息子――は、兄と僕にとって、長いこと真の敬愛の対象だった。丸一年のあいだ僕たちは、二位につけていた（そしてまさしく二位だったからこそ）彼が全体の格づけでトップのジョルジュ・パルフルマンの地位を奪い、こうして、障害物競走でただひとりソーヴァルより多くのレースに勝ち、そのうえ年上でもあり、不当にも首位を占めている点が気にくわず大嫌いだった人物に対して、優位に立つことを期待した。不当というのは、ソーヴァルは総勝利数こそパルフルマンより少ないが、彼ほど無節操に騎乗することはせず、僕たちが彼よりも立派だと判断した勝率の持主だったからである。これほどまでにルネ・ソーヴァルに共感を抱いたのは、彼がこの成功者に対して脅威の代表だったからだ。僕が現在、支配階級に対してチャレンジャーの位置に立つ抑圧された階級に共感を抱くとき、また、長年世に認められてきた大天才よりも、数世紀にわたって待機レースをしている――もしかすると、彼が考えさえしなかったかもしれない勝利を知るには、あまりにも早くに死んだ――呪われた作家や芸術家を好むとき、まったく違った心の動きに従っているとは思わない。

あるときは無地（縁なし帽だけは別だった）、あるときは二色（ストライプ、輪文様、格子縞となって並んでいるか、他の色と際立った対照をなす色がベルト、スカーフ、袖や水玉模様に使われているとか）のジョッキー・ブラウスに乗馬ズボンの白、裏底が黄色の黒い長靴だけでなく、馬の毛色も加わっていた。牧場も及ばないと思われる緑鮮やかなトラックを、かたまったり、長く延びたりして駆け抜けてゆく騎手たちの一団ほど見ごたえのある光景はない。そして、どんな宮廷衣裳も軍服（飾り紐、肋骨文様、バスビー帽〔第一、第二帝政時代に騎砲兵が用いた毛皮製の軍帽〕、ドルマン〔肋骨飾りのついた軍服の上衣〕、肩章、星章、階級章、三日月記章、袖章、縁飾り、サブルタシュ〔十八、九世紀の騎兵が吊り下げた革の小鞄〕、シャコ〔羽根の前立てと庇のついた円筒形の軍帽〕、シャプスカ〔第二帝政期の槍騎兵帽〕つきの）も、僕たちにとっては、目もあやで、とてもモダンなこうした薄手の服装の比ではなかったと思う。

　ある種の叙事詩趣味——マルボ将軍〔一七九九—一八五四〕の『回想録』を読んで養われた——から、騎手たちの壮挙を武勲のたぐいとみなすようになっていたのは確かだ。僕たちがお互いに話しあうお話の中で、主人公の動物たちは、戦士や国家元首として名を上げる前、騎士道物語に登場する人物たちの少年期を描く物語に見られるように、彼らが双葉より芳しいことを示す準備の時期に、しばしば傑出した騎手や飛行士だった。粗末な絵を描くのがやっとだったあと（たとえば「野外服と閲兵式の服を着た兎たちの王様ドロガン」。これはふんだんに勲章を授けられた動物で、姉が僕に話してくれたオペレッタ『ジュヌヴィエーヴ・ド・ブラバン』〔ジャック・オッフェンバック作曲のオペラ＝ブッファ。一八五九年十一月、ブッフ＝パリジャン劇場で初演〕中の女役、小姓ドロガンのためにこういう名前がついた）、僕がノートにボブ・サンジュコップ、シァンシァン、ムトネその他すてきな哺乳類たちの伝記を描きちらすようになったとき、インクや色鉛筆で、彼らが華々しい活躍（軍旗の奪取や敵の前線を通っての手紙の携行）をしたり、大きな試練をくぐり抜けたりしているさまを描いたものだった。

チャンピオンが軍人と民間人の長所のすべてをそなえているのは、僕には当然のことと思われた。それにまた、僕たちだってちょっとした発明をすることができるのと同様、モーターつき鳥形三輪車や滑り溝つき避雷針のような機械を作ることのできる発明家――アデール〔クレマン・アデール（一八四一―一九二五）。飛行機の発明家の一人〕（工芸博物館では、彼の蝙蝠形飛行機を見ることができる）やサントス＝ドゥモント〔一八七三―一九三二。パリに住んだブラジル人で、飛行船を発明した〕（バガテルでだったと思うが、実験飛行が行われた「お嬢さん号」や「トンボ号」の）のように――であることも、彼にはふさわしかった。僕たちの発明とは、床にじかに横にし、その上に乗り、背の部分の縦材にのせた足と、こうして横にした椅子の前脚である二本の水平の棒をつかんだ両手でもって揺らして動かした、食堂の椅子からなるミケランジュ街の椅子＝自動車や、リポラン〔エナメル塗料〕で塗った古箱（その一つは、スペインの国旗みたいに黄と赤だった）でできていて、全体が古い二対の二輪の車輪の上にのっているヴィロフレの自動車や、同じ別荘で、船の遭難遊びをしようとするとき、家の中の階段の上を騒々しく滑らせた洗濯板だった。今日のアメリカのコミックに出てくるスーパーマンと違って、僕が何冊ものノートのページを埋めた子供の神話の主人公たちは半神でもなく、そのうえ全能の選手でもなかった。もっとも偉大でも強くもない彼らはただ勇気があって、信義に厚く、利口で、巧みで、体よりも心や精神に属するこれらの長所のおかげで、企てたことすべてにおいて輝かしい勝利を収めるのに成功するのだった。けれど彼らの第一の長所、僕の目にはほとんど試金石の意味をもつそれは、騎馬スポーツに対する愛情と知識だった。まるでこの特別な分野における熱意と熟達が彼らの価値のもっとも確かなしるしででもあるかのように。

　ある種の乗馬法の名人芸にこれほどの重要性を与えることには、それ自体としては何も驚くところはない。体育と軍事教練の専門家たちは、健康の保証であり、人格形成に不可欠な苦行としての身体鍛練の効能について、口をすっぱくして説いているからである。一方、運動競技を気力を学ぶ場として、団体競技を連体感や、共通の利害を前にして自己を無にする心、すなわち犠牲的精神を発展させるものとして示す文学も山ほどある。それにしても、スポーツが完全な人間を作るとして、そうした人間の原型に僕が競馬の騎手を選んだことに人を苦笑いさせるむきがあるのに変わりはない。競争が本来個人レヴェルのものである競馬に関して自己犠牲などは問題になりえないし、そのうえ、サラブレッドに乗るのが仕事の人間に対して金銭のからくりに一切無関係であるのを期待するのは無理な話である。なにしろ競馬の根底には場外馬券制度というものがあるのだから。競馬の騎手たちに対する僕の熱狂的な態度のなかには、だからかなりの子供っぽさが入りこんでいるのは確かだ。とりわけ、僕を夢中にさせるものを道徳的に正当化したいという気持が。これは、もっとごくごく単純に、夢中にさせるものをストレートに善の代表とみなしたのでなければの話だ。

「勇気の祝祭」、「不屈の人々の祝祭」と、歌劇『カルメン』の闘牛士〔カルメンが竜騎兵ドン・ホセの心情を無視して心を移したエスカミリオ〕――いずれ「モンテスとペペ・イーリョ〔二人とも実在の有名な闘牛士〕の栄光」に達するだろうといわれた男――は、有名なアリアの中でこんなふうに闘牛《コリーダ》を歌う。競馬（courses de chevaux）は戦いではなく、言葉の普通の意味での「競走（courses）」で、暗喩的な意味でしか「闘争」を云々できないが、僕にしてみれば、馬術の壮挙、とりわけ、普通の競馬より騎手に対し一層の男らしさを要求するように見える試練、障害物競走が中心となる壮挙を歌うなら、この種の表現をもってしてである。普通の競馬では、たとえばオートゥイユに見られる観覧席近くの流水のようなきびしい障害物はない。たまたま「芝生席」に行くことがあると、そのそばに陣取って、馬たちが厚く高い生垣と、その向こうに固い地面があったら僥倖という、とても幅広い水の流れを越える眺めを楽しんだものだ。けれども経験から、こうした波瀾に富むコースにはつきものの危険にもかかわらず、僕たちの予想が他の場合より確実に当たるということを知り、そこから、ロンシャンのような平坦なコースで争われる競馬とは違い、障害物競走には競馬狂の明察をしばしば無効にしてしまうああした不正がほとんどないのだという結論をひき出した。

だから、痩せ、頭の毛をすっかり剃り、馬の頸筋に身をかがめたグノームたちの誰もが、同じように尊敬の念を起こさせたわけではなかった。どちらかといえば、僕たちは障害物競走の騎手たちを好んだ。障害物競走は悲壮でめざましいだけでなく、一層の道徳性を帯びていると思われたからである。さらにまた、騎手のボーン〔ジョン・ボーン。一八九四年の大障害物競走の優勝者〕のように、引退間際、最後に騎乗したとき、その日の（そしてたぶんそのシーズンの）最後のレースで、しかも最後の生垣で落馬し、頭蓋骨骨折で死ぬようなことがないとしても、えてして鎖骨を折るような、流れや障害物や生垣を飛び越える人たちに関して、たしかに英雄的神話を作りやすかったからである。けれどこの好みは、誰彼構わずというわけでは決してなかった。僕たちがジョルジュ・パルフルマンに対して抱いていた嫌悪感については前述した（教室で人が優等生に対して抱くような、そしてある日、落馬したあと、無帽で跛を曳きながら検量場に戻る彼を見たとき、僕たちが罵声を浴びせたほどの抜きがたい嫌悪）。彼の同輩の大多数に関して、僕たちが無関心だったのは確かだ。こうした端役たちの存在は、僕たちが単に目にした名前――一切の逸話抜きで――だけの存在であり、そうしたなかで、その持主にいくらかなりと実体を与えるのは、イギリス海峡の向こうの風趣を濃く帯びていて、そのエキゾティシズムが僕たちの心を動かすものだけだった。他方、普通の競馬だけをする騎手たちのなかにも、なぜだかよく分からない漠たる理由ながら、なかなか魅力をもつ者がいた（たとえばモーリス・バラ。彼は、ロスチャイルド男爵が馬主であることを示すジャケットを着て走っており、のちに一九一四―一九一八年の戦争のあいだ、ボクシングの元チャンピオン、マルセル・モローと偉大な飛行士ナヴァールもよく出入りしていたアンタン街の小さなバーで隣合せに坐って、誇らしい気になったものだ。ナヴァールがパリの通りを全速力で走り、歩道にまで乗り上げて警官たちを押しつぶそうとしたあの有名な車の暴走事件のため、その生涯が急転する直前のことである）。それでも、僕たちがもっとも偉大とみなす障害物競走の一部の騎手たちが、聖なる光背に包まれているようにしか見えないことに変わりはない。大胆さ、自制心、それと結びついたまったく飾り気のない態度、不法行為を憎むのを当然とするスポーツ精神、友誼の厚さ、これらが彼らに認めた模範的な長所であった。こうした美徳――もっとも高度な意味で道徳的な――、僕には現在、自分の讃美する人たち、とくに「本物の」詩人あるいは芸術家とみなす人が、それらをそなえていると考える傾向がある。しかし、はっきりいってこれらの美徳は、教理問答その他の教訓書が云々しているような善とは関係がない。僕は、それらを、僕を魅惑する活動と結びついており、自身魅力的な人々――長靴やジョッキー・ブラウスを身につけた、あるいはとくにこれといった標章のない――とかかわる事実であるかぎりにおいて評価するのであって、厳密な意味での道徳的な美徳とはしない。いや、それ以上のもの、真の頂点をきわめた、そして僕たちが心から嘆賞できるしるし、もっとも完成した芸術であることの保証（なにしろそれは本物なのだから）、要するに、大変偉大な様式の仕事に押された刻印だ。「偉大な騎手」――もっとも良心的であると同時にもっとも賢明な、そしてもっとも見事な形で競争に勝つことのできる――と言うかわりに、「天才」、すなわち魅惑を生み出す人、その過ちや間違いはどうあろうと、これ以上すぐれた、これ以上明察に富む者は考えにくい全人と言ったとしても、これらの人間たちとのあいだにそれほどの径庭は存在しない。たしかに彼らの活動は互いにあまり関係はないけれども、一方が他方と違っているのは、他方がもっとニュアンスに富んだ姿をとっているだけのことであって、叙事詩の英雄たちに一般の際立った相違はなく、僕の目には同じように映るのである。

競馬騎手たちの万神殿《パンテオン》――ソーヴァル、アレック・カーター（兄と僕は、戦争が起きたとき、彼が砲兵隊に動員されたのを知って心を惹かれるだろう)、W・ヘッド、ランカスター、バラ、その他二、三人。これがいわば中心軸で、そのまわりをそれほど重要でない星たちが回転しているのだった——を作ったあと、僕たちはごく自然に、遊んでいるとき、さらには日常生活においても、輝かしい人間性の代表者たちと思われたこれらの騎手たちの誰彼と自分たちを同一視するようになった。第一級のスターたちの役を演じたのは、兄と、僕たちの遊びに同調した自分より年上の少年たちだった。年下の僕は控え目でなければならず、受け持った役はそれほど見栄えはしないか、まだ駆出しといっていい人物だったが、年長の連中の独占する役を奪おうなどとは思いもしなかった。ナッシュ・ターナー、すでに下り坂で、大体は普通のレースだったが、時には障害物競走にも出る(そのため、騎乗回数はもちろん、勝利回数は少なかったけれども、一種の万能騎手とされていた)この騎手は、すばらしい名前であった。アメリカの有名な探偵、あのナット・ピンカートンにとても近い「ナッ」で、ただし最後のところは、口から吐き出さずに、噛み殺してしまった罵り言葉のように尻すぼみになっている。これが、ある一時期、流行遅れの服を着るみたいに僕がナッシュ・ターナーになるのを好んだ理由である。当時障害物競走の騎手として知られはじめていたジョージ・ミッチェルはというと、名前が僕とほとんど同じだったので格別だった。若い騎手で、そのことは名前の相似と相俟って僕が役と一体化するのに誰の目にも議論の余地のない好条件となっていて、実際、彼との一体化はナッシュ・ターナーの場合より揺るがず長続きした。

こうして主役を年長者たちに譲り、ねだり屋ではなかったため、あるいはたぶん、一番責任をとらずに済み、いずれならねばならない大人——まともに扱ってもらえることを強く望んでいたし、成人のある種の特権を早く手に入れたいと思っていたので、羨むべき立場ではあったが——とのあいだに一番大きな距離がある点で気に入っていた最年少者という身分を確かなものにしてくれるため、この放棄に快く応じた僕はごく早くから端役でいること（あまりに屈辱的な境遇）に甘んじたわけではないが、二番手の役割しか狙わないことに慣れた。

　皇帝は国王より「上」であり（そしてそれゆえ、僕は一時期帝国主義者だった）、師団長は旅団長の「上」、伯爵は子爵より「上」である。多くの子供たちと同じように、僕は、軍隊の、政治の、あるいは社会の階級というものを極度に重要視していた。一番偉大な騎手たちのすぐあとに格づけした騎手たちの役になりきって遊ぶよりだいぶ前、戦争ごっこをして――多くの少年たちと同様――楽しんでいた。そして、兄たちや他の仲間の誰彼が、共和国大統領や陸軍大臣という一層高い地位についたので、僕は総司令官という位につく取決めになっていた。一介の兵士など真っ平だった。年長の連中からのからかいのなかで一番こたえたのは、僕を「降格させる」というものだった。階級章を、次には、あらかじめかがり糸がほぐされ、ただ一本の糸でしかつながっていないボタンをもぎとられた人間の立場にいると想像し、そのような役職に就くには協力が不可欠な人たちから、軍隊の指揮官としての権威を奪いとられると思うと、僕は泣き地団太を踏んだ。こうしたいやがらせは別にすると、大統領でも大臣でもないけれど、総司令官の地位は問題なく僕のものだと認められていた。僕はこの地位に十分満足し、最高の身分の風下に立つのを当り前だと思っていた。

　チャンピオンよりもむしろチャレンジャー、確固とした名声よりもむしろ不遇の人、クラスの首席よりもむしろとても有能な生徒、リーダーその人よりもむしろそのリーダーにとってなくてはならない右腕。要するに、見合うだけの地位に就いていない（まだ駆出しか、名誉に無関心すぎるか、無頓着すぎるかして）人間や、すぐれていてよい地位にいるものの、頂点からやや離れている人間に対する好み。この昔からの好みのなかに、ブルジョワが頂点とみなすものに対するロマンティックな軽蔑のしるし――あるいはその芽ばえ――を認めたくなる。実際それは、出来上がったもの、完全なもの、卵のように、あるいは死がデザインしたばかりの生（いまでは与えられ、永久に決定し、つけ加えも直しもきかないもの）のように閉ざされたものに対する嫌悪の裏返しと思われないだろうか。しかしロマンティシズムを前に押し出してのこのような自己解釈は、それ自体、えてしていかがわしいものになりがちである。本気で考えようとすれば、その主張は疑わしいものにならざるをえない——理想化する傾向のあることをおのずから告白して——のなら、誰もロマンティストだといって（たとえ内心だけのことにせよ）自慢などしていられない。自分の中に見出したと思ったこの嫌悪を説明するには、だから、ありきたりの野心に対する暗々裡の反抗という考えから少なくとも一時的に離れ、もっと散文的な解釈の可能性を認め、単なる弱さからきている部分がどれほどであるかを（他の多くの点に関してと同様ここでも）探るほうがよくはないだろうか。

出来上がっている者より、まだ出来上がっていない、あるいはまったく出来上がっていない者のほうを好むとは、自分の前に余地を残しておくため、ある一歩を越えないほうがいい——自分自身に関して——ということを意味しているのかもしれない。というのも、こうして到達点を越えたあと、人生は一巻の終わりで、死が今後身を置くべき唯一の段階となるであろうからである。それはまた、子供の生活の面でいえば、すでに年長の連中がいる範疇へ入ることとの拒否をも意味しているだろう。なぜなら、そこではあらゆる種類の危険が一層大きくなるからであり、そこに入ればこれまでと同じ寛大さを当てにはできないだろうし、最年少の者は保護される、あるいは少なくともいたわられるべきだという権利の楯のごときものをもう使えなくなるからである。さらに、戦おうとせず、下っ端でしかないことを甘受し、チャレンジャーを讃美するとしても——彼の中に自分に似た人間を見るどころか——、それは、彼がいまだ次位の人間だからというよりははるかに、彼が持ち合わせている、もっとも強い者に立ち向かう勇気（ただし自分にはない）のせいであることをも意味しているだろう。

守られていたい、庇護されていたいというある種の欲求こそは、たぶんつねに変わらぬ僕の特徴の一つだ。さまざまな形のもと、僕がこれまで何度も二番手（second）――補佐する（seconder）者の意味であるとともに、一番手のすぐあとについている者という意味で――でありたいと思ったとすれば、その理由は単に、どんな分野であれ、一番手の地位を求めるにしては自分があまりに見すぼらしいと思っているだけのことではないはずで、二番手がぎりぎりのところ僕が志望しうるもっとも輝かしい地位になっていたからである。この点に関し、僕がある程度控え目な態度を示しているのは確かだとしても、それは、僕が名声を大いに重んじていることとはあまりそぐわないし、さらには、幸運に恵まれるなら、まったく手が届かないものではないと思っている、また、打ち克ちがたい危険に直面することも、おのれの企てを砂上の楼閣の探究と化してしまうほどではないにしろ、少なくとも常人にできない多くの労苦を負うこともなく到達しうるものと思っている目的の追究にあたって、あらかじめ野心に枠をはめる――一種の思慮分別から、というより生ぬるさから――ほどの精力の欠如からきているとも思われない（詳細が判明するまでは）。自虐は別として、子供の夢に属し、したがって実際に実現できるかどうかの能力など気にしないで済むはずの憧れにあって、僕が身のほど知らずに陥らない事実を、もっぱらこれらのネガティヴな理由だけで説明するのはむずかしいと思われる。僕の夢は、しかるべき限界が明確な要因によって最初から決められていなかったなら、当然のことながらどこまでも限りなく広がっていっただろうと思う。

余地を残しておいてもらいたいという望みと、上に戴く人が信頼を寄せてくれるときに感じる安らぎとは、ずっと以前カードに記した二つの事実が例証している。これらのカードは、人生というゲームに処するために選ばなければならない（あるいは選ぶべきだった）黄金律がその中から生まれてくるはず――さんざん進んだり、後退したり、回り道したり、戻ったり、足踏みしたりした末に疲れきって、一切を放棄してしまわないかぎり——の諸法則をひき出すために、ここで僕が突き合わせている観察や経験の調書のようなものである。第一級のホテル、旅行ガイドと宣伝広告の用語で「豪華ホテル」と呼ばれているものに対して現在抱いている嫌悪。十二歳のころ、オッフェンバックのオペラ＝コミックをきいたあと、ジュール・バルビエ（僕にとっては教訓を、他の人々にとっては聖書の物語を多く含んだ、抒情的作品のいくつかの台本を、全篇ないし一部分書いた台本作者）の主人公その人〔ここでレリスの言及しているオペラ＝コミックはオッフェンバックの『ホフマン物語』で、一八八一年に初演された。台本はバルビエとカレ〕よりもむしろ、ホフマンの忠実な友人であり、打明け話のきき手であるニクラウスと一体化したとき感じた喜び、——これらが、いまはおぼえていないある日、書きとめておくべきだと思われた、そしていま、共通点と同時に役に立つ意味を見つけ出したいと考えている二つの事実だ。

豪華ホテルとは、一般に富裕な客層を相手にする「パレス〔英語で豪華ホテルの意〕」と呼ばれているものだ。趣味がよくて、その装飾は、ことさらに効果を狙っているものは何一つなくても、金と安全の匂いがする。そこに逗留するとは、金銭的に「エリート」であり、少なくともこの逗留の期間は、暗号を、必要に応じては隠語を使わねばならない（外見だけのことであろうと）気取り屋の階級に属することを意味している。いうまでもないが、僕は安楽を潔しとしない苦行者からは程遠い。しかし実際には、迷子になってしまうほど広く、欠点のなさが欠点であるほど完全にしつらえられた、こうした威張りくさった建物の中では、これまで本当に寛いだことは一度もない。それは、たまたま隣り合った人のあまりにもきちんとした服装、あまりにも磨き抜かれた言葉、あまりにも非の打ちどころのないマナーのように、気詰まりを生むからである。それに打ち明けていうと、スタッフもサーヴィスも、いずれ劣らずおそろしく完璧なこれらのホテルでは、内気からくる不安のとりこになってしまうのだ。至るところから見張られていて、壁が人の目と同様、僕がたまたま犯すへまの一つ一つをしっかり見届けようとしている――自分に対して抱く思わしからぬ意見が皮膚にしみついてしまっている人たちにはおなじみの不安――ように思われる。特権階級の人たちのなかに公然と組みこまれていること（僕が表にいるプレブス〔古代ローマにあって平民のこと。パトリキ（貴族）の対の身分〕に対して恥ずべきこと）に不満であると同時に、（中にいるパトリキに関していえば）こうした特権階級の連中や彼らの盲目的信奉者たち、あまりにもよく躾けられた召使いたちの軽蔑にさらされるかもしれないことにも不満である。僕が仰々しすぎるようなホテルより快適なホテルを好む――前者がまったく流行遅れであるか、シーズン・オフの浜辺や水の都に比すべき風趣をもっていないかぎり――のは、だから将来に関し余地を残しておく（たぶんいつか、僕も宮殿のような建物に泊まれる身分になるだろうと自分に言いきかせること。こうすれば、将来地位が上がる可能性が開けてくるので）ためというよりは、もし方法があるなら、別種の余地を自分のものにする必要があるからである。すなわち、自由に振る舞えると感じさせてくれる余地であり、おかげで一切が生き生きと居心地よくなり、もっとすこやかな味わいをもち、誰にも気兼ねなく賞味できるものとなる、まさしく不完全の余地である。自分に完全と思われるものを楽しみたいという強い欲求があるのは確かだが、一方でそれを怖れてもいる。完全とは出来上がっていることで、それは、期待をもちえないことを意味し、とりわけ、完全の直っ只中では――「完全な人たち」との交際では――、さまざまな形で彼らから隔てるもの（僕たちは愚昧の証拠である自己満足ゆえに彼らを軽蔑し、彼らはこの軽蔑を別の面でこちらに返してよこして）は、僕たちを真っ先に対象とする皮肉――僕たちが軽蔑する者の軽蔑に自分が敏感であることを発見し、この事実から自分自身を軽蔑して――によってしか感じられない。

　こうした豪華ホテルに類するもののなかには、金持趣味が露骨すぎて、好ましくないものがほかにもある。すなわち、人々がわざわざすてきなディナーに出かけてゆく高級レストラン（僕の住居のほとんど真下にある航海家ラ・ペルーズ〔太平洋を探検したフランス人（一七四一―八八）。レストランは彼の名に因んだもの〕の看板を出しているそれのような。そこには二十年前、現在ヌムールにひっこんでいる、姉といわれている女性の娘の結婚式以来、一度も足を踏み入れたことがない）、何であれ豪華レセプション（慈善を口実にした、あるいははっきりした目的のない）、鉄道の一等車（かたや飛行機を好む理由の一つは、その速さと、汚れないで済むということのほか、クラスがただ一つだけの輸送手段だからである）、数が多すぎ、上品すぎ、重すぎる荷物（列車の乗降に際し、人をポーターなしには済まない、一種の身障者にしてしまう）、室内装飾家がしつらえた真新しいアパルトマンや、えりすぐりの家具をそなえ、芸術品をふんだんに飾った、美しすぎる住居、夜会服（現在、「着用が望ましい」だの、時にはさらに「着用厳守」だのと言われているもの。少なくともフランスでは、当り前の晩の外出用というより、礼装じみた、ばかげたものになってしまっている）、豪華な装幀の本や「上質紙」への印刷（そうしたものは書物愛好家にまかせる。といいながら僕は蔵書魔なのだが、印刷された内容にしか執着がなく、刊本の外観にはほとんど重きを置かない）、あまりに洗い立て、磨き上げられ、殺菌された男女（というのも、あまりに念の入った清潔さは、薬屋のような病的な印象を与えるから）。けれど逆は、芝居の座席（いつも最上等を望む）、闘牛《コリーダ》のそれ（最前列であってほしい）、蒸留酒（僕にいわせれば、一流銘柄か「由緒正しい」生産地のものでなければ手がのびない。ただし実際には、蒸留酒とアペリティフが僕に禁じられていなかった時期でさえ、この点に関しそれほどうるさくなかったし、また通であったこともない）、万年筆やライターのような、普段よく使う小物（それらが一番有名な会社の製品であることを望む）だ。そういうわけで、以上が――十分に探しはしなかったが――、すでに半生以上にわたって自分に課してきた規則についての相当数の例証でありまた例外でもある、まことに気まぐれな規則であり、それはたぶんなによりも、気まぐれから出た偶然の産物のあれこれを規則の範例にすることによって、気まぐれを正当化しようとするのが僕にとっての規則であることを示している。

次は、『ホフマン物語』の台本作者と作曲家が、脇役であるのにその作品にとって不可欠な狂言回しにしたニクラウスとは一体何者かという件だ。

まず最初、ニクラウスの役——声のうえではメゾ＝ソプラノ——が、ごく若い男を演じる男装した女性歌手によって歌われることを記しておかねばならない。両性のどちらにも完全には属さない人物で、女性的なところがあるため、その若さが一層際立っている。オペラ＝コミック座でこの出し物を見たとき十歳から十二歳だった僕は、男女ともまったく明確な他の主役たち（なかには幻想的な性格の者もいたけれども）より、年齢に関しても性に関しても不確かな存在のほうに自分が近いとおそらく感じたのだ。他の主役たちは、この歌姫のように、優しく気を遣って僕たちの仲間になろうなどとは考えもしないのに、彼女のほうは、僕たちに一層よく似るため半ズボンをはくようなことまでするのであり、この男装のおかげで、子供がどこにいても大人たちとは別であるのとまったく同じように、他の俳優たちとは違っているのである。舞台の女性、したがって絵空事の女性であり、母でも魔法使いでもない——彼女の多くの仲間たちと同様——が、彼女は一人だけ離れて僕たちとグループを作り、友達になるためだけに少年の服装をした身近な姉さんといったところだ。

僕がそれまでにその上演を見たオペラやオペラ＝コミックに登場した他の何人かの人物、すなわち、両脚をぴったりと肌につくタイツに包んだ女性が演じた『ロミオとジュリエット』の中のロミオの小姓とか、『ファウスト』の中のマルガレーテの恋人ジーベル少年のような人物ととくに何も変わったところはなかった——男装の部分以外について考えるなら——このどっちつかずの人物に惹きつけられた主たる理由は、当時の僕の年齢（危険な年齢といわれる時期にとても近い）にあるのだろうか。『ホフマン物語』を発見した時期、僕はジーベルとロミオの小姓の時期よりも、男装のもつ人を昂奮させる部分に感じやすかったのかもしれない。とりわけ、同じころ、ピアノの先生のリサイタルで、コペ〔フランソワ・コペ（一八四二—一九〇八）。フランスの詩人、劇作家。韻文劇『通行人』はその出世作〕の『通行人』に出てくる、若い放浪者の役を演じたユダヤ人の若い娘になかば恋をしたことを思い出す。リセに一緒に通い、仲のよかった身障者の友達の、足腰の達者な姉であり、いつもドレス姿ばかり見ていた、いくらか中国人風の、このかなりきれいな娘が、ルネサンス時代の小姓に男装するのを見るのが楽しかった。しかしまた、ホフマン物語的男装は、その性格それ自体からして、他の男装よりももっと刺激的な何かを示していたのかもしれない。話し手の仲間たちは、ロマン派時代のドイツの学生たちであり、僕たちの同時代人でないともいいきれない。男物の服を着て、優雅な長靴をはいた女性——僕がおぼえているかぎりのニクラウス役を演じた女性のように——は、小姓ないし学生の古風な男装のおかげで、ほとんどあやめも分かぬ遠い昔へ追いやられてしまった女性より、もっと強くその異常性を際立たせているのではないだろうか。

外見を超え、心の中まで入ってゆくとき、ニクラウスの中に、男装した女たちが演じる他の役柄よりも、僕がなぜ彼に愛着をおぼえるのかを説明できるように思われるいくつかの特徴を見出す。ニクラウスは、主人公の補佐役で、警戒怠りないお守り役であるばかりでなく、一見ばらばらな三つの物語がかけた謎を解き明かす人物でもある。実際、筋が明らかになり、その一貫性が示される鍵となる言葉を口にするのは、ホフマンのどの色恋沙汰にもつき従い、自身彼の「メントール〔オデュッセウスの子テーレマコスの育ての親。そこから助言者、指導者の意となる〕」だと言って憚らない（その努力は結局むだとはなるし、また過信もなかったが、ともすれば迷走しがちな気まぐれの彷徨に自身の良識によって歯止めをかけようとするのだから）この分身なのである——この台詞がニクラウスの口から出たということを忘れていたが、いま僕が病気の予後（僕自身もまた、見舞いに来た際、僕の容態の改善、停滞、後戻りに気づいた友人の誰彼の口にした冗談によれば、黄疸のあとで一時期モンゴル人、内臓の体操のために痩せたヨガ行者、阿片の常習者のように外見を変えた）を養っているサン＝ピエール＝レ＝ヌムールで、姉が持っている『ホフマン物語』の総譜の中に、その正確な内容ともどもみつけることができた。

分かった！……三つのドラマは一つのドラマなんだ——

オランピア、アントニア、ジュリエッタは

同じ一人の女にすぎない——

ステラだ！

詩人が、プロローグとエピローグのあいだ、三幕にわたってその内容を明らかにした三つの恋物語——人形オランピアとの、遊女ジュリエッタとの、女歌手アントニアとのそれ——を語るのを、酒を飲んだり、煙草をふかしたりしながらきいていた学生たちに、心の奥深くに隠れた師のひそかな思いを見抜くことのできるよき弟子として、ニクラウスは秘密を解く言葉を伝えるのだ。すなわち三つの物語は一つの物語をなすにすぎず、歌姫ステラのさまざまな魅力を明らかにするだけのものなのだ、と。

『ホフマン物語』の幕開けと閉幕の際の背景となる居酒屋は、たしかに、僕のいう「豪華ホテル」とほとんど関係はない。筋の主要部分はヴェネツィアで展開し、そこではゴンドラが見られるし、舟歌もきかれるが、観光的なものは何もない。僕が橋を架けようとするのが、このヴェネツィアの運河の上——冗談は別として——だとは思わない。関係を明らかにするために吟味しなければならないのは、つねにこのニクラウスと、彼が好んで果たす補佐役としての連れの役目の正確なありようである。

ニクラウスは現実主義者ではあるけれども、粗野なサンチョ・パンサとは似ても似つかないし、媚びへつらうレポレロとなるとなおさらそうだ。冷静だが、活気があって寛大で、体を張る際にはきわめて有能な男だ。ユーモアにも、詩的センスにも欠けるところはないし、たしかにグループのメンバーのなかでホフマンに一番献身的であり、同時に、主人の天才の程を一番よく知ってもいる。彼がさまざまな機会に理性の側に立ち、友に物事をもっと正確に判断させようとするとしても、それは主人を悪い立場に立たせないためであって、自分の身を安じてのことでは少しもない。心と精神の豊かさにかけて、結局のところ、ニクラウスはホフマンにあまりひけをとらないが、もっと賢明であり、ホフマンに対しては狂気から彼を守ろうとする賢者の役割を果たしている。一切の熱狂とは無縁な生ぬるい人間からも、融通のきかない興ざめな男からも程遠いニクラウスは、節度のみならず理解力でもある賢明さをわがものとしており、そのおかげで、詩人のたわ言の陰に潜む真実をとらえ、ポンチの炎と熱の助けを借りて、すばらしい酔っ払いが考え出した美しい物語が魅惑的な外面の下に隠している苦い意味を、集まった俗人たちに示すのである。

口憚りのない検閲官であり、いつに変わらぬ腹心の友であり、どんな試練からも（神の手ひどい拒絶からさえも）逃げ出すことのなかった、そして、「人間にかかわりのあることは、何事も無関係ではない」という言葉を体現している信奉者たるニクラウスの功徳。彼を演じた俳優の効果。その男装は僕たちをとりこにし、そして彼は——自然な、人の好い、傲慢さも気どりもない振舞いで——純粋で知的な友情の化身となった。この世に属し、差しのべた手のように温もりを感じさせ、血のめぐりのよさのおかげで軽快な空気の精か小妖精であり、どこやらの天の子孫であるよりはむしろ大地の子であるニクラウスという人物の愛情豊かな面。とりわけ彼が異彩を放つ、「こんなことは朝飯前さ」的な面。彼は、いたずら半分思いついたというようにして、定刻のだいぶ前に試験をやり上げてしまい、解答をクラスの他の連中にまわす生徒や、あるいは一同がお手上げの瞬間に謎々に答える人——

そのときまで黙っていた――みたいに、他人を啓発してくれるのである。

　つき合うと愉快であると同時に、察するのも見抜くのも早く、どんな場合でも支援や助言を惜しまない男。それも、一見おっちょこちょいのように見えながら、思慮が適切で、冷静な頭の働きのため押しつけがましいところは少しもない。派手な、あるいはいかめしい外見で人目を惹くことはないが、人も物もよそよそしくなく、冷たいまでに正確であるどころか、控え目ながらこちらの役に立とうとする気配で、恰好よすぎることも気難しさもないゆえに、居心地のいい場所。ニクラウスに対する変わることのない共感と、豪華すぎるホテルに対する嫌悪が結局のところ示す共通の特徴とは、以下のごときものだ。つまり、外見より実質という言いまわしには、文句なく同意せざるをえないゆえ、僕は物にも人にも、外見より実質を求め、見かけがいかめしすぎたり、派手派手しすぎる一切のものに背を向けるに至ったということである。それも、あまりに強すぎる輝きは眼を痛めるから、そして法王や浮気女のように振る舞う人とは、めったに親しくなれないからというだけでなく、上っ面をつくろわぬこととは、僕にとって品質の証であり、なにはともあれ、僕の期待が裏切られず詐欺にあわなかったことの、そして問題の物や人が、出力をもつ機械さながら、約束してくれた些少の――あるいは極小の――範囲をはるかに超えて、たしかにもちこたえるであろうことの保証だからでもある。

　それまで後れを取り戻すのがとても無理だと思われていた走者が、不意に出てきて勝者となる一瞬はいつも人を昂奮させるだろう。そのような瞬間は人の心をとらえる。なにしろそれは啓示なのだから。まるでぱっとしなかったびりっかすが他の全員を打ち負かすのであり、隠れていた神が彼の力の輝きの中にあらわれる。それは、人が仮面をとり去るとき、詐欺師が当惑して姿をあらわすとき、あるひとつのことが、これまで信じられていたのとは反対であるのが明らかになったので、世界の顔が突然変わったように思われるときに比すべき時だ。あまりにもこれ見よがしの、あるいはすでに獲得されている諸価値を軽蔑するとき、僕はそのような発見の可能性を自分のためにとっておきたいと思っているのではないだろうか、女相続人が男装していた騎兵の軍服から突如あらわれでるむき出しの乳房のきらめき、目ざめると王になっていた浮浪者の驚き、そして――オクターヴはそれほど高くないけれども――手に入った渇望の対象が期待を裏切るどころか、法定鑑定人や会計係の予想を上まわるものと分かったとき、稀に見る幸運について感じる気持。

要するに、それまでの筋立てはただ効果を上げるためだけのものだったどんでん返し、結局のところヴェールの否定になってしまうかわりに、その存在理由となるであろうヴェールの剝ぎとり、何をどうやったところで隠しようのない美を一見つまらぬものに見せるだけの効能しかないうわべの――「幕を下ろさぬ場面転換」のうちに――取払い。僕にもまた、手に剣と赤い小旗を持ち絶頂にまでのぼりつめたばかりの闘牛士のように、凱歌をあげ、記録を達成し、牛の耳と尾を受けとる日がきたらんことを！　これが、しばしば思わず口にしてしまう願いだ。僕の野心は、たしかに、おおむねしかるべき枠の中に収まるものだ（なにしろ自分の一生の一般的指針として選んだモデルが最高のものであったことはかつてなかったのだから）。しかしそうしたことに底意がないわけではない。つまり、人が自分に対して下す判断に関して、僕の等級がそれほど並ではなく、時には最良のものに匹敵する――そのうえ凌駕する――こともあるのだ、ということが前提とされていなければならない。少なくとも、いまでもある人たちは、僕が心底努力しないので自分の持前を下まわっていると考え、僕に関し、「彼は努力していれば……」と言いあうにちがいない。極端にいえば、たったひとりの意見でも僕は満足できる、その賛成が公認の価値をもつほど僕が高く評価している人のものであるならば、そしてそこに、なんとはない好意的な称讃よりむしろ、一種の応援を見出すだけのかりそめならぬ理由があるならば。

だから僕は、一見すると矛盾するかにみえるいくつかの欲求によって引き裂かれている。すなわち、上位にいたいという当然の、ただし最高位はめざさないという意志（あまりにも目立つ桁はずれの野心が自分の目にも他人の目にも滑稽なものに映るのを怖れてのことにせよ、しかるべき地位についた人間になろうと思うとぞっとするからにせよ）。行間を読むことができ、あれこれこまかい説明をする必要のない通人たちから、いまさら第一級のスターになろうとするなどむだなことだ、と言ってもらいたい人間になろうというもっと大胆な野望、スケールの大きな指導者の庇護のもとにいて、その人にとっては、バックアップする後輩、当てにされる右腕、キリストにとっての聖ヨハネのような愛弟子の位置にいたい、という子供っぽい欲望。要するに僕が望むのは、実質的には第一人者であり、僕の見識ある献身と、誰より鋭い理解力を多とする天才的人間に讃えられながらも、陰にいる——目の利く人々からは月桂冠をいただいていると見えるけれども、栄光はない——ことである。掛値なしに自己を評価する良心的な人間であると同時に、内在的裁きを信じる忘れられた者であること、謙虚な人間であると同時に、自分にはこれ以上へりくだる必要はないと考えている誇り高き男、狂信的な信奉者であると同時に、彼抜きにスルタンの権威が確立しえない大臣《ヴィジール》、僕が狙っているのは要するにこうしたことであり、自分の二股膏薬を隠したい（真の動機は、そうなると、二重性というよりはむしろ裏表なので）がための仮面におそらくはすぎないあの矛盾も、とどのつまりはこれなのだ。つまり、僕の値打ちが実際にすぐれたものであるなら、不遇であったぶんだけ、修正すべき間違った判断があったぶんだけ、それだけ一層余計に評価されるだろう、僕が何一つ要求しなかったのは当然のこととして、そうであれば少なくとも僕の中に、決してうぬぼれず、こうして稀にみる賢明さを示した人間を人は認めなければならないだろう、というわけだ。何が起ころうと、先頭に立つのは避け、体を丸めていさえすれば、へまをするおそれを避けうるだけでなく、名を汚すことも、負けるが勝ちのゲームで、あまりに目立ってついている者がそうなるように、運命の打撃に身をさらすこともなく済むだろう。熟慮のうえの計算、生まれついての慎重さ、自分の身に合った小さな巣穴から出ない（母の胸にしがみつく子供のように）ほとんど体質的な性向が、だから、いつなんどき乗手をほうり出すかもしれない荒馬だとは門外漢なら誰一人気づかないほど手なずけてしまった馬の乗手がそうするように、こぞって僕の自尊心をなだめ、ひそかにその歩調を調節するのである。

ここで、明敏さ、迷信的恐怖、それとも無関心を装う一種の惰弱のうち、何が勝っているのかを突きとめるのはたぶん諦めたほうがいい。なによりも、自分自身について思い違いをするまいとする、人間としての僕の役割に固執するならば、自分の行動を構成するこれらの要素の一つ一つをはかるという過大な要求の結果、思弁的な場所へひきずりこまれるおそれがあるだろう。そこ――知的な配慮と同時に、自尊心の問題――では、結論を出したい（そして、できるなら手際のよい解決を見出したい）という気持がなによりも先に立って、その結果、できるかぎり正確を期す方向へ向かおうとする僕の企てが、最後には真実を歪めることになろう。それでも、この問題を未解決のままにしておくのは気まずく、そのうえいささか心残りである。内省を徹底的にしないのは残念であり、一方、この問題を自分に課すのを承知した以上、未解決な問題を残すことはかなり耐えがたい。時とともに変わる諸分野――子供っぽい難問が少しずつもっと微妙な判じ物にとって代わって――において、僕は謎の解読に長いこと強い喜びを感じてきた。兄と僕とがささやかな問題の解決に情熱を燃やしたあげく、競馬新聞から集めたデータをもとに一生懸命予想を立てようとしただけでなく、大人のための多くの日刊紙、雑誌、子供のための週刊誌に載っているものを模した、ゲームをもっぱら対象とした『コンクール新聞』を二人だけのために作った時期、片隅での活動が「暇つぶし」から情報へ、記録へ、何らかの形の文学へ変わっていった時期のように、無償でオイディプスを演じることから少しずつ離れていったのは、たぶん僕ひとりの怠惰（しかるべき結果を期待できない一切の努力に対する嫌悪も含めて）のせいであろう。

兄と僕は、いまや壮年期に達し、いや通り越してさえいて、僕たちのあいだに年の差があることなどほとんど忘れてしまっているが、四歳の開きがある。僕たちがささやかな対象に対して目利きぶりを発揮するのに興じていた――芸術愛好の場合のように――とき、並行して、すべての子供の好奇心の前に立ちあらわれる偉大なる神秘の鍵を飽くことなく探し求めていたとき、この四歳のハンディキャップのおかげで、僕は彼よりレヴェルがだいぶ下だった。たとえば彼は、僕よりもだいぶ前に、サンタクロースが作り事でしかないことを知っていた。しかし彼は毎年十二月二十五日におもちゃがもらえるこの作り事をもう信じていないのをみんなに（傍らで、腹心の友や司教補佐の役を演じていた僕にさえも）隠していたほうがよいと考えて、賢明に振る舞い、その発見を誰にも知らせなかった。また同様に、彼は僕の知らない手づるから、家族のささやかな秘密に通じていて、「姉」だと思うようにと言われていた――彼女が、僕たちの両親の愛情に対して、同等の権利をもつのが当然のことになるように――人が実は、僕たちと一緒に育てられた父方の従姉でしかないことを発見していながら、それについても何も言わなかった。もう一つ、彼は僕より早く、性の秘密の一部を明らかにしていて、赤子は母親の腹の中で生まれ育つのであり、僕たちにへそがあるのはそのためだという、この種の知識の初歩段階を手に入れてもいた。

次々とヴェールを剝いで物事の真実を理解する喜び。教育的目的のため、人体の内部と外部の組織構造が示されている図鑑類と同じ方針で製作された、第一回モーターショー――パリ―北京間の長距離テストをなしとげた、まだドライヴの埃に汚れたままの車が展示されていた――から持ち帰った薄い宣伝アルバムは、ド・ディオン＝ブトン社とパナール＝ルヴァソール社が製造した車の構造を、着色、説明文つきの設計図によって鮮明に僕たちに示してくれた。車体、車台、エンジン、その細部と伝動システム、アルバムをめくって、単純な外観から、もっと掘り下げると同時に次第に限定されてゆく断面図へと移ってゆき、ページごとに次第に車の内奥へ入りこんでゆくように編集された、一連の平面図と何層にもわたる断面図。

　これらのアルバムを眺め、機械についてエンジニアと同程度の知識があるという幻想を抱くこと、それは遊びにすぎず、アルバムを閉じるや、もうそれについては考えなかった。ページをめくるたびごとに発見の喜びがあり、シートの張り方に関し、ギアを形作っている歯車つき部品の繊細な組合せに関し、あるいはマグネット発電機とキャブレターという基礎的装置の機能に関し、断片的知識を得たという誇り。しかしそれは表面的な喜びにすぎず、そこには真の問題はなかった。すなわちその段階的な解決が、人生そのものと結びついていて、そこまで十分踏みこんだ少年が、「世慣れた」といわれるようになるがごとき問題は。

　忘れるために酒を飲む不幸な恋人と、香で身を包むように陶酔で身を包む慰めのミューズというロマンティックなテーマをめぐって展開する『ホフマン物語』の三つのお話、その唯一の、謎めく軸は、歌姫ステラよりはるかに、三つの相のもとに考えられた恋（人形オランピアのような、単なる似姿にすぎぬものへの情熱的な執着、影の盗人であるジュリエッタとのような、肉体的熱狂への我を忘れての没入、自分の歌で身を滅ぼすアントニアのような、わが身を痛めるまでの感情の昂揚）である三つのお話であると知った時期、僕があのイニシエーション、多くの時間とさまざまな運命を閲《けみ》したあとになって、それには終わりがなく、死の経験はないとしても、上昇期にすぐ接してやってくる下降の、ついで老衰の経験をしてはじめて終わるのだということに気づきはじめたとき、やっと達成されたと考えられるあのイニシエーションのどの段階にいたのかはよく分からない。こうした昔、かなり長いあいだ僕の助言者になってくれていた級友が、そのときまでもっぱら子供の言葉で「小さいほう」と呼ばれていたものの用を足すだけだった器官が、どうして飽くことを知らない快楽の道具に変じうるのかを、この友達（ある日散歩をしていたとき、噴水で手を洗うか、喉をうるおすかして、水のはねで濡れただけなのに、僕が半ズボンに「おしっこを洩らした」と意地悪くはやしたてたからかい好きの同級生たちに対して弁護してくれたことのあるその人）、僕よりわけ知りで、率直なこの友達が、次のようなたとえ話を使って、性交の仕組について説明しようとしてくれていたかどうかは分からない。そのたとえ話とはこうだ。少年と少女が自分たちの性器を見せびらかしあう。「それ、何なの？」と少女に訊ねられて、少年は「指さ。で、君のほうは？」、これに少女が答えるには「眼よ」。すると少年は最後にこう言う。「おいで、眼に指を入れて遊ぼうよ。」それに、ニクラウスの男装が僕を魅惑した時期、少女たちはスカートの着用と髪の長さとは別の点で少年たちとは違っているということを、僕が本当に知っていたと確かにいえるだろうか。僕が知っていたとしても、ごく上っ面な形でしかなかった（体を洗ってもらっている幼い姪を見たからとか、美術館に連れてゆかれたとき、男性の場合、普通ぶどうの葉で隠されている突起物が女性にはないのに気づかないわけではなかったから）。この不確かな段階の僕は一番切実な願望の一つ――記憶では、この種の願望としてはたぶん最初のもの――が、『ペロー童話集』の「完全な原文」（書店の広告かなにかに出ているのを見かけた文句）を読むことだった時代、というのも、こうした無削除版では女性がどうして妊娠するのかについて何か知ることができるのではないかと想像していたからだが、そうした時代からそれほど隔たっているわけではなかった。

体で知る大きな新事実――自慰の、ついで両性の愛のそれ――を別にすれば、人がこの種の知識を身につけてゆくのは、辛うじて気づくほどのさまざまな段階を踏んでのことである。知ることは見ることに比べれば取るに足りないし、感じることに比べれば一層そうで、たしかにここが肝心なところだ。他のすべての分野よりも、ここでは基礎科学は応用科学にひけをとっている。

僕たちがまだ理論の九十九折の道を進もう――目隠し鬼ごっこのときのように目をおおって――としていたとき、僕が毎日兄と交わしていた会話の種は、しばらくのあいだ、彼が作り出したある人物の言行録だった。思うに、それはマルセルという名の少女で、ひどく蓮っ葉であり、彼女のよくするいたずらは、男の子たちの前で放尿したり、裂け目のできたパンタロン（あるいは尻。というのも彼女はよくスカートの下の性器や尻をむき出しにして散歩していたから）を彼らに見せたりすることであった。マルセル――彼女のことを、実在の、知合いの人物のように話した――の話は僕たちの合い言葉のようなものだった。そのころ、兄も僕も、少女や大人の女性の性器同様、思春期や思春期に近い娘の性器も、視野の外にあった。マルセルの想像上のちょっとした過ちを、感嘆と共感のまじった気持で楽しんでいた。しかしこの種のいたずら娘を仲間に欲しかったのだとまではいえない（けれど、そうだったら、かなりの事柄を簡単に習いおぼえることができたろうに）。というのも、実際のところ、二人とも、恋とはいうものの、ごく無邪気な恋に心を労する内気な子供にすぎなかったのだから。つまり、ヴォージュ〔フランス北東部の山岳地方〕の温泉場で、そのために僕たちが喧嘩したあのティーンエージャーの娘とか、それ以前、フランドルの海岸に滞在していたとき、兄は姉のほうに、僕は、そのかぶっていた小さなトック帽のために僕たちが「ファウスト」というあだ名をつけ、なんだかよく知らないお祭の際に行われた子供レースで、びりっかすで到着した僕を見て、ぷっとふき出したことくらいしかおぼえていない妹のほうに恋をしたと言いあった姉妹のような、遠くから見かけた、あるいは、ごくわずかに接触しただけの少女たち。

僕に関しては（そして、事が起きたとき、兄が僕のそばにいたかどうかは思い出せない）、「陰門」

その他、女性の女性たるゆえんの器官を指すのに用いられる、多少なりとも科学的な用語よりもっと野卑な言葉を使ったほうがふさわしい少女の性器——、彼女に関しては、つつしみ深いとか淫らなとかいったことが問題になっただけに、そして、どんな言葉を使おうと、なんとも名づけようのない彼女の体のこの部分の露出が、僕がのちになった成人男性ならずとも、当時僕がそうだった少年をどぎまぎさせるに足る性質の見物となっただけに、すでにかなり成熟していた少女の性器をはじめて見たときの様子を、ある程度はっきりとおぼえている。この少女の性器——僕の見たなかで、「コン（con）」という言葉を使うに足るだけの、エロティックな可能性を十分に秘めた最初のもの——、それを眼前にしたのは、夏のある一日の太陽のもと、海水浴の時刻で人の出さかる、細かい砂の海岸でのことだった。事が起きたのは、ケント州のとても人の多い海岸ラムズゲートか、もしくは一九一四—一九一八年の大戦のはじめ、ドイツ軍のパリへの進撃がはじまるや、好きな兄と一緒に、姉とその幼い娘とともに出発し、そのあと母が、数か月前から英語を実地で習うために滞在していたイギリスから戻った長兄を伴って合流し、なかば避難の形で住んでいたビアリッツでのことだった。だが、はっきりさせることができない。年代的にいって、ラムズゲート（僕は、そこにいて、短い半ズボンの、ノーフォーク風の衣裳をつけた自分の姿を見る）でのヴァカンスは一九一三年の八月ごろで、したがってはじめて長ズボンつきの三つ揃いを買ってもらった、スペイン国境に近い保養地への一家の疎開（父を除いての）より一年ちょっと前のことだ。だから、この光景の舞台として昔を振り返って僕が選んだのが、ビアリッツの湿った砂よりラムズゲートのほうだとしてもそれほど大きな間違いはない（服装に関して、段階の前後はあるけれども）。この選択の動機は、問題の少女についてのとりとめのないイメージに、なにやらエキゾティックなもの、非フランス的なもの——おそらくイベリア的というよりもアングロ＝サクソン的な——が結びついているからである。それは、背の高い痩せた小娘で、乳房はまだふくらんでおらず、まったく体毛がなかった。せいぜいが脚の半ばほどの深さの水の中に立っていた彼女は、泳いだか、波に潜ったかしたばかりで、着ていた水着――白か薄い色のタイツ――は透けていた。泡立つ波頭の襲来を怖れて、ちょっとかがめた肩の上に、濡れた髪が垂れ下がっていたように思われる、かなり長い哀れな髪で、三つ編みにしていたようだったが、たしかにたっぷりとはしていなかった。そういうわけで、僕ははじめて、自分とほとんど同年齢らしい（話の舞台がラムズゲートかビアリッツかによって、十二歳か十三歳）、まだ年ごろとはいえないものの、その体の発達は、もうありのままの姿では恥ずかし気もなく人前には出ることのできないような段階に達している、実際には裸の少女を見たのだった。もっけの幸いにこの光景を目にしたとき、たぶんもっとも僕を驚かせたのは、少しも昂奮しなかったということだった。ほとんど抽象的な割れ目のほか女性を思わせるものは何もない、魅力に欠けた肉体の中の単なる溝であるこの性器を僕はしげしげとみつめた。欲望の対象というより異物として、白昼さなかのその露出は僕の中にむしろ嫌悪感を呼び起こしたほど突飛で卑猥に思われた――見たという満足感がなかったなら――ものとして僕の目に飛びこんできた。どんな場合であったにしても成熟した女性の裸体には目を向けたであろうし、この女がぜんぜん好ましくなかったとしても、心惹かれ、我を忘れどぎまぎしたであろう。しかし当時は、あまりにも若く、あまりにもうぶで、小娘を通して女性を感じとることはできなかったし、彼女自身、すでに大人になりかけてはいたものの、年ごろというには明らかに程遠く、濡れた生地の網目を通して性器が見えたとしても、単なるぶしつけの域を出なかった。エロティックな分野に属する事柄が、つねに両面を呈するのは確かだ。魅力はたちまち嫌悪に変わるし、怖れは欲求に近い。そして肉体の神秘のなかで、驚異の側に属するものと、恥ずべき行為にすぎぬものとを判別するのはむずかしい（一定のリズムに従ってある程度何度も同じ動作を繰り返すことがオルガスムスという奇跡に達すると知る前のことだが、兄が僕よりも先んじていること、すなわちいまでは「亀頭を露出させる」ことができるのを僕に見せるため、亀頭、まだ童貞の亀頭があらわになるように、ペニスの皮膚をこするのを見たとき、感嘆はしたものの、そこにぞっとする気持と強い嫌悪感がまじっていないわけではなかった）。

　僕たちが、大事な宝物をとり出したくてたまらず、運よく発見したものについては気むずかしい穿鑿などせず夢中になって探査した、ある時は半透明な、ある時は泥まみれの夜の向こうには、結婚最低年齢〔当時のフランスでは男子十八歳、女性十五歳〕が、すなわち僕たちが自分を実質的に男とみなしうるときか、りんごを食べたあとのアダムとイヴのように、僕たちの目が完全にさめる（と思われた）であろうときがあった。さしあたって僕たち——男らしさと、その前駆的徴候である、声を変に調子はずれにしたあとで重々しいものにする声変わりを案じていた——にとってはまだ、「発育」といわれる、とり立ててどうということもない事柄だけが問題だった。母は僕たちに起きることのあるちょっとした不具合、節々の痛みとか、軽い頭痛とか、食欲不振とか、微熱——一般に成長に際して生じる軽微な病い——をよくそのせいだと説明したものだった。

　壁に背をつけて測り、鉛筆の線で印をつけた背丈、晩、父の指揮下に行われる唖鈴の体操、「暑さ、寒さ」に対する予防、肝油、マンソー・シロップ、フィチン、明々白々で、いざこざを起こすことなど何もないこうしたものは、僕たちによい空気を吸わせるためにジャスマン街に借りてくれた庭や、ピエール＝ゲラン街の屋内体操場のように発育の側のものだった。自分自身の体についての観察と個人的経験、法定結婚年齢めざしてのレース、誰が一番「世故にたけている」かの競争——これらもやはり僕たちの身体とその成長に関する事柄だが、もっと秘密裡の、内々でしか話さない、そして文字で埋めつくしたり、絵を描いたりするノートや紙片にもあらわれないことに限られた事柄である。公式の科学とは反対に伝統的な科学では、口から耳への伝達しか認めない。要するに僕たちは、賢者の石からのように、結婚最低年齢からの自分たちの変質を期待しつつ、秘教主義のなかにいた。

すべての秘儀伝授が試練を通してはじめて承認されるのだとするなら、肝油の服用と同様、ピエール＝ゲラン街五番地の屋内体操場での練習が、それをたっぷり提供してくれたことを認めねばならない。僕はごく凡庸にそれに立ち向かった。全然立ち向かわなかった、と言ったほうがいいかもしれない。これらの厄介事は、僕が理解している意味で男になろうとするなら、誰もが避けて通ることのできない手続なのだという考えが、もし教育者たちの頭に浮かんでいたら、彼らはもっと成功したのではないだろうか。肝油に対する僕の嫌悪はとてもひどかったし（おぼえているが、ばら色か青の網目模様の入った白い磁器製の底が閉まったエッグスタンドでそれを飲まされた。スプーンで飲むより、このほうがもっといやだった）、体育の教師たちの監督下に行わねばならなかったある種の練習に対する僕の恐怖感は大きかったので、そうもいえないかもしれない。

ピエール＝ゲラン街でのレッスンは、いつもごく単純な運動――スウェーデン体操のたぐい――ではじまった。楽にすることができたし、体操器具は使わず、足をしっかり地につけて行うため、めまいをおぼえることもなかったので、この運動にはかなり喜んで参加した。このレッスンは特徴のないメニューで、もっと長く続いてほしいと願ったものの、経験上、短時間だと分かっていた。次にくるのは、棍棒や啞鈴を使う練習で、これも怖ろしいところはどこにもなく、むしろお遊びみたいなものだった。なにしろ両腕に重りがつけられ、時には重みにひきずられて、飛んでいってしまうのではないかと感じるのは楽しかったから。もうだいぶスポーツらしくはあるが、まだ地面からは離れていない平行棒の課業は、体の動かし方に無理なところがなく、レッスンのメニューでは、それが行われる日には、もっと怖ろしい課業は普通ないように組まれていた。

器械体操と、そのあいだじゅう虚空にとりかこまれているような感覚と落下するかもしれないという思い（首を折るという、十分ありうる恐怖のほかに）が怖ろしい不安を感じさせた、命じられてする他の旋回運動を別にすると、主たる難儀は兄と僕とが「支那の刑罰」と呼んでいた練習だった。肋木、壁に上下に並べて固定した一連の水平の棒を使ってする、肩を柔軟にし、胸郭を発達させるための練習で、背を向け、手と足でつかまって肋木の上に身を置き、いまではもう細部を説明できないが、肩をできるだけ外へ出してはならず、教師がその手助けをするために両手で強く押すので、とても辛かったのをおぼえている姿勢をとるのだ。ガラス張りの大ホールに注ぐ海綿色の光の中で、「支那の刑罰」を受ける番になったときの僕の顰めっ面は、十字架にかけられる奴隷のそれにおさおさ劣らなかったと思う。

肋棒に背を貼りつけて受けねばならない苦痛に対して、僕は全身でもっていやだと言っていた。しかしこうした拒否は、ものの役には立たなかった。逃げ出すすべも、短く切り上げるすべさえもなく、一切の助けを奪われ、呻いて、あるいはじっと我慢してそこにいるのだった。

器械体操でも、めまいの問題が出てくるどの練習でも、肉体的な痛みがあるわけではなかった。僕はそこで羞恥と恐怖に対してだけ戦っていたのだった。落下する恐怖、自分の不器用さに対する羞恥、恐怖から逃れようとすることに対する羞恥。棒や結び目つきのロープにのぼること、それはまだなんでもなかった。クライミングロープにはもっと努力が必要だったが、両手両足でしっかりつかまっていればかなり安心していられた。滑り板もどうということはなかった。支柱や梯子を使ってプラットフォームによじのぼり、それから急降下して、蠟引きの大きな一枚の板が傾斜面を形作っている滑り台の上に飛び下りて、地面に戻ってくるのだった。これは力業などではなく、回転ぶらんこと交互に行われるまったくのお遊びだった。回転ぶらんこは、屋内体操場の高みにあって、ぐるぐる回転する円盤に固定された、そしてその一方の端は、ちゃんと立っていられるための三、四段の数種類の短い梯子となっている縄につかまり、最初は走り、ついで遠心力が働き、僕たちという衛星が引力の軸から遠ざかるようになり、縄が水平直線に近い位置をとり、僕たち――衛星――が地と接触する可能性のないまま、しばらくのあいだ回転するだけのスピードがついたときには、こうして生まれた激しい回転に身をまかせるのだった。けれどエストラードとなると、事はややこしくなった。これは、僕の丈よりはるかに高い背も腕木もない一種の椅子で、僕たちはその上から次々と、最初は正面を向いて、次には背を向けて（事故が起きなくても、これをするのは僕にはとても我慢できなかった。背後にぱっくり口を開いた空虚の感覚と、エストラードのへりに顎を必ずやぶつけるだろうという考えが総毛立たせたので）飛び下りさせられたのだった。ぶらんことなると、もっと悪かった。絶え間ない振子時計の動きは吐き気を催させたし、その一方、命令された「逆立ち」は、ひととき頭を下にしなければならず、両手でつかんでいる円筒形の細い木の棒は、前腕全体に空中に垂れ下がっている網の不安定さを伝えるように思われたからである。この二つの練習は、「支那の刑罰」に比べると、ある程度逃げることができる（じっと動かないままにしていて、そして僕には装う必要などなかった恐怖に麻痺したようになって）ものだった。しかし絶対に避けられないのは、自身と他の人々に対する屈辱だった。すなわち、「出場を取り消した」（競馬の用語でいうように）ことであり、自分がまさに「臆病者」として振る舞ったと知ることであり、「尻が重すぎた」と言って教師にあざ笑われるのをきくことであった。各レッスンの少なくとも開始のあいだ、その日、こうした嫌いな練習のどれかをしなければならないのかどうかと考えると不安だった。こんなことに気をとられて僕は熱心に体を動かさず、怖れるいわれのない、肉体的に耐えがたいことがあるのではないかという心配に駆られさえしなかったら楽しめたかもしれない他の練習に対してさえ、わずかな熱意しか示さなかった。

何一つ努力しなかったので、あるいは最小限の努力しかしようとしなかったので、練習に出はしたものの、要するにお義理にしか参加せず、強制され、強いられることがなければ、真に全身を投入することなど決してなく、あるいは——もっと正確にいうなら——、時には投入させられることに悩み、しかも心ならずも悩み（病気に罹るように）、決然と自己を投入することは決してなかった。ほとんどまったくの無気力といってもいいこのようなありさまでは（僕がはっきりと引き下がらなかったとき）、ごくささやかなものであれ進歩は論外であった。従順な生徒で、学校のことに関してはかなり熱心でさえあった僕は、体操に関しては、出席だけはするけれども、無気力と石のような沈黙という形をとる頑なな拒否と否認以外の態度を示さなかった劣等生の部類にむしろ属していたということは明らかであろう。

僕がいつも不器用な少年であり、自分の四肢を厄介もの扱いするか、それに自信がなかったとしても、そこに先天的なものは何もないと断言していい。責任があると思われるのは、僕の肉体組織（「ノーマル」という言葉が、普通という意味では、僕にはノーマルと思われる）に固有の欠陥ではなく、むしろ、僕の教育者たちが、早目に、そして強硬に対応しなかったあの軟弱さである。彼らはこのような悪い性格を鍛え直すには恰好の場にいたのだから、漸次の訓練によって僕が少しずつ自分に打ち克つように仕向け、その程度を小さくするのはたぶん容易——少なくともこの特殊な分野では——だったろうに、体操場でこれほどまでの悪癖をつけさせてしまったといって咎めるのは、彼らに不当に石を投げることになるだろうか。

はなからギヴ・アップすること、努力さえしないこと（成功しないことを怖れて、あるいは単なる投げやりから）、これはどちらが元か分からぬような悪循環をなすペシミズムと怠惰の混合だ。僕にはとても高いと思われるあの走り高跳びは、成功のチャンスがほとんどないほど、そして助走のときから勇気がもてず、飛ぶ真似をすることぐらいしかできないほどむずかしいものなのか。あるいは、率直にいって、これは、そうすればけりは簡単につくのだから、前もって降参して、練習に参加しようとさえせず努力はできないと公言しているのに、そうした努力をわざわざ要求するほどのものだろうか。ペシミズムと怠惰。前者は後者の深い理由なのか、それとも単なる口実なのか。後者はそれがなければ前者が育ちえなかった土壌ではないだろうか、なにしろ事の大小を問わず、なにかというと落胆しがちな人間として自分のことを云々しなければならないとするなら、僕の意気沮喪の元となっているのは、人間としての運命それ自体や、たまたま置かれている辛い状況よりは、運命が僕に要求する――おおよそ、あるいはこまかく――ものの高みに達するのに必要な力が欠けている、という強固な確信であるのは明らかなのだから。失望しないためにいつも最悪のことを予想する、迷信とは紙一重の（悪運を呼びよせるおそれがあるとして、決して自分の運命を甘受できない）、表面的なペシミズムは別として、僕の心底には、「敗北主義」と呼んだほうがおそらくもっと正しいような何かがある。失敗するだけの企てに、そんなに苦労して何になるのか。危険に身をさらすなんて、ちょっとであろうと辛い思いをするなんて真っ平だ。たとえ骨折りの甲斐があるとしても（結局のところ疑わしい）、目的に達するだけの力がないことが分かっているのだから。要するに、僕が絶望するのは、物事よりもはるかに自分についてなのであり、とても打ち克てないと思われるのは、障害そのものや、それが示すきわめて困難な部分よりは、僕を不具者同然にしてしまうあの無気力だ。それは、たとえば、めまいが起こる瞬間が近づいてくるのを感じるや、さらには、重大な危険を冒さないようにするには自分がしっかりしているだけで十分だというときに、体の動きが不自由になるかもしれないと思うや、立ちどまって、山登りを最後まで続けるのを諦める原因ともなる（つまり、つまらぬ恐怖がめまいに先んじてしまうので。というのも、実際にめまいに襲われる前に、その餌食となるのを怖れるからであり、僕の能力の減退がひき起こしかねない落下を、何事もない現実のなかで懸念するからである)。おそらく、取り返すにはもう遅すぎる。僕の小心さは死んでも治るまい。高級スポーツ(誰よりもへたなテニス、やったことのないスキー)であれ、「実用スポーツ」と呼ぶことのできるもの(水泳、乗馬、車の運転、ボクシング)であれ、一切のスポーツに対する僕の滑稽な無能力——治る望みはない、なにしろこの病いはあまりにも昔から根を下ろしてしまっているので——を、恥として噛みしめるほか仕方がない。たしかにお粗末な泳ぎ手(せいぜい平泳ぎができる程度)であり、憐れむべき馬の乗手であり、存在しないも同然の運転手(十八歳になったとき免許をとったが、以後使っていない)であり、喧嘩となるとまったくお手上げであるという事実には、それ自体としてはとり立てて重要なことは何もない。恰好をつけたがる人間にとってこれはかなり困ったことで、自転車に乗れるなどということは、この観点からすれば、せめてもの慰めにすぎない。同じ一回の乗馬の訓練のあいだに何度も落馬し、爆笑(男のように見せるのは自分の勝手だと言わんばかりに、帽子をかぶらず、男の格好で馬に乗っていた、痩せこけて背の高いイギリス女がした)されるので、落ちるたびにますます狼狽したことを思い出す——僕のように——と、他の激しい訓練のなかでもとりわけ乗馬には、以後進歩がなかったことは自慢にはならない。しかしこれらの欠陥は、一見どうということはない。なにしろ船が難破するとか、水に落ちるとか、川を泳いで渡らねばならぬなどとはめったにないことだし、同様に、旅行の折でさえ、その扱いには馬術に関して並々ならぬ知識を必要とする馬に乗っての移動の機会などめったにないことであり、また、どんなに頭にこようと、アルチュール・クラヴァン〔詩人、ボクサー、ダダの先駆者〕のようなボクサーの才能をもたない人間にとって、いつでも、どこでも正義漢を演じる喜び(けれどもきわめて健全な)を諦めさえすれば、生活してゆくのは可能だからである。車に関していえば、それを毎日のように使っていようと、運転できないことは気にならない。というのも、運転なら人にまかせることができるからであり、おぼえなければならないとなれば、いつだってできると考えているからである。けれど、本質的な事柄とは一見無縁に見えるこれらの欠陥よりも重大な訴因とは、これらがその表れであるところの根本的な弱さだ。僕をすくませてしまう怖れに打ち克とうとしなかったこと、自身のもっとも深いところにあの一種のインポテンツを居坐らせてしまったこと、そこには争う余地のない臆病さのしるしがある。これはすぐそのあとで平衡をとり戻すことができた単なるつまずきではなく、行ってはならない道へと知らぬ間に(しかし決定的に)彼をひきずりこんだ昔の過ちのことを思う人――いまでは完全に道を踏みはずしてしまった――にとっての若気の至りがそうであるように、うずくような悔恨と遺憾の種だ。「臆病」と「若気の過ち」は、ピエール＝ゲラン街の屋内体操場の、ガラス張りの裏庭で行われたレッスンの際、僕が常習犯だったあしたちょっとした尻込みについて使うには大げさな言葉と見えるだろう。けれど、ぜひとも必要なのはこうした言葉だ、と確信している。僕の臆病さが、当時些細な事柄をめぐってのものにすぎなかったにせよ、若気の過ちが、少年裁判所へ引っ立てられるに価する軽犯罪や、法の裁きを受けるに至らないまでも、それをした張本人がろくでなしとみなされるような行為でなかったにせよ、そんなことはどうでもいい。僕は、成年に達してからも、その正しさも重要さも知らないわけではなかったのに、恐怖から義務の履行を回避するたびに、こんなふうに逃げ腰になり、同じ意気地ない振舞いをしてきたことをよく知っている。また僕は、意を決して行使しない習慣を身につけ、いままでのところ、ともかく隠しおおせた(余計な心配をするのが欠点だといったふりをするために、それを世間に言いふらしながらも)と思っているあの臆病さのなかに少しずつ居坐ってしまったのは、このような些事の積み重ねの結果であることもよく知っている。しかし、それを白日のもとにさらす――恥も外聞もなく――状況が僕の身に決して起きないという確信はない。

そういうわけで、他の同様な場所でのように、ダンスの講習会(姉は姉で、よく通っていた)が、週のうち幾晩か行われていたこのホールで、僕は、出だしから芳しくなく、次々代わる指導者の誰一人として——とうとうある日、自分のやりたいようにやればいいと言うようにまでなったらしい（それに対して僕は礼儀正しく、何もしたくありませんと答えた）最初の人も、もっと断固とした方法をとる傾きのあった次の人も——、僕を同じ轍からひき出すことはできなかった。もし彼らがもっとはっきりと懲戒（学校で科される罰のたぐいにすぎないにせよ）という方法をとっていたら、表面だけでも調教に成功していたであろうか。しかしこのような時たまのレッスンでは、彼らはどちらも（愛想のいい肥っちょ同様、乱暴なヘラクレスも）お手上げで、彼らにとってはやむをえなかった無策に代えて、適切な罰によって僕のやる気のなさを鍛え直し、正道に戻すには、両親が持ち合わせていなかった厳しさが必要だったろう。

最初の指導者のもとでは、単なる投げやり、何もしようとしない生来の性向。二番目の指導者のもとでは、恐怖と、彼が命じた苦行に対する明確な嫌悪。二番目は大嫌いだった。母方の叔父——その波瀾に富んだ生涯のあいだにサーカスに出て、自身体を使って働いたせいか、運動選手たちに対して寛大だった——が、「あれはいい奴だ」と言ったとき、「あの人は下品だわ」と母は言ったものだった。粗野がこの体操教師の主たる性格であったとしても、その心底からの誠実さが、鈍重な立居振舞いとデリカシーのない態度を忘れさせたとしても、そんなことは僕にとってどうでもよかった。自分自身に対しても、誰に対しても言い逃れを許さないように見えたこの大きく、たくましい男の前に出ると、僕は落ち着かなかった。彼が「意志」を讃えるのをよく耳にしたが、これは単なる力瘤よりはるかに多くのことを意味していた。

彼のレスラーのような堂々たる体軀、いくらか蒼ざめ、そしてたぶんちょっと黄ばんでいた大きな顔、その先のとがっていない小さい口髭（唇と鼻のあいだに置かれたアクサン・シルコンフレックス）、におうということだけが分かっていて、僕が好きではなく、そしてどういったらいいか分からないその体臭（食物の？　汗の？　それともなにかもっと深いところからくる臭い？）、彼に備わっていると先輩たちが言っていた「自分を抑える」能力（怖ろしい激震である彼の怒りは、さもなくばどんなことになったやら！）、薄っぺらで戯画的な価値さえない、現実とはほとんど無関係なイメージではなく、もっと具体的に彼の人柄を人に連想させるには、これらの肉体的あるいは精神的な特徴のどれをとっかかりにすればいいのか分からない。現実と無関係といえば、たとえば、僕に耐えがたいほどの、ただし人には見せなかった激しい不安を感じさせた、ふくらんだ、黄色っぽい布の、ふわふわした、頭上にひろがっている大きな塊――第一回航空ショーのとき――と、それが描かれていた、もう一台のフランスの飛行船「祖国号」が行方不明になったとき発行された、諷刺的な絵葉書がそうだった。祖国号のほうは、この軍事用気球が係留用のロープが切れて飛び去ってゆくところが表現され、左上の隅では、髭もじゃの酔っ払った老人の顔をした北風の神が頬をいっぱいにふくらませて息を吐きかけているのだった。

　主役ではないにしても、証人としてある劇に加わった人に対してのようにこの場に登場してもらいたいとすれば、一体どのように彼を想起したらいいだろうか。また、どこで、どの時点で彼をとらえたらいいのだろうか。なにしろ僕の両親は、酒に溺れてその模範的意志が損なわれてしまったときまで彼のものだった、争う余地のない誠実さゆえに彼を尊敬し、かなり長いこと知人として交際していたのだから。第一次大戦に先立つ年々のあいだの、僕を悩ませたような、平服姿の彼を描くべきなのか。しかし、彼が僕にレッスンを課していたとき、どんな服装をしていたのかさえもうおぼえていない。すぐに拳固を振るうため評判を悪くして、同輩たちから「ボクサー」というあだ名をつけられた（僕たちの知ったところでは）、あのきびしい時代の、地平線ブルー〔第一次大戦中のフランス陸軍の軍服の色〕のジャケットに、少尉か中尉のケピ帽〔庇のついた円筒形の帽子〕をかぶった軍服姿の彼を示すべきなのか。だがこんな妙な服装をさせるとなると――それにもう、実際には、なかば僕たちの軌道の外に出てしまっている――、彼はもう僕の体操教師とはあまり関係がなくなってしまう。そうであればなぜ、その場にいたわけではないけれども、五官を通して知ったどんな事柄よりも想像の中に刻みこまれた、そして、僕に強い印象を与えた彼のあの決断力と、たくましいと同時に必要とあれば敏捷にも動く体の統率力とをなによりもよく示すある事件という横道を通って、彼をとらえようとしてはいけないのか。それが起きたとき、家族のあいだでかなり話題になり、その主人公であった男を一種の超人と思わせた事件。実をいえば、ほんのわずかな言葉で済んでしまう、そして今日ではまったくありふれたものと思われる事件。

　体操の先生の細君は、そのあまりに冴えない人柄が僕の心に残した印象によるかぎり、顔色が白く、たぶんそばかすがあって、髪はいくらか赤みがかった、ひ弱な様子のイタリア系スイス人だった。醜くも、きれいでもなく、ほっそりしているためにむしろしとやかで、おおむね黒か濃い色の服を着ていたが、これはその蒼ざめた顔色と相俟って、彼女を病弱な孤児か、若い寡婦のように見せていた。夫婦は、屋内体操場が入っているのと同じビル――三階だったように思う――に住んでいた。あんな巨人とつがっているのを見てみなが驚いていたこの背の高い、弱々しい女性が双子を生んだのはそこでのことだった。事は最悪の事態になりかねなかった。産婦は激しい出血に襲われ――母の言葉を信じるなら、「ドアの下まで血が流れてきた」ほど激しい――、こんなに目に見えて貧血症の体にどうしてこれほどの血があったのかと人々がいぶかったほど顔の蒼白な女性をこの窮地から救い出すには、一刻の猶予もならなかった。一同、夫の冷静さとスポーツマンとしての才能に感嘆した。彼は、薬ないしなにか他の救助の手立てを求めて走り出るや、手すりをひと飛びに越えて階段室に下り、家から出ていったそばから、すぐに必要な品を携えて戻ってきたのである。

善のために身を捧げる多才なチャンピオン。セント＝バーナード犬やニューファンドランド犬のようなお墨つきの救助者。きわめてきびしい時候のなかでその仕事をやりとげる辛抱強い農耕馬。力強い歌声の持主だが、いったん曲を歌い終えるや、舞台にとどまっていることのできないバリトン歌手。交戦のあと、腕を垂らして立つ、兜も鎖帷子もつけていない武装騎士。僕がそのたくましい手を怖れていた、顰めっ面の正義の味方。高い品性をそなえている――家ではみんなそう考えていたので――とは思っていたものの、そのヘヴィー級の一本気のなかには無慈悲なところがあるのを僕は知っており、要するにその人柄の一切が気にくわなかった男。まるでその修理工と同じくらい、彼が階段の第一責任者であるかのように、僕にとっては彼と切り離せない階段飛び下りの壮挙同様、この出血事件にはただただぞっとしただけだ。

おそろしいまでに僕に強い印象を与えたこの男、その粗野な外見だけでなく、彼のもっていた力そのもの、その前では僕たちはみなひよっこと感じられた、その苛酷なきびしさが僕に吹きこんだ距離感をここで咎め立てしようとするなら、フェアプレーとはいえないだろう。時間をおいて見ると、彼がもっていると思っていたほとんど超人的なあの力は、お手本となるどころか、あまりにも怖ろしすぎる父の姿が、ある種の人々をして、対抗意識をあおるよりは、現在も将来も反抗するなどとはゆめ思わず、いないも同然の人間になることで恐怖から逃れようと仕向けるのと同様、僕を自閉に追いこむ原因になったと思わずにはいられない。それでも、きびしい父親に出会って、ある人々――僕もその一人である弱虫たち――は所詮歯がたたないと分かっているものは避ける、という習慣を一生身につけるのに対し、他の人々――同じ生来の欠陥をもたない人々――はそれとは反対の道、つまり硬化し、憎しみからでしかないにせよ、自分は男だと主張する道を選ぶ、という事実は残る。だから最初、めまいをひき起こすような練習や、あまりにも辛い努力を強いられる跳躍の前で尻込みし、それから次々と努力放棄を繰り返し、ついには、自分の体を危険にさらす（実際の危険にさらす、とはいわない）おそれのある一切のことから逃れるようになり、惰弱の坂道を転がり落ちていったとするなら、それは、この模範的だが、外見のとっつきにくい体操選手のせいでも、彼があのようなひ弱な女性を連れ合いにしていたというショッキングな事実（あんなひどい出血は、このような結びつきの不似合いさに原因があるのではないかと思ってしまうような結婚）のせいでもないし、誰かの過ちでもなければ、なんらかの事情の結果でもない。そしてこのような芳しからぬスタートを切ったあと、僕は徐々に――ある失敗が別の失敗へとつながって。というのも臆病さは、油のしみ同様、じわじわとひろがるばかりなのだから――、いまある僕になった。つまり、なんとか人目を欺き（事がうまく運べば）、もっとも寛容な人たちだったら、ある程度見てくれがちゃんとしていると認めてくれるであろう人間、しかし正確にいえば、この見てくれ以外の何ものでもなく、もし人生の偶然から、見てくれを保ちつづけるには、いや、ただ単に生きるためにも、自分の力しか当てにしてはならないという事態に追いこまれたら、ゼロと化してしまうだろう人間。彼にとって文学とは引込線でしかなく（紙上に展開する冒険は肉体的な結果はもたらさないのだから）、その行動に対する意志らしきものは決然としない観念論的戦闘主義という形をとり、時には、当代の人道主義的な諸問題に対して立場らしきものを表明することもある人間、その段々際立ってきた演劇への好み――イタリアで上演されるオペラを熱烈なファンとして愛するにせよ、省察の素材として演劇をめぐる思い出をとり上げるにせよ――はアリバイを、すなわち一日中昂揚していられる、ただしその昂揚は、結局のところ何の実体もなく、恋愛のきわめて波瀾に富んだ曲折さえも絵空事でしかない世界を求める彼の気持から出たものである人間。

そういうわけで、いま、要するに僕の原罪として述べているものの背景として選んだのは、その階の一つでスイス人女性が血を流した建物の母屋から、ありきたりの中庭一つを隔てたあの屋内体操場のきびしい世界であり、厚いマットのカーペットを敷き、さまざまな器具をそなえ、梯子、棒、結び目のついたロープ、平滑なロープのような登攀用品をことごとく揃えた板張りのあのホールである。知恵の実を不当に食べたことの罪ではなく、むしろ人生をエデンの園とは別物にする一切のものから逃げ出した罪。非服従であることに変わりはないが、それよりも逃亡であり、投げやりの罪、自己の目減り、丸損、破産——要するに反抗ではないという意味でもっと重い罪。

一切を取り仕切っていた例の粗野な人物とその二人の手下（イタリア人の名前をもち、大道芸人のような妙な恰好をした小柄で痩せこけた褐色の髪の男と、かなり優雅な様子の背の高いブロンドの男。二人とも冷血漢であり、彼のデリラの救助者であるわれらがサムソン〔旧約聖書に出てくる人物。怪力の持主でフェリシテ人と戦ったが、一女性デリラのために神通力を失う〕より話が分かった）を別にすれば、あとはレッスンの日々——日曜日の午前と週日の午後だったと思う——、僕と一緒に集まっていた人たちのことはほとんど何もおぼえていない。そこには、アルジェリア出身の、その激しさが、バーバリ海賊〔バーバリはアフリカ北西海岸部の古名〕のそれを思わせる——たぶんいささか乱暴な一般化だが——、背の高い陰気な少年がいた。屋内体操場のすべての生徒たちと同様、彼は僕たちと同じ町内に住んでいた。また、ほぼ同い年だったのではないかと思う、真っ白で、やつれて、そばかすのある、小猿のような、利口そうで、悲しげな顔をした、虚弱なオーストリア人のこともおぼえている。仲間に少女たちはいただろうか。ラシャないしジャージ製のセーラー服みたいな仕事着を着ていた、イエットという名のたくましくて陽気な娘のことをぼんやり思い出しはするけれども、あまりよく分からない。彼女はといえば、見ただけで、何一つ怖れていないのが分かった。せめて彼女の爪の垢でも煎じて飲めばよかったんだ！

僕の先生に責任を負わせようとしたあと、こういった仲間や兄たちの態度のなかに、僕を傷つけて、決定的に自閉に追いこんだ何かがあったのではないかと探してみてもむだであろう。僕の恐怖と不器用さをみんながからかった（当然と思われることなので）のではないだろうか。だとしても、そこに悪意がなかったのはほぼ確かだ。からかいがあったことは認めるとして、それらは、僕を深く傷つけ、性格全体に影響を及ぼすような成行きとなるものでは決してなかった。それにこの時期、面子を失うと考えて苛立つようなものは僕には何もなかった。というのも坊やだったので、名誉のことなどろくに気にかけておらず、モラルのことと同様にあまり関心をもたなかった。あったとしてもそれは、両親から吹きこまれた漠とした方針と、教理問答で教えられた範囲を超えるものではなかった。虚栄心がひどく傷つけられたり、満足したりしたことがあったとしても、それは児戯に類する、あるいはまったく表面的な事柄に関してのことにすぎなかった。たとえば、グランド・メゾン〔パリの洋服店〕のものだと思うが、その折返しつきのズボンが赤ん坊にあてるおむつに似ているように思われた「水兵」服を試着させられたある日、僕が感じた——そして泣きわめくという見せ場を演じた——深い屈辱。大道芸人遊びをしていて、口上使いを演じる長兄のジャックが、二人の弟をセンセーショナルなアトラクションとして紹介したとき、名人「シリエル・ピアル」と並んで登場した、猛獣使い「ジュリアン・レシム」だったことの誇らしさ。実際に音楽の道を志し、ハンガリーのヴァイオリン奏者になったピエールに対し、何もできなかったのによく分からない理由のため、僕自身は猛獣使いの役割を仰せつかったのである。小さな男の子と一緒にブーローニュの森で遊んでいたとき、「君は熟していない青りんごみたいだ」と言ったか、あるいは誰の目にも明らかな彼の健康状態の悪さに自分も気づいていると、同じように容赦ない口調で指摘したかして、彼にあやまるようにと言われた日のこと、僕の感じた骨身に染みた屈辱感と、人でなしとして振る舞ったという打ちのめされた感情。

　他人との競争に勝って自分の価値を示したいという気持や、差をつけられることに対する単なる恐怖よりむしろ、そういう次第で、僕が最初から自分の中に居坐らせてしまったらしいのは、まったく外面だけの虚栄心だ。屋内体操場では無能であることは承知しているものの、自分の年にはふさわしくないと思う服を着せられることには我慢できない虚栄心。ミシェル＝ジュリアンがピエール＝ゲラン街では滑稽な意気地なしと見えてもお構いなしだったのに、猛獣使いの役割を得てふんぞり返るジュリアン・レシムのそれ。毎週、人前で臆病者や卑怯者として振る舞っていたくせに、あの日礼儀作法をわきまえていないと諭されると、いつもよりもっと恥じた若年の散歩者のそれ。

僕が、ちょっとした見てくれ以外何一つもたぬ人間であることを嘆くとすれば、そしてこの頼りの壁が崩れ去るのに戦々恐々としながらも、輝かしいところはないにせよ、信頼できる人間としての尊厳を求めるとすれば――それは、その主たる活動のためであると同様、ごく単純な人間関係の観点から――、その元はたぶん、僕か、その嘆かわしい結果をなんとかして消し去らねばならないあの弱点から生まれた二重の動きのなかにある。なにしろ、まさしく一番基本的であるがためにもっとも重要だと考える、肉体と勇気をめぐるああした事柄に関しての、どうしようもない弱点のなかにはまりこんでゆくにつれ、自分には欠けている大事な美点を、もっと容易な領域に属する二次的な長所で埋め合わせようとしてきた。それは、僕の心が、生来勇気をもつのに必要な大事な力を欠いていると認めることであり、真に何かを欲求させるだけの激しさを欠いているところからして無私無欲の能力であり、身近に接するものに対してとても臆病であるがゆえの遠いものへのノスタルジーであり、精神を舞台とする事象に対しての理解力だ。というのも――いかに大胆な考えを抱こうと――、そうした事象とは、現実世界のそれらとの場合のように、激しく闘う必要はないからである。したがって、堅固な核心であり、僕にとっては難所であると自覚しているものから顔をそむけるにつれ、基本的には間違っていると感じているだけに一層こまかいモラル上の配慮が、人を欺かないようにと、やたら未来有望だなどといって何事もひけらかさないようにと僕を促してきた。けれど、本来なら自分でコントロールすることができればよかったこの肉体に何らかの箔をつけたくて、自分の中にあると感じている軽蔑すべきものをすべてその陰に隠し、それを通していくらか人に賛同してもらえるような見かけ——飾り立てる趣味性はほとんどなかったけれど——を作ろうとした。しかし僕はこの手管（そこに意図的なたくらみがあるとするなら）を一種の誠実さをもって用い、この見かけをあまり後ろめたい思いをすることがないように作り上げた。服装一般に関しては、あまりブルジョワ的なところも、あまりだらしないところもないようにしつつ、趣味のよさと気品とを心がける人物。その身なりは、彼が並の人間ではなく、それを承知していることを示さねばならないが、相違を際立たせるためには何もせず、とりわけ自信過剰の欠点があってはならない。彼がもち、すすんで利用している（実際の臆病さを優雅さに見せかけようとして）この控え目な物腰は、裸にされ、本体がさらされることに対する怖れを直接に示していると同時に、その自信のなさは根拠がなく、自身に対するきびしすぎる要求をあらわしているだけなのではないかという思いも人に抱かせる。要するに、くじけるのではないかという怖れに強固な枷をはめようとする真剣な欲求に応えるものではあるが、あきらかに一部にごまかしを含む端正さ。というのも、こうしたきちんとした外見の奥には完全な正確さがあると思わせ、同時に、あまりにも整いすぎている外見の裏には深さのしるしにちがいない神秘——彼だけがその鍵を握っている——が潜んでいると暗示するからである。また、顔にあらわれている、なにかしら不安げで、心を奪われていて、にがいもの。それは、その人物を悩ませている不安の悲しい真実を映し出しているが、かたや、多くの高貴な幻想を抱き、それから醒めたものの、だからといって、事はあるがままでしかないとは諦めていない人間の激しい精神生活を示してもいる。したがって、一方では、人をたぶらかせるならどんな手段でも用いるようにさせ、他方では、あくまで誠実であるようにと僕を促した（それが埋合せであると同時に、自閉の人間の唯一意味ある立場でもあるかのように）二重の動き。その誠実さとは、意気込みに駆られることも、抒情的な熱に浮かされることも決してないかわりに、少なくとも、幸い、その身に期待のもてる事態が生じたら、名誉にかけて即金で全額支払う人間のそれだ。文字どおり僕の心を二つに裂く苛酷な分裂。競馬の騎手がジョッキー・ブラウスで、あるいは闘牛士《トレロ》が「光の衣裳〔闘牛士の着る、金、銀、赤などきらびやかなモールのついている衣裳〕」でそうするように、僕が自分の身を飾る、それによって——自分の体も、人間であれ動物であれ、いかなる被造物も何一つ支配しえないこの僕が——、畏敬の念を人に抱かせようとする（大して成功することもなく。なぜってそれに成功するには、身につけねばならないのはもっときらびやかな色彩なのだから）、こうしたさまざまな身の飾りに対する愛着。そして真実への愛着。それは、多くの大事な点で自分を断罪するように仕向け、ぎりぎりまで追いつめられたとき、最後の城に立てこもろうとする自信までも奪い去ってしまうばかりか、いまだに時を定めてやってきては、本質的な価値に関して、そのような装いの実効に関して、僕がたえず作り上げるあまりにも虫のいい考えを突き崩してしまうのである。

見てくれ、身の装い。一九一四—一九一八年の戦争の終わりごろ、そのカーキ色の制服や、ウィスキーや煙草を手に入れることの容易さ、そこで出会う、看護婦たちとは共通点のない、有名なオペラ＝コミックで「坊や、一緒においで！」と歌う、軽騎兵スタイルの肋骨文つきの軍服を着たあの『女酒保商人』〔バンジャマン・ルイ・ポール・ゴダール（一八四九—九五）作曲、一八九五年初演〕とも違い、母親というよりもむしろ兄弟のような女兵士たち、体を服でぴちっと締めつけるとともに、こだわりのない身ごなしの少女たちのために、僕がアメリカの赤十字になんとなく入りたいと思ったのも、それとは別のことだろうか。戦争に加わったアメリカ合衆国が、イギリスより高く評価されるようになっていたこの時期、ＹＭＣＡやコロンブスの騎士〔アメリカ・カトリック慈善会。一八八二年創立〕のような組織もまた、それに属した恵まれた人たちはすてきな制服を着ることができるというので、周囲の多くの若者には大評判だった。そうした制服を着たからといって、鼓手のバラ〔ジョゼフ・バラ。フランス革命の際、革命側の兵士だったが、反革命軍に捕えられ、「国王万歳」と叫べといわれ、「共和国万歳」と叫んで死んだ十四歳の少年〕の年齢にはまだなっていなかったのだから、ラ・トゥール・ドーヴェルニュ〔テオフィール・コレ・ド・ラ・トゥール・ドーヴェルニュ。貴族であるにもかかわらず、革命軍の一兵卒として戦った〕を演じるかもしれない兵士になるおそれはなかったのである。見てくれ、身の装い。多くの人々にまじって、フランス・レーシング・クラブの会員に僕がなったのは、スポーツに対する趣味よりはるかにこうした好みからだ。そこでは最初、徒競走の練習をするつもりだった。それから――戦後のはじめごろ――、いくらかラグビーに挑戦し、ジュニアのチームで一シーズンのあいだセカンド・ローとしてプレーした（すぐ息切れしてしまった。もっと悪いことには怖気づいた。ボールをたまたま手にするたびに、「タックル」されないため、厄介払いしようと焦って、それをすぐ他の人に渡そうとした。要するに、前年徒競走の選手を演じようとしたのと同じように、ラグビーする人間を演じようとしたのだった。僕がしたのは、パントマイムや恰好をつけただけの仕草の面でのことで、実際に試合に巻きこまれることもなく、つねに真の行為のへりに、心算の域を超えない――せいぜいのところ――段階にとどまっていた）。そしてたしかに、後年僕を闘牛の大愛好家にしたのも過剰なエネルギー――暴力や血に関するものに限らず、いかなるショーにも僕が同調しえなかったように――のせいではない。闘牛士《トレロ》という人物にあって僕がとても愛したのは、まさしく彼の勇気、あるいは（もっと正確にいえば）彼の勇気がとる特別な形である。すなわち、自分の身を危険にさらすときの見事さであり、ユークリッドならぬアラブの幾何学の図形をおのれの血で暗くしかねないことである。僕は、牡牛の死と、人間と牛の角との対峙のなかに――儀礼と正確な規範に従って行われる――悲劇を、演劇や何らかの他の芸術形式が提示するものとは反対に現実のものであるがため、もっとも価値ある悲劇を見ていた。しかしそこでもまた、外側にとどまるのに甘んじて、事態をごまかしていた。観客――最前列に坐り、戦いと一体化しているとえてして想像しがちな者さえも――にとって、闘牛《コリーダ》は他のありとあらゆる種類の美的な催物同様、非現実的なものである。なぜって、それは人が自ら生きる悲劇などではなく、外側から観察する悲劇的な見世物にすぎず、何一つ危険を冒すことなどないからである。闘牛愛好家《アフィシオナード》がひき受ける唯一の危険とは、何度も出かけていって、運よく歴史的な名勝負の日に居合わせる前に、一連の下らぬインチキの催しのために、駅の窓口や、闘牛場の経営者や、ホテルの支配人の手に比較的高額の金を差し出すことだ。

長年闘牛《コリーダ》に模範的な価値を認めてきた（かつて障害物競馬にそうしたのといくらか似て）ので、いまさらその中傷者たちに同調することなど僕にとっては問題にならない。彼らは闘牛のなかに大道芸的な残酷さしか見ないが、野蛮な素材に厳粛な秩序を与えることは、真に偉大な芸術にだけ期待しうるその究極の意味なのである。いま嫌悪をおぼえるのは、闘牛という事柄そのもの（魅力的な外観の下にある否みがたい野蛮の下地を含め）ではなく、それに対するおのれの態度だ。つまり、僕自身は死をこれほどに怖れ、少しも勇気などもたないくせに、ディレッタントとして死と勇気をベースとした見世物を讃えることであり、演劇の場合のように罪のないありようではなく（そこでは当然、どのような生命も危険にさらされない）、強烈な感覚の愛好者であり、そのために金を払ったゆえ、彼――闘牛士《トレロ》を総毛立たせる不安に思いを馳せるのがせいぜいの男――がその立会人であるドラマの展開次第で、他人の身を通して自分を超人と感じることができないとなるや、不当に金を払わされたと思う人間の残忍な要求を抱いて、こうしたヘラクレス的力業に心の中で参加することであり、ヒロイックな息吹に触れたと感じることである。

何年ものあいだ僕の人生を彩ってきた熱狂的な嗜好のなかで、そういうわけで、今日ヴェルディのオペラという驚くべき抒情的建築（音楽と詩という二つの観点において）を清算しつつあるように、闘牛《コリーダ》への愛もついに清算した。こうした安易すぎる陶酔の手段に以前と同じようにもはや盲目的に頼ることができず、そのおかげで自分を、死と戯れる半神や、その鼓動が誰の耳にもきこえるほど欲望にみちた心の持主と信じこむことのできる媚薬に対して、不信の念しかほとんどもてなくなったからである。ルイス＝ミゲル・ドミンギン、マノレテ（一度も見たことがなかった）という有名な名前、これらよりもっと古いベルモンテとホセリート――僕の子供時代の二人のスター、奇妙なあだ名をもつマカキートとボンビタの後継者――という名前は、信心に凝り固まった人間にとっての大聖人の名や、ロマンティックな恋人にとっての女性なにがしの姓に匹敵する、僕の心を動かす力を失ってしまった。すばらしい瞬間を求めて、そのざわめきをきくと、オペラ劇場の大きな内部空間が生きた人間の内臓と思えてしまう群衆に立ちまじるのを相変わらず楽しみとしているとしても、もうそこには僕の心の糧となるようなものは何もない。芸術の逆説とは、本来閉ざされた世界を超えるものをさし示すがために価値をもつはずなのに、もっとも高度な芸術は、まさしく僕たちの要求を強め、芸術の彼方への欲求を僕たちに与え、その結果芸術に満足できないと思うまでにあまりにも僕たちを昂揚させてしまうことである。

進行中の清算、すなわちヴェルディのオペラへの愛。歌うべき小曲（「頭の中を歩きまわる」それらの）、芸術の彼方、暦の彼方、竪琴の彼方、時の彼方……。しかし僕がしたばかりのこと――「空路」という表現が示す、まだほとんど超現実的な手段によって――、すなわち、マルティニックとグアドループのあとで、ヴァージン諸島〔西インド諸島の、もと英領の島々〕、ついでマリ＝ガラント島〔仏領アンティル諸島の島。グアドループに所属〕、サント諸島〔グアドループに付属する仏領の島々〕（帆船で訪れた）へと僕を連れてゆき、ここで書いているようなくだくだしい事柄におぼえていた嫌悪感にけりをつけてくれた大旅行の結果、この余白を利用して、見方を調整し、星空の下での大アリアや、公爵邸の仮面夜会のたぐいと僕の目に映るものを一切清算したというには程遠い――さまざまな肌色の人々が共存しているすべての土地と同様、仏領アンティル諸島に課されている諸問題の討究を目的としたこの旅行自体が示している意図にもかかわらず――ことを認めねばならないのではあるまいか。

出発に先立つまさにその時期に、僕は、芝居の上演やオペラに関する催しから、次々と感動的な印象を受けた。

われらが国立音楽院〔オペラ座の正式名称〕の舞台では、声量豊かで、挑発的な顔立ちの、肌の白いグル〔中近東の伝説に出てくる女吸血鬼〕たるドイツ人のサロメが、一切が象徴でしかない空疎な呪術ではなく、エロティシズムがそうであるような、明確な座標軸をもつ芸術を思わせる、内容と一体化したメロディにのって、ほとんど裸でころげまわる〔リヒャルト・シュトラウス作曲の楽劇『サロメ』。レリスの言及しているのは、一九五一年十月二十六日のオペラ座での公演〕。『仮面舞踏会《ウン・バロ・イン・マスケラ》』〔ヴェルディのオペラ。一九五一年七月四日、オペラ座で演じられた〕――軽率な助言者や、一見すると死の使者とはぜんぜん思われないほどおしゃべりな腹心の友の役割を演ずる、オペラ＝ブッファの小姓、男装のコロラトゥーラ歌手〔コロラトゥーラとは、十八、九世紀のオペラのアリアなどに多い、技巧的で華麗な旋律〕が筋を運ぶ（よく注意してみると）オペラ――の墓場での出会いの場のために、今度は暗くした同じ舞台の上で、黒いヴェールをかぶった青白い人物が、ためらい、迷いこんであちこちにぶつかる蝶のように、右に左に、中庭の方に、庭園の方にと揺れ動く。その声――きわめて精妙な圧延機から出るときに――は僕に軽く触れ、心の中に無理矢理入ろうとする悩める魂のように、僕たちの中にしみ通る。このオペラ（僕の見た、ナポリのサン・カルロ劇場の一座によるパリ上演のような）の終幕では、仮面、頭巾つき長ガウン《ドミノ》、黒ビロードの半仮面《ルー》をつけた人たち、羽根飾りの野蛮人たちは、舞台というよりむしろ、いかなる背景によってもさえぎられることのない地獄の洞窟という、照明に華やかに照らされた場所を動きまわる。というのも、気づかされるのは――ずっとさがって見るならば——、ここはダンス場にほかならないということで、これはトリックであり、僕たちの視線はどこで架空の建築が終わって現実の建築がはじまるのか見分けることができず、多くの円柱のあいだにうがたれた空間の中をきりもなくみちびかれ、どれほど遠くまで見はるかそうと、どこまでも新しいダンサーたちが群れ集まっているからである。サラ＝ベルナール劇場での『マクシム亭の御婦人』〔ジョルジュ・フエードー（一八六二—一九二一）作の三幕の喜劇。一八九九年の作。サラ＝ベルナール劇場での上演は一九五一年十月—五二年三月〕。そこでは、いくらかいやしいが、聖書に出てくる王女のような礼装姿の歌姫がしたような、芝居と実生活との隔てを一切とり払うもう一つの魔宴——セックス・アッピールがあって、次々と春をひさぐ自堕落女のそれ——が繰りひろげられた。それは、幽霊のように青白い一九〇〇年代にあっての、流行遅れの言いまわしや、蓮っ葉な機智をまじえたブルジョワ的警句や決まり文句をもって演じられた典礼だ。マンゾーニ〔アレッサンドロ・マンゾーニ（一七八五—一八七三）。イタリアの著名な作家。『婚約者』など〕の思い出に捧げられた『鎮魂ミサ曲』〔一八七三年、ヴェルディ作。マドレーヌ寺院での上演は、一九五一年七月五日〕の上演の前、マドレーヌ寺院という香煙けむるギリシア神殿の外陣にあって、ソプラノ歌手——その息吹は、やがて僕らを熱狂させるだろう——の口が一瞬、それと見当はつくものの、唇の動きがその方へ向けられている群衆の一部からわけ隔てることのできない恋人か夫のために、キスの形をとって丸くなる。このキスは、こうして虚空でなされ、味わいはともかく、少なくともその形は見誤りようがなく、目に見えぬ一人の聴衆に歌の初穂を捧げつつ、彼以外の何人もの人々に個人的に向けられているように見えるだけに甘美だ。

午後の終わり、現実世界のある部屋で——こうしたすべてのことと並行して——、僕が愛してもいないし、僕を愛してもいない一人の娘が、鏡に向かって素早い正確な仕草で、これまで彼女がしているのを見たことのない、白黒混血のその華奢な横顔を横長の冠状の量塊で飾って、エジプト女性に見えるという誇らしさ（自分を否認することなのだから、非難すべき）を抱かせていた髪形の頭の上に、その黒髪を掻き上げるのを眺めていた。その少し前——当時僕はかなり途方に暮れていた。この同じ女性にあからさまに誘われて、無節操なアヴァンチュールの罠にかかったと感じていたし、骰子にイカサマが施されているのは知っていながら、賭をやめるわけにはゆかない賭博者の立場にもいたからである——、別のホテルの一室で、ベッドのへりに坐ってアルファベットに挿絵をつけた子供用の絵本をめくっていた。本の持主も一緒に眺めていたのだが、僕の最初のアンティル諸島旅行の際知った気のいいハイチ人で、首都のきわめて貧しい界隈の一つの礼拝所《ウンフォル》で合唱隊の隊長だったあとヴードゥーの司祭となり、いまは一団の踊手たちを引き連れてヨーロッパをめぐっており、いったんハイチに戻ったら自分のウンフォルをひらくだけのものをこの仕事から得られると考えていた。一部は、ほとんど隠さなかった同性愛者としての媚態から、また一部は、神々から霊感を受ける者としての彼の性質に由来する子供っぽいやり方で、僕の連れ——とても聞き分けのいい子供を演じて——は、旅行という機会を利用して、読字を、ある「ムッシュー」が折畳み式のパリの大きな地図と一緒にくれたアルファベットの絵本で、習っているのだということを示そうとしていたのだった。かつては襤褸をまとっていたこのいたずら好きの妖精めく男が、家まで一緒に来てくれと誘い、ついで自分のそばに坐らせたのは住居を自ら案内するためであり、ミュージックホールの一座に加わって以来、どれほど彼が進歩したかを感心させるためだったのか、それとも、誘惑すれば得が見こめるかもしれないという下心が、この誘いの理由の一つであったのか、僕には分からなかった。とても途方に暮れていたので、子供の本によく見られるような動物たちが毎ページ——あるいはほとんどのページ——にあらわれる絵本の二人でしたこの読書に、思ったよりも心を動かされた。すんでのところで、流れに浮かぶコルクの栓のように、アヴァンチュールに身を委ねそうになった。それは、僕という凡庸な放蕩者にとってはたしかに混乱の大きなきっかけとなったであろうが、もっと下らぬ浮気をひょっとすると思いとどまらせたかもしれない。こちらのほうは、感情の観点から、自分を長いこと、ロープローを受けてへたりこんだボクサーや、下手なとどめの一撃のため生きながら串刺しにされた牡牛だと思うようになろうとは知らなかったものの、ひょんなことからはじまって、行く末ろくなものになるはずのないこちらのアヴァンチュールが、この二人でするアルファベットの読書のような幻想が入りこんでいないだけに、一層僕の身には悪いことを予感はしていた。僕をとらえたのは漠たる思いだけで、数分間悩みはしたものの、夢見る可能性の域を超えるものではなかった。そしてごく最近、このもう一つの午後の終わりの仲間と再会して、率直に喜んだ。彼は巡業を続けながら、フランスの南の方へ向かう途中パリに立ち寄り、わが家に水入らずの夕食をしにきて、自分の誕生にまつわる驚くべき事実を教えてくれた。彼が言うには、母――彼を育てることができずに亡くなった――は、北ハイチの町の「大聖堂」の階段の上で突然出産し、その瞬間嵐（最初語り手は「サイクロン」だと言った）が、哀れな黒人女の息子が神に選ばれた人間であることを告げるかのように襲ってきたので、「足を先に」（ここで語り手は、足の位置を示すために上体を後ろにひき、両腕を前に真っ直ぐにのばす）して生まれたという。

褐色の肌のアイーダよりむしろ琥珀色のタイスになりたがっている、そして、彼女を眺めても愛情のまじることのない優しさしか感じないので、いまでは僕がその肉体のすばらしさを冷静に嘆賞できる娘、真新しい洋服箪笥にも、そしてギニア伝来の神々と同じくらい小学生用のアルファベット読本にも示す崇敬に僕が心を動かされる蓬髪の気どった青年。彼らがその中心だった場面を思い出すたびに、僕の心を動かしつづけるこの二人の人物は、ある者は重々しく、ある者は軽やかに浮かび上がる同時代の人々と同じ明かりに照らされ、見物人として静かに坐っている僕の目の前に、僕の人生についてのなにか大事なことを告げ、それに答えるのを促すかのように戻ってくる。「芸術的なイメージ」

というまわしに、きわどい新聞の広告と同じたぐいながら、それより重い意味を与えるのにうってつけの、そして否応なしに、僕の美の観念すべての再検討を迫るあのサロメ。死の密使であり、軽薄なモードで身を装い、スフィンクスともセイレンともハルピュイアともつかぬ、そしてその曖昧さは性の不明確さをはるかに超え、天使や悪魔その他、天と地獄の使者たちのうごめく中間の世界に彼が属していることを示している小姓。望むとも、望まぬとも知れず、夜の支柱のあいだ、恋の二叉道を振子のようにゆきつ戻りつする狂った存在、奥行が深くなり、現実と虚構の境が消えて、眼差しが目くるめくように吸いこまれる世界と化した舞台に群がる仮面をつけたあの群衆。ドラマが短刀の鋼となって結着するのを見るや、一気に仮面をぬぐであろう、最後の審判のあの同じ群衆。マクシム亭の小女も、巫女《シビラ》ならぬやり方で、僕に教訓を与える。高くまくり上げたスカートをただくるっとまわすだけで、大向こうに受け、突然の欲望を目ざめさせる娼婦の客引の手管のように、胸にどすんとくるものしか芸術でも文学でも価値がないということを教えてくれるのだから。教会のコーラス席の中に、とても由緒あるイヴニング・ドレスを着て立ち、『鎮魂ミサ曲』のソプラノ歌手が黙って送ってよこしたキスに関していえば、その意味するところを明らかにするのに説明が必要だろうか。

頭に水甕をのせ、パキスタンから航空便で僕のところにやってきた、踝に金属の幅広の飾りをつけた水汲み女《ウォーター・メイド》〔この絵葉書をレリスに送ったのは、当時この地方を旅していたレヴィ＝ストロースと伝えられている〕。海の精《ネレイス》の姿も見られる、アルジェのガラン公園美術館で目にしたシェルシェル島〔アルジェリアの古代都市〕のデメーテル像である女像柱と、ソファのクッションのように、牡牛の背中に倒れこんだエウロペ。うつぼもいるカスティリオーネ〔現在のブ＝イスマイル。アルジェリアの町〕の水族館で見た船首像と、その尾が絡まりあった蛇のような、鱗におおわれた二本の長い枝状にわかれていて、ラッパを吹いている半分女性で、半分魚の像が両側に彫刻されているランパロ船〔地中海でランプをつけて漁をする船〕の舳先。トスカーナの大聖堂の薄暗がりや展示ホールのどぎつい光の中、一歩ごとに出会ったイタリアの大天使。大きな巻波が泡立って押し寄せる濃青の海にとりかこまれた、大理石の破片の散らばる広大な空間がひろがり、ジャン＝ジャック・ルソーが愛着をおぼえた例の森の精たち〔ルソーの『告白』の中に「森の精が存在しなかったのを残念に思うことがしばしばあった。私が愛着をおぼえるとすれば、相手は間違いなく森の精であったはずなのだ」という一節があり、レリスは日記に書き写している〕の同類がおそらくは群れ集う「竜の洞窟」のあるデロス島で見ることのできる——壊れた陽根像の近くで——、空の紺青を背に白く浮かび上がる頭のない高い女性像。ヴェネツィアでのある晩、フェニーチェ劇場で不死鳥のごとくよみがえり、また見ることができると当てにしていた——ありえないことだが——ロンドンのバッカスの巫女、獅子を連れた貴婦人。

　ポワント＝ア＝ピートル〔グアドループ島の港〕からサン＝バルテレミー島まで、機長と僕とをのせた飛行機で一時間以上かかる、遠く離れたグアドループ島の属島、白い七面鳥や孔雀や岩の上に坐って縫物や編物をしている蒼ざめた、はだしの羊飼の女たちのいる、昔々のフランスの牧場の中に、ある午後の終わり、僕たちは着陸した。ここは、時には王侯のような様子をした北の農民たち、牝牛たち、椰子の木々、牛の赤い血の色に塗られた二重勾配の屋根、深く切れこんだ海岸線、ギュスタヴィア港に錨を下ろしたスクーナーの見られる熱帯のヘルシンゲル〔エルシノア。デンマークの港。『ハムレット』の舞台として有名〕だ。それまで定期路線の飛行機でしか旅したことがなかった僕に、あまり快適とはいえない、パイオニア時代の「空気より重い」飛行を想像させる条件のなかで行われた着陸後、すばらしい国にやって来たという大きな喜びを味わった。

　僕を運んでくれたエンジンはバータという有名な靴のメーカーのもの（僕のような乗客を運ぶためにいまもそれを使っているプロが教えてくれた情報）であった。途中、機長が望見する島々、アンティグア島、モントセラト島、レドンダ島、ネイヴィス島（スペイン人たちはニエヴェス（Nieves）と呼んでいた。これは「雪」の意である）の名前を教えてくれているあいだ、僕は操縦を習ってでもいるかのように、さまざまな操作に注意を払い、操作盤の上に貼りつけてある機械の性能を示すタイプ印刷の記載――印刷された文章の中のあちこちにわざと残してある空白部分を埋めている――のある紙を読んで楽しんだ。大したことは分からなかったけれども、僕は読みながらある喜びをおぼえた。かつて――飛行機の絵葉書を厚いアルバムに分類して集めていたとき――、これらの絵葉書の数枚の下に記された短い説明文によって、真新しい飛行機の秘密に通じたと思ったときに感じた喜びを、数十年後にこうしてどうやらまた見出したようだ。他のものより少しあとに印刷されているこれらの絵葉書は、実際にはとても漠としてはいるものの、ごまかしがあるとは思えないだけの十分な保証を与えてくれるその説明文のおかげで、専門家むきの資料と見える点を僕はとくに評価していた。僕はそのようなごまかしをコレクションの他の絵葉書には認めていた。ごくわずかな数の絵が、さまざまな題の下に示されており、同じ絵なのに、単に操縦士の名前が替わっているだけだったり、同じ写真が方向を反対にして印刷されていたりする。たとえば「飛行中のヴェドリーヌ〔ジュール・ヴェドリーヌ。第一次大戦の際のエース飛行士〕」では、同じ単葉飛行機が絵葉書の左のへりの方に向かって飛んでいたのに、ガロ〔ロラン・ガロ。一九一三年に飛行機による最初の地中海横断に成功〕が操縦するとなると、右のへりに向かって飛んでいて、「……のガロ」となる、といった具合だ。

僕が「奇妙な戦争」のあいだに（動員されてサハラ地帯にいて、同室の仲間であった飛行士の軍曹が、ある日曜の昼食後、僕たちの司令官のためにタクシー代わりに操縦していた複葉機に乗せてくれたとき）、真の空の洗礼を受けたとしても、それ以来よく飛行機または水上飛行機に乗って旅をしたとしても（最初のアンティル諸島旅行のときは、帰りに、大西洋に消えた、あの有名すぎるほど有名なラテコエール機〔ラテコエールは航空産業を発展させた実業家の名。この水上飛行機はレリス夫妻を乗せたあと一九四八年八月十日に墜落〕にさえ乗って）、このような輸送手段の熟練がどれほど人を昂奮させるかを知るには、巧みであると同時に向こう見ずともいわれている、そして、この空路の放浪者のもつ世の通念に対する反抗や、そのブルターニュ出自から、アーサー王の友達のような風格をもつパイロットに自分を委ねて、グアドループからサン＝バルテレミー――この二つの島のあいだには定期便がないので――まで行く必要があった。

兄と僕とが、乗馬の能力だけでなく、その明智と、ほとんど禁欲的なまでのまじめさを讃えた「偉大な競馬騎手《ジョッキー》」とは反対に、飛行士は、怖いもの知らずであり、乱暴者である。飛行士が、ナヴァール、ヌンジュセールその他の有名軍人の輩出によって、怖いもの知らずの冒険家としての光彩を放つようになるのは、たぶん一九一四―一九一八年の戦争でのことだ。僕たちのようなリセの生徒は、ロワイヤル街のマクシムやドヌー街のハリーズ（当時はニューヨーク・バーと呼ばれていた）のような高級店や、そうでなければ、ポール＝マオン街のジェルニーズ、女の顧客のなかに有名なヴェドリーヌの妹（噂によれば）で、ジジという名の女がいたカネットのようなごくごく小さいビストロで彼らを見かけて目を輝かせたものだった。カネットでは、ある日、僕自身がカウンターに坐っていたとき、エース中のエース、本物のナヴァールが女主人と冗談を言いあっているのを実際にきいて有頂天になった。したがって、一種の聖性のお手本とみなされた――教理問答の匂いのするまだ子供っぽい考え方――スポーツのスターに、それとはまったく違った人物が、この最初の大戦のときにとって代わった。それは、戦闘飛行のチャンピオンたちの武勲と、しばしば噂の種になった彼らの軽薄才子や無法者めいた振舞いのためだけでなく、成長するにつれ、僕が別のタイプのヒーローたちに魅惑されるようになったからだった。すなわち、勝手に振る舞いたいと思うようになるにつれ、また、僕の性的野心がもっと具体的な形をとるようになるにつれ（母性的な、あるいは思春期の人々が夢見る純粋に理想の女性のイメージに代わって、対等の友達のような――こういってよければ――女性のイメージのほうがいまや比重が高くなってきたので）、自制心をもつスポーツマンのタイプから離れ、一切の規則を鼻で笑い、肉体的に、何一つものともしない無法者のタイプ――はるかに非順応的な――のほうへ目がゆくようになっていたのである。

娯楽新聞——たぶん『若者の木曜』〔一九〇四—一九一四年に刊行された絵入り週刊紙〕のような——の絵入り物語に出てくる、尻にピストルを下げて、カウンターのあるバーに入ってくるなり、ウィスキーや「ストロベリー・シャンパン（champagne fraisette）」——児童むけ作家の想像の及ばぬ範囲かもしれないが——のような粋な飲物でないとしたら、カクテル（当時僕は「コクタイユ」と発音していて、さまざまな成分を混ぜ合わせた混合酒ではなく、特別なアルコール飲料だと思っていた）を注文するアメリカ極西部の冒険者たち（手にライフル銃を持って馬を跳ねまわらせているところをシャン＝ド＝マルスで見た、大きなフェルト帽をかぶり、近衛兵めく薄い顎鬚をはやした、一座のスターであり興行主でもあったバッファロー・ビル〔本名、ウィリアム・フレデリック・コーディ（一八四六—一九一七）。著名なカウボーイ。のちに西部劇団を組織し、一九〇五年、シャン・ド・マルスで興行〕が着ていた、黒いサテンの上っ張りの背を飾っていた、巨大なばらをあらわす文様のように軽やかで、フレッシュな。彼の一座には、カービン銃の射手であるカウボーイたち、馬の調教師たち、時折乗っている馬の横腹に沿って身を反らせたり、頭をほとんど地面につけるようにしてギャロップで走らせたりするコサック騎兵たち、踊りまわる一群のイスラーム教修道僧たち、「人間ピラミッド」と題する曲芸を行う体操家たち、そのうえ駅馬車を襲うところが見られたアメリカ・インディアンたちが加わっていた。インディアンたちのショーの終わりごろ、僕は彼らを間近で見たいと思ったため、両親と離れていることなど少しも怖いとは思わず、群衆の中に入りこみ、果ては彼らのキャンプの近くで見つけ出された——らしい——ほどだった）とまったく同様、一九一四—一九一八年の飛行士——少なくとも同級生たちと僕とを夢中にさせた人たち——は、遍歴の騎士であると同時にアウトローであり、飲酒をその象徴とする過激な行為を抜きにしては心の安まることのない人間であった。

自らの仕事には熟達し、恐怖をものともしない、そしてこの二点で、僕たちの全幅の尊敬を受けるのに価する戦争のエースは、兵士よりも海賊に近かった。要するに空の海賊であり、海の海賊が自分に権利のある獲物の大方を浪費するのを義務とするのと同様、空の狩人も誰にも何一つ頼むことなく、後方でする電光石火の息抜きのあいだ、もっと実のあるとり分がないので彼の分け前となった栄誉を、乱痴気騒ぎで台なしにするのだった。戦闘への熱中と快楽へのそれとのあいだには相関関係以上のものがあった。すなわち、飛行士が、あるときは、敵の弾丸のさなか、それ自体危険な旋回飛行を行う生死にかかわる境界へと、あるときは、アルコール中毒と性行為の、これまた嵐のような境界へと、まるで彼の本分は、自己を大切にするために人々が一致して決めた限界を一切合切軽蔑することであるかのように、また、熱い雲――形はさまざまだが――の中こそ、彼が呼吸しうる唯一の環境であるかのように飛びこんだのは、同じ動きから出たことだったのである。

その素質がない人間にとって、冒険家を演じようとするのは望ましくない（バーに行って酔っ払うために学業をほうり出したといって、自分も飛行士といくらか同じ性分だと想像した僕のように、その人はそのとっつきやすい面だけをとり上げるだろうから）としても、慎重さと慣習の尊重のために閉じこめられている枠を、少なくともある点で思い切って打ち破ることは、人それぞれにとって重要である。ある者は、対象がそのような犠牲に価するか否かは別として（そのことは、この際あまり問題にならない）、恋情のためにおのれの地位、快適な生活、ある人々が名誉と呼ぶものさえ顧みない。別の者は、その結果おのれの身に生じる不都合は心底軽蔑して、身も心も悪業に耽り、賭博者、麻薬中毒者、男色家となる。また別の者は――個人的な気まぐれではなく、一連の確かな根拠と彼には思われる観点にもとづいて――、自分の人生を社会的な革命のようなカードに賭け、あるいは、直接の結果などまったく顧みず、自分の生活を、憎悪するかくかくの偏見を打破し、規範からは認められないものを承認させるために捧げる。より高度な論拠の擁護者であると同時に確たる意向の持主であり、あまりにも自分自身に忠実で、解き放たれているこれらの人たちはみな、一般の道徳というゴリアテに対して大勝負を挑み、破産するとか、不評の的になるとか、健康を損なうとか、早世するとか、あるいはただ単に、それまで手の届くところにあった多くの楽しみを失ったあと死ぬ、といった確実な危険を前にしてひるまない、という共通点をもつ。彼らは激しいので、おのれを杓子定規の外に置くような大胆さ——各自、それなりの——を示す。かたやこの僕（命が危険にさらされているとき、なんとかもちこたえることができるとは思っている）はというと、いざというときいつも決断することができず、生活やその安定をことさらに危険にさらす——手袋を投げつけるようにして——ことには甲斐性なしの姿をたえず示している。というのも僕は、自由を、それに伴う危険ごと手に入れる（いつもそのきわにはいるのだけれども）ことができないからであり、日陰の席の観客、物事を間近では見るが、闘牛《コリーダ》の灼熱の場の只中には身を置かず、自分より金のない愛好家たちに、太陽に灼かれる席をずるずると譲って、日陰の席でのほほんと寛ぐ最前列の熱狂者にとどまっているからである。

　同じように勇敢なのに、もっとありふれた殺戮を行っていた他の多くの兵士たち、階級の如何を問わず、よりきびしい軍規への彼らの服従は、空の男たちの服装（いまのように特別な制服など着ていなかったが、空軍に配属される前に属していた兵科の記章を自由勝手につけていた）に比して何の変哲もないその服装にあらわれていた、泥まみれの戦士たちのことにはほとんど関心を払わなかったのに、飛行士たちの全行動にこれほどまでに目を配っていたこの大戦のあいだに、僕は学校では、「前期中等教育課程」から「後期中等教育課程」へと移り——戦争が勃発したときは、第三学級〔中等教育の四年目〕に入ろうとしていたところだった——、熱意は次第に失いつつも、ほとんど終戦のときまでリセや予備校に通った。哲学バカロレアに受かった（ぎりぎりのところで）ばかりのときに終戦は不意にやってきた。僕が他の取得学士号をそれにつけ加えたのは何年もあと、一、二度の躓きのあとのことにすぎない。こうした段階と並行して、僕は、子供服売場から紳士服売場へと移り、白のストライプ入り青いフランネル製の「テニス」タイプの三つ揃い（この上着とズボンは、ビアリッツの海水浴用品の店で買ってもらった出来合いのもので、もっぱらおめかしするときに着た）から、ハイ・ライフ・テーラーのようないくつもの支店を持つ店へ、次には、株式取引所界隈の、髭をはやした、名もない仕立屋が仕立ててくれたオーダーメイドの三つ揃い――やがて、その選り好みには誰の手も借りなくなった――へと僕をみちびく階段を上った。平日に着た、膝までの半ズボンつきのちょっとしたスポーツウェア、しばらくのちには、僕が大人の服に近づいたと思っていた、なんらかの上着と一緒にはく、イギリス式、あるいはソーミュール式〔ソーミュールは、フランス西部の町。騎兵学校で有名〕の乗馬ズボンという過渡期を経て、古典的な外出用スーツは、ついには僕の盛装でもあり、略装ともなった。

　髭を剃り、黄色がかった、軽い煙草をふかし、アメリカ製の酒を飲み、立見席のあるミュージックホールに出入りし、男の子として女の子とキスや愛撫を交わさねばならない（臆病さや、ぎごちなさがないわけではないが）となるともう告解には行かなくなる。なにしろいままでは、神父たちが立ち入ってはならない小さな秘密を抱えているのだから。晩、一人きりで外出し、時にはあやしげなほっつき歩きのあとしか戻らず、浮気娘たちと関係を結ぶ（実際には、他愛なく、かぼそい絆によって）、これらが――ミケランジュ街八番地（ここで僕たちは、パリに対するはじめての夜の警戒警報を体験した。ツェッペリンが来たと考えたものだった。そして結局は裏切られたのだが、必ずやはじまるにちがいない空中戦という美しい花火が見られるものと期待してみな窓に走り寄った）からの引越と、生まれはじめた僕のスノビズムを傷つけた古いアパルトマンの処分と、ミニェ街二番地のもっと快適な住居への移転（ここで僕たちは今後、時々、消防士たちのサイレンの音と、「ブルロック〔解散を告げる太鼓〕」、そしてオートゥイユ競馬場の、有名な乳製品加工工場の跡地に設置されたＤＣＡ〔対空砲火〕の砲台からの発射音をきくことになる）と相俟って――、二人の兄たちが砲兵隊に動員されていなくなり、一方でこの二人の年長者の影響を免れ、他方では、軍隊にいる息子たちを気遣うあまり、直接何の危険も及ぶことのない息子のほうは注意深く監督することが少なくなった両親によって、これまでより束縛されなくなったため、手綱がゆるんだのをすぐに感じとったこの時期、僕が一段一段上るのに時間をかけ、自分のした向上と思われるもののなかでもっとも顕著だと認める、さらなるいくつかの階段である。

二人の兄のうちの一人とどれほど緊密な仲だったかについてはすでに述べた。彼には、ヴァイオリンの名手への道が開けているように思われたが、一時的に砲兵となり、勇敢な兵士であると同時に、競馬騎手《ジョッキー》という職業の英雄的な性格についての僕たちの昔の思いを決して児戯には終わらせまいと考えたかのように、すぐれた騎兵であることを証明した。彼がいなくなって寂しかったといえば嘘になろう。次々と発見する快楽――不安や戸惑い、躓きがなかったわけではないが――にもっぱら心を奪われていて（道の、まだほんの半ばにすぎなかったけれども）、僕は眼前に展開するこの輝かしい展望のほうにしか目がゆかなかった。それから目を逸らしたとすれば、ただ、金銭上の余裕の乏しさと、優柔不断な性格の肉体へのあらわれにすぎない手足のぎごちなさの許すかぎり、できるだけ優雅にこの祭に加わりたいと切望していたので、自分の外面に目を向けるためだった。浪費こそ粋のきわみと思われていた、そして失敗がものの数に入らなかった（なにしろ当時の年齢では、自分の前にいくらでも時間があると感じていたのだから）生活を誇りとし、そのもっとも重大な支障は、たぶん明日またはじめるだけの金が足りないのではないかという心配であった。こうした生活に夢中になっていて――そして、この手もと不如意が、こうした生活をついには諦める主たる理由だったようだ――、客観的に見てそれがどれほど空虚だったとしても、僕はとても充実した日々を送っていて、前線にいる兄たちのことなど少しも心配せず（上っ面の良心の呵責は別として）、そのさなかに、僕の昂奮がどれほど空しいかを顧みる手立てを与え、ペシミズムの回路を通って、もっと人間的な感情へと僕をみちびいたにちがいない自己探索に好都合な穴がぽっかり開くということもまったくなかった。母と姉が、その子供のころの茶目っ気ぶり（文法の授業の際、女教師に「半ズボン（culotte）の語源は何ですか」と訊ねたとか、夢の中で「美しくなる」ようにと言って、毎晩寝る前に髪に櫛を入れたとか）を喜んで話してくれたこの兄に対し、僕がつねに抱いていた感嘆の念と友情、かつて教室でも運動場でも、競争にはすぐれた天分を発揮し、そのあと音楽の分野で力量を示し、さまざまな道徳的、宗教的問題にも熱中し、女性たちとのかかわりを、永遠の次元に立つロマンティックな恋の観点からのみ考え、さしあたっては、一種の、喜び勇んだ献身の念をもって、兵士としての仕事に身を捧げていた兄ピエールに対するこの愛情に、いまや軽蔑の念がまじっていたことは否定できない。その能力と知性を疑わなかったこの兄、何のためらいもなく戦っている彼は、全き自由に対する権利を手に入れるためだけに、空中戦での大きな危険をひき受けていると思われる、あの屈託のない荒くれ者たちと、なんと違って見えたことか。定期的にしか休暇をとらず、パリに来ても、盛り場に出入りするどころか、界隈というより小教区の知合いたちからなる、ほとんど家族的な小さいサークルでただ骨休めをする彼が、なんと流行遅れに見えたことか。だから僕には、兄と僕とのあいだに続いていた――そして、いまでも多くの点で続いている――仲のよさを強調する資格はないかもしれない。けれど確言しうるのは――あやしげな火花をまとうか、その生がある点に達するや、玉虫色に光り、虹色を帯び、変質し、狂って、多くのモーツァルト、そしてとくにヴェルディのメロディにおいて、流れがめくるめくような滑走をしつつ、別の物へと逸れてゆく神秘的瞬間に比すべき輝きを身に帯びる（その生が、生まれに由来する落伍のせいであれ、それを持っていなかったのなら）諸存在がたえず僕に及ぼす影響にもかかわらず——、いままでのところ、僕の抱いたもっとも真実の愛情は、兄弟間の——あるいは弟から兄への——信頼関係が確認されたところから生まれた、と考えていることだ。僕はそうした関係を必要としているのだが、その根はたぶん、僕よりわずかに年上の兄と僕とが、思春期がやってくるとき生じる大事や、あるいは些末な問題に、少なくとも形のうえだけでも解決を与えようと一緒になって努めた昔の時代へのノスタルジーや、その深い性質は分からないものの、父や母では決してそうはなりえない（なにしろ共犯者なのだから）、しかし僕たちの先祖の誰かが望みうるのと同じだけの尊敬を勝ち得たもっと近い仲間とともにしたこの探究に対して、今日僕のもつ尊重の念の中にあらわれているある気持のなかにある。

〈友愛（FRATERNITÉ〔兄弟関係という意にもなる〕）〉という言葉——真っ白な〈平等（ÉGALITÉ）〉のあとに、赤文字で続き、平等は平等で礼儀正しく〈自由（LIBERTÉ）〉の紺青を先立たせている——は、そういうわけで、たぶん僕にとっては、この三つのなかで一番生気をはらんでおり、きわめて大きな価値をおいている、前述のような人生上の明確な意味合いをすすんで託すことのできる（最優先事項にしようとするわけではないが）言葉だ。

一種の秘密結社を作るにあたって、生まれ（性も世代も）の如何を問わないある人々のあいだの暗黙の一致、善意をもつ人々（仕事や国や皮膚の色を問わず）からなる集団との公然たる連帯、〈友愛〉は、その間の差が単に量の問題ではないこの二つの極のあいだを揺れ動いており、僕は、何事についても暗黙の了解が先に立つのか、ほとんど言葉を必要としない少数の人々への愛着の方向か、もっと広い、しかしそのためにもっと拡散した、大声をあげて言いあらわすか、たえず行動によって示さなければ意味がなくなる共同への方向か、どちらを選ぶかを決めかねている——さしあたっては——のを感じる。

本来の共同体とは何の関係もない、この血縁関係のサークルを、僕がついにはどれほどひろげようと——僕は、僕という人間とは別種の連中を、少なくともお客という名目でその中に加えることに必ずしもやぶさかではない（あるクリスマス・イヴの夜、友人たちは、僕が家族のような親しみで結ばれていると感じていたその家の犬、気のいいシェパードと一緒に、酔っ払って玄関の敷石に寝ているのを見出した。それから十五年後、人類博物館の幾人かと、毎週そうするように、ポントワーズ街のプールから出たあと、たっぷりとした昼食をとり、その日の僕の酔態の原因となったボージョレーをしたたかに飲んだあと、散歩していた植物園で見かけた檻の中の猿たちに対し、親しげな仕草をするということがあった。すなわち、あまりに杯をやりとりしたために、四つ足動物と対等になったあのクリスマス・イヴのときや、別の酒宴のあと、自宅で目ざめ、女中が猫をミサに連れてゆかなかったことに、僕が機嫌を損ねたというのではないにしても、驚いた様子を示したあの日曜のように、これらは幼年時代や自然への真の逆戻りだ）。——血のつながりから生まれることがあまりにも多い、まったく偶然の友愛とは、ともかくぜんぜん違っていることが分かっているあの友愛が、どのような基礎にもとづいていようと、おのずからの選択、自然の賜物、他の生者への無意識的な（そして必要とあれば、降って湧いた）動きの部分をそこから除き去るのは、僕には不可能に思われる。それがなければ、この友愛は、建物の壁に刻みつけたり、道徳や歴史の本に印刷したり、体育協会の旗に縫いつけたりするにはおあつらえむきの絵空事にすぎなくなってしまうだろう。

友愛という観念を具体的なものにするこれらの特別なデータを、ずっと前から控えるようにした雑多な話の山のあちこちに見出すことができよう。しばしば多面性をもつこれらの話を、僕は人々が証拠品をとっておくように、書きとめたということができる。もっとも、それが何の証拠になるのかも、要するにそれらの特別な面とは何なのかもよく分からずに書きとめた（話は一つに限らない）のだけれども。あまりにも断片的で、どうにでも変えられるため、疑わしいのが常の子供のころの話に頼るのはやめ、ともあれ軍隊生活、すなわち、万事——制服をはじめとして——団体精神を刻みつけることを目的とし、どんな反抗的な人間も、小グループの仲間関係（大きさも、そして多くの場合期間も、一時的な結成のあいだと限られている）から逃れることのできない団体生活を体験したばかりのあいだの、僕がごく上っ面を知ったにすぎない戦争の、ぼんやりした光に照らされた話のほうに目を向けて、せめてはこうしたデータの一つをみつけてみよう。

一九三九—一九四五年の戦争の兵士として、僕の過ごした兵役期間はごく短い。それをモティーフにして叙事詩的物語を書くことなどはとてもできないが、場合によってはたしかに、旅行記の素材くらいにはなるだろう。なにしろこの兵役の主たる部分は、サハラの石の多い地方での七、八か月の滞在なのだから。その大方は、まさに砂漠的な地方の、「基地1」に対して「基地2」と名づけられていた、いくらか共住苦行《セノビティック》的な一群の建物の中で過ぎた。「基地1」のほうは、そこから百キロ近く離れた、文明世界と呼ぶのがふさわしいものとの唯一の接点だったルヴォワル・ベニ＝ウニフの小さな村にあった。参謀本部の言葉で「器材Z」と呼ばれていたもの（つまり毒物を装塡した地上用や空中用の爆弾その他の火器）の実験をもっぱらの活動にしていたこの隊での僕のささやかな職務は、火薬製造担当兵のそれであって、役人、あるいはせいぜいが学識者の仕事の域を出るものではなかった。つまり弾薬備蓄帳を管理し、射撃や爆弾の投下に使われた薬莢と信管（そのいくつかは翼つきの）の弁別記号を書きとめること、その実験をするのが僕たちの任務だった破壊性のさまざまな種類の物品の倉庫係であると同時に計理士であること、これが実際のところ僕の主たる仕事で、それに毎朝、「基地1」からタンクローリーがやって来て、いつも不足がちの量ながら、実験室と台所と洗面所にできるだけ公平に水を配らねばならないとき（大佐の指示と、それとは反対の隊の連中の要求との折合いをつけようと努めながら）の水の分配人の役割が加わった。要するに、火と水の管理者であり、雄大な砂漠の只中でそうしたことをしていたのだった。だから、手に計量器として使う、断面が四角の長い棒を持って、貯水槽から貯水槽へとまわって歩くとき、自分を、神話に出てくる、嵐を起こしたり、雨を降らせたりする魔術師に似た存在と、その気になればわけなく想像することができただろう。

　僕たちが作っていたかなり雑多なグループでは（なにしろ、僕のようにフランスから来た人たちと、大方がオランに駐在している砲兵隊の所属であった他の予備役兵に加えて、そこには、センターの幹部となっている数人の生え抜きの下士官や、ラジオ局で働いている外人部隊の兵士たち、北アフリカ狙撃兵の分遣隊、基地の常駐警備隊に任じられた数人のモハズニ〔憲兵隊に属するアルジェリアの補充兵〕、ある期間ＲＡＦ〔Royal Air Force の略。英空軍〕に加わっていた構成員たちもいたからである）、化学兵たちはフランス語を話す軍人たちのなかでは一種のインテリゲンチャになっていて、そのメンバーはごくわずかな例外を除いて、他の兵士たちとはあまりつき合わなかった（それに兵士たちは、そのとても科学的とはいえない仕事のため、実験室と接触する機会がまったくなかった）。僕自身、知識人と技術者たちからなるこの小グループのなかで、形のうえでは上級教育資格者《アグレジエ》であり、彼らと同様第二十二ＢＯＡ〔Bataillon d'ouvriers d'artillerie の略。砲兵隊工作員大隊〕（もちろんみな「Boa〔大蛇の一種〕」と呼んで面白がっていた）に動員され、中隊の本部であるパリの共済会館に集合して早々に彼らと出会っており、そこから、ほとんど全員が退屈でブリッジをしてなんとか気をまぎらさざるをえなかった北アフリカの内陸地方へと——列車、船、また列車、そのあとトラックで——運ばれていったのだった。ところで、かつて化学者になるという考えをもったことがあるとしても、人生のいかなるときにもブリッジに対して関心を抱いたことは一度もない。これだけでも（参謀本部に配属されたという事実からくる特別な立場はさておき）、僕がこの最初の相棒たちとだけつき合うのをやめるのに十分だったであろう。たしかになかにはすぐれた仲間がいたが、仕事の面でも、晩の娯楽の面でも、いかなるグループ意識によっても彼らと結ばれることはなかった。

運命が僕にほとんど新品同様の（なにしろもっと若かったころ、ごく短い兵営生活しか経験しなかったので）古着を着せ、兵士に変装させた結果、子供が仮装用セットを楽しむような具合に兵士を演じることが、僕にとっては単純な解決法になっていて、だから、そのなかに最良の友達ではないにしても、きわめて愉快な遊び友達を見出すべきだとでもいうかのように、次第に惹かれるようになっていったのは、軍隊生活という観点から見て一番「衝に当たっている」ように思われた同僚たち――その権限と仕事からして、僕の相手になってくれるのにもっとも好都合な人たち――のほうであった。

生え抜きの下士官たち（一人はスペイン風の名をもつオラン人で、隔離状態と、太陽と、彼が管理している士官食堂で売っている酒は、僕たちの多くに怖ろしい狂気をひき起こしかねないとえてして信じがちなある部屋仲間を怖がらせようと、時に酒乱に陥ったふりをし、はらはらするような名人芸を見せたものだ）とは、一方でラジオ局を受け持っていた第二外人部隊の伍長とそうだったように、とても仲がよかった。伍長のほうは身なりのきちんとした男で、彼の属しているかなり特殊な部隊の慣習について話しあうのが好きだった。しかしケピ帽をかぶった小役人か、軍律以外に規則をもたず、外人部隊崇拝以外のいかなる信仰ももたない完全な傭兵であるこれらの職業軍人たちは、各自それなりに、箍がはずれているとか厳格だとかいった差はあるにせよ、番犬以上でも以下でもなかった。キャンプの知合いのなかで、彼らだけが本物の軍人――たぶんこう言ったほうがいいだろう、職務の限界から決して逸脱しなかった百パーセントの軍人であったという事実そのものによって、と――だったけれども、僕が自作自演の芝居をしたのは、結局のところ、まったく別種の共犯者とだった。僕より年上の予備役兵で、職業軍人的なところはみじんもなく、自分がここにいるのは、要するに「お客」としてにすぎないと言って喜んでさえいた。

年の数（僕たちの年の差は大したものではなかったので）よりも、別の戦争での戦士としての資格で僕よりまさっていたこの年長者は、昔の騎士道物語からそっくりそのまま抜け出してきたような名前であった。けれど彼の人柄には、他の時代からあらわれ出てきたような様子、もっと正確に言うと、あまり毎日他人になることに慣れてしまったため、肉体的な外見において、それがあれば、たとえ衣服や制服を着ていない姿を見ても、社会的に見てどんな人間かおおよそ見当がつく特徴を失ってしまった、都会で「何でも屋」といわれる役柄の専門家がもつような、どんな時代にも、どんな階層にも属していない風を彼に与えている、くたびれた俳優のごとき顔を別にすれば、こんなに貴族的で古風な呼び名にふさわしく見えるところは何もなかった。

「二番の一番」（僕たちの砲座のうちの二番目を構成する四つの大砲のうちの最初の七十五ミリ砲）の指揮をとるこの仲間に対して、僕はすぐに共感をおぼえた。外人部隊兵流儀の、ライトベージュのカヴァーつきのケピ帽、灰褐色の布のゲートル、オランのエクミュール兵舎の店で買った、騎兵用のゆったりしたマント、かしいだ、いくらかおかしなその恰好――馬から下りたとたん、物腰のだらける馬の乗手のような、あるいは、とくに目的もなしに長々とぶらぶら歩き、古靴を曳きずりはじめる人のような――、こういった人目に立つ彼の外貌のすべて（あきらかに計算されたものとは違う。そして衣服に関していえば、パリを離れる前、僕も装具に加えるのがよいと思ったのと同じ、灰褐色の布のゲートルを別にすれば、おそらく風変わりなアクセサリーなど何一つつけていない）、とりわけ愛想のない薄い唇と、ある種の動物に見られるような、生き生きとした敏感な眼をもつ顔、短く刈った髪の毛（ケピ帽をとるや、突然密生してあらわれる）と同様白くなりつつある黒色の濃い眉が横切っている、髭のない日焼けした顔、こうしたすべてに胡椒をきかせる、初めて会ったときからピレネー東部のものだと分かった訛り、これらのさまざまな特徴はすぐに、コンメディア・デラルテの有為転変のなかへのように、戦争へ巻きこまれようとしている人物の人相書そのままと思われた。

その『回想録』(かつてはじめの数章を夢中になって読んだけれども、実は読了していない。結局途中でにっちもさっちもゆかなくなってしまったからで、長じてから、もう一度読み直すという考えはついに起こらなかった)のほぼ冒頭で、マルボ元帥は、「私の指導者ペルトレ」と呼んでいる人間の思い出に、情感に溢れた数ページを捧げている。彼は、元帥が軍職の第一歩を踏み出したとき、その後見をした百戦練磨の兵士だ。僕個人(たしかに回想録に類するものは書いているものの、元帥への道、いやそれどころか予備役の士官の位置さえ僕に約束してくれるものは、何であれ、どこを探しても決してみつけることはできない)に関していえば、それでも、若いマルボにとっての古参兵ペルトレと同様の存在であるかのように思って楽しんでいる、そして僕もまた心からの感謝の念を捧げねばならないこの先輩の教えてくれたものは——正直にいうと——ごく限られている。樽の中に保存されている鰊の卵の味の魅力(「ボンボンだ!」と彼はこの料理について言ったものだった。これは、鮭の卵が中級軍人のキャヴィアであるように、安月給の軍人たちのキャヴィアだ)。たしかに偶然に生まれたものだが、この鰊の卵の味とともに、日曜日、砂漠を暇にまかせて歩きまわる趣味も加え、共通の好みによって固いものとなった仲間づき合いの純粋な喜び。この仲間づき合いから生まれてくる、その高度な形では、火の試練にも耐えうる、職人組合の規律にもほとんど匹敵するモラル。それにブルジョワ的俗物根性への嫌悪(いくらか美術学校風の)を加えるなら、先輩と僕が親しくなった理由について、ひとわたり見たことになろうかと思う。彼と一緒にいて、僕が学んだといっていい一番大事なことは、こんなふうにして共に生きるという事実がもつ尊さである。相互理解は、青年期の友情のように、同じ熱狂を分けあうことではなく、一緒に味わう、そして、こんなふうに味わうことのできるのは自分たちくらいだ——少なくとも経験の教えるところからして——と分かっているささやかな喜びからきているからである。全体の一致よりも、それとはっきり示すのがむずかしい親近性にもとづく、そしてトラブルも激しさもないけれども、その存在以外に何の説明も要らないというかぎりでは、いくらか男女の恋情に似てもいる友情。

ごく若い人たちの場合であれ、成熟に達し、ロマンティックにも秘密結社の精神に訴えたりする年齢をはるかに超えた男たちの場合であれ、目顔の合図をまったく必要とせず、儀式ばった仕草で確かめあおうともしない友情はあまりない。人間のすべての愛情——さまざまな形のもと生物学の神秘のなかに根を下ろし、社会的関係としては二次的なものにすぎない恋愛をはじめとして——と同様、友情はある種の形式主義を必要とする。それは、その原則が結局のところ、どの世界でもあまり変わらない(事はいつも相手を同胞とみなす点にあるのだから)、ああした礼儀作法の単なる遵守以上のものであり、儀礼的行為——礼儀上求められる、適当な方法のささやかな交換に加えて行われる——により、多少なりとも打ち合わせた形で、相互の愛情によって結ばれた二人ないし数人のあいだに特別な絆が生まれたことを示すものとなるだろう。同様に、友情はしばしば、合い言葉のような働きをする、外見や振舞いにかかわるある種の些細な事実からはじまるだろう。それらは、もっと全般的なものの兆しにすぎないと感じさせ、相互理解の徴候と思われるだろう。

僕のほうは、BOA第二十二大隊の同僚たちからちょっと離れた位置にいて、そのうえ、自分たちの優越性をあまりに信じこみすぎているこうしたインテリゲンチャの連中とだけつき合うのをもっぱら避けていたとすれば、仲間のほうは、砲兵隊の下士官たちのグループのなかでは唯一「知識人」といえる存在だったので、特別な地位を占めていた。実際彼は、市民としては、イスラーム圏のアフリカのもっとも有名な都市の一つで、公的機関に所属するデザイナー兼建築家として働いていた。だから僕たちは、それぞれ周囲からの一種のはぐれ者であっただけでなく、ほぼ同程度アフリカ大陸と結ばれていた。どちらも職業上そうなったので、おかげで僕は首都から来た仲間の化学者たちとは、そして彼のほうは単なる偶然からオラン地方の住民になっただけの仲間の砲兵隊員たちとは別の存在になっていた。出身地とは異なる土地への二人に共通の愛着はたぶん――異国にあるものをこのように愛するという事実から生じる一切の事柄を含め――僕たちが互いに抱く共感の底にある、もっとも確かなものであった。

こうしたことについてはあまり話さなかったような気がする。僕たちの関係はほとんど、他の多くの連中にかこまれた食卓仲間の関係に限られていて、だから、会話をするのは、普通、下士官食堂の喧騒の中、他の数人と一緒のとりとめのない形のものだった。その日大佐がまたしたことについての痛快な、あるいは腹を立てての評定、士官たちや同僚の誰彼に対する嘲弄、時には過去の思い出話。たとえば、彼がオートバイでしたモロッコ奥地への日曜の遠出、僕のブラック・アフリカ旅行、スペインで過ごした何度かの夏の、僕たち芸術家仲間の生活の滑稽なエピソード、彼の第一次大戦の砲兵隊での活動、七十五ミリ砲の発砲のためひどく損なわれたその聴覚――僕たちの話はそれ以上先へは進まなかった。そして自分たちの自由の理想に反する一切をよくこき下ろしたことを別にすれば、モラルや政治の分野にはごくわずかしか踏みこまなかった。僕が結婚していることを彼は知っていた。彼については、束縛されているのがどうにも我慢ならないので離婚したということを知った。記憶の中をいくら探しても、それ以外の打明け話をしあったおぼえはほとんどない。

この心の丈を打ち明けることのなかった友情（たぶん、異境で結ばれる大方の交友と同様、はかないがゆえに、快い仲間づき合いの域を超えようとしなかったことが理由の）には、それでも、敗戦とドイツ軍占領時代の年月が引いた霧の幕の彼方に消え去る前、「ハイライト」とのちに僕が呼ぶことになる瞬間があった。占領時代についていうと、そのはじめのころ僕たちは時々便り（今後友情の試金石とならずにはすまない差し迫った現状には遠まわしにしか触れない、とりとめのない便り）を交わしあい、いつも相手が同じ思いをしているかどうかは分からないまま、手紙の中で、共に生きた砂漠での季節について触れたが、僕の無頓着も手伝って、ついには互いに手紙を書かなくなってしまった。心の一致を感じたこうした記念すべき瞬間の一つ――それは直ちに、友愛という強壮剤が僕たちには役に立つということを再発見させた――、彼が砲兵隊の部下の何人かと一緒に暮らしていた部屋で歓談して過ごした（それにいくらか酒も飲んで。ただし決められている量だけ）一夕のあと、それを共に生きたのは、美しく、澄み、乾いたある一夜のことである。僕は東ピレネー県出身のこの仲間に敬意を表するため、別れる前に、みんなでサルダーナ〔スペイン・カタロニア地方の伝統的ダンス〕をぜひ踊ろうと言った。星空のもと、僕の歌声だけを伴奏にして、かなりばらばらの輪舞ながら（オーケストラはなかったし、ピレネー人の仲間も含め相棒たちのカタロニア音楽に関するまったくの無知のせいで）、ともかく踊った。僕は想像の中で、同室の者たちの宴を締めくくるために行われたこの大げさな身ぶり手ぶりを、女神キュベレの祭司たちの神秘的な踊りか、それに近いものに変えて楽しんだ。

　他のいくつかの記念すべき瞬間、僕たちがそれを経験したのは、ぴかぴかの大砲が有毒の弾丸を羊たちに向かって発射するという、射撃練習のスポーツ的雰囲気の中でのことだ。羊はそのあと、ゴム製品とマスクを組み合わせて身につけたアルジェリアの補充兵たち――しゃちこばったゴーレムか潜水夫――がトラックで実験室まで持ち帰り、そこでその内臓は、のちには人間がその目にあうときかされていた運命の最初の試みたるこれらの虐殺の結果（満足ゆくものであろうとなかろうと）を扱う厖大な報告書のため、検査されることになるのだ。

　明け方、トラックで数キロ離れたところに設けられていた射撃場に向かって出発しようとしていた。というのも、もし射撃が兵舎のあまり近くで行われたら、毒が拡散し、風にのって、僕たちの頭上や通過地点へ吹き下りてきかねなかったからだ。それは戦争を思わせるよりむしろ、僕がラグビーをしていたただ一年だけのあいだに、コロンブス・スタジアムへ赴くため、チームメイトたちとした鉄道旅行を思い出させた。発射担当兵である僕と同じ車輛には、やはり参謀本部所属の人たち、とりわけ、ラジオ局のベルギー外人部隊兵の一人がいた。インドネシアで仲間と一緒に蛇のボアを食べ美味だったという話をしてくれた男で、また彼は、僕たちの戦役の終わりごろ、十分な量のワインを置いていってくれさえすれば、基地2（あまりの酷暑ゆえ、一年のうち数か月は放棄された）の管理人として、アルジェリアの補充兵たちと一緒にひとりだけ残ってもいいと申し出たりもした。

普通、僕の位置は、爆発音が絶頂に達するとき、そのテラスが足もとで震える建物の上にのぼって、発射の指揮をとる士官たちのそばだった。耳を聾する砲音を最初にきいて、適当に慣れてしまうと、次々と発射される砲弾に激しく身を揺すられるのはむしろ快いことだったが、感じやすい神経組織のほうは、とてもそうとはいえず、極度の苦痛をおぼえた。それでもその光景――炎と煙、右腕を上げ、そのあと「発射！」と叫んで身をかがめる砲手長のまわりで忙しく立ち働く砲兵たちなど、正真正銘の戦争画だ――は、もっとも人を昂奮させるものの一つであり、そして何の危険もないと分かると、かなり無惨にこの実験の犠牲となる他の生き物――不幸な羊たち――のことなどまったく忘れてしまうのだった。羊たちは、とても遠くにいて（そのうえ、低い垣の中に囲いこまれていて）、しかも彼らの所在を示す標柱と一体化していて、目には見えなかったからだ。弾がかなり正確に当たって、この標柱が空中に舞うのを見ると（実をいうと、そんなことはただ一度しか起こらなかった）、みな大喜びしたものだった。こうした発射に立ち会って、僕は改良された武器を効果的に扱う際におぼえる喜びと、恐怖に打ちのめされさえしなければ、戦闘活動のなかに何らかの喜びを見出すのに、人間は必ずしもサディストである必要はないということを理解した。

といって、羊たちを別にすれば、それは模擬戦にすぎず、僕の熱狂は、過度の騒音、すなわち爆竹や、打上げ花火や、船の汽笛や、あまりに近くからきこえてくる大聖堂の大鐘の音など、突然響き渡ってこちらをびっくりさせたり、その強烈な震動で、耳ばかりか、腹と体の全表面までいたくこたえて総毛立つ一切のものが、いつも感じさせる恐怖を忘れさせるほど大きくはなかった。僕は爆発しなかった薬包をすぐに脇にのけるため、「不発」を起こしたばかりの大砲の方へ走ってゆくべきだった――主たる士官たちの一人の言によると。もっとも彼はといえば、標的の近くにある監視所にいたのだから、僕の怠慢については何も知らなかった――ときに、残った薬包を数えるだけで済ませた。それらは、役に立たなくなった薬包でしかなかった。なにしろ火薬ケースの中身一切をあらいざらい砲尾の中につめ込んだのだから。過ちはたぶん許される範囲のものだった。それで僕は、気にもせずに、小うるさい士官の指示に背いたのだった。しかし、実際の発砲――事を正確にするために、両陣営に死者が出るかもしれない相互の発砲と言おう――だったら、そして僕たちの標的となった羊たち以外、演習とは別物だとは誰も考えなかったあの種の発砲でなかったら、もっと重大な違反を犯したのではなかったろうかといつも自問してきた。これらの「不発弾」のことを思い出すと、いまでも後ろめたさを感じる。これは、薬包を爆発させるための雷管が撃鉄の衝撃を受けても爆発しなかったことからくるので、未経験者をいくらか戸惑わせる、好ましからざる現象だ。彼は全身を緊張させて、すでに爆発音の平手打ちを受ける身構えをしている。しかし音がきこえないので、突然足もとに開いた空間の中によろめき落ちるような（あるいは、予期しなかった段差のために突然前のめりになった歩行者のような）思いをする。一方、指揮をとる砲兵隊長の発射を命じる仕草は、予期した爆発音が続いて起こらなかったので、生じなかった何事かの、まったく意味のない――そしてめまいを感じさせるような――開始の合図となる。

発射から戻ってくると、下士官食堂はいつもとても賑やかだった。僕たちは普段より旺盛に食べかつ飲み、七十五ミリ砲の乾いたつんざくような音のために耳がおかしくなっていたからだけでなく、連続砲撃が全員に英雄的行為に参加したという思いを抱かせていたこともあり、大声で話しあった。僕のよき先輩は自分のチームに満足していて、数回の発射のあと、よくまとまっていて、掌握できているのを感じ、いざ実戦となっても、このチームと一緒なら立派にやってゆけると判断した。僕はいつも、彼がした戦争についての、そしてとりわけ（そこに、役立つ教訓が見出せると思ったから）恐怖の経験についての話に耳をそばだたせた。彼は、恐怖を人より強く感じたことを、そして、重大な事故のあともはや自分を不死身とは信じられなくなるため、自信を失う闘牛士とまったく同様、一度負傷したあとは、それを抑えるのに一層苦労したことを少しも隠さなかった。次の演習の際、大砲を撃ちにこないかと、「名誉の発砲」を彼が提案したのは——自分の所有する野兎の棲息地に来て兎撃ちをしないかとお客を誘う地主のように。これは、断るとなると、こうした好意に価しない人間とみなされかねず、将来出入りを差し控えねばならないような挨拶だ。あるいは、ゆきずりの外国人に妻や妹を貸す主人のように。こちらも辞退するとなると、土地の風習に対する重大な違反となる——砲撃演習がきっかけとなったこうした会話でのことだった。

僕のよき先輩が指揮をとっていたチームには、何人かの砲兵たちのほか、一人の照準手と砲手がいた。砲手は大砲の右方に位置し、その軸に対して横向きに立ち、撃鉄を作動させる細綱を扱うのを仕事としていた（右手に持っている綱を手前に引いてからゆるめる。すると、撃鉄が弾薬筒の中央にある雷管を打つのだ）。そのあと発射が終わると、大砲の砲身は滑り溝の上を後退し、制動装置のばねのおかげでもとの位置に戻ったので——十四歳になろうとしていたとき、第一次大戦のはじめころ、『イリュストラシオン』誌にのったわが国の七十五ミリ砲についての記事を読み、その原理をずっと前から知っていたシステム。記事の中で楽天家の筆者は、ドイツの七十七ミリ砲のばねつき制動装置に対する液気圧併用式のこの装置の優越性を強調していた――、砲尾を上げ、空の薬莢の蹴出をする槓桿を両手で操作しなければならなかった。以上の二つの操作の一つ一つは簡単で、すぐれた砲手という評判を得るには迅速に、かつきちんと規則正しく行いさえすればよかった(これに気を遣う必要のなかったことは明らかだ。なにしろ僕の「名誉の発砲」はただの一発だけであり、正規の砲手が、親切にも譲ってくれた位置にすぐに戻ることになるだろうから)。素人にはただ、満点を得るには、槓桿の操作を忘れないことだけが求められた。これは新入りが、慣れない大きな爆発音にびっくりして、えてして忘れる(らしい)ことだ。

このように砲手に代わって、自分の力で大砲を一発発射させるのだと考えると、実際の、差し迫った砲火の洗礼の場合とほとんど同じくらい僕はおびえた。そんなことをわが身にひき受けるとは、それだけですでに大決心であり、そう決心したとき、危険な任務にすすんで志願する勇敢な兵士になったような気がした。そうと決めたあとでそれを実行に移すのは、越えるべきもう一つのステップであり、最初は尻込みせざるをえなかった(前日に手筈がすべて決められていたのに、その朝は戦争気分になれないと、いくらか哀れっぽい薄笑いを浮かべながら、わが先輩に断って)。もしそんなことをすれば、昔の騎士物語に出てくるような美しい名前をもつわが友に対して面目を失い、彼が戦場に赴く場合、たとえ名誉職的な地位であれ、自分の補佐役になるに足ると判断する人たちに、僕をもう加えてくれなくなるのではないかと惧れなかったならば、こうした行為(僕にとっては華々しい武功。なにしろ、体の震えをめったなことでは抑えきれない人間なのだから)の遂行から決定的に逃げ出したのは確かだ。

今日はその気になっているとわが先輩に告げる決心をしたのは――まだ発砲がはじまっていなかっ

たので——最後のころのある演習のときであった（尻込みが決定的なものになるとすれば、それを大きな恥だと長いこと思いつづけるだろうし、そのうえ、何の危険もない、ただいやなだけのことの前でたじろいだとすれば、後悔するだろうと思うに至ったとき）。前日まで、僕は何一つ決めていなかった。すなわちこの行為が僕をおびえさせるところからすれば、何一つ約束しなければ、やめることだってできるかもしれないという考えをぎりぎりまで当てにするようにして、即興のようにそれをするほうがいいと思ったのである。もちろん、事はごく当り前な形で推移した。その強烈さを怖れていた爆発音も、考えていたほどのものではなかった。もしかすると、僕は耳に綿を詰めていたのではないだろうか。率直にいって、こうした予防措置をとるほうがよいと判断したのかどうかおぼえていないし、細綱を引っ張るとき、先輩の言を信じるなら、慣習上許されていたように、左耳——爆発の生じる地点に一番近い——を人差指でふさいだかどうかもさだかでない（彼は右腕を下ろして発砲を命じる瞬間、必ずこの動作をそっとした）。おぼえているのは、あまりにも鼻高々で、そのうえ、要するに大砲から離れるのを急ぎすぎていたために、砲尾の開口を行うのを忘れた——もちろん——ということである。

発射するための位置を僕に譲り、槓桿を操作するため、直ちに持場に戻った（まるで僕のミスをあらかじめ見すかしていたかのように）男はといえば、闘牛士の名前——過去にあったであろうし、これからあるかもしれない——のような名前であった。センターの他の多くのオラン人同様スペイン系であったが、やはり彼らのなかのある石工が、兵営の中庭の片隅に一人坐り、フラメンコの歌をうたっていたのをきいたことがあった。先輩は、この栄えある日の直後、僕の妻のために、こちらに背を向け、軽やかな手で細綱を引き、他方の手の指に一本の花を持つ僕の姿と、背景の輪郭鮮やかな大砲とを示すカリカチュアを描いてくれた。つまり、僕が大砲に対する実際的なイニシエーションを受けたのは、ほとんど家族のお祝いといった雰囲気の中でのことである。この試練をしばらくのあいだ思い出してはいい気分になった（たとえわずかでも、神経症に打ち克つことができたので）が、やがて「奇妙な戦争」の時代の他の些末事と一つに溶けあってゆき、自分のものではない書き物机の抽斗の中の、僕の「名誉砲撃」、あるいは、孤立と友情の数か月に対し、別れのしるしとして捧げたといってもいい礼砲を記念するあのペンのデッサンのほかは、その免状は何一つ残らなかった。このデッサンを見なくなってもう何年も経つ。そして、実をいうと、いまあるところに、それがそのままあるのが一番いいと思っている。というのも、自分にとっては上っ面の茶番にすぎなかったこれらの戦争ごっこをあれほど重視したことに、また、砲撃演習という魅力的な打上げ花火を前にして意味深長な奇跡の光景を目にしたかのように仰天したことに、いまでは驚いているからだ。最初の砲撃のあいだ、大砲の一門が吐いた土星の輪、たまたまはずれた砲弾の金属製の弾帯が白熱の渦巻をなして空中に描いたヨハネ黙示録のしるし、僕たちの公然の目的が蜃気楼を砲撃することであったかのように、あるとき砲撃した方角の地平線に浮かび上がった山々の遠景、砲弾の装塡が手間どって後れをとり、そのため他の砲撃が終わったあとも、たった一頭だけいつまでも吠えつづける犬のように、次々と砲撃しつづけた大砲、最後の砲撃（時限爆弾の。それゆえ着発弾の砲撃よりも複雑で緩慢な）の日、カジノの半ばが閉じ、多くの避暑客がすでに荷造りを終えた、シーズンの終わりを思わせる灰色で陰気な天候のもと、資料目的で写真撮影されるため、白い布の上に置かれた血まみれの山羊の頭（まさしく供犠さながらに）。

二、三度の爆撃（一方的に受けたもので、決断と勇気を必要とする戦闘はなかった）を別にすれば、また、わが先輩の心遣いのおかげでした、まったく形だけのこの経験を別にすれば、敵対関係の最後まで戦火を知ることがなかった。奇妙な戦争の兵士として、レジスタンス時代の市民として、体に傷一つ負わなかった。しかしその体は、一度も冒険をしなかったので、自分の年齢にしては未成年であるかのようにまだ仕上がっていないと思われる。僕は多くのパリっ子たちと一緒に――シャンゼリゼ大通りのフランス自由軍〔一九四〇年六月の休戦後にド・ゴールがイギリスで組織した抵抗軍〕の分列行進の際――屋根の上にいる狙撃兵の弾丸を避けるため、アストリア・ホテル近くの歩道に、何分間も伏せたままでいなければならなかった。しかしそれはむしろ、祭の騒動のさなかの生彩に富む幕間の寸劇といった趣で、戦火の洗礼とみなすにはいささか軽すぎた。真の戦闘を知らず、それに代わるものを探すとすれば、この腹這い事件のほんの数日前、パリが自ら解放を企てたとき、戦うことはなかったものの、空間が危険の間近な存在によって変貌し、突然まざまざとしたものになるのを感じるという機会（ただし偶然の）をもったということをあげるのがせいぜいだ。空間の三つの次元は、パースペクティヴのもとになっている数学的な座標ではもはやなく、きわめて明確な枠組と化し、僕はその中に自分の体が位置しているのを知っており、それに劣らず強烈に、その外見が僕を不安にする他のものが近くにあるのを感知したのだった。蜂起の初日、占領時代を通じての交通手段だった自転車に乗って、正午ごろ、人類博物館から戻ってくる途中、僕は、セーヌ右岸から左岸へ渡るため、コンコルド橋へ行こうとして曲がったところだった。そのとき僕は、右手の歩道にひろがっている血の海（たったいまひろがった、人間のものだとすぐに分かった）と、左手に駐まっている、ヘルメットをかぶり、武器を手にした兵士たちの乗っているドイツ軍の装甲車とのあいだにいた。数瞬間、空間の諸次元が、右では血の海から、左では鋼鉄車輛から僕を隔てる距離と化してしまっているので、無防備で裸のまま風にさらされている体のように自分を意識し、サドルの上の尻の重みと、ペダルを踏む両足の存在とを鋭く感じた。時間もまた空間の一つの次元と認知された。というのも、それは、僕のひかがみの努力によって進み、瞬間ごと、枠組の中での僕の状況を好転させる自転車の動きによって生み出されるものだったからである。

あれこれ考えることから生まれる恐怖（たとえば、ゲシュタポのような警察の手中に落ち、これからどうされるのか、あるいはされないかを予想すること）に比べて、標的にされるという肉体に直接かかわる恐怖には、曖昧な、ほとんど快いといえるような何かがあった。それは、極度に肉体を意識させられることであって、自他の肉体だけが占める空間の中で、いまは立っている（どんな形であれ、位置している）僕たち自身の肉体組織の性質が、他の肉体のこの上ない存在に対応して明らかになる肉欲にとらわれた場合と似ている。僕たちをリアルに感じさせるこの陶酔境をさらに一段高めるには、自分の体と同時に相手の体も裸にする以外にはないように思われる。弾丸の恐怖もやはり、裸体の観念と結びつく。なぜならそれは、普段人目から隠し、僕たちにもその存在を忘れさせている衣服におおわれながら、僕たちの肉体が一糸まとわぬときと同じくらい傷つきやすく、敏感に、裸で存在していることを思い出させる――敵意とともにではあるが、愛撫へと誘うまざまざとしたイメージとともに――からである。臆病者（なによりも自分の身の安全に執着し、偶然の機会を別にすれば、必要な代価をあえて支払おうとしないため、多くの喜びを自ら放棄する人間）にとってさえ、いつもは僕たちの鎧となっている、重ね着した加工品の中に、こんなふうに裸の自分を発見することには、何らかの快楽があるのではないだろうか。だから戦争が、少なくともその災厄があまりに長びいて、人々の意気を沮喪させないかぎり、その強制を受け入れさせるある種の喜びを多くの人々に感じさせるのは驚くに足らない。いかに残忍であろうと、戦争は彼らをいまあるものとは別のものに変えるのであり（それは、それ自体一種の冒険となるだけでなく、人々に勇気を容易に発揮させもする。いったん軍服を着ると、人は私服の場合より自己を失うからだ。一切の軍隊生活と同様軍服は、人を個人より集団的存在にする傾向があるので）、孤独などという言葉をもはや口にしていられないほどの真っ裸の状態へと恐怖が人々を追いこむとき、人々を日常的なものの外へ連れ出すからである。こうしたあまりに高くつく感情を彼らにあくまで嫌悪させ、生活に変化が生まれるのは外部の出来事——自ら望んだものではなく、甘受した——まかせというおぞましさから脱却させるには、おそらくよほどの恐怖と苦しみが必要であろう（このおぞましさはいくらか僕のものでもあった。なぜなら、戦争に対して抱いていた恐怖にもかかわらず、それは一九三九年〔レリスが動員された年〕において、ある視点から見て、一方では僕の身にまだ起こりうる唯一の重要な出来事として、他方では衝撃的な生活環境の変化として、一種の逃避であり、救いだと思われたからである）。

そのごく当り障りのない面をいくらか知った（なにしろ、老年兵として動員され、誤って専門家集団に配属されたので、いつも戦闘地帯の外にいたのだから）というのが正直なところなのに、積極的にかかわったかのようにいま話しているこの戦争について、その怖ろしさをかつて体験することがなかったのだから、戦争がもつ魅力について云々するのは僕には容易なことだ。それについて、たまたま危険から危うく免れるという以上のことをいくらかでも経験したら、まったく別な言い方をするだろう。ある限られた時間、自分のいる場所が砲弾に押しつぶされるのではないか、人々がそこから自分を助け出そうとしてくれないのではないかと自問することと、いつ終わるとも知れない長い日々のあいだ、砲弾の餌食というぞっとしない境遇を体験すること、このあいだにいかなる共通点もないのは確かだ。一度「標的にされた」からといって、その恐怖から「砲弾の恐怖」がいかなるものかを云々するとすれば人を欺くことになる。なぜなら、死の危険を冒すことと、まだ想像上のもので現実のものとなるかもしれないかのような危険をただ単に見ているだけの立場にいることとは違うからだ。

危うく免れたにすぎないこの危険だけが——戦争に対してまったく無縁でいたくなかったので、せめてほんの指先だけでもそこに突っこもうとしたかのように——、この戦争というおぞましい出来事に関して僕が引き受けたすべてだ。ほとんど誰もが考えていたような陣地戦がフランスではじまったなら、僕は敵の敗走を促すきっかけとなるはずの、前線突破の直前に組織されつつあった「陸軍考古学班」に加わっていた——この方面に出した要求が受け入れられていたので——であろう。僕の仕事は、火と水を分配することではなく、記念建造物の保護にできるかぎり配慮するため、作戦地帯を調査し、塹壕の掘鑿というささか特殊な発掘が明るみに出した一切に目星をつけ、防衛線を設置するに際して、かくかくの遺跡を尊重する必要性を考慮してほしい旨の許可を、場合によっては、関係当局から得ることとなったであろう。将来のこの展望は僕の心を惹きつけた。こうなれば、化学者たちの中隊への僕の配属の不当さが修正されるだけでなく、そのような任務は、いくらか危険は冒しながらも、兵士を演じるよりは、軍事的には無意味な仕事に、そのばかばかしさを意識しつつ身を捧げる、一座の興をそぐ人間の役を演じ、こうして、それに手を貸すことも、それから逃げることもない超然たる立場から、そのそばを掠めるだけのダンディとして悲劇に加わることによって、いわば、それをすることなく、戦争をすることになったであろうから。占領時代の終わりごろ、僕は正義感からある行為をした。「J日とH時」からの、ジェラールという仮名（『オーレリア』の夢想家への讃辞）と一〇九二番という登録番号のもとでのFTP〔第二次大戦における義勇遊撃隊〕への参加だ。いざ戦いとなったら、命の危険を引き受けること、それが、勇気の分野で僕がしようとしたすべてのことと同様、いささか不発のままに終わった行為の意味だった。遊撃兵としての活動は、実際には、父から受け継ぎ、人類博物館の僕の事務机の抽斗にしまっておいた弾倉回転式連発拳銃を、占領早々にドイツ軍が出した命令に従って引き渡したあともとっておいた六・三五ミリの薬莢の箱を、蜂起のほんの数日前にマルクとやらいう男に渡すだけで終わった。そのあとある友人に誘われて、人民戦線劇場委員会に加盟し、委員会の他のメンバーたちとともに、蜂起のはじめにコメディー＝フランセーズを占拠し、いくらか危険な任務を果たすところだった（武器。それをレピュブリック広場へとりにゆくことが一時問題になった）。しかしシャイヨー宮の他の施設と同様、人類博物館でも組織されていた国民戦線がこの建物の占拠を決めたとき、僕は計画を変更した。十六区（パリを横切る長い道中のあいだの偶発事を避けて博物館へ通えるように、この区の友人宅に泊まっていたのだ）の無気力が恥ずかしく、その後どうなっているかを見るために、自宅のある造幣局界隈――バリケードが設置されていた――に戻ったとき、僕はついに積極的に参加すべく確たる決心をした。グランゾギュスタン通りを封鎖していた家庭ゴミ回収用のＳＩＴＡ〔自動車運送産業協会〕のトラックは移動させる必要があり、協力を申し出るため、自宅から下りていった。僕の考えでは、これは第一歩でしかなかった。しかもここでもまた、事の近くを掠めるだけに終わった。歩道までやって来たとき、もう余人の協力は必要なくなっていたからだ。そして翌日の晩には、ノートル＝ダム寺院の大鐘と他のすべての鐘が、解放軍の到着を祝って鳴りはじめたのだった。こうして戦争中と同様、蜂起のあいだでも、二、三のジェスチャーをしたにとどまったようで、そのいずれもあとが続かず、そのうえ出来事が実際に戦わねばならないような経過をとらないことを望み、結局それらはまったく形だけのものだった。ろくに体操もできないのに、ごく幼くして競馬騎手になることを夢見たのと同じ人物が、四十歳を過ぎて、肝心の部分がだめなくせに、面子を保とうとジョッキー・ブラウスで身を装いたがるように、形だけのジェスチャーや、実際の行動の真似事によって自分をごまかそうとするとは（ゲームの架空の人生でのように）、事はこれほどまでに幼年期から決まってしまっているものなのだろうか。

　決定的な形で勇気を試練に立ち向かわせることなど一度もないまま（あるいは、試練に直面するにはそうしようとしさえすればよかったのだから、ただ単にこうして自分の卑怯さを証明して）、僕が最初から最後まで経験した戦争について、勇壮な出来事も、剣豪小説むきの冒険もないので、それが体験させてくれた友情のひとときをあげたい。つまり、北アフリカの砂漠地帯における兵士同士の仲間づき合い（いくらか気まぐれな）。占領下のパリにあって、反応がほぼ同じであることが分かっており、ほとんど関わりのない人々にまで、信頼しあうに足るだけの最小限の忠実さが期待できた、身辺の人々とのあいだのもっと深い友情。結局のところ、戦争からかち得たのは友情という大きな教訓であり、単なる自尊心を超えて、しかるべく選ばれた一群の人々の信頼を失うまいとする確たる意志こそは、この時期に僕が獲得したと思われる（あるいは獲得するに至った）ものを代表している。しかし、誰と真に連帯していると自分をみなすべきか、また、あの「終生変わらぬ」という言葉が口先だけのものに終わらないだけの、どのようなしっかりした土台にもとづいて、その前では面子を失いたくないドゥルシネア姫〔ドン・キホーテの意中の女性〕さながら、個人と化した良心のように僕の前に立つ人々とのあいだに信頼関係を築くべきかどうかを決めうる黄金律を手に入れないかぎり、大いに進歩したといえるだろうか。それに——事をもっと綿密に検討するなら——、僕はこんな仮面劇を当てにすることができるだろうか。というのも、そうなると、僕が過ちを犯さないための力を得るには、得たいと思うこの力そのものなり、それらに対して過ちを犯しえないことが今後取決めとなり、そのゆえに価値をもってくる事物なりにもとづく契約によって僕と結ばれる相手を発見しなければならなくなるからだ。子供のころその写真を見たベルトつきのゆったりした上衣と短い幅広の半ズボンを身につけ、武器は使わないけれど相手を死なせることのできる（と僕は信じていた）戦いのため、暴力を使わずに相対しているあの黄色人種の人たちのように、親指と人差指だけを使うのが条件の単なる押え込みによって自分に打ち克つことのできる柔術の手を求めて——たったひとりで格闘試合の真似をする、ミュージックホールの奇妙な芸人さながら——、僕がするのは奇妙なアクロバットである。今日までのところ、いとも簡単に相手を倒すことのできるこの術、あるいはこの不意打ちの手の持主が僕かもしれないと思われたのは、決して現実の敵対関係でのことではなく、夢の孤独の中でのことだった。人類博物館のポーチの前で、向かいあっていた有翼の牡牛に襲いかかり、とどめの一撃を加えた瞬間、僕は、牛が張子の虎ほども実体がないことを知った、まるで恐怖を消し去り、障害に打ち克つ唯一の秘密の鍵は、ただただ突進するという決心にあったかのように。白状すると、経験してみれば、怖れていることどもは、この夢の中で間違って僕をおびえさせた牡牛のように消え去るだろうと、そして死それ自体も、あの「いまわの際」に至ったとき——考えているより、たぶん遅れてやってくるだろう——、僕にとってはこけおどしにすぎなかったことが明らかになるだろうと時として考えずにはいられない。こうした躍り上がりたい気持がどれほど子供じみて見えようと、僕はやはり、山だと思っていたものを砂上の楼閣に変えるには、多くの場合、ちょっとした勇気だけで十分だということを、そして、外面に多くの影響を与えるこの内なる力は、知るよりもはるかに意志する問題であり、そこから、出発点において、端から確たる意志が欠けているならば、姑息な手段に頼ってもむだだということを心にとめておく必要がある。

ジムカーナ〔車、オートバイ、自転車の障害物レース〕で短い距離のあいだに何度もしなければならないものに似た急旋回は、だから場面場面では役に立つけれども、解決法は教えてくれない処方の総体に比すべき知に対しての不信感を抱かせる。ところで、知に達するとは、僕のもっとも深い欲求の一つの目標であり、何事かが明らかになる瞬間は、僕には長いこと、とりわけ驚くべきものと思われてきた。僕の一番明確な意志を養い育てているこの熱烈な欲求を、どうして突然抹殺できるだろうか。意志的であることがもっとも重要だとするなら、「何を意志しているのかを知る（savoir ce que l'on veut〔意志が強いという意の言いまわし。訳文はその直訳〕）」（言いまわしが求めているように）必要がある。そして僕が一番粘り強く望んでいることの一つ一つがまさしく知ることであるとするなら、これは、結局のところ、変わることなく自分のものだとみなすべき、そして、なんとしてでも仕えるべき価値が何なのかを探しつづけるための二重の——あるいは自乗の——理由である。このような知恵はたしかに、かつて体操の教師に対して感心せずにはいられなかったあの鉄の意志を僕に授けてくれるような魔法ではないだろう。しかし少なくともそれは、僕がむだな努力をしないで済む一助にはなるだろうし、もっとも有効に精神を集中させることを可能にしてもくれるだろうし、そして、限界をわきまえる一方、その果てには挫折しか見出せないような、また、隠そうとするあまり、必ずや真正ならざるもののなかに落ちこむような道に迷いこまない人間でありたいという僕の要求に、ともかくも応えてくれるだろう。

したがって僕は、とても元気づけてくれると同時にとても捕捉しがたいこの友愛をもう少しはっきり理解したいという望みをしっかりともち続けたい。

高貴な友愛もあるが、下品な友愛もある。人を殴りつける刑事《でか》同士の一体感を意味あるものとして認めないのであれば、重要なのは、一体感という単なる事実ではなく、何にもとづき、何によって一体感をわかち合うかだという結論になる。「友愛」とはたしかにもっとも感動的な言葉の一つだが、感動する前に、どのような友愛が問題なのかを知るほうがいい。弱い者を排除することで結ばれた卑怯者同士の友愛は？　勇気のなかで結ばれてはいるが、ある場合には、実のところばかげているか、厭うべき友愛は？　切っても切れない犯罪者同士の友愛は？　共有する趣味や悪徳にもとづく友愛は？　陽気な連中のグループやスポーツチームのあいだにある気のおけない友愛は？　メンバー全員に共通する虚栄心のため、非の打ちどころがない人々の集まりといったふりをする結社の友愛は？　これまではスローガンのままだった全世界的友愛は？　「友愛を抱く」とは、よい言葉（行動を想起させる動詞であるばかりか、サークルの拡大、他人への呼びかけ、それまで存在しなかった結びつきの成就、そして総じて、胸襟を開くことを妨げていたあらゆる種類の障害の打破、といった意を含んでいるからである）ではあるが、僕は友愛的な共同体という観念だけで事足りるとは思っていない。

というのも、人間はみな生物学的に兄弟であり、同一の運命によって結ばれているという単なる事実を全員が認識しても、次の二つの疑問はなお未決定のままだからである。この友愛はどのような方式に従って実践されるべきなのか。みなが一緒になってそれをどのようにしようとすべきなのか。

　現在僕がこの二つの問題を解決するだけの分別をそなえているなら、その解決法を手短に述べたあとはこの本をおしまいにするだけのことだ。仮にそうであるならば、僕は休めるようになるだろうか。ぜんぜん違う。その場合には、これらの考えを行動に移そうと努めなければならないだろうし、それらをもっと明瞭な、もっと人に伝わりやすい、もっと説得的な形で表明するため、たしかに書かねば、もっと書かねばならないだろう……。それでも、その終わりに結論の概略でも思い切って示せるような大巡歴を終えたというには程遠い（そのことは分かりすぎるほど分かっている）。現在僕にできることのすべては、途中若干の考察をあえて提示しつつ、また、ヴェルディがほとんど生涯の終わりにあたって作曲した『聖なる小曲《ペッツィ・サクリ》』のなかの、とくに声楽部に登場させているあの「謎めいた音階」にたぶん似ることになるだろうものを、きれぎれながらあちこちに挿入しつつ、友愛について記述することに尽きる。

　去年の十二月、ウィーンで行われた諸国民平和大会にオブザーヴァーの資格で参加した際感じた本物の友愛。それは重要なひとときだったが（集会の世界的規模からして）、ただのひとときにすぎなかった。それに僕には戦闘的精神が欠けており、それがあれば義務を果たすようにして続けていることを、とりわけ、僕の忠誠を当然のことながら期待している人々を裏切るまいという気持から、もっと熱心に推進することができるのだが。人を魅惑するもの、人が善とみなすもの。この二つの項をいつも一致させる手段が見出せるなら、事がどんなに簡単になるかをいまさら強調する必要があるだろうか。

健康や気分、仕事の関係から、普段よりも自由に夜の時間を楽しむことができた時期、いくつかのたまたまの出会いにおいて感じた、他愛がなく、上っ面の、何にも縛られることのない友愛。たとえばクリスマスの夜、ピガール街のイギリス風のバーで知った、首のまわりに便座をつけ――ポリネシアの島民たちが観光客の首にかけるのを習わしとするあの花輪のように――、この数時間の集いの幸福感の、形ある記念としてとっておこう（と思う）と、そこにいる全員の署名と住所をその上に書いてもらうのにテーブルからテーブルへと丁重に頼んでまわっていたイギリス人の若い学生。この同じバー（間をおいて、長いこと通った。ベニ＝ウニフから帰国した際、当時僕は軍人だったのだが、彼とその仲間の一人と、それ以前に彼らが歩道で喧嘩をした見知らぬ四、五人の男たちとのあいだに起きた思いがけない殴り合いに巻きこまれて、そこから一度、眼をひどくはらして戻ってきたことがある）での別の晩、ひどく酔っ払い、まったくひとりっきりで、とても悲しげだった、胡麻塩頭のアングロ＝サクソン人。彼は、自分のテーブルから、妻と僕と、一緒にいた三人の男女の友達にシャンパンを一壜運ばせた――といって、それをきっかけに会話がはじまるということもなく――ものである。

時が経てば経つほど――僕がこういうのは当然だ――、こうした表面的で偶然の近づきを、とかく面白半分にしか見なくなる。それらは、かつては僕を満足させてくれたのだが、いまでは、何らかの連帯を生むことはなく、たったひとりでいるのは耐えがたいことであり、精神的に窒息したくない人間には、ほんのわずかでも共感を抱くなら、たとえ束の間であろうと未知の人々と関わりを結ぶのが不可欠だ（せめて時々は）ということを、ナイーヴな形であらわしているだけの意味しかないのは、分かりすぎるほど分かっている。日々の懸念や、拷問によって知人の誰かを引き渡すよう仕向けられたらどう振る舞うだろうと自問するような警察への恐怖からして、ドイツ軍の占領は、友愛に関してきびしい条件をつけるように僕を仕向け、英雄的なところも、華々しさもまったくない（少なくとも最初は）、基本的なマナーに属するある種の行為の価値を教えてくれた。すなわち、持たざる者と持物を分かちあうこと、無実な人々を襲う迫害から利益を得るのを拒否すること、秘密を守り、必要なときには口を開くすべを心得ること、追いつめられた人々をかくまうこと、そして「お前、絶対告げ口するなよ」といった、子供のモラルと同じくらい単純な至上命令とかかわる他のありとあらゆる種類の行為。それでも、きわめて厳粛で分別に適った友愛は現実には考えられないという確信は変わらない。なぜなら、その本質において、心の動きに属する事柄は当然、モラルと理性の課する境界をいくらかなりとも踏み越えるはずだからである。

殻を破り、自分の外に出て、外の人々とまじり合うこと、自転車レースのファンでなくてもトゥール・ド・フランスの到着を待つ観衆のなかにまじって楽しむことができるのと同様、酔うためにその気がなくても人々がバーに飲みにゆくのを好むのは、この単純で漠たる昂揚に惹かれてのことである。自分と同じように動き、そしてぶつかるのを避けねばならない何かとさして変わらない群衆（エキゾティシズムによって生彩を与えられることもない）のなかにその一人としてまぎれこみ、たとえ仮のものであろうと絆が生まれ、この群衆、あるいはそれを代表するひと握りの人々と一緒になって生きることができるようになるとき、人は喜びをおぼえるだろう。ましてや、ほとんど全住民が通りで心からの喜びをあらわす（少なくとも、精神的に囲いの中に閉じこもっているのをやめる）ような歴史的な場面では、誰の目にも明らかな、この上を下への大騒ぎは、趣旨に賛成している者にとっては、他の人々との接触を通して、自己がひろがってゆくのを感じて陶然とする機会となるだろう。

戦争の終結は、「自由」という言葉に対して沈黙が強いられることもなく、いまや「友愛」を口にしうる二つの陣営の片方においては、いつでも民衆の歓喜の源泉となるだろう。そのような試練のあとでは、勝者にとって平和は一切の問題を解決するように思われる。それは単に戦闘に対して打たれた終止符——とくにどうということのない出来事。なにしろそれは、常態への復帰にすぎないのだから——ではなく、よりよい時代のはじまりであり、人々はこれまでとは別の基準の上に立って出発するのだ。膿瘍の切開は終わった、これからはちょっと助けあうだけでいい。最悪の場合でも、ひと踏んばりすれば済む、というわけである。第二次大戦のあとには、第一次大戦のとき（しかしもっと短かった）と同様、このような楽観主義にみちた時期が続いた。悪の力がついに制圧され、生きるに足る世界がまさに建設されようとしているのだった。

自己中心の多くのフランス人にとって、首都の解放は、もはや戦争がないということを意味したが、そのとき僕はパリにいた。実際には、戦争はさらに一年近く続き、多くの人々が殺されるだけの時間はたっぷりあった。ベルリン陥落と敵対関係の停止を知ったとき、僕はアフリカで行われた調査から戻ろうとしていたところで、ダカールにいた。

植民地の人々にとって、事が変わろうとしていたのはそのときだったように思われた。人種差別の信奉者たちは圧服され、民主主義が口々に叫ばれ、いまやわれらが帝国ではなく、「フランス連合」〔フランスとフランス海外領土との結合推進のため一九四六年に結成された政治組織〕が話題にされるのだった。植民地監督官の指揮下、僕は二人の専門家（一人は人文地理学の、もう一人は熱帯農業の）と一緒に、強制労働の禁止に伴う労働力の危機を一時的に回避させるための手段——自由主義的な線の——を検討するため、コートディヴォワールに行っていたのである。アフリカを、それまでしてきたのとはまったく別の目で見ることを余儀なくされた旅。僕が十五年ほど前に参加した調査団の研究の主たる目的だった、古くからの信仰や制度はもはや対象外で、中心になったのは人々の生身そのものにかかわる諸問題だった（村とプランテーションでの生活状態、生活水準、臨時雇いの報酬の支払法、彼らのサラリーの使途、その他。とりわけ「プリミティヴ」と呼ばれる心性への関心からアフリカニストになった人間にはまことに難儀なありとあらゆる種類の問題）。自分のロマン主義的性向を捨て去り――そして、そこまで辿り着くのはひと苦労だった――、観想的ともいうべきものの見方にできるかぎり逆らい（僕が根気よく、わが過ち《メア・キュルパ》と認めなければならないモラリスト的傾向にここにきてもう一度負けないために）、とりわけ、周囲の美しさ、その主役である人々そのものの美しさのため、えてして眼中に入らなくなるこれらの貧困を正しく認識しなければならなかった。

三か月ちょっとのあいだ離れていたパリ行の飛行機に翌朝乗ることになっていた僕は、その日、二人の男たちの家で昼食をとることを承知していた。その一人とは、彼がアフリカに定住する前、共通の友人のところで知りあったのだった。帰国の前日、植民地では当り前の、酒の入ったごく単純な別れの昼食。ラジオが盛大なサイレンと砲撃の音を伝え、そのあとすぐにダカールと周辺の住民たちにニュースを報じたのは、デザートかコーヒーのとき――と思う――のことだ。すぐに僕たちは立ち上がり、食後酒を手にしながら、レコード・プレーヤーが流す連合国の国々の国歌をきいた。そのなかにはソヴィエト連邦のものもあって、歌詞をちゃんと歌うのに必要な語学の知識はなかったけれども、三人のコーラスでそれを歌った。僕は二重にうれしかった。大ニュースが僕に届いたのがダカールだったからであり、そのような事件の喜びを共にするのがアフリカの町の黒人たちとであるからであった。

最初に思ったのは、二人のホストを同伴して「総督館」といわれている建物へ行くことだった。そこに調査団の団長と仲間の二人と住んでいたからで、仲間の一人は地理学者であり、いま一人は、彼もその一員であるひと握りの立派な人たちが、気が滅入るほど多くの荒くれ男やろくでなしとがまじり合っている同業組合の地方代表として僕たちと一緒に仕事をしていた、コートディヴォワールのプランテーション経営者だった。彼らと一緒ならば、ダカールの民衆と歓喜を共にしつつ、あてどなく通りを歩きまわれるだろうことを僕は当てにしていた。同僚たちと合流しようとしていたこと自体、すでに至極友愛的な動きだった。

団長が一緒に来ることは――僕たちの良好な仲間づき合いからして、彼は何であれ、僕たちの決めたことをたぶんしたかったであろう――問題にすらなりえなかった。翌日出かけていって、大事な責務に専念しなければならなかったからだ。二人の同僚はといえば、通りの散策は、勝利の知らせを知ってすぐにしたいと思ったことではなかったらしい。それでも、大事な日になるとは予測できたその日のために僕が町へと繰り出したのは彼らとであった。最初の一人――僕は呑気だったので、時には苛々させられた正真正銘の仕事の鬼――に関しては、その合理的なきびしさにはついてゆけない点もあったけれど、彼の根にある誠実さと、僕たちが調査していた農民たちの運命をプラスに変えたいとする確たる意志を評価していた。もう一人はというと――前者を尊敬せざるをえなかった理由とはまったく違う（ともかくも）、かなりロマンティックな理由から――、僕はその話をきくのが好きだったし、ブッシュの生活とブッシュの人たちに対する彼の関心と、象狩りに対して抱いていた情熱のために、理屈抜きで好きになってしまったといえる。象狩りとは、彼には自明と思われていた活動（なにしろ彼は、作物を荒らすこの巨獣の侵入から、自身のプランテーションと配下の人々の畑を守らねばならなかったのだから）だが、彼はそれに、納得のゆく利害中心の精神よりはるかにロビンソン的冒険の精神から、静かな熱意を抱いて没頭しているように見えた。精神的タイプ同様、肉体的タイプでも、この二人は対照的だった。というのも、前者が、のっぽで、痩せぎすで、骨ばっていて、青い眼の背の高い北欧人という様子をしていた（ただし彼はフランス東部の出身だった）のに対し、後者は、僕よりいくらか背が低く、生気に満ちた、髪が褐色の地中海人という様子だった（けれど、彼の出身地が本当にこの方面なのかどうかは分からない）。僕は自問する、何も知らない人が自分――何をどうしたらよいか分からない、ビーヴァーやアザラシ、蛙、いもりのたぐいと同様、いくらか飛魚ないし両棲類のこの僕――のことを話すとなると、霧の、あるいは太陽の、どのような風土のもとに生まれ育ったと考えるだろうか、と。なにしろ僕には、「人間の価値が分かるのは、ザイルで体を結びあっているときである」ところから登山のきびしさを愛する子だくさんの父親とも、黒人たちの先頭に立って象のあとをつけ、殺した獲物を彼らと分けあう独身者とも、ほんのわずかしか共通点がないからである。

通りにはかなりの人々がいたが、想像していたよりは静かだった。一九一八年十一月の休戦や、パリの解放という、見せかけでない発砲を伴った一種の七月十四日に比すべき熱狂はまったく見られなかったし、とりわけ、黒人と白人が、社会階層の違いも、肌色の別も忘れて、少なくとも数時間は、ついに同じ一つのひしめく群衆となるかもしれぬ昂奮の高まりを感じさせるものは何一つなかった。人々は歩き、あるいはすれ違い、まじり合ったが、おのおのがそれぞれの考えを抱いたままのように思われた。事がこうだとすると（こうしたことを考えたのは、のちになってからにすぎない）、共有財産として供された、どのような平和のしるしのもとだったら、ダカールのアフリカ人と植民地人とは思いを一つにしえたのだろうか。戦争解決の喜びにすっかり心を奪われて、僕はまったく愚かにも、連合国の上首尾は誰にとっても喜びの種でしかないと信じ、これが――こんなふうにいい気な殿様を演じようとする決心が、自分の特権をどれほど骨がらみに信じているかの証だとは思い知るよしもなく――、住民のなかの有色人種の人たちと連帯せずには、このよき日を終わらせまいとする気持を肯定していた。通りで肱つき合わせたり、偶然出会った、その気のある人なら誰とでもそうするのはまさしく当然のことだった。

ところで、すべての人に胸襟を開き、絶対に閉じこもってはいまいと思っていたその日は、僕にとって、実際には、戸外での一日ですらなかった。昼間のホストたちと彼らの何人かの知合いと一緒に、戦勝を祝うレバント地方の商人たちのところに、晩、かなり遅くまでいたからだ。僕より賢明な調査団の二人の仲間は早々に辞去し、地理学者とはバマコで出会い、三日近くのあいだ一緒にスーダン＝エクスプレスに乗って旅行したサハラの老士官――ばかげた人間ではなく、むしろいい奴――と合流するため、いつも食事をしていた小さなビストロへと出かけていった。彼らが去ったとき、僕はウィスキーをあびるほど飲んでいて、静かに夕食をとるなどという気はさらさらなく、まったくつきがないのは明らかながら、チャンスを試みる金銭的な余裕があるかぎり台から離れられない賭博者のように、居残るほうがよかった。

僕が気ままに動きまわった集まりは、実際にはその動機となった歴史的状況の輝かしさとは無縁の、ごくありきたりのカクテルパーティにすぎなかった。人々は、ちょっとした家庭のお祝いといったような、要するにお行儀のいい雰囲気の中で飲み、ダンスをし、ご婦人方と無邪気にたわむれるのだった。なにやら知れぬ酔っ払いの気まぐれから、僕は二階の大きなリヴィングルームを離れて階下へ下りた。そこで、店の設備の一部である秤にのって楽しんだ。そこには、おそらく一時間ほど前から僕がもっぱら付添い役を務めていたその家の女性の一人――やはり目方をはかっていた――がいた。彼女（東洋風のけだるさからは程遠い）はやや肥りすぎの気のいいブルジョワ女性だったが、黒髪と一層黒いドレスのために際立って見えるいくらかばら色がかった白い肌をしていて、感じは少しも悪くなかった。それは中庭か、倉庫として使われていた、インド便〔ロンドンからカレー、マルセイユ経由でインドに至る郵便業務〕の古くさい匂いのする奥の間の荷箱のあいだでのことで、はかり終わったあと、僕たちはまたダンスをはじめた。僕の体重はかなり軽かったので、秤を試してみることは、とりわけ僕の虚栄心をくすぐるこれ見よがしの行為の向きがあったと思う。続いて、なかなかきれいな女性――小役人か内陸部の商人の、やはり髪の褐色だった妻君——をとてもプラトニックかつ抒情的に口説いたあと（センチメンタルな酒癖をもつ男がするように）、バッカス的酩酊や、粋なデモンストレーションや、植民地に滞在する尊敬すべきヨーロッパ人に対しシリア人とつき合うことを禁じる規則を鼻で笑ったことにおぼえた子供っぽい喜びにもかかわらず、実際には自分がとても孤独だということが分かった。片足が、熱帯のつけであるため、ほとんど見栄の種にさえなっているたぐいの疾患に罹っているからといって、ぐったりと横になり、椅子やスツールをつけ加えてソファにした肱掛椅子に釘づけになっていた例のフランス人の美女は、踊れる状態ではないと公言し、その青い、深い眼に恋をしているのだと言って、僕をそこに連れてきたボーイにしか関心を示さなかった（そう言ったところで、言葉を逆手にとられるおそれはなかった。彼女がこうしたことを口にする相手の男は、職業柄、どうしても女性の魅力を認めるわけにはゆかなかったのだから）。

一、二ダースほどの、だけれども僕には正確な数を言えない人々が動きまわっていた例のリヴィングルーム（こちらも、よく考えてみると、その家の店の部分と地続きの一階ではなく、二階にあったのではないかと思うが、同様によく分からない）、このうわべだけ豪奢に見せかけたリヴィングルームで、膝に皿を置いて食べる軽食かサンドウィッチが振る舞われた気がする。そしてたぶん（しかしこれもまったく定かではない。もう一つ別の部屋がこの有益な神話の舞台だった可能性もあるからだ）、全員が一時、気をつけに近い姿勢をして、アルザス人の老夫婦と一緒に『マルセイエーズ』を歌った。酔いがまわるにつれ、その場にいるのが苦痛になった。そのときまで、心の中とは裏腹に手放そうとせず、夢中に握りしめようとしていた糸がぷつんと切れた。ごく何気なく僕は立ち上がり、生理的欲求のためひととき座をはずさざるをえない人のような様子をして、部屋を横切った。しかし、ごくありのままに「例のところ」と呼ばれている場所へ向かうふりをしようなどと考えもせず、いつもと変わらぬ足どりで出口に達し、そして——昼以来、友愛について抱きつづけていた欲求にとらわれたまま——表の闇の中へと踏み出した。

僕はいまや、雪や風や稲妻の中（十二月三十一日の深夜ごろ、煙草の煙のたちこめる四壁の中に自分の影法師を残し、居酒屋からとり乱して外に出たホフマンの物語の人物のように）ではなく、熱帯の空を刺青のように彩る信じがたいほどの無数の星の下にいる。たぶん敷居をまたいだとき、大空を大きく飲みこみ——長距離レースのスタートを切る人のように——、これらの星の方へうっとりと目を上げたにちがいなかった。僕は星々を時折食べることができればよいがと思う、口で吸うことは愛するものと一体化する至極当り前の手段なので、人がある存在に対して抱く欲望が時として人食い的嗜欲を伴うのは自然であるかのように。天体を口に入れることができないので、おそらく、肺が生み出す息の流れと音をたてる呼吸とをもっと間近にとらえようとするかのように、鼻をつまんで——さもなければ触れることができない——、荒々しく、しっかり息をしたのだった。おそらくまた、単なる幾何学模様とはとてもいえないほどきらめき輝く、そして自分に及ぼす全体の魅力の強さそのものが、その一つ一つに特有の密度と風趣を与えているように思われた光る点々の重みを頭上に一層よく感じるために、車道のど真ん中を大股で素早く歩いていった。

失望のうちに終わったあの宴会のあとも、自分が挫けたとは思わず、何をおいても熱狂する群衆に加わりたかったので、僕が向かったのはもちろん町の中心部——渦の真ん中と思われるところ——の方である。あまり空白を残さないでこれらの出来事の脈絡をたどり直そうとするのに苦労するのだが、それは、午後のはじめから、自分のしていることについて正確な観念を失ってしまっていたことの証だ。しかし、首尾一貫したイメージは欠落しているけれど、僕の混乱した足どりがある渇望にみちびかれていたのも、そしてそれが、先刻失望したあの家の限られた場所の中でのことと同様、通りのどこまでもひろがる空間の中のことでもあったのは確かだ。障壁を倒し、他人と僕とを隔てる距離を取り払うこと、これが約束の地を求めるこの紆余曲折にあっての火の柱であり、雲の柱だった〔モーセがイスラエル人を率いてエジプトを出たとき、神は昼は雲の柱を、夜は火の柱を彼らの前に立てて、道案内とした〕。

　僕はいまや、求めていた熱狂の真っ只中にいる。広場や広い並木道のざわめきのなか、入店を断られたのに抗議している水兵たちと一緒に、大きなカフェの前で足を止める。このような日に海軍の人々をこんなふうにあえて差別待遇するのを見て腹を立て、自分がどんな難儀も怖れない自由人であると同時に侵すべからざる人間の権利の擁護者としても振る舞わねばならないと思い、彼らの肩をもつ。しかし僕たちの非難もむだに終わり、光り輝く、お客の声で騒々しいこのエデンの園にむりやりに入ろうとしたならば、きっと起きたにちがいない乱闘騒ぎをあえて起こすことなく、ついに退散する。戦艦ポチョムキン、クロンスタットの叛乱、黒海の暴動者たちの兄弟である、排斥された僕の連れたちは、彼らがいささか羊のごとくおとなしい犠牲者となった事件がいったん終わったあと、ほろ酔い機嫌の一市民たる僕がごく自然に彼らの何人かと行動を共にしたことに関して、彼らが帯びていた後光は、もしかすると朝きいたソヴィエト国歌のせいだったのではないかといまになって考えている僕のことを知ったら、たぶんがっかりするんだろう……。

　青い大きなカラーのついた、白い制服姿の水兵たちと、グレーのフランネルのズボンにツイードの上衣を着た（この五月はじめ、ダカールは程よい気候なので）市民は、今度は何を言われることなくダンスホールの敷居をまたいだ。みな一緒にバーに立ち寄り、ちょっとウェイトレスたちとおしゃべりをしたあと、各自それぞれ運だめしに出かける。水兵たちは踊ろうとするのだが、そうなるとまた一つ問題が生じる。連れのない女たちはおらず、居合わせている高慢ちきの女たちは、せめて下士官でもないかぎり、まったく相手にしてくれないからである。どうやら言葉のやりとりがあったようだ。

赤いポンポンをつけた僕のチームメイトたちは、遠慮なく連れのあるご婦人たちに申込みをし、そのうえ、踊手の女性を奪ってカップルをひき離そうとさえする。僕はといえば、オーケストラが演奏している壇の近くに立ち、黒ビロードの半仮面も、ヴェネツィア風の頭巾つきマントもつけず、踊りまわる人々を眺めている。僕は、あたり構わぬしつこさで、ソヴィエト国歌の演奏を要求したのだろうか。屈辱を受け、傷ついた仲間の何人か（まったく別のことにかまけていた）をそそのかして、一緒に大声でそれを要求させたのだろうか。僕は、あまりに食い意地のはった、あまりにすけべなおっちょこちょい連中のごとき浮かれ騒ぎをしている、ヴォルガのこの舟頭たちの仲間だという態度を誇張しすぎたのだろうか。やはり白ずくめの服装ながら、青いカラーはつけていない海軍の下士官が、僕を殴ろうと表へ出るようにと言う。二人のあいだに片をつけるべきもめ事など何もないとはよく分かっていたけれども、僕はそれに従う。殴り合いのための殴り合いなど、まったくばかげたことと思われ、逃げるつもりは毛頭なく、対決する用意はあるが、殴り合うのはいいとして、殴り合うにはそれなりの動機がなければならないとはっきり言い、落ち着いて、ただししかとそのことを彼に説明しようとする。こういいながら、僕は少しも劣等感は感じない。それどころか、場面を主導しているのは自分だと思われ、少なくともこのたびは、やればたしかにこちらが形勢不利で、笑い物にされ、顔にみっともないあざをつけて終わるのが落ちの、意味のない殴り合いを公明正大に避けるため、自分の酔いを十分にコントロールしているのを確かめて誇りに思う。たわけ者のホフマンであったあと、僕は彼をいさめるニクラウスになり、気まぐれの陰にこのような知恵があるのだと考えて、すっかり有頂天になる。ダンスホールの入口の前で、海軍下士官と僕とは長々と論じあう。僕は、終始力強く、喧嘩の承知と、当事者のどちらも屈辱など受けていないのにするこの喧嘩はたしかにまったくばかげていると断言する。証人とたまたま巻きこまれた決闘相手の一人二役を務め、終始逆上することなく、冷静と同時に威厳をもって、このばかげた事件を切り抜けることができたのを自分に証明して満足する。やっと海軍の下士官も落ち着き、僕の考えに従う。僕たちは、名誉ある調停者たちが、和解させることはできなかったものの、彼らが裁かねばならなかった争いは流血には価しないと判断して、どちらの肩ももたなかった二人の敵のように別れる。

こうして再び、いまや僕の思考そのものになっていた、そして、僕の敵が、論議の余地のない善意を前にして兜を脱がざるをえないだけの話を一歩もあとに退くことなくすることができたとき——ほんの先刻——、その徹底した無償性が確たるものとなったあの渇望に相変わらずとらわれながら、町々を横切って彷徨いはじめる。一番の繁華街から遠ざかり、これといった目当てもなく、ただ、夢遊病者みたいな散歩の果てに何かが僕を待ってでもいるかのように今夜は徹夜だと決めて歩いていた。明かりのついたカフェを見かけて中に入った。陰気な店で、ひと握りの男女の植民地人がいて、時折ダンスをするために離れる一つ二つのテーブルのまわりに集まって、水入らずで戦勝を祝っていた。僕は僕で坐り、水割のブランデーかその種のものを飲んだ。他の客たちは僕にまったく注意を払わなかった。容姿が好ましいように思われたので、できれば——僕たちのあいだのガラスが割れてなくなったなら——、一緒に踊ってみたいと思った女性が一、二人いたにもかかわらず、彼らをつまらぬ連中と思った。そして誰かと話がしたかったので、女主人か、主人たちの身寄りにちがいない六十年輩のフランス人女性に代わりに話しかけた。彼女は僕のそばに腰を下ろして、三十年ほど前から暮らしているダカールでの辛い生活のことをかなり親しげに語った。これはまさしく仲間づき合いであり、他の多くのそうしたつき合いに匹敵した。けれどもまもなく、あらためて自分がとてもひとりきりだと感じるようになった。

またもや夜の中への出発。このもう一つの段階でも僕の記憶には多くの空白がある。長年にわたる労働と植民地の生活に疲れた女との時代のきびしさについての会話のほか、人との接触がなかった小さなカフェに立ち寄ったおかげで、ダンスホールでの激しい言い争いのあと、自分が道理をわきまえていると同時に毅然としていると思って感じたごくささやかな満足感はどこかへいってしまっていた。同時に、酔ったあげくのばかげた喧嘩を、騒ぎにならずに解決させてくれた理性の光も消え去っていた。だから、いつまでも通りから通りへと歩きつづけるこの僕は、もはや彷徨う影でしかないにちがいなかった。ただ、アフリカ人と親愛を深めることによって白人の偏見を打破しようという当初のもくろみだけが、ベッドに戻るかわりに道を続けるよう僕を促したにちがいなかった。

あの三人の黒人に出会ったのは、二つの通りの交叉点だったろうか。それとも彼らに近づいたとき、僕は道を訊ねるため、四つ角の明かりの中に立つ彼らの仲間の誰彼にすでに声をかけていたのだろうか。道はといえば、それがアフリカ人たちの住む界隈のものなのか、港のものなのか、中心部のものなのか、でなければ、アフリカの老士官と一夕を歓談したあと、調査団の仲間たちがもう床についているにちがいない館への単なる憂鬱な帰り道なのか、分からなかったのである。あるいは、迷ったことに気づいて、個々の通りについて訊くのではなく、ただ大体の目星をつけたかっただけだったのだろうか。

どのようにしてこの三人の黒人たちに近づいたにせよ——一気に、はずんだ気持で彼らの方へ進んでいったのか、それとも、物を問い合わせる人間の礼儀正しい控え目な態度で、そして星空の下、大気は快く、深夜の鐘が鳴ったとき、お互い暇なので、そのあと会話をはじめたのか、それとも彼らはすすんで僕の案内人となって付き添いながら別の手に僕を引き渡そうとしていたのか——、彼らに向かって、一緒に散歩してくれればとてもうれしいと言った。彼らはまったく異を唱えず、僕たち四人は、彼らが僕を、背が高く、たくましいボディガードのようにとり囲んで、歩きはじめた。

この散歩は正確にはどれほど続いたのか。どこへ行ったのか。何を話しあったのか。どうやら僕たちの話は、とりとめのない独言の域を出なかったようだ。僕は、人種同士が理解しあうことへの欲求、アフリカへの愛、ヨーロッパ人よりずっと真の生活をしているアフリカ人に対するきわめて高い評価について語った。僕の話のプラトン的精神主義にあまりのってこなかった三人の相棒は、どうやら女を僕にすすめたらしい。また、ヴェランダの下で足を止め、夜の闇とまぎれてしまうような黒い背の高い人像柱さながらの三人が、なにやらひそひそ話をしていた記憶がある。おそらく商談だったろうが、何の結果も出なかった。やがて、僕はもう何も言わなくなったと思う。快い闇の中を腕を組みあってこんなふうに散歩する楽しさをただ味わった。こうしてたくましい腕に支えられ、ただひたすら脚を前へ出しつづけたあげく、どうやらもう少しで半睡状態になるところだったようだ。その刹那、顎への強烈な一発が僕を我に返らせ、酔いをほとんど雲散霧消させ、三人の相棒が僕を身ぐるみ剝ぐために殴ったのだということを瞬時に悟らせた。

アッパーカットか顎へのフックによって地面に打ち倒された僕は、襲った連中がわざわざ脱がせるまでもなく――もちろん！――靴をもぎとったので、踝がねじれたように感じた。まだ茫然としたまま、三人の暴漢が一散に逃げ去る足音をきき、自分が階段の上になかば横たわっているのに気づいた。その一方、白いショートパンツに半袖のシャツ゠ジャケット姿のずんぐりした一人のヨーロッパ人が、僕の方へ近づいてきた。海軍の下士官で（彼がそう言ったのか、それとも僕が彼の金の錨のバッジを見たのか？）、物音をきいてやって来て、泥棒たちを逃走させ、いまでは僕が立ち上がるのを手助けしてくれていた。少し離れたところに、我先に逃げる途中、連中が投げ捨てた僕の靴の片方を見出した。しかし札入れが、大きくひき裂かれたヒップポケットから消え去っているのを認めた。

僕は、片方だけの靴をはき、埃を払い、その海軍の軍人が警護に当たっていたらしい大きな建物をとり巻く木々の緑の匂いを吸い、質問に答えた。いや、痛くないし、どこにも怪我はないし、ただ両踝をちょっと痛めただけだ、と。だが、僕はあのニグロたちと何をしようとしていたのだろうか。「散歩してたんですよ。――何だって？　あのニグロたちと散歩してたってのかい？　あんたはおかまを掘られたってわけか！」即座に僕は彼を下司野郎呼ばわりし、殴りあいになったが、長くはかからなかった。彼はずんぐりしていたので（すでに言ったとおり）、あっというまに例の階段の段々に僕を――二度目のノックアウトだ――殴り倒した。

我に返った僕は、跛を曳きひき、また歩きださざるをえなかった。というのも、片足には、履物の踵も裏もついていなかったからだ。朦朧たる酔いはほとんど消え去っていたが、怒りに酔っていた。日曜日になるとダカールの人々が熱狂する有名なセネガル相撲の玄人ではまさかあるまいが、見事に僕を殴り倒した泥棒たちを少しも恨むことはなかった。遊びは遊びであり、誰でも信用するほど愚かだったのだから――まるで黒人たちの町ダカールは、まさしく地上の楽園で、悪さをしようと待ち構えている泥棒仲間のいる他のすべての港とは異なる港であるかのように――、たとえ僕がその手中に運命を握られていた忠実なオセロが突然不実なイアゴーに変わったとしても、おのれの信じやすさを非とするほかはなかった。それに事があれほどうまく運んだのを喜んだあとで、最後には顔を殴られ、そのうえ、残っていた数千フランを盗まれたとすれば、滑稽ではないだろうか。僕がまさしく言語道断と思ったもの、それは、性的下心なしに黒人たちと夜歩きをする、それもヒトラー支配の崩壊を祝っていた日に、といったことなどは考えられないほど、黒人と白人に共通点はないと確信しているあの下士官の振舞いだった。このポリ公には、僕はポリ公たちによって仕返しするほかはなかった。つまり警察へ行って、自身の偏見自体は棚上げにして、卑劣にも僕を侮辱し、殴ったあの恥ずべき白人を訴えるのだ。あんな無節操な連帯感など、僕に対して示すのを禁じるべきだったのだ。

はずむような、ただし靴が片方ないためのアンバランスからくるぎごちない足取りで歩きながら、長い真っ直ぐの通りに歩み入った。夜遅いのに、何人かの人たち（黒人か、白人か、ぜんぜん分からなかった）とすれ違い、警察署の場所を訊ねた。なにしろ相手は海軍の人間なのだから、公的機関に属しているヨーロッパ人の卑劣な行為をヨーロッパ人の役人に訴えることは当然の正義の義務と思われた。一人の責任ある軍人が、いつもより人道的感情を一層尊重すべき日に、アフリカ人が相変わらず不可触賤民だということをあれほど動物的なシニズムをもって示すとは、唾棄すべきことではないだろうか。

僕は、ほとんどひと気がなくて、果てしがないように見えるこの眠りこんだような通りを進みつづけ、いつになったら警察署に着けるのかといぶかっていた。僕の頭の中には、記憶に残っているソヴィエト国歌のきれぎれな音をバックに反芻しつづけてきた地球規模の夢想も、友愛の夢想もすでになく、あるのは、目の当りにした許しがたい行為を弾劾しようとする――災厄の予言者として――不気味なモラリストの計画だった。はだしの足と靴をはいている足とのコントラストのおかげで、残っていたただ一足の靴はいまやコチュルン〔古代ギリシア＝ローマで、とくに悲劇俳優がはいた編上げの半長靴〕に変じ、僕が怒りを爆発させようとしている、遠い、どこにあるとも知れぬ警察署へ向かってゆくのは悲劇俳優としてなのだ。いささか疲れ果てたと思いはじめていたのだろうか、下唇は痛かったし、踝は捻挫していたし、右脚には、二度目に階段の上に殴り倒されたときのまだ焼けるような痛みが残っていたのだから。それともそうしたことはみな、あとになって怒りが収まり、落ち着いたときになってはじめて意識したのだろうか。

いずれにせよ道中は長く、僕の唯一の考えは、いまやそれにけりをつけることだった。表が広く開き、あかあかと灯がともり、話し声のざわめきがきこえてくる一軒の家を遠くに認め、僕はその中に入り、これを最後と警察署はどこかを教えてもらうことに決めた。そこで宴会をしていた男女の前に出ると――乱れた服装をし、まばたく梟のような様子をして――、彼らの揃ってあきれた視線が集中した。なんと僕は、先刻立ち去ったシリアの商人たちの家にいたのであり、昼の二人のホストも、アルザス人の夫婦も、残りの一同も、みな立っているように思われたが、ひどく跛を曳き、泥まみれになって戻ってきた、落馬した人間のような僕の出現を、バンクォー〔『マクベス』の中の、マクベスに殺され、幽霊となってあらわれた将軍〕の幽霊が騎士長の彫像さながらに、地獄から突然あらわれたかのような目で迎えた。

僕は災難の話を手短にし、しかるべき筋に以下のことを訴えにゆくつもりだと明言した。男色家と思われたことなど気にもとめなかった（そして、自由な考えをもっているためと、その前でソドムについて語ることは差し障りのある二人のホストを傷つけないため、いささか偽善的にその点を強調した）。そうはいっても、黒人たちと距離をおかないというただそれだけのことがこんなふうに解釈されるとは許しがたいことだったし、この反応に対しては、不躾な言葉でこちらを面罵した男との、相手のほうが一方的だった殴り合い事件とはまったく別の重要性を与えていた。

僕の論法は、彼らの目には、僕が考えているほど当を得ているとは見えなかっただろうし、裁き手に仕立て上げられた警察官へのそのような訴えの滑稽さも僕よりよく分かっていたけれど、二人の友人は同行しようと言ってくれた。彼らがいなかったら、半分はだしで、眼は朦朧として、夢の中でのように歩いてきたあの道とは別のところにある警察署をみつけられなかったのは確かだ。頑固そうな顔をした警官は、僕の供述をきき、腹を立てている相手が最初の暴漢たちではなく、無礼にも僕を侮辱して、一度ならず殴った海軍の下士官だと言うのをきいても眉を顰めなかった。おそらく僕があまりにも取り乱した様子をしていたので、話の細部には大して注意は払わず、警官として彼の職務にかかわること――アフリカ人たちから襲われ、盗まれたヨーロッパ人――しか考慮しなかったのだ。それに僕が理性をほんのわずかしかとり戻していなかったのも事実だ。なにしろ人種差別主義者を糾弾しようとしていたのに、反対にアフリカ人を中傷する人たちに手を貸すだけの結果（それがあるとして）しか生まない奔走の間《ま》の悪さをよく認識していなかったのだから。僕が証言しているあいだに、白い制服に青い大きなカラー、ポンポンつきのベレーをかぶった一人の水兵がやって来て、やはり襲われたと訴え、僕のと同様、破けたヒップポケットを見せた。申告書（書記がタイプしたもの）の下に署名する前に、僕は内容が歪曲されていないかを確かめるため注意深く再読した。しかし同じ一夜になされたこの二つの訴えが、ダカールの住民に対する、頑固そうな顔の警官が抱いていた職業上の意見にあまりプラスにはならなかったのは確かだ。

家に僕を連れ帰ったあと、二人のホストは、惜しみなく世話を焼いてくれた。右脚には包帯が巻かれ、青い、美しい眼をした男のほうは、裁縫上手のお針子さながら、破れたポケットを手早く繕ってくれた。彼らは金を少し貸してくれただけでなく、踵にゴムを貼った、軽くてはき心地のいい一対の黒の短靴をプレゼントしてくれた。アメリカ海軍のもの（と彼らは言った）だった。それから、総督館へ僕を連れていった。午前三時ごろに着いたが、調査団の団長と同僚の地理学者と一緒に空港行の車に乗る前に、髭を剃って、荷造りをするだけの時間はあった。地理学者のほうは、酩酊状態でしたこのような、特定の目的抜きの、単に友愛を結ぼうとする試みを、称讃すべきものとはしない人間だった。なぜならその性格も考えも、まったく別の具体的な友愛のほうへと——彼は共産党に入党していて、ＦＴＰの将校として戦ったのだ——彼を向かわせていたのだから。団長に関していえば、こうした話全体の滑稽な面は面白がったが、それに警察を巻きこまなかったほうが賢明だったろうと指摘——よき外交官として——した。植民地では、根も葉もない噂がすぐひろがるからだ。象の狩人——コートディヴォワールへ戻らねばならないので、空港まで別れの挨拶に来た——がどう思ったのかは正確には分からない。しかし行動に熟練していて、反射神経をコントロールするのはお手のものであった彼のことだから、よく考えてみると、一切が僕の行き当りばったりから生じている事の顚末を、かなりお粗末なものと考えていたふしは十分ある。

この僕——夢遊病的散歩のこの話における一人称単数、すなわち主たる当事者——はというと、なにやら知れぬ裁き手が、友愛を口実にしてこんなふうに品位を落とした自分を罰するためにあの三人の黒人（たぶん、肌の色のほかは何も知らない人々と兄弟だと自称するまでに至った、酔っ払いの白人を軽蔑しきっていたにちがいない）の強欲な手を、ついでヨーロッパ人の軍人（人種平等主義を誇示したこの同じ酔っ払いの白人は、彼に対し、たしかにヒューマニズムのモデルなどにはなりえなかった）の拳を借りたかのように事の一切が生じたと思っている。僕を教化しようとするどこやらの神が、殿様風のばかげた巡遊に乗じて、美しい微笑や美辞麗句で味つけされた熱い握手やスペイン風の抱擁などといった、実質を伴わぬポーズの域を超えない心情の吐露の空しさを示そうとしたにちがいない。久しい以前から、他人種で他の文化をもつ人々のほうへ——とりわけ人間家族のなかで一般に貧しい身内として扱われるあの黒人たちのほうへ——と僕を向かわせた共感がどれほど嘘偽りのないものであろうと、事のはじめからして、いくら真情から出たことにせよ、それを実行に移すにあたってこれ見よがしの安易な方法をとったのは確かである。黒人と友愛を深めることは僕の自尊心を満足させる意思表示であったが、ひどく表面的なものに終わっていた。一方、真の友愛とは、謙譲の念をもち、明晰さを失うことなく——きわめて地上的かつ日常的な面で、彼らの利害を守ることに粘り強く努めつつ——、オート・コートディヴォワールで、地理学者と僕とが、南部の大農園主のところへ働きにいかせるために徴募された労務者の一団とすれ違ったとき、はじめてその素顔を見たこの民族の側に立つことを要求するものであった。この一団（エキゾティズムの仮面が落ちると、あとに残るのは疲れた男たちの顔だけだった）——すぐ目につくあの共通の相違のため、白人にとって黒人の群がそうなりがちであるように、最初はほとんどひとしなみに見える――は、眺めるにつれ僕の目には、それぞれが固有の性質と注目に価する運命をもつ不幸な個人個人の集まりへと変わっていったものだった。

僕が今日こんな正しい反省をするのは、闘牛士の技術にあってデスプランテス〔牛を支配していることを示す闘牛士の芝居がかった動作〕と称するものを思わせる――こまかな違いは別として――うわべのごまかしを、実りある行為（積極的に関与し、そのうえ実際的な目的をめざすもの）の代わりにしているのをついに諦めたことを意味するのであろうか。なおデスプランテスとは、相手を畏怖させることを狙うものの、戦いそのものには効果がなく、そのうえ、体とすれすれのところで牛の角をかわしたあと平然として突撃を行うという正確な動作よりは、マナーも（そのうえ勇気も）必要としない空威張りなのである。

いや、僕はそれを諦めてなどいないと、自分自身に対する訴訟にあって答えなければならない。この訴訟をもってして、天使と闘うヤコブや、「一晩中森の中で自分自身である見知らぬ男と闘った」とネルヴァルの語るあの騎士のように、僕が戦うのをやめたというには程遠い。行うと真似する、在ると見える――これは対立項であり、真実と幻影、大天使と反逆天使《ルシフェル》のように、価値の極と見栄えの極との対立である。大天使についていえば、自分がその名を負っているという事実からして、それに一種の現実性を付与したい。ナポリで、《マルゲリーナの悪魔》という絵の形で、その感動的な表現を見たことがある。それは、巡礼地であるピエディグロッタの聖地から遠からぬ、海辺にあるこの界隈の小さな教会にあって、もっとも人々の崇敬を集めている絵だ。そこでは、ルネサンス風の甲冑をつけた聖ミカエルが、彼と兄弟のようにそっくりの悪魔を打ち倒している。こちらの悪魔の性質を示すものは、大空の高みに二つの天蓋を張りめぐらしている大天使の羽毛状の翼と対をなす蝙蝠のような翼――それらは、打ち負かされた悪魔のひっくり返った頭の下に受水盤のようなへこみを作っている——だけだ。

伯仲したゴールの際、オートゥイユの競馬場で湧き起こった騒然たる叫び声。「ギロチンにかけろ！　ギロチンにかけろ！」、男女共学の寄宿学校で一七九三年の革命を祝う日に僕たちが遊んでいたときのこと、校庭を四方八方、端から端まで走りまわっていた一人の男の子が、他の叫び声にまじって口にした叫び。ピエディグロッタの祭のとき、ナポリ中にひろがったどよめき。ある人々は、不意に人にかぶせようとするための、彩色された紙の大きな帽子を釣竿の先にぶらぶらさせ、ほとんどすべての人々が、紙のリボンでできている長い、おどけた羽根箒で人の顔をくすぐり、紙で仮装した多くの子供たちが、妖精や王子その他さまざまの人物となって人前にあらわれ、一方スピーカーは、その年の新曲らしい歌を流している。イタリアのオペラ・ハウスで、歌手たちに報いるために叫ばれる「ブラーヴォ！　ブラーヴィ！　ブラーヴァ」。闘牛場のすべての階段席にあって、マタドールが観客の神経をヴァイオリンに変える瞬間の「オレ！」という力強い抑揚。一九五二年十二月十三日、ウィーンで催された諸国民平和大会の折、日曜の群衆が軋むほど押して柵越しに握手しながら、今度はこちらが持つようにと手渡してくれた松明の明かりの中の、あらゆる色の皮膚の、ほとんどすべての国からの会議への参加者たち。曇った空にくっきりと白く浮かび、ついで投光器の光に揺らめいて見えたベニヤ板製のプラカードと鳩が前を通ったときの大歓声。パリの警察が、他の労働者たちに立ちまじっている北アフリカの労働者に襲いかかって、恥知らずにも血染めにした今年の革命記念日における民衆のデモの際、行列全体にわたり無数の口々が音節を切って叫んだスローガン。

みんな一つにまじり合い、強めあうこれらの叫びとは反対に、子供のころ、ラ・シャペル〔のち十八区に併合されたパリの場末の町〕で、ある晩、家族揃っての夕食からの帰路にきいた女の鋭い叫び——悲しいまでにぽつんとした——。「殴り合い（batterie）だね」と父は、喧嘩のことを言おうとして、また、嘘をつく（mentir）

行為を「menterie」と言うことがあるのと同様、殴りあう（se battre）行為をあらわすためにこんな言葉――「大砲の砲列（batterie de canons）」と「蓄電池（batterie d'accumulateurs）」の中に出てくる――を使って、僕たちに説明した。「menterie」との類推は、僕がのちに発見するもので、おかげで、「麦打ち男（gars de batterie）」と呼ばれている農業労働者は、麦打ちに関するさまざまな仕事のためではなく、喧嘩（bagarre）っ早いところからこう言われていたのだと思いこんでいた時期に比べ、「batterie」という怖ろしい言葉にもっと軽やかな感じを与えることになる（僕をおびえさせる多くのものをそうでないものにしたいと思う心の動きによって）。第一次大戦の終わりごろ、あさぎ色の服〔第一次大戦時のフランス陸軍の軍服の色〕――上衣、キュロット、略軍帽、そして黒革の大きなゲートル――の帰休兵に押さえられ、喉を切られた豚の鳴き声（「僕、奴のおかまを掘りますよ、中尉！ 中尉、僕、奴のおかまを掘りますよ！」）、絶対にそこから離れまいと決心したかのように、この世で誰一人そこから彼をもぎ離せないかのように、モザール大通りの街灯にしがみついていた三十五歳から四十歳くらいの酔っ払い。死の物悲しげな遠吠えとなって記憶の中から立ちのぼってくる、そして僕自身の声もあちこちで加わった、熱狂と昂奮と和合の大合唱団の声も消すことのできないこれらの孤独の叫び。

オートゥイユ競馬場の観覧席《トリビューヌ》（十歳のころ、ジョッキーのドリスコルが乗ったイギリスの馬ジェリー・Mが勝ったパリ大障害を見るために、一度だけ坐ったことがある）から、僕は長い空白期間ののち、闘牛場の日陰の席へと移り、それから、観客でしかないこと（無数の他人と肱つき合わせるとはいえ）に耐えがたくなるにつれ、また――一切を、とりわけ感嘆したいがために、見ることをやめ――、積極的な行動という視点から見ると、英雄、天才、聖人だけが正統とされる人間のタイプであるには自分が程遠いということを発見するにつれ、まったく別のトリビューヌの方へと目を向けた。すなわち、ミーティングのはじめに、最高幹部会議に加わるよう言われた人たちが席につく特別席《トリビューヌ》、人間の言葉を聴衆との生きた橋渡し役に変えることもできずに（こんなふうに尋問台に立つのが僕ならば）、そこから立ったままで話す――譜面台の前に立つ指揮者や望楼の中の海上監視人のように――厳密な意味での（同時に物質的にはもっと狭い意味での）演壇《トリビューヌ》だ。自分の欠点を知りすぎるほど知っているので、これまでこうした壇の床を踏んだことがない。そこには、見るためでなく、見られるために、しかも二重の欺瞞をやましいとも思わずに上がることになる。すなわち、現在、見てくれの価値に背を向けようとしているのに、役者のようにそこに立つわけであり、まるで自分が、名のある人材につきものの威光や、模範的な公徳心を示した人の権威をそなえているかのように、「ひとかどの人物」として遇されているのを承知することになるからである。しかしこの新たな観点にあって、僕がそうでないことを恥じている英雄、天才、聖人と、僕が実際にはそうであるささやかな善意をもった人間とのあいだにはあまりに大きな隔てがあるけれども、そんなことは大して重要ではないだろう。昔から、黒子の役をきちんと果たすことを、ほとんど称讃すべき野心とさえ認めてきたのであり、世間がチャンピオンや記録の追求者と同じくらい、最善を尽くそうと努めている人々を必要としているのは疑いないからだ。僕はこれまで、死の危険を冒すこと、人を殺すこと、産むこと（つまり自身の生命を賭けること、戦争や内乱でのように他人の生命をなきものにすること、そして新たな生命の誕生を促すこと）という三つの主要な経験、加えて、僕たちの時代に特有な経験、たとえばパラシュートで飛び下りるとか、子供のころにきいた「支那の刑罰」などからはとても想像できないような拷問を受けるといった経験をすすんで回避してきたことはたしかに重大な欠陥だが、これは僕にとってしかあまり意味はない。もし人類が友愛にみちたよりよい状態をめざして古い絆を投げ捨て、みな平等の一種の大多数に達することにいくらかでも寄与するなら、僕の運命――まるで芸術作品であるかのようにそれ自体として考えられた――が傑作でないにしても、そんなことが他の人々に何の意味があるというのだろうか。

組織の中にこのような藁しべがないならば、一切がもてあそばれ、そうした方向へ変わってゆくだろう。どのような黄金伝説とも無縁な運命を甘受し、今後、それが他人にとって何の意味もないなら、スポーツ精神や苦難への関心に促されてすることは、世界の秤にかけて、単なる芸術への愛だけからなされることほどの重みもないと確信し、少なくとも僕は、振り返って自分は人に愛されるだけの価値はあったと思えるような運命をとる。ところでどんな分野であろうと、ただ単にまっとうであるだけの人間を心情的に評価するだろうか。なにより自分の馬を勝たせることが大事であり、役に立つように働くことが決してエースになれないことをくよくよ悔むよりましだとしても、スポーツの例は美しいスタイルを伴わない有効性はめったに評価されないということを僕たちに教えるのではないだろうか。たぶん僕はもう、ロンドンのホワイトチャペルや、中国人街としてはまったく期待はずれのライムハウスのような、また女装したおかまのいるナイトクラブだの、ものが十分もつと分かったとき赤いランプがつく送風機の上で試してから買う、ありとあらゆる形のコンドーム（先のとがったもの、肋骨文様つきのもの、道化役者の頭や、ナポレオンの帽子の形をしたもの）の店のあるバルセロナのバリオ・チーノ、さらには――静かであると同時に離れた地区にある――、その、細い柱に支えられ、竹馬の上に乗ってでもいるようなヴェランダつきの倒れかかった廃屋の立ち並ぶ一角は、闇の中でかいま見るとき、『リゴレット』の終幕の刺客スパラフチーレの住処を思わせるポルトー＝プランスの周辺界隈のような外国の都市の下町を彷徨うことに、かつてと同じ喜びとばかげた誇らしさをもう感じることはないだろう。ル・アーヴル、マルセイユ、アントワープのような、また子供のころに訪れ、臨海都市について最初に小説的イメージを抱くようになったロッテルダムのような港を散歩するだけで、自分を「やくざ」や冒険家に類する人間とはおそらくもう思わないだろう。しかし、いくらか荒れた海に船で出ているだけでうれしかった（たぶん、こうしていればお手軽な形で、支配しているという幻想をもてたからだろう）時期はもう過ぎたとしても、見知らぬ町に滞在し、人の多い界隈や記念建造物を訪れたとき、人や物とこれまで以上に真実の触れ合いをもつことができたと思いこんだ時代は終わったとしても、これらの舞台装置の諸要素や演出された細部は、いまなお僕に対して大きな影響力をもっている。まるで、むき出しの現実は、そのままでは僕の心を掻き立てることができず、外の世界での勝つか敗けるかの重大な賭の勝負に加わるには、ともかく、ほんのわずかでも、浮世離れした、仙境的なものが不可欠であるかのようだ。こういう次第で、去年の冬ウィーンで、いかなるときにも「賭金はもうそこまで」はないあの偉大な人類の賭に必ず参加することを決心する前、平和大会の会場の近くではしゃぎまわるスケーターたちの色とりどりのワルツと、このスケーターたちに注がれた——牛の神々、水の精、木の精の眼にあるような、夢見るようにうっとりとした——、この上ない夏空の色をした、美しい眼の官能的な優しさとは、一つになって僕を感動させ、僕の行動への欲求を堅固なものにしたのである。

「おや！　もう天使が……」

「みなさん、エ・クリック！（エ・クリック！と合唱隊が繰り返す。）エ・クラック！（合唱隊が繰り返す、エ・クラック！）」

　こうした言葉を拍子をつけて口にしているのはこの地方の白人が経営する大きな蒸留酒製造所に管理人として雇われているインド人だ。事はグロ＝モルヌ〔マルティニック島の町〕でのことで、そこで僕はマルティニックのある友人と一緒に、彼の老乳母の葬式に加わっていたのだった。

「エ・クリック！　エ・クラック！（Et clic! Et crac!〔これは拵え事で、信用しないようにという意味のクレオール語〕）」とは、家の中庭に集まった通夜の客たちを楽しませるためにインド人がこれからしゃべろうとする小話のはじまりを告げる伝統的な言いまわしだ。それは、痩せた、クレオールの口承文芸の通である（らしかった）そのインド人が言うには、「マンドリンのE線のように」痩せた若い娘の話だった。

　僕もハディジャの話、というよりは、ルヴォワル・ベニ＝ウニフで兵士だったとき出会った、背が高くて痩せてはいたけれども、マンドリンの一番細い絃のようには痩せていなかった娼婦ハディジャに関する僕の話をしたい。

彼女の戸籍によると、ハディジャ・バン・マアマル・シャシュールは、アルジェ生まれで、二十三歳。その名は預言者の妻の名であり、コロン＝ベシャール〔アルジェリアのサハラ地方の町〕の売春街で働いたあと、ナジャという名の女と争った末、自前の衣服と装身具ともどもベニ＝ウニフの娼家に移ってきた。アルジェのガラン公園美術館にある、シェルシェル発掘で出土したローマ時代のデメーテルの大彫刻が僕に連想させた――のちにそれを見たとき――のが彼女だったほど堂々としていたハディジャ。

ハディジャ。僕は肩幅が狭く、すらりと長い脚をし、オリオン星座の菱形の中に開いたような広い腰をもつその姿を思い描く。この星座をかつて南十字星と勘違いし（熱帯地方を発見しつつあったとき）、のちには、僕が関心を抱いていた、その場にいない女性の姿とすでに同一視したことがあった（この戦争の直前、ギリシアに旅をして）。

「……みなさん、エ・クリック！　エ・クラック！……」

僕はクレオール語（一見片言のフランス語のように思えるが、繊細でニュアンスに富んでいる）をあまりよく知らないが、友人がインド人の語ることを順次通訳してくれた。ただし、話の内容がまったく理解できなかったとしても、彼の語りのリズム、とても繊細な抑揚だけでも十分僕の心をとらえただろう。アンティル諸島のインド人でも、クレオール文学の専門家でもないが、映画的なエキゾティシズムがだいぶ入りこんでいる、ごくありふれた男女の話ではあるものの、僕にとっては実際に体験した貴重な神話の域にまで達している――複合したいくつかの外的事情のおかげで――物語を紹介するのに、どんな語り口を使ったらいいだろうか。

「レベッカ（Rébecca）」は、水場での出会いと、その言葉自体のために、子供のころ僕にもっとも強い印象を与えた聖書の中の名前の一つである。この言葉は、干ぶどうやマスカットのような甘くて香りのいい何か、またイニシャルのRと、とくに「メッカ《ラ・メック》（La Mecque）」や「非の打ち所のない《アンプカブル》

(impeccable)」といった言葉の中に今日その急な絃の振動を見出す…ccaのゆえに、固くて、粘り強い何かをも思わせる。「レベッカ」は長いチュニックを着、頭に大きなヴェールをかぶり、肩に壺を担ぎ、井戸の縁石に肱をついた、赤銅色の腕と顔の女、「レベッカ」は「反逆者《ルベル》(rebelle)」のようにはじまり、それに結びついている名前――エリエゼル〔旧約に出てくるアブラハムの従僕。アブラハムの息子イサクの妻を探しにきた彼は、井戸端でレベッカと会い、彼女を連れ帰る〕――が迸る泉のさざめきを伝えているのに、無音のeの入ったシラブルの前で、こわばりを加えるかのように砕けなければ、たぶん「impeccable」(すでに引用した)と同じような抑えられた音調で終わるだろうはずの名前。

「地下牢」、「貯水槽」、「夜禱」。美しく、優しく、暗く、誇り高い囚われの女性であるアイーダは、地下室の奥深くで、窒息のため死の運命にある恋人に会いにくる。レベッカは、人々が駱駝に水をやる、隊商宿のそばにある井戸でひととき休む。ゲデオン〔旧約に出てくるイスラエルの士師〕が、火のついたランプを壺の中に隠して携えた仲間たちと、ミデアン人のキャンプに夜陰に乗じて入りこんでくる。

「……みなさん、エ・クリック!(二度) エ・クラック!(二度)」奴隷たちのための地下牢。北アフリカの軍事都市にあるいまの娼婦たちのための赤線地帯《ブスビール》。オペラ座で見られる、イシスの女司祭たちやファラオの娘の侍女たちほど目にはつかないが、二つの乳頭が突起している上半身にぴったりとくっついている肉襦袢は、「スフィンクス」〔パリにあった娼家の名〕のような場所や、上品な言葉では「娼家《リュパナル》」と呼ばれ、俗には「女郎屋《ボクソン》」、「淫売屋《ブーイック》」、「売春宿《クラック》」などといわれる、いまでは禁じられているこの種の店のどこででも見られ、さわることのできたような裸の上半身を模している。パリのアブキール通りでは、古代人にとってはリアリティがあったろうが、ギゼーのピラミッド近くの遺跡で見るのでもないかぎり、僕たちにとってはそうはゆかない、頭が人間で体が獅子の怪物の同類と見間違いそうになる、エジプト風の被り物をかぶった二つの頭――体がなくて頭だけの人像柱――が建物の正門を飾っている。彼女の隠れ家のはずれで僕が別れを告げたとき、ハディジャは腰のところにベルトを締めた、白い、ゆったりとした長衣を着、一種のターバンのように額と髪を包む緑色のモスリンのヴェールをしていた。遣り手婆と数人の娘たちにかこまれ、彼女は、平家のその家のすべての個室と他の部屋が面していた中庭の入口に背を向けて、日の照る中に坐っていた。僕の出発の日であり、だから僕たちの友情の最後の日だったその日にはじめて、僕は、中近東風の衣裳をつけ、頭をおおった彼女を見たのだった。

階級のない、またまったく飼い馴らされてはいない天使であった彼女が、おなじみとなる姿で——つまり、セルアル、大方のヨーロッパ人の兵士や市民が原地民のモードを真似てはいていた、そして彼女も、閨房や海岸でそれをパジャマ代わりにしていた仲間の女たちに倣って用いていた、あの長い、ふくらんだ半ズボン姿で——目の前にあらわれる前、とてもシンプルなグレーのスカートの上に、胴着、ブラウス、鮮やかな赤のセーター姿のハディジャを見かけていた。こんなヨーロッパ風の恰好をすると、彼女は——顔に入れた青い刺青の文様さえなければ——、北米の毛皮専門の猟師やゴールドラッシュ期の金を探す人たちの話に出てくる、カウンターバーにいるような、半分スペイン人、半分インディアンの混血女性と見えかねなかった。彼女の高い背丈、かなり長い黒髪、人見知りの表情、毅然とした立居振舞いに強い印象を受けたことを思い出す。しかし、思春期にある少女——兄たち、姉たちが僕の「フィアンセ」と呼んでいた——に恋をした折、彼女が僕の心から消え去ったあと、彼女の姿を思い出すことができなくなるのではと心配して、そうならないため、よく知られ、目録にのっていて、しかも彼女に近いと思われる顔立ちを手がかりにしようと、持っていたマレーの『歴史提要』に出てくる挿絵の一つを利用したときのように他のイメージに頼るのでないとしたら、どんな手を使ってハディジャのイメージを正確に再現したらいいかは分からない。その挿絵とは、グロか、当時の誰か他の画家が描いた若いボナパルトの横顔であり、恋心が真実であることを自分に証明するため、毎夜夢に見ようと努めた（けれど空しかった）女性との相似を強調するため、少し変えて引き写すこともあった素描であった。

ハディジャに関して、彼女の赤銅色の顔の、そのいくつかは十字架であり、泥棒仲間で用いられる同種のものとは、ひと目見ただけではっきり違うのが分かる刺青の陰にあった、不安げで、神経質なところをたしかに思い出すことができる。刺青は家族の、あるいは部族のしるしだろうか。それとも単なる洒落っ気から出た粧いなのだろうか。ともあれそれは、彼女の生まれた環境をまざまざと示し、場末の街娼といった服装をしている彼女を見るとき、その品のない身なりとは対照をなしていた。僕は、脚が長くて細いのに、彼女の体の思いがけない豊満さとともに、二重の薄明かり——彼女のベッドが白くおぼろげにのびている採光の悪い部屋と、毎日気づかないながら、光が弱まっているランプ（子供のころの、小さな石油の豆ランプのような）が燃えている僕の脳——から漂い出てくる、いくらかスパイシーな彼女の匂いを思い出す。それは彼女の肌のいのちで、バザールで買った軟膏をすりこんで夜な夜な彷徨い歩く女のものより、むしろ羊飼の女のものだ。しかしこれらは、脈絡のない手がかりにすぎず、このような不明確な特徴を並べ立ててみても、ハディジャがどんな女性であったろうかについてのおおよその見当はつくにしても、その人柄の特異さをまるで再現しないし、老化の確かなしるしとして、ほとんど夢を見なくなるという事態（あれほどよく夢を見た僕が）に立ち至らないならば、夢の仮面舞踏会でたぶん眼前に姿をあらわすであろうような彼女の亡霊をみちびき入れることにもならない。

数か月の完全に隔離された生活に入る前、手近なところに町らしき場所が他にまったくなかったので、仲間たちと一緒に時折出かけていったコロン＝ベシャールの、外人部隊兵士その他アフリカ奥地駐屯兵の生活をテーマにした映画から想像されるナイトクラブよりもっと陰気なクラブの一つで、ある晩、ハディジャを見かけたが、舞台装置への関心からそこに来ただけだったので、彼女に話しかけることなど思いもよらなかった。僕は町をぶらついた末に、たまたま、壁がむき出しだったり、とりとめのない花模様が描かれたりしている、騒々しい兵隊たち（原住民騎兵やメハリ兵（メハリ、つまり速駆け用の一瘤駱駄に乗った騎兵））でいっぱいかと思えば、手持ち無沙汰の給仕女のほかは誰もいないこれらのホールの一つに坐っていた。仲間たちとなにか飲物を前にしてテーブルにつき、落込みと、自省にかまけていたある日の手紙に書いた文句を使うなら、心の赴くまま、「ふさぎの虫の生ける彫像」になっていた。

基地2——命じられた、あまり名誉にならない実験を行うための前線基地で、僕たちはやがてここへやって来た——には、ベニ＝ウニフから数十キロのところでアイン＝セフラ街道に接続する未舗装の道路以外、いかなる道も通じていなかった。その地点には、堂々とした石の道標が立っていて、それには大きな文字で右の方には「アイン＝セフラ」、左の方には「この道、行止り」と記されているのを読むことができた。トラックが何もない石ころだらけの高原の中へいずれは消え失せるものとされている（表むきは）脇道へと入っていったとき、注意怠りない運命が、僕のすでにいくらか気づいていた何かを、白地に黒い文字であらわすように命じたのではないかと思われた。すなわち、僕の軍隊生活の行止りの空しさだ。のちに基地2に住んだとき、僕は、「下士官用WC」と表示された便所を使うことを、このいたずら好きの運命のもう一つのいたずらだと思った。これは、便所が面している広大な無機質の風景に対して、どのような使用と使用者のためのものかを教えるのを目的としているように思われた。一方、そこから数歩のところに、「男性用WC」と記された同じような建物があって、まるで砂漠自体に対し、それが多くのものを消し去るとしても、階級はないものにするわけにはゆかないと示すのを主な目的としているかのようだった。仲間のほとんど誰もが不愉快な冗談と思っていた滞在の全期間にわたって、僕はふさぎの虫とは無縁だったと思う。この数か月のあいだの記憶に残っている唯一の辛い出来事は、無分別にもベニ＝ウニフに行くために二十四時間の休暇を要求した――慣例遵守の気持から――結果、落ちこんだ一種の精神的災厄である。そこで僕は、「サハラ・ホテル」のみすぼらしい部屋で眠り、丸一日、自分をどう扱ったらいいか、文字どおり分からなかった。

　基地2では砂漠の存在に心惹かれた。それはなんなら空虚と不在（少なくともすべて命あるものの不在）にすぎないといってもいいが、そこで感じる孤独――僕のように、バラックの集合住宅に二、三百人の人々と一緒だったとしても――はきわめて強烈なので、それが充実に変わるには、ほんのわずか相手に身をまかせるだけで十分なほどだ。単に孤独に存在するのではなく、存在することにおいて孤独だということ、それが砂漠が感じさせてくれるものだ。そこでは、他のどこよりも、存在しているという意識が純粋状態の外部と向きあっており、対抗者がないのでそれを抜きにしては意識がありえない神の眼差しそのものとなる。存在と非存在――あるいは充溢と空虚――の接点である砂漠は、そのむき出しの状態が、自己の存在について僕のもっている感情を奪うと同時に高め、僕が拵え上げ、僕にしか関係のない夢のように、何事も僕に応じてしか存在しないように思われるので、この世で自分はたったひとりだと――物を書いているある瞬間でのように――感じさせる。僕が物を書くために机の前に坐るとき、いまでもまだ時折僕のまわりにひろがる砂漠の中でのように、自然の砂漠という瞑想の場所では、僕は日常のどさくさに加わっているときより、自分を純粋だとも解脱しているとも思わないし、自分は孤立しているという考えを悲しみつつ反芻もしない、いや、むしろ僕は自分がまさしく小宇宙になったと考えるだろう、まるで、僕がこねまわす考えや僕が目の前にする生気のない外界に縮小されてしまっていた世界が、それと一体化して僕の中に一切が要約されるに至るのを邪魔するものがないので、そのとてつもない多様性はそのまま僕という孤独者のものとなったかのように。

強烈な色調を帯びた風景よりもっと陰影に富み、彩り豊かに思われ、その中にいるとかくも活気づくことのできるこの石ころの原が、生気のない表面であるどころか、そこには案外生き物が存在していることに少しずつ気づいて、喜びをおぼえたのは確かである。ハマダ〔岩石砂漠〕（一面砂におおわれた典型的なレグ〔砂砂漠〕とは対照して）と名づけられているこの変種のサハラ砂漠に馴染み、目が最初むさぼり眺めていた全体の光景の細部に少しずつ気づくようになると、はじめは荒涼のイメージそのものとみなしていたものの中に、思いがけずも存在する小さな植物を発見した。また、何匹かの昆虫も目にし、蠍やつのくさり蛇を代表とする（幸い、そう思わされているよりは繁殖していない）近づきがたい動物界とは違って、恐怖も嫌悪も抱かず観察することのできる動物の生活があることが分かった。半遊牧民が耕した土地がいくらかあるときかされていたワジ〔北アフリカなどで雨季にしか水の流れない川〕の方への長い散歩（炎天下、汗をかきかき数時間歩くだけの価値はあった）のおかげで、何人かの人間さえ見かけた。すなわち、どれほどかかるかも、いつ、どこへ着くのかも分からずに大股で歩いていたとき、コースの終点となっていた小さなキャンプへ行く途中ですれ違った一人の男。このキャンプの近くで、ひと握りの黄色っぽい、裸の土地を耕し、大きい、みじめったらしい繕いのある袋と同じ色の駱駝が曳く犂を押していたもう一人の男。二、三の有毒な動物を別にすれば、僕たちだけが、微小ながらその中での生物だろうとハマダについて思っていただけに、これらのささやかな発見とこの二つの出会いは、他には誰もいないと思っていた場所に一定数の生物の存在することを示したという事実そのもの（僕の最初の観念を否定する）によって、僕を満足させた。どれほど人の心を酔わせるとはいえ、絶対の無人境という感覚は人間にとっては耐えがたいと見え、人はやがてこの虚無の中にわずかな生命をひそかに見出そうとしはじめるのであり、そのときこの虚無のメリットは、ごくかすかな生命の現れに無限の価値を与えることとなる。基地2で退屈していた人々を軽蔑していたけれども、僕自身、思っていたほど居心地がよかったわけではなかったようだ。僕は、他の異常さ（思いがけず湧き上がってくる喜びに対する驚きに、他所にいたらどこであろうと下らぬと思ったにちがいない事柄を前にして自分が涙もろくなっているのに気づいた驚きが加わって）と結びついた異常な出来事として、僕たちの活動が終わり、車を連ねてベニ＝ウニフに戻ってくる途中、町からちょっと離れたところで、不在中にはえた、牧場のまだらな緑を見たときの感動を思い出す。そのほとんど超自然的な牧草は、この片田舎（ちょっと前までは不毛とされ、よくばかにされた）が実際には、今後何の心配もなく気楽に暮らせる肥沃な土地であることを暗示していたのである。

　そのときまで接した北アフリカの娼婦たちのなかで、一緒に寝たいというやむにやまれぬ欲望を僕に感じさせた女は一人もいなかった。僕たちが日曜に出かけてゆくと、とても優雅な仕草でミント・ティーを出してくれたフィギグ〔モロッコ南東部、サハラ砂漠のオアシス〕の女でさえそうだ。彼女は二本の指、小指と人差指でつかみ、前者を容器にのばし、後者をへりに置き、ちょっと傾けてグラスを差し出したのである。僕の剃った頭とまじめな顔を見て、仲間たちに僕が「マラブー〔イスラーム教の導師〕」（あとで僕のあだ名になった）ではないかと訊ねたこの娘は、薄荷を少々、大変丁寧に僕に差し出した。僕は、折よく届き、ある瞬間、外界が僕たちに応じたしるしのような、そしてそのあと、夢の中で手に入れ、醒めてみるとなくなっているのを嘆く（手の中にないことを嘆く期待はずれのこの品物とは夢それ自体であるのを認める前に）ああした驚くべき品物のように消え失せるのをいささか怖れて大事にとっておく、こうしたささやかな贈物に大きな価値を与えているので、彼女の気配りにこの上なく感謝した。しかし目鼻立ちがきびしく、化粧が荒っぽく、円筒形の一種のボンネットをかぶった彼女の顔はコサック女の粗暴さ――古代の巫女《シビラ》の威厳よりむしろ――を思わせ、こんなに厚化粧しているのは、なにか腐れ病いの痕を隠すためのように思われた。コロン＝ベシャールでは他の娘たちも見た。醜いのもいれば、娼婦として客を得るに足るだけの最小限の魅力はそなえた女たちもいた。一時期、ある軍曹と所帯をもったことを自慢していた、かなり可愛い小柄な黒人女とか、背が高く、たくましい、山地生まれのシュルー族〔モロッコ南部に住むベルベル人の一部族〕の女とか。けれど赤線地帯《ブスビール》に入るためには、観光とは別の下心からこの一角に足を踏み入れるとみなされる男たちはすべて、衛生官が命じていた予防注射の義務を避けるにはひと苦労の検問所を通らねばならず、そうした最初の手続はあまりぞっとしなかった。

ベニ＝ウニフの基地での暇なある晩、ハディジャにまた会ったのは、フランス——そこでは戦争が、いわばはじまるともなしに続いていた——への船出に先立つ、どっちつかずと投げやりと怠惰公認の時期である。相変わらずの乱れ髪だったが、今度はセルアルをはいていて、それは彼女を一層長身に見せ、そのカーニヴァルにふさわしいような性質にもかかわらず、彼女にある野性的で、決然としたところを際立たせていた。その日の夕食後、誰とブスビールへビールを飲みにいったのか、あまりよくおぼえていない。——たぶん、ラジオ班を指揮していて、専門職の外人部隊の下士官であるところから、僕たち予備役の下士官たちとサハラ・ホテルで一緒に食事をすることが許されていた伍長とだったにちがいない。僕を咎めたい者は咎めるがいい。しかし僕がこの職業軍人とつき合うのにある喜びを感じていたのは事実だ。シディ＝ベル＝アベスでカマロンの戦いを祝う年に一度の祭を語る彼の話し方には、想像力を刺激するだけのものがあった。メキシコ戦争のこの戦いで全滅した外人部隊の指揮をとっていた片腕の士官の関節のついた手という聖遺物に旗が敬意を表するのだが〔カマロンはメキシコ・ベラクルス近くの村。一八六三年四月三十日、外人部隊第三中隊の六十四人の兵士がここで九時間のあいだ二千のメキシコ兵に抵抗した中隊を指揮し、そこで落命したダンジュー隊長はセヴァストポールの包囲で片腕を失っていた〕——まるで外人部隊記念物保管室に保管されていた呪物のほうが、誰もが揃って尊敬する旗というこの象徴より優位と認められているかのように——、これは、他の年代、あるいは他の大陸の人々の行った異教的儀式の様子を彼がそう思い違いしたにちがいなかったけれども、一国民全体の彩り鮮やかなシンボルを通して、彼も一員だった大隊にこのようにして捧げられた敬意について語るその感激ぶり（ミサとその深い意味について説明する司祭のような口調で）には、心を打たれずにはいなかった。この同じ伍長は外人部隊兵の生活にあってシシュポスの岩に相当するものについても話してくれた。つまり苦心してちょっとばかり昇進して階級章を得たかと思うと、いささか人騒がせすぎた飲酒癖や何らかの軍律違反のためにそれを失い、またそれを得、また失うというわけだ。この時期外人部隊兵は、ヴェトミン〔ヴェトナムでホー・チ・ミンのもとに結成された民族統一戦線〕に対する戦いで行った残虐行為のせいでこうむることになる怖るべき悪名をまだ得ていなかった。彼らについてまわった主たる不人気は、人々の目に映る傭兵という身分からくるもの（けれどとても曖昧な）であった。また——彼らを世間知らずのコーラス隊の少年たちと同類とみなすことはとてもできないとしても——、このような人たちにあって、言葉の十全な意味で、職業軍人であるという事実がどのようなことであるかを、人々はあまりにも簡単に忘れてしまうのだった。僕に好意をもっていたと自慢抜きにいうことのできるこのラジオ班のなかで、だから僕は技術屋の小グループにしか会わなかった。彼らはつまるところおとなしく、よい仲間で、ほとんど全員にあった飲酒癖は、血を見るような激昂よりはむしろ、滑稽なへまに終わるのが常だった。正直なところ、当時僕のものであった無頓着さと「北アフリカ駐屯兵《ブルダール》」の精神状態を考慮に入れねばならない。このブスビールの常連たちは僕にとって——彼らがどうあろうと——、仲間である、ほとんど揃ってひどく外出嫌いの化学兵たちとはまったく対照的だったのである。

サハラ・ホテルを出ると、連れと僕とは、寝る前にブスビールへ行ってひとときを過ごすことに決めた。時間をつぶす場所に関しては、多かれ少なかれ酔っ払った兵士たちでいつも満員の、騒々しくて、煙草の煙のたちこめるビストロか、一般に静かな、ブスビールの店のどこかに行くほかにあまり選択の余地はなかった。こうした店では、娘たちは、あまりにも無遠慮に言い寄ってきて客をうるさがらせることはなく、ビールの小壜を二、三本一緒に飲んでやれば満足しているように見えた。ベニ＝ウニフでは、売春街はコロン＝ベシャールのようにきびしく管理されてはいなかった。もっと寛ぐことができたし、飲み食いする部屋は傷んではいたけれども、ベシャールにあって、なにかの映画を撮る際の必要から、荒廃した雰囲気を出すための故意の演出ではないかと思われたほどの、薄汚い場末の居酒屋の様子はなかった。むしろ、知らない人には、住民の家に客に来ているのではないかと思い違いをさせるところもあった。五年ちょっと前、ブリダ他方〔アルジェリア北部の地方〕に滞在し、ムリュムリュドの祭〔ムハンマドの生誕を祝うイスラーム教の重要な祭〕のときに、シディ・フォディルの墓まで遠出した際、たまたまその真ん中にまぎれこんで、遠い国でのこのような親密さに似たものと再会した。ささやかな小部屋よりちょっと大きい程度の廟の中で、長いヴェールをつけ、顔はむき出しのままでしゃがみ、小さなコンロで暖をとり、その中に香をくべていた女たちが、僕たちを話題にして、それぞれの考えを小声で交わしあっていた。このように聖者の墓のまわりに男抜きで集まっていた彼女たちは、「客選び」のしきたりのために、娼家の客間に集まった女たちを思わせた。アルジェ――ジェノヴァで見られるようなみごとなアーケードをもつ海辺の都市であり、辺鄙な場所というよりおそらく一層のエキゾティシズムを感じさせる陽光に恵まれた大都市の一つ（憂いある陶酔、充足感とも孤独感ともつかない感情、僕には無縁な活動的な生活にあっての違和感、身分を隠して至るところうろうろほっつきまわったハルン・アル＝ラシド〔アラビア・アッバース朝第五代カリフ。『アラビアン・ナイト』に出てくる〕を気どってみたい欲求）――を訪れ、その何人かはめかしこんだ都会の女たちだっただけにこちらをまごつかせた女信者たちの群が、やはり多くの旗にかこまれていた別の墓の近くのシディ・アブデルラーマンのモスクの中に集まっているのを見たときも、同じような何かを感じた。

それまでは、ブスビールにはいつも冷やかしかぶらぶら歩きの人間として行っていた。さもなければ命じられた仕事のためで、そうしたことが一度あった。外出を許された兵士たちの品行を監督するために、夕食時間のあと、町を巡行するのが役目のパトロール隊の隊長の番がまわってきたときであった。布のズボン（事情によっては、粗いラシャの上着と一緒に中隊の売店で入手した半ズボンに着替えることもあった。上衣のほうはのちに、二人が親しくなったとき、ハディジャに「わたし、あんたを二等兵だと思っていたわ」と言わせることになった。この打明け話は、自分は兵士相手の女ではないと知らせるためのものではないとすると、口説かれるまでは僕にはまったく関心がなかったことを詫びるためであった）を別にすれば、ほとんどいつもそうだったように規定どおりの服装をし、ベルトに空のピストルのケースをつけ、いつもの庇のない略帽《カロ》ではなく、カーキ色のコルク製のヘルメットをかぶって、自分と同じ化学兵の班所属の階級のない二人の仲間を左右に従え、重々しく巡回し、配下の二人とおしゃべりをしながら、たっぷり一、二時間、照明のゆき届かない、でこぼこの通りを歩きまわって過ごしたが、事が起こりやすいとみなされて当然の二つの場所に立ち寄る――命令を受けていたように――のを忘れなかった。すなわち早いピッチで人々が杯を交わしていた騒々しいビストロと、普段はあまり人が来ないが、昂奮のるつぼになることもあるブスビールだ（たとえばこの界隈に、大当りをとった、巡業中の二人のフランス人女性がやって来ていたときなど。ベニ＝ウニフにいる兵隊たちの大方は、イスラームの女たちより、おしろいを塗った、こうした尻軽女のほうが好きなのだから。一人はぎすぎすした褐色の髪の女で、もう一人は豊満でブロンドであり、僕のいつもの仲間の一人から「色気狂い」というあだ名をつけられた）。ビストロでは僕たちの規定どおりの装備を軽くからかう他の兵士たちと冗談を言いあってしばらく足を止め、静まりかえっていたブスビールでは、すでに客として知っていた――あるいは客として来てほしいと思っていた――、そしてその晩は警察を代表していた僕たちとうまくやりたいと思って、遣り手婆が一人一人に出してくれたビールのグラスをあけるだけの時間より長居はしなかった。

下士官食堂の代わりをしていたサハラ・ホテルで夕食をとった仲間たちの一人に付き添われ、もっぱらあそこだったら落ち着けるという理由からブスビールへ行ったその晩、――女を抱きたいというやむにやまれぬ要求などには悩まされてはおらず、日ごろからあやしげな肉体関係を軽蔑していたこの僕――どうしてハディジャのような下級の娼婦と夜を過ごすに至ったのだろうか。今日、それを正確に言うのはむずかしい。たぶん、それまで僕がしていたように、単なるめずらし物好きのひやかしで娼家に出入りするのは好ましくないと、また、出発が迫っていて、この国の女性と肉体的接触を一度ももたずにフランスに戻るのはばかげていると思ったからであったろう。またたぶん、ベッドが数台並ぶ小部屋（基地2でそうだったように）ではもう寝起きしていなかったので、化学兵に割り当てられただだっ広い大部屋で寝るのに兵営へ帰るのがいやだったのではなかろうか。砂漠から戻って以来、牧場の緑を見たことがその支配の最初の徴候であったカプアの逸楽〔ハンニバルがカンヌの戦いで勝ったあとカプアで逸楽に耽ったため士気が低下した故事〕的性向がひろがってもいた。それでも結局、最初の出会いから僕がハディジャに魅惑されてしまっていたこと、ベニ＝ウニフでとても誇り高い姿のこの娘に再会したのを喜んだことは確かだ。ほとんど至るところで恥ずべきものとみなされている職業のほかは、彼女は同輩の女たちと共通点がないように見えた。長い貞潔に縁を切らせ、それが自分の中になにか灼けつくような記憶を残したとすれば、その真の動機はハディジャに対するいささかの愛であるかのように結局は自分の目には映るなどと言ったりすれば、僕はばかげた、小説的誘惑に負けただけのことになるのだろうか。

「みなさん、エ・クリック！……エ・クラック！」〔優秀なホステスとしてかなりたくさんの壜を空けさせたあとで、彼女がさらに僕に払わせることになった壜をとりにゆくため中庭を大股で横切っていたとき、ハディジャが歌っていたメロディも歌詞もアラブのものである歌をここに挿入するには、かなりすぐれた音楽家であり、土地に精通した言語学者であり、そのうえ十分な記憶力をもっていなければなるまい。この叫び声の抑揚をつけた荒々しさ——攻撃への鼓舞、勝利の讃歌、それとも魔女の呪文なのか——は、僕がエチオピアで知った、ザールの名で敬われている精霊にとり憑かれるか、乗り移られるかし、狩人や正装した首長たちのように、額に布の帯やライオンのたてがみ製の王冠型髪飾りを巻きつけていたあの女たちが、トランスのときに口にするある種の誇らかな歌を思い出させた。しかし伝統あるああしたキリスト教徒の女たちのなかにいたら、ハディジャは、町やブッシュのどのような精霊にもまして次の歌が捧げられている女の精霊に変身したのではないだろうか。


彼女の首、胸、腰にはほれぼれする。

彼女の微笑は人殺し。

彼女を女と思うなかれ！〔エチオピアのザールの女たちの歌。『幻のアフリカ』の中に似た歌が出てくる〕

内容がそのささやかな器（運命の結果、決着がつかずに終わった、あるいは、存在するために生まれ出るという段階にさえ至らなかった、なにか重大な事柄の端緒）とは釣り合わないように見えるだけに僕たちの心を動かす、ああした粉末のごとき過去のなかで、記憶に残っているだけでほとんど驚くに足るほどのごく些細な、しかしがらくたのごとき僕たちの人生のあちこちできらめきを放つ出来事のなかで、僕に関していえば——そしておそらく誰にとっても——、その名前すら必ずしも分かっていないある女性と、セックスと同じくらい結ばれるという幻想（しかしそれは本当に幻想だったろうか）を与えはするものの、一見どうでもいいような仕草にすぎぬこともある、ある種のほとんど取るに足りない愛撫がある。何の気なしに指が手を握りしめたり、前腕にそっと置かれたり、掌がこちらの手の上に押し当てられたり、あるいは、際限もないほど長いこと相手の両肩を抱いたのはこちらの腕であり、偶然――そしてこの偶然に乗じた心安さから――、相手の膝を押したこちらの膝、といった具合である。僕についていえば、この種の愛情の発露に大きな価値をおくものだ。たぶん、僕が情熱よりもむしろノスタルジーの人間だからだ。それに対する欲求を抱きつづけるためやそれを懐かしむために、物事を遠くに置いておくこと。あえて手に入れようとしない結果を生むこの弱さゆえに、ただ欲求し、そして（危険を冒すことなく）この欲求をもてあそぶこと。愛を冒険や劇や行為としてでなく、そのなかに留まるべき内的状態とみなすまでに勇気に欠けること。つねに幸福感を求め、力や支配は決して求めないこと。欲求する主体や欲求された客体の破壊をひき起こしかねないので、わがものにしようと努めるかわりに、味わい楽しむのに夢想や絶えざる思いの対象とすること。漠たる思いを抱く人間、未開の土地へ向かっていつも飛び立つ（ただしほとんど動くことなく）人間のままでいること。「あなたはどれにもつばをつけるくせに、何にもしないのね」、もういまでは遠い昔に見た夢の中で、ある女友達が僕にこう言ったものだった。

（ポルトー＝プランスのラ・サリーヌ界隈に住むヴードゥー教の女信者ロルジナのもとに通っていた、とても肌色の濃い、胸のつき出た、ちょっと猿のような痩せた娘である可愛いリュマヌにも僕は何もしなかった――そのうえ、何であれ、どうかしようなどと一刻も考えたことがなかった。彼女をはじめて見たのは、彼女のルワ〔ヴードゥー教の中心となる超自然的存在。精霊〕、偉大なヴェレケテにとり憑かれ、コーラス隊長のそばの茣蓙の上で、滑稽なまでに顔を歪め、しばらくのあいだ体をひきつらせていた晩のことである。隊長もまた、立って列席していた僕たち全員――信者も非信者も、男も女も――の前でいくらか泡を吹き、白眼をまわしていた。幸運を身に呼びよせるため、僕たちは彼らを――行って戻って――

またがねばならなかった。「ヤマノイモの床入り」の晩にも、また彼女を見た。そのとき礼拝所《ウンフォル》は、聖歌の声が響き、奥の方に仮祭壇があってキリスト生誕場面の模型〔クリスマスに教会その他に飾るもの〕のようであった。礼拝者の羊飼たち、首に綱を巻いた生贄の山羊を捧げるために、布のズボンをはき、じっと礼儀正しく、「ミタン柱〔ウンフォルの中央に立ち、ヴードゥーの儀礼において重要な役割を果たす〕」と名づけられた、けばけばしく塗りたてられている中央の柱のそばに立つ男たちもいて、一層そのように思われた。その晩、集会には多くの人々が来ていたが、立て込むなか僕はリュマヌに接して坐り、お互いの膝は触れあっていた。僕はクレオール語を、彼女はフランス語を知らないので、僕たちはひと言も交わさなかった。僕は、彼女が鼻をすったり、ペチコートの中で鼻をかんだり、時折顰めっ面をしたり、まるで憑依の瀬戸際まできていて、そのなかに呑みこまれまいとするかのように身を動かすのを目の端で、一種の優しい励ましの気持でもって観察し、精霊がやって来て彼女を支配しようものなら、彼女を助けるのだとばかりに、この憑依――結局は訪れないだろう――の発作をうかがい、たぶん一方的なものではあろうけれど、異様なほど生き生きとした、深い、まぎれもない思いで、自分を彼女のもっとも親しい友達と感じていた。）

　ハディジャが僕にとってどうでもよい女性ではなくなった――あまり楽しいとはいえないある晩の、陰気な環境の中でかいま見たシルエット――ベニ＝ウニフでのあの夜、他の娘よりむしろ彼女を選んだのはきわめて自発的な衝動から出たことで、まるで彼女を指名するための行為はただ単に昔からの暗黙の関係を公に告白するだけのことであるかのようであり、そのとき誰も、彼女を僕と争うことなど考えられないかのようであった。そのうえ彼女を選んだなどと言えば、間違いを口にすることになるのも確かである。その夜ハディジャと床を共にすることははるか昔から定められていたかのように、事の一切が運んだからだ。彼女のそばにいたいという気持が、単なる性的欲求よりはるかにまさっていたのも疑う余地がない。僕はこの娘が好きだったが、それは、子供っぽいといえるような好みであった。僕たちがこれからする行為は、ある意味では礼儀上の行為（ある種の淫らな行為の実行を当然伴うことになる娼婦との接触）であり、別の意味では、僕が彼女に対して抱く好みのごく自然で、ごく他愛ない表れだった。もし恋を、ただ単に極点にまで達した友情、そして性的な愛情表現は、この上なく昂揚した感情相応の激しさでそれを示すだけのものにすぎない友情（そのとき盲目的な熱愛が生む後光は消え、告解室の臭いから完全に解放される）として生きうるならば――長いこと望んでいたように――、ハディジャが相手の、もとは売り買いの男女関係のなかで僕が体験したのはたぶん、ささやかながら、そのような恋愛への傾きをもつ何かだったろう。けれど、彼女のそばにいて感じる喜びは、フィギグで椰子園と庭に水をまくのに使う池で、時として日曜に水浴びをするときにおぼえた喜びと同じくらい罪のないものだったとしても、オアシスで涼をとるためにこうした盛大な水浴びをしたのは、昆虫や蛙のうごめく泥水の中でのことであり、これらの池のぬるぬるした床をおおう水と同じくらい淫らな水の中ではしゃぎまわったからこそ、二人のあいだに生まれた親しさ、新鮮さをハディジャとともに一層よく味わうことができたのだという事実を僕は知らぬわけではない。

　恥を忍んで打ち明けていうと、この最初の夜、多少なりとも恋の面で有毒な接触を怖れる男ならどう考えても警戒する理由のある相方に対して、僕は慎重な態度をとった。砂漠で何か月も暮らしたのに、狂わんばかりの欲求には少しも突き動かされてはいなかった。だから、後悔さきに立たずのおそれありとあまりにもはっきりと分かっているようなことは、相手と何一つしまいと思うだけの冷静さは十分持ち合わせていた。淫らな行為を意味する隠語のなかには、牧歌的な魅力をもつものがよく見られるが、その一つ――正確には、奇妙な戦争のあいだ、軍隊にいたとき教わった言いまわし――「茎を食べてもらう」を借りるなら、彼女が休んだり、その職業の秘教的部分を行うためにひきこもる部屋に僕がいる理由を彼女の目に納得させたサーヴィス〔フェラチオ〕を気どった言い方で示すことができよう。僕たちのあやしげな行為中にはじまり、続いた金銭交渉の最後に、彼女が「二十フラン」という言葉を口にしたちょうどそのとき、僕がエクスタシーに達した——夢のなかでのように、それとまったく気づかぬうちに——とつけ加えるなら、二人のあいだにあった、裏表のない正直さについて正確に伝えることができるだろうか。

「ル・アーヴルで」、ともうそれ以来大人の一生分に当たるような時間が過ぎてしまったが、このノルマンディーの大きな港をひとまわりしたあと、僕は書いたものだった〔彼の日記の一九二四年八月十五日の項に同じ記述がある〕（結婚することによって孤独を終わらせてはおらず、遠い所へ場所を移すことをおのれの皮膚の外へ出る手段にしようとし、そして間抜けなことに、旅をすることによって、この孤独をまた見出す羽目には至っておらず、かたや、自分の感じたとりとめのない事柄を、気どりすぎ、大ざっぱすぎる形で、そのまま書き記そうともしていた。それは、孤立に打ち克つためのもう一つの手段で、僕としては、新米で、無器用ながら、それを利用していた。この無器用さに対しては、現在でも戦いつづけねばならず、経験のおかげで以前よりは注意深く有能にはなったけれど、その一方で戦いそのものはたしかにはるかに厄介なものになっている）。「ル・アーヴルで、船舶、ドックの労働者たち、怪しげなバー、魚売りと野菜売りたちのさなか、戸口に化粧をした女将たちの立つ娼家。

昼も夜も、浜と堤防では、健康な、塩気を含んだ海の湿気。それは、素朴で子供じみた感傷のまじる、たくましい恋への思いを掻き立てる。町では、風呂の発汗室から出てくる湿った空気、怪しげな酒を飲んでの果ての不潔な情欲のいかがわしい世界、耳障りな音楽、脂肪の臭い、絹の靴下製の心。」（翌日僕は、娼婦たちのいる怪しげな場所、というこのようなテーマから離れて、以下のような哀れっぽいイメージに立ち戻っていた。「女たちは、靴下の絹の網目を見せるために足を組み、その閉ざされた日々の杼の糸を繰っている」）。「口は屈服するか、引き裂かれたがっている、もはや優しさも、純粋ささえもない。僕らはもう藻《アルグ》の海の匂い」（「漂着した海藻《ウアレク》」といったほうがよかったかもしれない）「は望まない（「僕は望まない」となると、実際には僕一人だったとしても、僕自身にしか関係がなくなるので）。しかし発情期の肉体やしかるべく仕込まれ、愛撫され、日に当たらないため白くなり、怠惰と疲労で肥り、器官の通常の序列とは様変わりし、いまや上位に位置する腹という器官の運動だけをしている肌の匂いを望むのだ。」

「ここでは僕は、」境界の明確な結晶体への嗜好をもたない（カードからひき出した日付のない覚書。「めりはりのある、構成された風景に対する僕の嗜好。一九二〇年ごろパラメ〔ブルターニュ半島の町〕で、みなが見とれる荒れ狂う海に対する僕の軽蔑――とてもファンタジオ〔アルフレッド・ミュッセの同名の喜劇の主人公〕的な――」）。「僕はもう火も氷も愛さない。」（しかし過去をよく調べてみると、かつて実際には、この二つの言葉が象徴する怖るべき両極端を愛したのではなかったか。）「僕はもう形のない、柔らかで、生あたたかく、湿ったものしか愛さない。藻や、海の塩と汗の塩に濡れた髪の毛のごとき怪物じみた植物。嵐が起これば、僕はセックスをし、僕がセックスをすれば嵐が起こる。」（九年後、アフリカから戻り、ペロス＝ギレク〔ブルターニュの町〕近くの海岸で水入らずの休暇をとっていたとき、「愛の満ち引き。押し戻されたり、ひきつけられたり、ひきつけられたり、押し戻されたり、ついには、心を苦しめるこの、振子のような往復を断ち切るためにセックスをする」。）「星々自体が口――ただ口よりもっと冷たい――となった。それで僕はそれらをむさぼりたい。

貪欲な心。

もはや影も、光と結晶の戦略もない。あるのは、生の充実のなかにある、密度の高い、ひき締まった体だ。接触すること。こうした体の一つを手に入れれば、一時期全世界が僕のものになるだろう。」（その年も終わろうとしていたとき、「臆病な恋。その法則を悪魔祓いしたと錯覚するために、外界の一部を抱きしめること。相思相愛への欲求。自分の終わりが世界の終わりだと信じられるようにするため、ひとかけらの宇宙に代わって全宇宙となること。嵐のあいだにある人たちがロザリオの祈りを唱えるようにセックスをする」。）「繊細な曲がりくねり。形の渦。押された腿は痛みのないアラベスクを編む――まさに一時的な喜びの辛さ――、そして手は、汗ばんだ湿っぽさからすがすがしさへ、すがすがしさから味わいへと滑ってゆく。毛のおおう目で獲物を狙う海の怪物のように隠れている性器の個人的生命によって嚙まれての骨の解体。鋭利な草、肉食の花々。」（「おお鯨よ！　おおセイレンよ！」と、かつて老ママン・ロルジナの信者たちは、海の神々を讃えるために歌った。）「僕らの頭が世界のもう一つの面へとのけぞるとき、最後の痙攣をあらわして、四肢と観念の分離。」

　自分の分捕り品にするから身ぐるみ置いてゆけと難破したヨーロッパ人に言う島の女王（想像のなかでしか出てこないような）の権威をもって、僕の相方は、「半ズボンを脱いで！」と言い、そして――この難破者や、あるいは、数エースか数セステルス〔古代ローマの貨幣〕で彼女に身をまかせる前にセイヨン〔兵士が着た袖なしのマント〕を脱ぐようにと厳命する貴族の女を前にして急に怖気づいた百人隊長のように――、この制服のつつましさが僕を、粗野な身なりをして民衆のなかに立ちまじる王侯に仕立て上げてくれるかのように、その平凡さが自分の洒落っ気を満足させていた軍服を脱いだ。ハディジャは一夜の稼ぎを、僕――海の精《ネレイス》に呑みこまれ、その腹の中で、長寿を保証してくれる汁を飲む水夫にひととき変身していた（難破者が震える皮膚の、百人隊長が汗ばむ皮膚のなかに恥ずかしさから隠れるのと同じ暗喩的な次元でいえば）――は休息を得て、僕たちは明け方まで鉄の大きなベッドで眠った。それから僕は、兵営に帰って顔を洗い、ひげを剃り、ちょっと顔を出してくるあいだ彼女のもとを去ったが、実をいうと完全に去ったわけではない。ともかく、娘と淫らで、胸くそ悪いようなことをしておきながら、そんなことはさっさと忘れて家に戻る人間のようなことはしなかった。

砂漠に滞在していたとき、僕たちが作り上げていた男だけの社会（良くも悪くも。そしてどこの社会にも見られるように、序列、出身、仕事によって区分けされ、好き嫌い、徒党を生むあらゆる種類の偶然も加わって錯綜する）は瓦解寸前だった。第二外人部隊の電信技師たちは、ベル＝アベスへ戻るため、最初に出発しなければならず、僕は予備役兵のなかで彼らと多少なりと続けてつき合ってきたただ一人の人間だった（と思う）ので、その日――日曜だったようだ――、彼らは親切にも、サハラ・ホテルで昼食をしようと言ってくれた。彼らの隊長で僕の仲間の伍長のほか、そこには二、三人のベルギー人がいて、故国の軍隊でかつて士官だったその一人は、熱狂して、仕事をおろそかにしたり、手を抜いたりすることは決してなかったけれども、大変な酔っ払いとして通っていた。しらふのときは、素早く、確かな技師であり、自分をほとんど表に出さない静かで無口なこの男は、ひとりで飲んで、ひどく酔っ払っても、手先の器用さは少しも失わず（と、みなは言っていた）、ただ普段は右手を使うのに、そのときは左手で操作するのだった。彼はこの小さな班の最長老であり、最年少――昼食にやはり出ていた――は、丸々として、にこやかで、最初の仕事（年齢からして、彼のしたおそらく唯一の）がヴァイオリニストだったというのに、どういうめぐり合せで外人部隊に流れついたのかと思うほどのナイーヴかつ控え目な様子の、まだほとんど思春期のといっていい若者だった。

食事のあいだずっと、僕のホストたちは、金で雇われていようと、多かれ少なかれ除け者扱いされようと、粗暴な兵隊ではないことを見せようとした。僕のほうでも、彼らには、スイスの矛槍兵だの、イロクォイ・インディアンのようなところはないことを示そうとしたので、僕たちの話は、化学兵同士の日ごろの食卓で、いつも話の中心となる連中の新入生いじめや諷刺的週刊誌の批判そこのけの言葉をきいたり、そのなかの一人にひきずられて一緒に、『メスの砲兵』その他荒くれ兵士たちの好むルフランを歌ったりするときのような会話よりだいぶ控え目なものとなった。デザートのときには、ホストの一人が、外人部隊兵士の偉大さと服従とが、哀歌風の言葉で讃えられているロマンス『ベル＝アベス、外人部隊の揺籃』を、気どらず、とても威厳をもって、まじめに歌った。こんなふうに遇されて、僕は、きわめて門戸の固いクラブや、どこか遠い土地の秘密結社に入ることを許されたのと同じくらい、スノビズムをくすぐられた。

コーヒーと食後酒のあと、晩まで自由で手持無沙汰であったところに、ブスビールはあきらかに僕たちを受け入れてくれるのに一番恰好の場所だった。そこに行こうと提案したのは僕だったと思う。僕は何らかの形で仲間たちにお返しをしなければならず、そのうえ、こうして訪ねることは、別れて半日しか経っていないのに、またそのそばにいたいという様子をあまり見せることなく――彼女の目にも僕の目にも――、ハディジャとまた会うことのできる機会を提供してくれるからだった。仲間たちは、そうしたかったとしても、自分たちはそこらにざらにいる下士官ではなく、インテリ、さらには学者だと、彼らの重んじる誰彼に思わせたいと思っていたので、そうしたイニシアティヴをとるのを差し控えたであろうことは確かだ。その午後、僕たちのうちの誰かがブスビールへ行くなどという粗暴な兵隊のごとき振舞いをしたとしても、それは、近代的な形をとる虐殺に協力する多くの仕事の一つの専門家たちとしてでなく、まさに知識人としてであったのは、彼らが横道の末にそうなるに至った、そしてそれを人に忘れさせるのではないにしても、せめてきちんとした姿の下に示したいと思っているこの職業軍人としての性質と、僕のほうは、ブルジョワの一員として研究をし、上流人の、あるいは衒学的様子は一切見せたくないと思っている人間としての性質のせい（皮肉なことに）である。

もちろん僕は、ハディジャに会えるチャンスがもっとも多いあの場所へと直行した。つまり前の晩、僕がハディジャに給仕してもらってビールを飲んだ、通りには面しておらず、他の人たち――見たところ、いつも軍人たち――が、どこかの不幸な女の面倒を見るために戻る前、気晴らしに、あるいは、彼らを悩ます肉体的なオブセッションから解放されるため、やはり、ほんのわずかなビールの小壜をあけにくる小部屋が並ぶ中庭の奥にあった、平家の中のあの部屋へである。彼女はそこにいて、手も空いていた。僕が出すようにと言ったビールをみなで飲んだのは彼女と一緒——たぶん、間をおいて、一、二人、他の娘たちも加わったようだ——にだった。前夜、その情が売り買いの対象であったことなどどうでもよかった女性と一緒に眠ろうとしていたとき、僕の心を掻き立てた溢れんばかりの情愛（こまめに面倒をみてやりたい、包みこみ、守ってやりたいという欲求）がいまでは、気前のいい人間を演じたいという気持に変わっていた。金に糸目をつけず、こうして人気を得るだけでなく、度はずれなまでの親切心に駆られたあげく、相手の女が他の人々に供する快楽の金をこちらで払うまでに至る（こうすれば、彼は女を真実自分のものだと主張することができる、なにしろ、女を意のままにする資格をもつただ一人の主として振る舞うわけだから）人間だ。「すみません、軍曹！　僕は、毎月三十六日に勃つんですよ。」彼、先輩であり、伝説的な飲酒癖をもつ温和な苦行者に、僕がハディジャとのショートタイムをすすめると、この外人部隊の長老はこう言って断った。次には、辺境の守備隊で職業軍人の生活を送ってきたため失わずにいた童貞を同僚たちからからかわれていた、最年少者のあのヴァイオリニストに対してすすめ、もう一度愛他主義を示そうとしたところが——この新たに申し出を受けた男は、淫らなバルバリ〔北アフリカの古名〕人の女（彼女に対し、僕自身は性病の感染を怖れていたのに、そんなことは忘れていた）と隣室に閉じこもるのを、童貞でなければ、あまりとやかく言われないでも承知したかもしれないが——、結局同様の失敗に終わってしまった。

　僕の客たちは朝はかなり早々に、僕のようにぐずぐずする事情がないので、加えて日曜日の軍人にはあれこれ兵営に戻ってするべきことがあるので、ひきあげていった。たとえば繕い仕事とか、手紙を書くとか、トランプの勝負とか、さらにはただパイプをふかすとか、先輩がそうしていたように、時が流れるのにまかせて、赤ワイン一キロを鯨飲するとか。彼はこの生活からはもはや一種のニルヴァーナしか期待していないように見え、徹底した、根気よい酒盛りこそは、知恵の代わりになるのだった。

ハディジャと二人きりになったので、ほんの数時間前彼女を残して出ていった、スプリングがあやしい大きなベッドの置き場所にほかならぬあの部屋へ戻った。午後はかなり遅くまで、僕たちはそこでシエスタをし、ハディジャは、この二人でした休息を、彼女の商売にとってあきらかに利益になったはずのプリアポスの祭〔プリアポスはギリシア神話で豊穣の神、男根を象徴とする生殖の神〕に変えようとは少しもしなかった。シエスタが終わると、とても丁寧に——卑屈なところはどこにもなく、客のことを気遣うように——、彼女は、風呂に入りたいかどうかを尋ね、そうしたいと答えると、とてもクラシックなタイプの亜鉛製の行水盥を運んできて、ぬるま湯で満たし、こんなふうに赤ん坊のように扱われるのを恥ずかしいとも思わず、僕が呑気にその中に入ると、頭の天辺から足の先まで、とても入念に、力強く、けれど反面とても優しく石鹸で洗ってくれた。これ以後——ベニ＝ウニフでも、僕たちをオランに連れ戻す列車がそこに数時間停車したときはサイダでも——、トルコ風呂へ行って体を洗うのが、僕にとって楽しみとなった。これはたしかに安楽と衛生に対する欲求（暑い地方から去り、兵隊の皮膚自体をべたべたにしている、ほとんど精神的といっていい垢、ただ、とめどもなく長いあいだ浸っていないと拭い去ることができないように思われるあの垢から解放されること）をみたしてくれるものである一方、ハディジャのところで、隊商宿に足をとめた旅人のように、ただただ休息を得た日、僕に与えられたあの心身の安らぎを、静かで、モスク風の装飾を施した広い浴室の生あたたかさの中で、いくらかなりともまた見出すことができるという思いにも応えてくれた。水甕を持った（そしてたぶん大きな耳輪もつけた？）若い娘レベッカ、駱駝曳きのエリエゼル。香炉から、蒸気機関車の煙突からのように立ちのぼる濃い香煙の中の階段状の町ニネヴェ〔古代アッシリアの首都〕。以前鉄道や地下鉄の駅の壁によく見かけたポスターの中の、「僕はナイルしか吸わない」という宣伝文句の記された布を持つ（鼻で？）象。エジプトへの逃走と、駱駝の腹しか寝所のない露天での眠り。植物園の住人だった、と思われる象のサイード。紳士（galant homme）にとって、ちょっと宮廷人（courtisan）にとっての高級娼婦（courtisane）に類する存在であるあの「浮かれ女たち（femmes gentilles）」がとりわけたむろしていたころ、ブレタ〔パリ、ノートル＝ダム・ロレット街のあたり。十九世紀はじめ、高級娼婦が多く住んでいた〕と呼ばれていた界隈にあって、その名にもかかわらずオアシス的趣をまったく欠いたカフェ「ロレットの椰子」。そこにはいまモディアル・ホテル（Modial Hôtel）という奇妙な名をもつ家具つきホテルがあるのを知っている。まるで公式の命名の際、うわついたモード（mode）の魅力と世界的（mondial）名声の魅力とのあいだにためらいがあったかのようだ。

　リセの生徒だったころ、ラテン語は自分なりになんとかこなしていた一方、ああした言葉探しのパズル《ロゴグリフ》にはめったなことでは文学的喜びを感じなかったとき、僕はとりわけオウィディウス、なかでも『変身物語』がそれではじまる「黄金時代」が好きだった。「Aurea prima sata est aetas...〔黄金時代が最初に生じた〕」、「...stillabant ilice mella〔（青々した柊からは）黄金色の蜜が滴っていた〕」。教室で説明を受け、おそらく暗誦し、何かにつけて読み、愛好家がするように、ひとつながりの長いシラブルを味わいつつ再読した詩のわずかな名残り。しかもう僕の頭の中はほとんど無にひとしい、つまり（よく考えてみると）、いまここで僕の語っている――吟遊詩人というよりむしろ、その無知を脱線でおおい隠している歴史家だ――黄金の日々が時とともになり果てたのは、集めるのもほとんど不可能な塵とさして変わらないこうした残滓だったのである。

　オウィディウスが語っている悪なき土地や桃源郷の木々（入学して以来の読書につぐ読書で肥えた僕の頭脳の堆肥の上にいまになってやっとはえるかわりに）の一本が見えないながら身近にあってそ

の蜜で僕を養ってくれるかのように、最初はわけ知りの見栄っ張りとして振る舞ったのに、それとは完全に違うトーンで終わったその午後、僕の中に注ぎこまれたのは、ハディジャ――エジプトの舞姫のようなパンタロンをはいた女のガニュメデス〔ギリシア神話でトロイア王トロスの子。美少年だったため、鷲に身を変えたゼウスに酌人として天上へさらわれた〕――が僕たちにふんだんに飲ませたビールとは別の味わい、別の輝きをもつ媚薬だった。いまでは、この浅黒い女のソムリエに対し、僕の遇し方に関して、愛情のこもった感謝の念を感じていた。彼女は、娼婦にしてホステスという二重の職業を決して忘れることなく、金銭ずくの恋にも礼儀作法が伴うこと、客扱いに儀礼があること、淫売婦がその威厳を保つのは、まさしくそのような儀礼を行うにあたっての細心さにかかっているということを、少なくとも心得ていたのである。完全な合体はなかったものの、僕の体と一晩中絡みあっていたこの体に対し、僕はきわめて明確で単純な欲望、ノーマルな男がその肉体に魅せられたすべての女性にノーマルに抱く欲望を感じはじめていた。あんなふうに、いわばセックスをしないでセックスをしたのは愚かなことに、罠を怖れて、一緒に道の一部しか辿れぬ結果になった分別心をもってこの娘を利用したのは非人間的なことに、古代世界の聖なる売春に相当するものが今日でもなお存在する――少なくとも一部の地域には――のを僕に教えてくれたばかりの人間に対してこんなためらいを示したのは恥ずべきことに思われた。僕のけちくさい、先刻僕の心を奪った、誠意溢れる美しい動作とは月とすっぽんの（それは明らかだった）慎重さなどくそくらえだ！　起こるべきことは起こる。人から提供されたり、自らすすんで自分を提供するという事実自体から、普通、人は心ならずも、こうした娼婦や町をさまよう夜の女たち、はるか後年、パリにはじめて来たあるグアドループの女性が「真夜中の女たち」というメロドラマ的な表現で呼んだ女たちを物として見がちだが、僕が一刻たりともそう思ったことのないこの人とこのままでいることはできなかった。

上げ潮と引き潮、人は交互に心を開いたり、また閉じたりする。晩、ブスビールに戻ってきたとき、僕は満ち潮だった。僕が、奇妙な戦争に動員された多くの人々が陥って驚いた無力症《アトニー》とは生理的に違う状態にあった、というわけではない。この無力症を、彼らは男の見栄から屈辱的だと思い、テーブルワインにわざと化学的成分をつけ加えたためだと説明したものだった。僕はただ単にハディジャに魅惑されていただけで、どんなことであろうと、留保をつけずに、彼女とともに生きたいと思っていたのだった。何年も前、厚い友情で結ばれていた男（僕たちがその言葉をいくらか神託のようにきいていた画家〔アンドレ・マッソン〕）がキーワードとして形容詞の「永遠の」を、僕が動詞の「変質させる（transmuer〔錬金術で卑金属を金に変えるの意〕）」を主張したのに対し、フランス語のなかでは他の語より「神々」が好きだと明言したのと同一人物〔マルセル・ジュアンドー〕）がかつて僕に向かって言った、「君は自分の欲望をとことん追求しないね」という文句をもう一度吟味し、やはり何年も前、時たまにしか会わないけれど、先輩のなかでいつでも一番好きで、もっとも嘆賞してきたうちの一人である詩人〔ルヴェルディ〕の妻が僕に宛てて書いたという夢を見た手紙の末尾の、「……で、あなたは根こそぎ奪ってしまいたいという女の人をまだ知らないのね」という別の文句の背後に隠されている非難を噛みしめたことがあった。

すでにある一時期から、仲間の化学兵たちの多くは、やはりブスビールをひとまわりしたがるようになっていた。といって娘たちの馴染みになろうという気はさらさらなく（それにしては、彼らはあまりにお上品だった！）、ただ、彼らがイラクにいたら夜のバグダッドめぐりを、運命が彼らを中近東のもう少し遠くまでみちびいていったならイスファハン〔イランの都市〕のスラム街めぐりをしたがったであろうのと同じ気持から出たことだった。僕は、行った者がまだ数人のこうした地区に入り浸っているということが知られていたので、経験の浅い仲間や、案内役を買って出る知ったかぶりの連中に随いてそこに行くのを適当に断るというわけにはゆかなかった。そんなことをすれば彼らは、この思いがけない辞退を、別行動をして自分たちを見下すつもりなんだなどと考えかねなかったからである。

結局、それは、幸運を偶然の結果のようにして、またハディジャのところに戻るためのよい口実となった。けれど、たとえ僕の目にまことにぱっとしない売春宿と映っていたとしても、そこに住んでいる女たちに対してはある種のしかるべき礼儀を示すのでなければ入りたくなかった場所に、こうして大挙して押し寄せることに気がひけていたことは、言っておかねばならない。僕は、このような悪条件——仲間づき合いのルールに背かないかぎりは、そうすべきだったように——にもめげず最善を尽くした。隊を組んでのこのような訪問の、それ自体としての我慢ならなさに苛立ってはいたけれども、ほろ酔い機嫌の予備役兵たちの介護役を務めて、そのオリエント趣味がクリシー広場のそれを模しているように見えた（ただしそれに地方色も加味して）、フランスの同じような施設で「サロン」と呼ばれているああした部屋に腰を落ち着けた。ビール——兜といっては黒髪だけの僕のワルキューレが、蜂蜜水代わりに出した馬の小便そっくりの——を飲みながら、円くなって坐った仲間たちは、兵隊の猥歌を次々と合唱し、僕はそばにハディジャを侍らせて黙ってそれをきいていた。まるで僕たちは、あらかじめそうと決めたわけでは決してなかったが、全員が暗黙のうちに了解しているホストとホステスのようだった。連中は、結局のところ、下がかった話こそ娘たち向きだと考えている無礼者のようなところは一切なく、座持に慣れた、わざわざおはこをするようにと言われるなど滑稽だと考える男たちのように猥歌をうたいまくって、僕が思ったより機転を示した。さらに、彼らが僕たちの愛唱歌の一つであり、先の大戦の折のものである北アフリカの歌、『おや、おや、僕の女郎さん、なんて可愛い』を歌った——よくぞ思いついて、そしてハディジャやその仲間たちを喜ばせるために——こともつけ加えていいと思う。ハディジャが一時座を離れたあと、突然僕の右手に——みつけたばかりだと小声で言って——北アフリカでよく見られる型のペンダントを握らせたのはその晩のことだ（と思われる）。それは細部や形がさまざまの、ゆきずりのヨーロッパ人、とくに、よくバッジのようにそれを胸につけてひけらかす兵隊たちのためにあちこちで売られている有名な「南十字星」だ。ハディジャは、ババ抜きをしている人や、掠めたお菓子を他の子に渡す子供のように、こっそりといった感じで、この装身具をくれた。これは一種の菱形をなし、その四辺は窪んでいて――それらは中心に向かってカーヴしているので――、その両横の先端は、下の先端と同様、球根状のふくらみをなし、一方、上の先端は、掛けたり吊るしたりすることができるように中のくり貫かれた輪形になっていた。僕の最初の考えは、必ずしも盗んだとはいえないにしても、仲間の誰かがなくしたのをこっそり拾ったものではないか、というものだった。しかし次の日尋ねてみて、かなり大きく、細工の精巧なこの十字が、彼らの誰のものでもなく、だから心置きなくとっておくことができるのを知った。もっともそれが、作った職人の勤勉な手から離れたあとハディジャの手に渡るまでの道筋は皆目分からなかったけれども。

この集まり――騒々しさを別にすれば、バッカス祭的なところはみじんもなく、誰一人、閉じこもって自分勝手なトランスをすることさえなく終わった――のとき、ハディジャは、その日の午後には見なかった、どうやら金らしい大きなイヤリングを両耳につけていた。それは、僕たちの昼寝のあとやって来た馴染み客の贈物かもしれないし、賢明な節約の末の待ちに待った賜物、前から注文していて、僕の二度の訪問のあいだに届けられた装身具かもしれなかった。ベッドの中で彼女は、刺青をしたその顔をすばらしく縁どる真新しいこの装身具を誇りにして（と思う）、つけたままだった。彼女の体が誇る自然の飾りのほうにあまり気をとられすぎていて、彼女が頭をのせている枕を汚すほど、右の耳たぶから突然血がおびただしく流れ出なかったなら、たぶん僕はイヤリングのほうには、ありきたりの洒落た化粧品――面取りされたような顔と、長い、骨ばった脚の彷徨いの女である彼女にあっては、他の女よりそれほど刺激的とはいえない――に対するほどの注意しか払わなかっただろう。

彼女の耳たぶはすぐ目の前にあった、というのも、立っているときはこの頭が屋根の位置にある体は、いまは横になって長くのびており、僕のほうも自身の長くのばした体で、あまり隙間もなく、ずれもなく彼女の上におおいかぶさっていたからである。まるで、一つの幾何学図形の上に、人がそれと同じものであることを示そうとする他の図形が重なりあうように、また、僕が画家であると同時に二人のモデルのうちの一方であるこの絵の全体と、僕の記憶がなんとしてでも一致しようとしているかのように。あたかもそれは、僕という俳優が、人格遊離して、場面全体の回顧的証人――あるいは覗き魔――になりうるかのようだ。

〔「僕は誰も愛せないんだ、だから自分で自分を愛するのさ」と僕は、友人の女友達に、酔っ払って腕を組みながらオペラ座大通りを上っていたある夜、打ち明けたものだった。シニックというより屈辱的なこの確認――当時常習犯であり、いまでは、自分の中にあるセンチメンタルな酔っ払いの反応一切と同様毛嫌いしているドストエフスキー的告白を締めくくる――は、オカルト主義者たちがよく言う、男女の関係に関するあの理論のかすかな痕跡をとどめているのだろうか、アダムの肋骨から生まれたイヴは、男の情的機能そのもの、その外在化された、彼と反対の感受性でしかないので、人は女を愛するとき自分自身を愛するのであり、これまで切り離された自分の一部と結びつくことによって、統一された自分に帰るのだ、というあの理論。この断言の中に、本音を洩らす酔っ払いの放言とは別のものを見出さねばならないとしたら、僕はそのとき、守護天使、すなわち意識が頭の中で、やはり円屋根の音のよく響く空間の中にいるかのようにそこに宿っている心（âme）――ヴァイオリンの共鳴箱の中の小さな木片である同形異義語（âme〔この場合は魂柱の意〕）のように――を注視するためにじっと見張っているのと同様、枕もとに立って、眠っている僕たちをひそかに観察し、裁く夜の見張人といくらか似た異様な権威として子供っぽく思い描いてきた良心について昔から抱いているイメージのことを考えていた、と思いたい。自分しか愛さないとなると、自分の落ちる姿を見せてはならない人、自分の将来の失墜がその目にどう映るかと思うと、恋人が震えずにはいられないドゥルシネア姫のごとくそのとき自分と向かいあって立つ、あの守護天使や良心に類する自分とは別個の存在を愛したとき、そうありたいと思うように、少なくとも、自分自身に敬意をもてるほどには自分を愛さねばならない。優しくて神秘家のアリョーシャ、のちに僕がオペラ座大通りである晩その女友達を打明け話のきき手に選ぶことになる青年時代の仲間〔ジョルジュ・ランブール〕が、僕を比較したのは――ロシア人の男爵夫人の客間を、古い鳥打ち帽をかぶり、りんごをかじりながら、真っ裸で歩きまわっていたとき――老カラマーゾフの三人の息子のうちのこの末っ子だった。「僕らはカラマーゾフ兄弟だ……僕らはみな享楽家だ……。」彼は、自分を乱暴なドミトリーになぞらえ、誇り高き人物イヴァンを、僕たちがもっとも尊敬していた仲間の一人〔アンドレ・マッソン〕に割り振りつつ、香具師のような口調でわめいたのだった。その一方、後者のアトリエで――「僕は世界最強の泳ぎ手だ」を一貫するライトモティーフとした酔語の形で――、昂揚した狂乱のある日、彼が何時間も語りつづけたのは、架空の大洋を横切っての、すべてに抗してたったひとりで行った旅である。フィギグの娼婦がマラブー――彼女はおそらく坊さんの意味でこう言ったのだ――かもしれないと思ったこの似非アリョーシャ、この時期彼がひけらかしていたグノーシス説に対する関心、同様に、このころはじめて円屋根のように剃ったその頭――これは、そのいくらか堅苦しい物腰と結びついて、彼の人柄に奇妙なほど修道士らしい様子を与えていた――、そうしたことから、時ならぬ氷のごとき甲冑をつけながら、実は弱虫で夢想家であった彼が、少し後年、アトリエの主から、ある散歩の折に、半分まじめに「アレオパゴス会議〔アテナイの会議。主として殺人事件を裁く〕員」と言われるようになったのではないだろうか。この散歩のあいだに、面白がって僕をカラマーゾフ三兄弟の末っ子と瓜二つだと見立てた空想家の仲間は、「ルシフェル」に比較された。）

少しひきつった顔をして——痛かったか、ちょっとした出血におびえたのか——、ハディジャは、その一方が、僕が枕に滲むのを見たのと同じ濃密な赤に彩られている二つのイヤリングを素早くとり去った。手当てが必要なほど深い傷と同じくらい、このとるに足りない怪我は、僕に同情の念を起こさせ、まるで松明のさだかならぬ光の中で息をひきとろうとしている悲劇の王女でもあるかのように、薄明かりのなか血に染まったハディジャを抱きしめた。

そのとき（その時が本当にこの時だったのかどうか。というのも、これらの時を正確な時間的順序に従ってひとつにまとめるのにひどく苦労するからである。時の一致に関する古典的な規則に従うためのように、たぶん、実際には間があいている事柄を短い期間に集約しようとしているためであり、たとえば、陽気な集団をなしてやって来た仲間たちの座にイヤリングをつけたハディジャがいたとするのは、昼寝のあとの入浴と、僕の、兵営とは別の場所を自分の棲み処にしている事実がもはや誰一人知らぬ者はないときになってはじめてありうるこの訪問とを隔てるのが、数時間ではなく、数日となれば、間違いということになる）、起きた事柄をしっかりした枠組の中に閉じこめ、記憶から消え去るのをできるかぎり防ぐために、僕が正確に位置づけたいと思っているこの時、僕がハディジャとしたのは（文字どおり真っ裸の姿で、他人とのコミュニケーション以外は何も求めず）、挨拶から出たにせよ、色欲から出たにせよ、真似事にすぎないという苛立たしい印象を残す一連の無意味な行為ではなく、愛——大文字抜きで記され、書家たちお気に入りの飾り書きその他、凝ったところのまったくない——であった［愛をするとはセックスをするの意］。

すでに言ったように、僕は、何であれ、ある種の人々の恋の履歴書において画期をなすああした手柄に類することができる状態でも気分でもなかった。僕のうわべの熱意は、大きく開いた洞窟に呑みこまれて（それなりに体を強ばらせて）からだいぶ経って、波の上を運ばれてゆくような、緊急事態のさなかに宙吊りにされているような酔いをおぼえはしたものの、しまいには終わりのない旅と思われるに至ったものと諦めねばならなかったほどの、実際には冴えない気分を隠していた。この酔いはある日阿片を吸った（パイプかなにかで吸わされた）ときに感じたものとよく似た――まったく形而上的な快楽の面で――感覚だった。すなわち、ついに自分自身と接触し、自分がその中にあり、それが自分の中にあると同時に、外側から見るもののように自分でも自分をみつめることができるのにあとほんの一歩だけであり、その方向へ徐々に進んでゆくのだが、決して究極の啓示には至らず、ただぎりぎりのところで止まってしまい、いわば、はっきりそれと分かっているのに、姿をあらわさない忘れた事柄に関していうように、「舌の先まで出かかっている」というあの感じである。その力がスローモーションのように働き、僕が阿片の燃えかす《ドロス》を摂った日の翌日、ハンモックの揺れに身をまかせてまた出合った――もっと機械的な形で――感覚。「ハンモックの動きは、船の動きを模している、こちらは死の動きを模している……。相次ぐ模倣の連鎖。ただ一つのモデルへと遡ること。」コカインやとくにヘロインのような麻薬も、一切の対象とは無関係にそれ自身で大きくなってゆく一種の抽象的テンション、増大することをさらに夢見、絶頂に達することを夢見るこの増大そのものにほかならない極度のテンションを引合いに出すなら、いくらかなりと分かってもらえる――それを規定することはできないけれども――、切迫の怖ろしい印象を与える。しかし阿片よりももっと、そこには孤独と空虚と実りのないめまいしかなく、そのうえ、罌粟の実から抽出した物質や、その喫煙のあと、パイプのへこみに残ったかすの使用によって得られる自分との出会いに近いものさえない。けれど僕は、これらの麻薬（実をいうと、ここで引合いに出さないほうがいいかもしれないほどその経験はごく少なく、そのうえひどく腰のひけたものだった）から得ることのできた、たしかに強烈ではあるけれどもエゴイスティックで冷たい快楽に、どうして、その火元である生きた相手を満足させないかぎり、こちらも満足できない昂奮の熱っぽい探究を比較することができるのだろうか。いずれもが同じように人を夢中にさせるとしても、これらの試みは同じ目的をめざしてはおらず、英語の先生たちが to like と to love のあいだにつけるようにと教えてくれるものよりももっと根本的な区別《ディスタンゴ》を必要としている。この場合、相違は程度の問題ではない。というのも、双方が最後には僕たちを失望させるかもしれないとしても、たったひとりで（あるいは他の人々とも関係して、ただし他人がこの満足の原因となることはない）しか得られない満足と、他の人間（僕が彼の快楽の手段であるのと同様、僕の快楽の手段である）との完全に人間的な合体のなかに見出す満足のあいだには、いかなる共通の尺度もないからである。

全身が溢れ出て、最後の閃光と化して消え去ってゆき、エロティックな熱狂が収まる瞬間（えてして一方的だが）へと向けての僕の全存在の昂奮を衰えることなく示してきた、肉体的な局部の緊張が、ゆうべ遅く、まったく残念なことに弛んでしまったとき放棄したものをとことんまでやりとげようとしたのは——そして、闇に沈む瞬間まで、幻影と眠気が交互に訪れる酔いから醒めたときのように——朝の五時ごろだった。いくら頑張っても何の役にも立たないと、そしてその手立てさえ失った——まもなくまったくの放棄へと変わった諦め。なにしろそれ以後は眠りのほうへと滑り落ちていったのだから——と思った直前、それでも僕の執拗な努力が無意味でなかったことを発見した。ハディジャがそれに動かされたことをひそかに示したからである。もし地球が生きていて、その襞の奥深くに入りこんでそこで働いていた人間たちが、この感じやすい巨大な動物のはるか彼方から伝わってくる答えを受けとったなら、坑道の奥にいて認めたであろうような、かすかな脈動か痙攣に似た何か。僕——長いこと錬金術の本についての好事家であり、物質の構造に関する近代の仮説に対してと同様、火の性質に関する昔の理論にも素人として熱中してきた——にとって、鉱物の奥深くに潜んでいる性欲の、神話的ではなく、実際の存在の証拠（対人論証《アド・ミネム》〔人の感情に訴える虚偽の論証〕で得られる）に比すべき、また同様に、ブラウン運動〔イギリスの植物学者、ロバート・ブラウン（一七七三―一八五八）によって一八二七年にはじめて発見された現象。液体または気体中に物質の固体微粒が浮遊するとき、これらの微粒はたえず不規則に動く〕を実証するための古典的な実験に立ち会って（物理・化学学校の先生の一人にすすめられて、この学校を訪れた際）、世界の究極の基礎をこの目で見たと思った錯覚に比すべき何か。限外顕微鏡によるコロイド溶液の検査であったこの実験は、液体の中に浮遊する直径四ミクロン以下の微粒子の不規則な運動を示すもので、僕――斜めの光に照らされて、暗い背景をバックに動きまわる星と化した点の光景に感嘆させられた――を、分子の生活の秘密にわけ入ったような想像へとみちびいたものである。さらにまた、ハディジャと僕の運命の束の間の出会いのだいぶあとになって、いまでは三十年近くも前の夢、ないしは夜の夢想の中で、奇跡的に知ることができたように思われた究極の現実を思い出させた何か。「永遠の」という言葉に特別大きな思い入れをもっていたあの友人のアトリエで一日を過ごし、建物の中のヌードをあらわす彼のデッサンを見たあと、これらの線が、僕の眠っているあいだに心に浮かび、デッサンというよりはむしろ占いの図形、図表、もっと正確にいえば、真実の図式と思われた。これらの図を通して、自分の人生（大筋の線がそれらと一致していた）を、その背後に、僕が「抵抗」と呼んだ、形も素材も、なんとも形容しがたいある物を見た。ハディジャの喜びの確かなしるしを認めて、僕が触れたように思ったのは、鉱物の魂であり、運命と事象の奥底である、あの地球の中心にほぼ近いものだ。

「Titus reginam Berenicen, cui etiam nuptias pollicitus ferebatur, statim ab urbe dimisit invitus invitam. 信じられるところによれば、ティトゥスは女王ベレニスに結婚までも約束しながら、その帝国が生まれて早々、心ならずも、彼女の心にも反して、彼女をローマから送り返した。」ラシーヌがスエトニウス〔六九―一四〇ごろ、ローマの文人。ローマ皇帝の列伝などを書いた〕を引用しながら『ベレニス』のテーマを示したのは、このわずか数行においてである。リセの第一学級か哲学クラスで学んでいたとき、教授の一人——眼鏡をかけ、白髪をはやし、貪欲そうな様子をした——が、最後の二つの言葉「invitus invitam」つまり「彼は望まず、彼女も望まず」がドラマのすべてを要約していると言って、ラテン語の文章の美しさを味わうようにすすめたのをいまでもおぼえている。これは、「dimisit」という動詞とともに、この文章で記憶に残った唯一の断片である。ただこの動詞を僕は、スエトニウスの文章の末尾にあるものと間違っておぼえ、しかもスー音を二つにするという破格用法によって、この動詞がためらいや優柔不断をみちびき入れ、ローマ人の恋人とその愛するユダヤ女性の物語から感じられる、限りなく長引いた別れを強調したかのように「dimissit」に変えてしまった。「invitus invitam dimissit」、これら独言かなにかのあいだに心の中で呟く言葉の群——そのあとでは長い溜息が洩れる二番目の言葉は、最初の言葉とほとんど変わらぬこだまにすぎない——は、翻訳できるような一切の意味を失い、揃って遮断を示す最初の二つの言葉が仄めかすように、どうにもならない不可能性を示す（自分と彼女の心に背いて送り返す人間、さらには引き離された二人の恋人の悲嘆さえも超えて）金言となっている。なにしろ一切（適当に繰り返し搔きまぜられて）は、結局、民謡の多くのルフランに、内容や歌の古さとは関係のない哀愁の気を帯びさせる「invitus invitam」、「la bonne aventure, ô gué! la bonne aventu-u-re〔めでたし、あめでたし〕」といった万能の文句のどれかに帰着するのだから。

「雷を起こす神の純血の裔」〔ラシーヌの『イフィジェニー』の中の台詞〕であり、古典の勉強をしていたとき、僕をもっとも感動させた悲劇の中心人物イフィジェニー〔イピゲネイア。ギリシア神話にあってミュケナイ王アガメムノンの娘。女神アルテミスの怒りを静めるため、人身御供にされるが、女神によって救われる〕から、ハディジャはたぶん、彼女の耳たぶの一方が枕にしるしたあの血の署名を受け継いでいた。それは、アフリカの太陽に灼かれて育ち、僕の人生の道の曲がり角に、その意表を突く振舞いの数々と山羊のような長い脚（先の割れた蹄のたぐいの、悪魔を思わせる特徴はない）からして、エムプーサ〔ギリシア神話

〔で女神ヘカテに従う妖怪の一つ〕か白昼の悪魔を思わせる歩道のヴィーナスのようにしてあらわれていた女を、供犠執行者の刃にかかろうとした無垢の女性の列に高めたのである。ベレニスに関しては、彼女が哀歌的な優しさは少しも持ち合わせなかったこと、涙ぐませるまでにその心をときほぐすには、ともあれ、あまりうるさくない、よいお客と彼女には思われている（と信じたい）ものの、あきらかに彼女を従順な恋人に変えることのできる悪党ではない僕とは別の人間が必要であるのは確かだ。だから僕たちが二人揃って別れの見せ場を演じた朝、彼女が着ていた白いドレスと頭に巻いていた緑色のターバンを別にすれば、どの神話一つとっても、もともと、俄作りの下士官と兵隊相手の娼婦の恋との域を超えなかった男女の色事について語って、ティトゥスとベレニスを引合いに出そうとするのは、事を美化しようという滑稽なもくろみに近い。

まず最初オラン（そこで僕は、それからまもないある日、歴史的な場所と化することになる、軍艦の入ったメール・エル＝ケビルの停泊地〔一九四〇年六月二十二日、英国海軍の爆撃にあう〕を望見する、古いスペインの砦と再会した）への、ついでポール＝ヴァンドル（徴発した大型客船に乗船後、舷門の両側に立つ、赤十字の帽子をかぶった二人の看護婦が、一列になって通ってゆく僕たちの一人一人に、旅費代わりに、巻煙草二本と救命胴衣を渡した）への出発に先立つ数日のあいだ、勤務の時間のほかは、僕の姿は兵営ではあまり見られなかった。サハラ・ホテルの荒廃し、がたぴしする建物の中にある食堂でみなと一緒に夕食をとるや、ブスビールへ行って寝る習慣ができていたからである。ハディジャのところでは、僕は、宿主のいない時間にさえ勝手に入りこんでベッドに寝ている人間みたいにしていた。彼女が他の客たちにビールの小壜を売ったり、彼らの前で踊ったり（こんなふうに僕と離れなければならなかったとき彼女の言い立てた理由によると、悪所に妻君を連れて遊びにきたヨーロッパの役人のためにそうしたと）、あるいはただ単に体を売ったり（せざるをえない、僕の推測によれば。なにしろ彼女はなかなかデリケートで、彼女の主たる仕事をする相手は僕だけではないとにおわせるような言葉は、ひと言も口にしなかったから）しているあいだ、ほとんどひと晩中、ひとりで眠ったことが、一、二度はあった。彼女の仲間たち、一般にもう一人の寄宿している女（もっと小さく、もっと丸々とし、もっと柔和な顔をした娘、例の夕食後に僕がもてなした仲間の外人部隊の伍長が一度彼女と一夜を過ごしたことがあった。そのときこちらは、同席すると彼女が友達よりむしろつつましい下女に見えてしまう、もっと背が高くて、痩せて、振舞いが野性的な女と向かいあって、この部屋に閉じこもっていたのだった）と一緒にいるとき、僕は――そうしたいと思ったわけではないが、ハディジャがすすめるし、婦人方にご馳走して、気前のいいところを見せたい気持があったので。彼女たちに対してそうすることは、二重に有益だった――、例のおそろしくまずいビールの小壜を山ほどがぶ飲みした。たちまち僕の体はひどい目にあい、腹をやられて下痢をし、夜になると、中庭にあるのを知っていた便所へ何度も通う羽目になった。こんなふうに腹を痛めた体が座をはずすとき、ハディジャがくさい場所までついてこないことは一度もなく――競争相手の寝床に迷いこまないのを確かめるか、汚物のまわりをうろつく悪霊と僕が何かたくらむのをやめさせるためのように――、そして疑わしげな口調で決まって、「あんた、そこで何してるの?」と言うのだった。彼女のこの仲間は、彼女が、復讐心が強く、嫉妬深く、何をおいても、自分の領分はほんのわずかでも譲ろうとはしないことを間違いなく知っていた。というのも、僕たちが差し向かいでいたある晩のこと、この女性がどんなにはっきりと――そして、彼女のかわいい胸を愛撫することによって、僕が非礼を犯したかのように――、僕の言い寄りをはねつけたかをおぼえているからである。ハディジャは淫らな仕事のため他へ行っていたけれど、僕たちを不意に驚かすおそれは多分にあった。なにしろ彼女は、魔法の杖のひと振りによってのように、どこからか銀の十字や金の指輪を出現させる力をもっていたのだから。

彼女は、時折魔女——あるいは真昼の悪魔、さらには、神が連れ合いを授けないうちにアダムの射精から生まれた女の幽霊のリリーとさえ——と思われたけれども、彼女もやはり飲酒の影響を受けていた。一度、羞恥心知らずのいたずらっ子のように一緒に便所へ行き、僕は立って、彼女はしゃがんで放尿し、好きでもあるし（と思う）、商売にもなるところから彼女が多量に飲んだ液体を、闇の中で思いきり放出したのをおぼえている。どんなに親密な男女のあいだにも必要な慎みに対するこのようなまったくの無頓着のなかに、僕は倒錯した喜びよりむしろ、自然の状態へ一時戻ったような喜びと、ごく当り前の器官の脈動の泡にまみれつつ、ハディジャのもっとも奥深い部分で、僕たちの合体というよりは、二人のあいだの隔てのなくなったしるしに出合ったとき、以前僕を酔わせた底の底まで行き着いたというあの同じ感じを見出したように思う。

（長いこと肺を病んできたのに、とても若々しかったその亡骸に別れを告げるため、僕がもっとも厚い友情を抱いてきた、僕の生きた時代と風土を体現していた女性〔バタイユの恋人であったコレット・ペーニョ〕の冷たい額に数刻当てた僕の手、友情を一種の恋とみなし——同性愛者ではなかったけれども——そしておそらく情熱の男であるよりむしろ女性的友情の男——プラトニック・ラヴの崇高さにどれほど嫌悪を抱いていようと——であるこの僕の、大理石のようなそのはかりがたさが、いくらかそこからきているのではないかと思われたほど、年来死の天使と親しい関係を結んできた人へのこの最後の仕草が、彼女がまだほぼ健康だったころにした、もっと昔の仕草の機械的な、しかし優しい繰り返しにすぎないことを、僕はのちに発見した。僕たち数人がモンマルトルのバーを飲み歩き、そのきびしさと情熱、人生に対する嫌悪と関心、社会的なメシアニズムと、強制には耐えられない性質とによって、氷と火のあいだに宙吊りにされていたので、ただ一本の糸でしか保つことのできなかったバランスを維持するのに必要な努力にもはや耐えきれなくなったときよくそうなるように、彼女が酔ったある晩のこと、僕は、吐くことで吐き気から解放されるのを助けるため、彼女の額に手を当てた。これは僕の右の掌——アルコールと、彼女がその永遠の餌食であった容赦ない二律背反のために自己放棄したその頭を支えていた——がいつまでもおぼえていたただ一度の愛撫だ。彼女が書いた原稿のいくつかが示しているように、この女友達は、自分をあらわすのに「ロール〔初期キリスト教時代の隠者の住む村〕」という感動的な名を選んだ。いくらか媚びを含んだ白熱の輝きに、アンジェリカ〔根を薬用に、茎を食用にする植物〕のスティックのような、なんとなく小教区的な甘美さを添えた中世のエメラルド。）

「みなさん、エ・クリック！……エ・クラック！」夜、ハディジャが咳をするのをきいて、僕がどれほど気の毒に思ったのかを言ったら（彼女が汗をかいているときに多少なりとも裸にして風邪をひかせてしまったという後悔、注意を払ったのに、お粗末ながら彼女が体を痛める共犯者の一人になったという後悔に、快楽に勿体をつけるためのように加わったうわべだけの同情）、夜の涼しさにもかかわらず、すでにほとんど灼けつくようだった朝の太陽の下での僕たちの最後の出会いを語ったら、ハディジャの影——その先に、影がもう見わけられないはっきりしない境界までのびた——は、僕たちの話を再現しようとして、いまそうしているようには、いつかまたそれをとらえることのできぬまま、僕の記憶の片隅に埋もれてしまうだろう。

　オランへの出発（冬が猛威を振るう一方、それが混乱と殺戮と化すだろうとは露知らずに、戦争のなかにどっぷり浸っていた地域への旅の最初の行程）の前の晩、僕はおとなしく、仲間たちと一緒に戻った。たぶん、上を下への大騒ぎとなるのに決まっているので朝になってからではするのが不可能な二、三の準備をしなければ、翌日引き払うことができなかったからであり、また、僕たちに割り当てられた大部屋に、ただの一夜もいないとすれば、いささか目立つほど仲間づき合いに欠けることになると考えたからでもあるが、主として、運だめしはしないほうがいいと、これまで何一つ汚点のなかった——すばらしい幸運に恵まれたかのように——アヴァンチュールに、新たなブスビールへの訪問は、一切を台なしにしかねない何やら知れぬ辱めのほかは、何一つつけ加えないおそれがあると考えたからであった。いくら強く言い張っても、僕が引合いに出す具体的理由（出発の準備、あまりに仲間たちをないがしろにしすぎる心配）のどれ一つとして、この最後の夜を過ごす差し障りになるとは納得しなかったにちがいない生身のハディジャよりも、結局、聖遺物であるハディジャ、そのイメージを損なうまいとし——信心に凝りかたまった人間の慎重さをもって——、彼女が死者であるかのようにすでにその思い出を培いはじめていた女のほうを選んだのだ。

いま正確に位置づけるのにひどく苦労しているエピソード——娼婦のシーツの中から生まれた狂気の愛の炎でそれをロマンティックに彩ったり、反対に、ピューリタン的怒りから、それをきわめて卑猥なレヴェルまで引き下げるという二つの暗礁を避けながら——は、椰子が茂り、アラブ人の村が細々と暮らしを立てている広く、哀れな、埃っぽい書割をなお数時間照らすために、太陽がベニ＝ウニフの上に昇った瞬間、これを最後に幕が引かれた（それも僕自身の手で）と思われた。仲間の一人——まじめで控え目だが、どこか皮肉な冷静さをもつ男。僕は彼に、それまでは漠としていたが、帰国が近いと思うとはっきりしてきた不安を打ち明けていた——が、いつものかすかな笑いが縁どる丁重な仕草ですすめてくれるのを受けて、僕は、普段の用心深い習慣とは裏腹の性的行為の罰が体に及ぶ危険を減らしてくれる（彼の保証によれば）はずの化学的な複合薬をすでに飲んでいた。この薬の効能に対する僕の信頼はいくらかナイーヴすぎていたであろうし、しゃべったり、冗談を言ったりしながら僕たちが荷造りをしていた陽気な雰囲気がそれを助長してもいたようだった。しかし僕は、僕たちの住む石ころだらけの高原での心細さを追い払うために万策を講じなければならなかったとき、自分の心をとらえた、感動的な、ささやかな草花の発見の一つのように今後思われるにちがいないアヴァンチュールに、あらゆる点で終止符を打ったと――とりわけ、体が腐るという結果が出てくる可能性にけりをつけて――確信していた。

午前の終わりごろ――一切けりがついたので、もはや何一つ僕をひきとめるもののなかったこれらの町々をいくらかぶらつこうとしたのでなければ、仕事かなにかの用事で町に出ざるをえなくなって――、ブスビールの近くを通った。すると一人の男の子が、「軍曹！　軍曹！」と、遠くから僕を呼んだ。たどたどしいフランス語で彼が言ったところによると、「マドモアゼル・ハディジャ」がお別れを言いにきてくれるかどうか尋ねるために僕のところへ寄越したのだった。僕は彼についていった。

頭の天辺から足の先まで、ベルトがウエストを際立たせている、ゆったりした、しみ一つない白いドレスに身を包み、緑のモスリンの帯を額に巻き、恋人は儀式のための装いをし、教義に厳格に則って守護聖人の色を身につけたどこかの信徒会の女の長のように、仕事場の門口で僕を待っていた。彼女は椅子に坐り、女将は立ち、他の女たちが彼女をとり巻いていた。兵営を出たとき、時折そうするように、すでにカロをとって上衣と剣帯のあいだに入れていたのか、この女たちの群の前で立ちどまって脱いだのか、僕は無帽で、そして――いつものように――剃った頭をさらしていた。坐っているハディジャと、その前に立つ僕とは、みつめ合っていた。だが僕には、まったく別の人間を見ているように思われた。もはや動きまわったり、すぐに腰を振ったりせず、聖画か蠟人形館の人形のようにじっと動かぬハディジャ。垂直な日の光が井戸の底まで差しこむ時刻、旅人の夢にしばしばあらわれる王女のお伴の盛大な行列に加わっているハディジャ。彼女を正真正銘の娼婦に、僕をポンチ絵の兵隊にしてしまう堕落した世界とは違う世界に生まれていたら、たぶんそうなっていたであろうようなハディジャ。「あなた、お日様が怖くないのね……」、彼女は、上半身も頭も毛筋ほども動かすことなく言った。そしてこの言葉は、いつもいくらかしわがれた、こうして区切って言われた文句がまったくの確認なのか、疑問のニュアンスを帯びているのかを僕がききわけるには、あまりにもフランス語の発音に不慣れな彼女の声を通して、ひどく遠くからきこえてくるかのようだった。顔を彼女の高さまで近づけようと僕は身をかがめ、ごくありきたりのキス、破廉恥とはまるで無縁な感情で結ばれた二人の人間がしあう、口を頬に軽く当てる程度のキスを彼女と交わした。

（奇妙な戦争がすでに遠い過去として片づけられてしまい、フランスが占領軍から解放されたころ、僕はクマシの大きな商業の中心地を離れ、コノンゴ〔クマシもコノンゴも、ゴールドコースト（ガーナ）の都市〕へ金鉱を見にゆこうとしていたとき、英領ゴールドコーストの道路ばたで、見知らぬ女の口から、ハディジャの唇からきいたとき、僕が神託のように思ったのとほとんど同じ文句をきくことになるだろう。一本の大木が道路を横切って倒れていて——湿地にある森林地帯ではよくあること。植物界の巨人たちは思ったより脆いのだから——、別の車がすぐ後についていた仲間と僕の乗る小トラックは、停車せざるをえなかった。僕たちの黒人の運転手から通報を受けた作業員たちが、通行を妨げている木の幹を斧と鉈で切っているあいだ、なにやら教育的目的で移動中、引率していた、みな洗礼志願者の一群のアフリカ女性たちと一緒に、別の小型トラックに乗っていた、とても若くて、とてもにこやかな英国国教会の尼さんと言葉を交わした。世捨て人やマドンナよりもはるかにパルモリーヴの広告に出てくるのにふさわしい透明な肌色のこの優雅な女性は、他の女たちがその濃い肌色に合わせて、マンチェスター製のプリントされた綿織物の鮮やかな色彩を身につけていたのに対し、白と薄いグレーずくめの服装で、頭のヴェールの上にコルクのヘルメットをかぶっていた。彼女は、その名——小鳥たちにとって蜜であるムロン〔ルリハコベ〕に近いブロン〔ヌムールの近くの町〕——が僕の子供のころの宝の一部をなしているガティネ〔パリ盆地の地方〕の小さな町に住んでいる、伯父であるアメリカ人の彫刻家のことを話し、最近会った人間から姪のことを知らされたら喜ぶだろうから、この伯父に一筆書いてやってくれと僕に頼んだ。彼が住んでいた、英語で「Green Shutters」という館の名前を思い出すのに、彼女は長いことかかった。その場所をフランス語で何と言ったらいいのか、僕たちはひと苦労せざるをえなかった。最初に決めた「Vertes Persiennes〔緑の鎧戸〕」や「Verts volets〔volet もやはり鎧戸の意〕」、「Persiennes vertes」をやめにしたあとに採用したのは「Volets verts」だった。道路の真ん中に立ち、作業を見守りながら、ほぼ一時間にわたってしていた会話の途中、僕が小型トラックから無帽のまま下りてきていたので、彼女は、すでに長すぎるほどの時間、熱帯の太陽にこんなふうに身をさらすのはあまり用心深いといえないと注意して、親切にも帽子をかぶるようにとすすめた。彼女は「悪ふざけは喧嘩のもとよ」、「もっとまじめにしなさいよ」と、よく小さな女の子が言うような口調で僕に言った。パリに戻ったら、僕は彼女の伯父に、約束した手紙を必ず書くと言った。実際、彼は、噂でしか知らない――実際、出会う機会がまったくなかったので――姪が元気にしていると知って喜んだといって返事を寄越し、いつかブロンに来たら、家に昼食に来てほしいと書いてきた。)

短い牧歌的な恋の記憶を損ないたくないという思いから、僕が自分からすすんで一夜を端折ってしまった――がむしゃらにその中に飛びこむかわりに、喜びを出し惜しみしつつ、それに与えてきた一種の完璧さを無傷のままにしたいという思いから、一連の出来事を途中で打ち切って(自分の枠から出ることの、相変わらずの無能力さから)――のに対し、ハディジャは、僕が救おうとしていたものを彼女が台なしにするかもしれないと思うなど大間違いだと示そうとするかのように振る舞っていた。この最後の出会いのとき、彼女は、時宜を得ないとか、まったく場違いだと僕に思わせるようなことは何一つしなかっただけでなく、熟練した画家さながら、そのおかげで絵全体がいまやきわめて優しい光に照らされて、真の姿をあらわすに至るがごとき画竜点睛のタッチを置いた。その日は、偶然もまた僕に幸いした。出発までわずか数分のとき、駅で待っていた列車の近くで、基地2に滞在していた間中、実験室、台所、洗面所に分けるのが役目だったその日の分の水を、「行止りの道」だけが通じている哨所へ毎日運んできていたタンク車を認めたとき、僕がこの地方でかかわりを結んだ事物自体――人々だけでなく――が、それぞれがもっとも単純で、もっとも心のこもった社交上の慣習に従って、僕に別れを告げるためにやって来たように思われた。幸運を祈ると言って運転手の手を強く握ったとき、僕が別れを告げたのは、水を運ぶトラックにか、それを運転していた男にか、それともこれらすべての人々、すべての事物の最後の使者にだろうか。彼は褐色の髪の、陽気なマルティグ〔マルセイユの西にある町〕生まれの大男で、普通、のっぺりした、オリーヴ色の顔、大きな暗い眼、ピカドール〔馬に乗り、槍を使って牛を疲れさせる役の闘牛士〕の従者めく、猿のような様子をしたオラン人を助手にして配達をしていた。彼とは、分配が終わるとアニス酒を飲みにいったものだった。それは、巡回の都合によっては、日に三杯ということもあったのではなかったか。

（形式尊重。それに従い、僕は典礼に則ってのように、物事がぴたりと決まるのを見るのが好きらしい。そして定式化。よそよそしいものにならないよう、僕はそれを自分の中に入ってくるものに課する。一切の形式の突然の拒否へと突然落ちこむ――けれどこの落込みはすぐ思い直され、形式の否定であるこの落込みの形を決める必要があるかのように扱われる――場合を除き、僕が、おのれの単独性の外に連れ出され、外部と一致し、トータルといえるような状態に近づくのを感じるのは、物事や僕の考えが、論理はなきにひとしいこのような調整に従うときだけだ。たまたま、あるものが、自ら、そして一気におのれの定式を示すことがある。したがってあとは、それを固定化させるだけでいいのだ。反ユダヤ主義の猛威から身を守るために避難せざるをえなかった親戚の誰彼〔カーンワイラー夫妻のこと〕を訪ねるため、動員解除の直後に赴き、その後何度か立ち戻ったリムーザンの田舎で、さまざまな散歩の折、家禽飼育場にいたつましい鳥、孔雀という実は僕の見ることのできたもっとも美しい生き物を観察した。尾羽を輪形に完全に開き、そり返りつつ、下ろした翼の先で地面に触れ、息のような鈍い音をたてながら、両肢で回転するときの孔雀の動き。それは、牛が突進してこようとしないとき、挑発するために足を軽く踏み鳴らしてみせ、ムレータをちょっと震わせるときのマタドールのある種の動きを思わせる。)

ハディジャが、あの少年を寄越す前から当てにしていたように思われたこの公式のお別れ――というのも、僕が来るかどうか分からないのに、こんな服装をし、こうした演出がまったくのむだになると恥をかくおそれがあるのに、戸口の前に仲間たちに囲まれて坐っていたりするだろうか――に執着したのは、暇乞いをすることなく僕を発たせるのを認めないと考えるほどの、心からの親近感のせいだったのだろうか。それともまめなお客に対する義務を慮り、最後まで事がきちんとすることを望んでいて、彼女はこうした別れのなかに、彼女も僕も怠ける権利のない儀礼上の務めをむしろ見ていたのだろうか。あるいは、自分の魅力に自信のあった彼女は、下士官が自分のためにわざわざ足を運んでくれたり、ちょっと合図をすれば寄り道してくれることを仲間たちに示して自慢したかったのだろうか。もっと欲張りで、もっとかわいげがなく、暇乞いをすることになれば、僕が自分に贈物をせざるをえない気になる、と考えたのだろうか。僕は、彼女の行為の動機のなかには、こうしたことがみな少しずつ含まれており、お別れのキスよりもっと実質的なプレゼントを期待しているかもしれぬと考えもせずに立ち去ってしまい、マナーだけでなく、友情にも背くことになったと考えるに至っている。けれど失望していたとしても、彼女の振舞いには、そんなことを僕に気づかせるようなところはまるでなかった。あるいはもしかすると(そしてこの場合、僕は、気前のよさに欠けることで、機転をきかせたことになる)、贈物がないこと自体が彼女の意に適っていたのかもしれない。なぜって彼女は、それを淑女として扱われたしるしとして、誇りに思ったかもしれないからである。

「あなた、お日様が怖くないのね……」、彼女はしわがれた声でそう言ったのだった。そして、彼女は巫女のごとき抑揚のない、放心したような口調で語り、太陽という四大の一つと僕を結ぶ契約を示して、僕の運命を明らかにしたのだと、子供っぽい虚栄心から想像していい気になった。しかし彼女は、僕の日射を少しも怖れぬさまに感心するどころか、僕という外国人に思慮分別をもつよう忠告したかったのかもしれない。それとも、真っ昼間に姿をさらし、顔も隠さずに通りの真ん中に坐っていた、自身恥知らずの彼女が、ある程度地位が高いと思っていた人間が、みなの面前で太陽に対して何一つ防御策を講じず、こうして、きわめて粗野な人々と変わらない振舞いをするのを見て、ただ恥ずかしいと思っただけのことだったのか。いまでは、ハディジャがどういうつもりであぁした言葉を口にしたのかを正確に識別することを諦めている。それに、そこに何かはっきりとした意図があったと信じるのもやめた。たぶん彼女は、僕に対して気を遣っていることをそっと示すために（一切嘘をつかないように彼女を仕向けたと思われるあの職業的良心から）、なにか言葉——最初に心に浮かんだ——に頼っただけのことなのだ。娼婦である彼女が、そのおかげで終始僕たちの関係を保ちつづけることができた、そして、それだけで、僕がなぜ彼女に対し、一種の忠誠を果たさねばならないと思うようになったのかを説明する一種の誠実さ。オランへ行く途中列車が停車したサイダで数時間過ごしたとき、僕は一人の仲間と、トルコ風呂に入ったあと、娼家をひとまわりしに行った。そこには、醜くもきれいでもないが、かなりみずみずしく、こちらの心を動かすような慎み深さをもった娘がいた。僕は、彼女を断るのに正直苦労した。そんなことをすればどれほど彼女を傷つけるかは分かっていたからだが、それでも一緒に二階へ上がるのは断った。もう一度、しかも帰国の途中で火を弄びたくなかったし、その最後のときだけは、職業的な行為とは無関係だった何度かの出会いのあいだにハディジャの中に見出したかけがえのないものを台なしにしたくもなかったので。

北アフリカを去るとき、僕は、上衣かカーキ色のラシャの半ズボンのポケットに入れて、思いがけないなにかのしるしであるかのように大事にしていた銀の十字を持ってきたが、セルアルをはくというあの流行に追随しなかったと同様、仲間たちの多くが、小商人たちに売りつけられ、英雄的行為に代わる僻地での長い流謫の生活が、リボンかなにかに下げる勲章を授かるだけの名誉に価するものであったかのように、同種の装身具を誇らしげに見せびらかしていたように、胸にピンでとめることは差し控えていた。プレゼント(はっきりした感情的な意味合いがそれに結びついているのならなおさら)をしかるべく保存して、この南十字星下の遍歴にけりをつけるかわりに、なぜ僕は、いまでもよく分からない不思議な気まぐれにとり憑かれた娘からある晩手渡されたとき、あれほど自分を喜ばせたプレゼントに関して、珍しく欲得を離れた手よりそれを受けとった僕の手から、妻の手へ渡るのがもっと理に適った運命だと判断した——パリに戻ったとき——のだろうか。

動員令とそのわずか数日後の北アフリカへの出発は、僕の人生に大きな括弧を開いた。日ごろ慣れ親しんできた生活の流れから引き離され、そのような流れのなか、愛情や仕事や偏執のなか、おのずと形作られてきた人格が消え去ることは、突然兵士に変身させられた市民に対し、ゼロからの再出発という幻想を与える。その世界では、自分に責任があるとは露ほども思わないで済むので、しがらみから一部解放されたように感じ、新しい境遇にはどれほど不満足であろうと、都合のいいアリバイを実際に手に入れると同時に、その重さに悩むこともなくなる。ある場合には、無名性と、時間が自分の自由にならないという手軽な口実とが、普段だとしたいことをする責任をあえてとらない人間にもたらす、もたらす、うんざりするような単純化。入隊以来、登録番号以外の尺度をもたない、大まかな数学の管轄するところとなって、数か月来深く分裂していた僕の生活は、統一らしきものを回復するに至った。

一夫一婦制がさし示す道からあまり逸脱することなく歩むのをやめたとき、僕は経験を通して、そう恣意的に左手と右手について語ることはできないという事実を学んでいた。このような生活（それまで、品行方正すぎてこのままいったら退屈でやりきれないと思ったとき、稀に、短いあいだ本道から逸れたものの、おおむね本道に沿って進んできた）は生活の幻、あるいは生活の半分でしかないことが分かったためで、というのも、その官能の炎が一つの対象、その光が知的、あるいは倫理的正当化を免れさせてしまう対象だけに降り注ぎ、その対象以外の一切をえてして消失させてしまう太陽が、僕には昇ったからだ。美、それは残りのすべてを失墜させ、その価値を奪うものだ（美しいただ一人の女のために、すべての女が醜くなるだろうから）。美、それは、『天国と地獄の結婚』〔ウィリアム・ブレイクの著書。一七九〇―一九三〕の中で真の詩人についていわれているように、つねに「そうとは知らずに悪魔の味方」だ。さだかならぬものである美、僕たちはあまりにも多くの場合、それが跡形もなく燃えつきてしまった束の間の炎であり、若さゆえの美しさ、合せ鏡が自分たちの眼前に現出させた幻だということを発見して、あれほどまでにその熱狂者や手先であったことにほとんど驚くだろう。けれど僕たちが年ごとに募る疲労に目隠しされてまったくの盲目とならないかぎり、所を変えては輝くのをやめないほどさまざまに変身する美。恋の形そのものと色とをそなえたモロッコ革製の装身具、兵士の銃剣（たぶん間違って供されたのであろう。なにしろそれは、いかに友情が絶たれるのかを示したのだから）、闘牛士の体の動きにしたがって揺れ、牛を意のままに操るムレータの幻、昼も夜も狂ったように元気な僕の相棒の女を豪奢な魔宴へと呼ぶかすかな太鼓の音の幻は、僕にとって、美のそうした変身の遠いしるしとなった。この変身にあっての、女淫夢魔の想像上の裸体は、動員騒ぎ、日ごろの習慣のこのような激変が促したこだわりのない状態、別れの厳粛さがきわどいヴォードヴィル的振舞いに与えた一種の正統性のおかげで、肉と骨とをそなえた裸体にとって代わった。

　僕たちの良心が悩んだ過去の行為に、あとになって、その意味を変えるためや、程よくバランスをとるため別の行為が加わるかのようにして、行為から行為へと進むようにさせる厭わしいメカニズムに従順な僕は、この新たな、二重の裏切り——ここではハディジャが僕の相棒だった——のなかに、僕の伴侶が咎めることのできる裏切りを小さなものにする手段を見出したのだった。つまり、僕のサハラでの孤独な生活は気まぐれを生みやすく、だから、重きをおいていないことを間をおかずに示した不実な関係も、やはり気まぐれにすぎなかったかのように、万事ことが運んだ。最初に裏切られた者への借りとして、僕の受けとった装身具を渡すことは、僕に対して彼女に一種の宗主権を、彼女に対しては優越を認めることであり（間違いなく）、それゆえ僕は、再犯しないことの証を提示したときにもう、最終的に、ほとんど罪が晴れたと感じたのだった。それに、ご都合主義的なたくらみは一切抜きにして、曰くのあるこうした装身具を贈ることは、ただ単に旅の記念品をこれまでどおり進呈するより有意義な行為のように思われた。買わずに僕の手に入ったものは、僕自身の持物であり、僕の手放す僕自身の一部のごときものをあらわしていたからだ。仲間たちより気配りがなかったとはいえ（帰国の日が近づくや、彼らの主な関心の一つは、家族に持って帰るそのような記念品の入手だった）、僕のほうが彼らよりましだったのではあるまいか、なにしろ手ぶらで家に戻るどころか、そこらで手に入れることのできる他のどんな安ぴか物よりはるかに意味のあるあの小型の星、銀の十字を持ち帰ったのだから。

（「一切の物は、落ちるとき、自分と一緒にその小さな「cum〔ラテン語で、一緒にの意〕」をひきずって落ちる。」夢の中で想像した——というよりむしろ、想像したのを夢見た——体の落下についての論考、他はすべて目がさめたとき消えてしまった論考の名残りであるこのパラケルススに擬せられている言葉から、僕は三十年ほど前、何事も秘教主義に結びつけようとしていたとき、当時まだあったような銅貨とポーカー＝ダイス——別名「エースのポーカー」——の五つの骰子を使って、記憶を助ける図形を作ろうとしたことがあった。左右に並べた二つの骰子は、テーブルないし適当な平面をもつ他の家具を置台として、縦に、図形の左の方に、他の二つは、四十五度の角度に従って右の方へ下りてゆく線の上に、斜めの位置に離して——この二つの骰子の二番目のものは十サンティーム銅貨の上にのせられる——、五番目の骰子は、これも離して、最初の二つのように縦に、これらと銅貨のブロンズの円盤のあいだの高さに、やはり右へとのびて、もう一つの線と相似形をなす線の傾斜の中央に置かれた。図形を構成する五つの骰子がそれぞれに示す面は、王、エース、十、九、ジャックであり、最後のものが、タロットの香具師を思わせるジョーカーの代用のごとき役を果たし、そのなかに僕という初心の形而上学者は、それなしには虚無しかなくなるであろう関係のデモンを見ていた。したがって、徹底した錬金術師的見方を僕と共有する人たちにとっては、図形は次のように読むことができた。王はすべて、ハートのエースは髄あるいは世界のハートとしての事物、斜めの十は数字学についての僕の不確かな知識からして、この数字は〈人間〉の、したがって〈落下〉の数字と思われるので落ちるときを、十サンティーム銅貨はその形が車輪の形なので自分と一緒にひきずってを、斜めの九——希望の意味のある上昇をあらわすために、十に対しては垂直の方向に向いて——は、九はポーカー＝ダイスのゲームで一番弱い数なので、その小ささを、と。「cum」、その実体を、図形についての同じころの注釈のなかに僕は次のように書いていた。「「cum」——ラテン語で「一緒に」——は、肉体が移動するとき、自分とともにひきずってゆく諸関係、すなわち諸偶発事の補助詞であり束だ。それはまた、隣り合う肉体の実質の一部だ。二つの肉体の関係はすべて、必ずや物質的事物であり、同時に二つの肉体の実質の性質を帯びているので。肉体はそれゆえ自分自身であると同時に、他のすべての肉体でもある。なぜなら人はそれをこれらすべてと結びつけ、これらを、それとの関係によってしか存在しえないと考えることができるからである。こうして、視覚的世界は、僕自身と一体化する。なぜなら僕は、僕とともに移動する、僕の視点を通してしかそれを認識しないからである。同様に、人間たちは、死のなかへ落ちてゆくとき、自分と一緒に、そこを通過しているあいだに世界で得た感覚的諸関係の、すなわち肉体的残滓の細糸《フィラメント》の荷をひきずってゆく。」こうした夢物語から醒めたあとも、僕の五つの骰子――聖具納室や薫香紙の匂いのするトランプ占いの女の部屋の次元ではないが、パス・アングレーヌ〔骰子遊びの一種〕その他、禁じられているゲームの行われるごろつきバーの次元にあって、人が手中にしている運命の凝固物として――に、それでも象徴的な価値を与えつづけた。モンマルトルで飲んだ晩、吐くのを助けた女友達が死んだとき、僕がそれらを棺の中に入れたのは、お守りや臨終の聖餐をそうするのと同じような気持からだったと思う。彼女は、いまわの際にあたって、どんな憐れみや悲しみより、僕に心底からの聖なる恐怖を感じさせた。それは、背筋を走った激しい戦慄で、瀕死の女性の伴侶であった男も、とてつもなく遠くへ行ってしまったようにしか見えなかった彼女が、悪ふざけをしようとした少女のように、はっきりとうれしそうな、皮肉げな表情を浮かべて、十字のしるしを半分、逆に切る仕草――自分の一方の肩と、もう一方の肩に触れる仕草で。そしてそれがすべてだった――をしかけるのを僕たちが見たとき、僕の頭から立ちのぼった、青みがかった閃光という形で自分にも分かったと、その直後に確言した。しかけたのであって、しおえたわけではなかった。まるで彼女は、友達であり、彼女と負けず劣らずの無神論者だった僕たちの眼前に、あきらかに異端的ではあるけれども、改宗したのかもしれないという姿を突きつけて、僕たちをぞっとさせようとして、ぎりぎりのところまで行こうとしたかのようだった。一番信用のできる手に渡すことによって、ハディジャがくれた十字架が、蓋が閉ざされる前、もう一切、ごくわずかな余命の望みも絶たれた僕の棺の片隅に置かれることを望んでいたのだろうか。）

　ハディジャにとって、快楽をおぼえながらの、あるいは、四十スー出せば、人前で自分の膣にビールの小壜を押し込んでみせたブスビールのあの別の娘（誘われたけれども、見るのを差し控えたショー。そのうえ他の多くの同輩たちと同様ハディジャもそれをあきれたこととみなしていて、同輩のなかで一番、どうしようもなく醜く、しなびた女の専売にまかせていた）同じようにシニカルな無関心さで行った猥褻な行為の代価であったにちがいないもの、こうした不浄な手、次にそれらとさして変わらぬ僕の手から離れて、まったく公明正大で清潔な手に渡したものも、事情を知ったうえ、真っ直ぐな心でそれを受けとった女のもとにあまり長いことは留まらなかった。一九四〇年の集団避難以来、妻の義兄——他の多くの人々同様、ヒトラー主義者たちの人種差別の脅威から逃れるのを余儀なくされて——が居を定めたリムーザン地方のあの田舎で、僕たちは、一九四三年のある夜、ゲシュタポの悪徳警官どもの略奪を受けた。保管されている武器を探すという名目で行われた見せかけの家宅捜索だ。実際は押込み強盗で、軽機関銃を持った一人の男が庭に配置され、警官どもが言うには、尋問のためリモージュへ僕たちを連れてゆく車の到着を待つあいだ、厳重に監視されて、みな家の中にいた（尋問はとりわけ、「アーリア民族」ではない、そして占領軍がなんとかして逮捕しようと手ぐすねひいていた、僕たちのなかの一人にとっては不安なものだった。そこから、思考の流れとは直接の関係がなく、固有なリズムに従う肉体的な吐き気のような、奇妙なことに満ち引きのある強い怖れが生じた。だからそれは、なにか心強い事柄を思い浮かべた瞬間に、時として頂点に達するのだった）。それから、遅れている車がパンクしたのではないか、家の近所で何らかの理由のために止められているのではないかを見にゆくと称して警官どもは姿を消し、ピストルに脅かされて閉じこめられていた客間からおずおず出てみると、事の秘密をかぎつけ——最初から、そうひどい目にあわずに済むとは信じもしなかったが——、ある時期から予測していたことの明らかな確証を得た、つまり家宅捜索には、宝石類その他簡単に持ち運べるものすべてを盗むこと以外の目的がなかったということの。僕に関しては、『抹消』の大部分を書き、とても気に入っていた、かけがえのない万年筆を略奪者たちの手に渡すことになった（いまでは代わりに、それにはとても及ばないが、パーカーを使っている。ペン先にキャップのついているモデル51だ）。それに、入手のむずかしかった巻煙草を全部盗まれた。僕はこの盗みをいわれのない悪意と感じたが、たしかに警官どもも煙草を入手するのに苦労していたのだった。妻のほうは、家族から受け継いだものだったのでとても大事にしていた指輪その他、さまざまな装身具と一緒に、他のいくつかの小さな飾りもつけられていたブレスレットにとめて、手首につけるのが習慣だったあの銀の十字も失った。こうして、「笛から来たものは太鼓に帰る〔悪銭身につかずの意〕」という諺を絵解きする文字当て《シャラード》遊びの筋書どおり（と思いたくなる）、娼家から持ち帰ったものは、ほぼゲシュタポへ直行した。まるで売春と警察とは、それらを土台石とするいまだ崩壊していない世界にあって、不可避の共謀関係を結んでいるかのように。フランス解放後だいぶ経ってから、新聞を通して（その名前と、香水の企業に雇われた化学者としての過去についての記述から彼だと分かった）、サハラ・ホテルでの会食仲間の一人が、占領時代、SPACつまり「反共産主義警察局（Service de police anticommuniste）」の一員であり、いまでは拷問班のメンバーとして訴追されていることを知った。この男のことを考えたとき、嫌悪と恥ずかしさのまじり合った思いを抱いた。実際、彼に好感を抱いたことは一度もなかった——その目に余る自己満足の様子、向こう見ずの暴れん坊たらんとしているところ、当節むきのごくつまらぬスローガンに賛成を示すその精神の凡庸さのために——が、戦闘部隊への配属を志願して敢然と危険に挑んだ、僕たちのグループでは稀な一人であったことは、彼の取柄としていた（稀な一人であって、唯一の人間だったわけではない。こうした要望は、いやらしい人物であった、基地2の僕たちの下士官食堂の支配人も表明していたからだ。骨がないかのような彼の体つきは、とんど全員に嫌悪感を抱かせ、僕は、むしろわざわざ空威張りする人間を演じて、先頭に立って彼をこらしめた一人で、酒を飲んだある晩など、娼婦たちに「その人生を語らせる」のが好きだと、客の大方の、知ってか知らずの残酷さを満足させるためには、たしかに大概のことには用意のできているこの女たちに、涙を流すまで告白させるのが面白いと恥ずかしげもなく、助平な似非信者のような薄笑いを浮かべて言ったので、皆の前で彼に平手打ちをくらわせたほどだった）。戦争という正念場を迎えて多くの事柄が再検討を迫られたあと、無頓着からにせよ、その振舞いから「それだけのことはある」と思われた人たちの人気へのつまらぬ気遣いからにせよ、潜在的な迫害者を、肩身の狭い思いをしなくても仲間づき合いできる人間として扱ったのを忘れることはできなかった。あまりにひとりよがりがすぎると同時に、あまりに押しつけがましいために気がかりであったその凡庸さについては、何の幻想も抱いてはいなかったにせよ、その馴れ馴れしい言動を許していた人間がその後落ちていった破廉恥への坂道に対するこのような啓示の光に照らしてみるとき、サハラ時代、僕は結局のところ、かなりいかがわしい連中とつき合い、ある種のブルジョワ的順応主義から解放されたと信じながら、もっと悪いところへ落ちこんでいたように思われた。ある日、自分が「政治」にかかわっていた時期や、当時、公衆の面前で長広舌を振るったときにおぼえた昂奮を僕に話してくれた――それ以上詳しいことは言わずに――外人部隊の例の伍長は、マフィアかなにかのために働く、金で雇われたアジテーターでなかったならば、あんな漠とした仄めかしに終始しただろうか。すんでのところで僕の天使だの守護霊だのと思いこみかねなかったハディジャの中にも、拷問と拷問のあいだに、ゲシュタポの連中や親独義勇軍の兵士たちと酒盛りをする情知らずのあの娼婦たちの同類（なにしろ主人に対して媚びを売るのが彼女の職業だったのだから）がいることを僕は知っていたのではなかったか。宴会のあとで、傭兵である仲間たちに彼女を提供した（彼女が自分からそうするのをたぶん怖れて）僕に関していえば、荒くれ者の手に次々と渡す分捕り品のように彼女を扱ったことからして、何らかの形で自分を売り買いの対象とする、男女含めてすべての人々と彼女が共有していた堕落に大いに与していたのではなかったか。しかし男たちとのつき合いで、選択があまりに甘すぎた——一部の連中のことは軽蔑していたけれども——のは事実と認めるとして、あの娘を星のごとき光彩で飾り立てたあと、彼女の体の中にきわめておぞましいものが潜んでいたのではないかと疑ったのは、子供のころ（煉獄という中間地点の存在にもかかわらず、一切が対神徳〔信望愛をいう〕か大罪、善の宝庫か悪の武器庫であったとき）からの長年の二元論のせいではなかったろうか。

　それゆえ、一時期、消え去った時代の証である小銭か、僕の作り上げた楽園の入場券であるかのようにポケットに忍ばせていた十字は、夢の中で少なくとも一度はあの驚異が存在することを僕に示してくれた物が、夢が醒めるや、しばしば消え去ってしまったように、手もとから消え去った。一種の賢者の石（巣から落ちた小鳥の生き、動く塊のような、手にとったり、ひと目で見てとることのできる絶対。発見すれば孤独の空隙を埋めてくれるであろう特別なもの。決定的実験の厳かな配置に従って一気に開示される出来事。定式化の魔術によって幻惑的な力をもつに至った、何らかの厳密さをもつ事柄）を求めていた僕にとって、そこにあると分かるだけで安心するこのささやかな宝物が決定的に奪われてしまう以前から、ハディジャと僕の過ぎ去った、けれどまぎれもない親密の証がくすねとられる以前から、戦争は、そこに僕の仕草が、それとは明確な関係のないままに浮かぶ遠い背景であるのをやめていた。戦争は、僕が自ら演じていたお芝居のためにその動かせぬ至上命令を無視していたまさにその瞬間、それによって僕を荒々しい現実へと呼び戻し、いまや強烈な姿をとってあらわれ、僕から主役の座を奪い、僕の役柄を、目ざめ、恐怖から大きく見開いた眼の仕草だけでしか参加できない啞の人間の役柄に落とさねばならないと思っているかのようだった。僕が兵士としていた（ラブリ近くのサンの弾薬補給所に配属されていたので）、そして大避難により、パリから追われてやって来て、彼女がごく自然に、なにしろ彼女は僕の妻なのだから、僕と合流することになったランド地方で、僕らは、この出会いのためしばらくそのへりに立ち止まっていた道路を、ドイツ兵を乗せた装甲トラックと装甲車の重々しい車列が通ってゆくのを見た。休戦条約が署名されたばかりだというのに、兵役からはまったく解放されず、その日のうちにその地方の別のキャンプに行かねばならなかった。僕はそこに後退させられたのだ。そこは、占領軍が一時的に保有しようとしていたこの地区の、境界線の向こう側にあったからだ。そのときまでほとんど想像上のものだったこうした軍隊を目の当りにし、また、自分たち自らの目でこの歴史の一ページを読むため、登校途中、手をとり合い、口をあんぐり開けて連隊が行進するのを眺める二人の子供のように一緒にいて、しかもこれは僕たちがさよならを言おうとしていたときのことだったのだが、僕たちの運命は、今後（何も言わないでも）、この場面からはじまった困難の時代に一致して当たらねばならないゆえ不可分であることを、したがって、その固さがこのように証明されたといっていい絆が、あとになってゆるむなどありえないということを、エピナル版画に描かれたかのような明々白々の真実として理解したのだった。その少しあと、こうした時代のおぞましさは、それが生じた時間はわずか数秒のことにすぎなかったけれども、永遠の次元をもつある場面において、むき出しになった。妻と僕とが、彼女は家族と合流しに、僕自身は動員解除されるとすぐにやって来たリムーザンからの帰り、いまではそれを守るのは僕たちだけになってしまった家族の利益に関してのごく散文的な面でのことにすぎなかったにせよ、新しい世の中が僕たちに課する責任の重さに不安を抱きつつ、鉄道でパリへ戻る途中でのことだった。境界線を越える人たちの検問のため配置されたドイツ人たちは、僕たちの身分証明書は検査しようとさえしなかったが、隣のコンパートメントに乗っていた一人のユダヤ人を追い出した。ドイツ人たちは、集団避難以来見失ってしまった家族に会うために上京しようとしているのだと言って事情を説明する不幸な男の言葉に耳を傾けようとせず、ただ荒々しく、最低の阿呆どもだけに特有の、憎々しげな、思い上がった口調で「ユーデ！　ユーデ！」と言うのだった。この段階で、昔ながらのパリの憂鬱がまどろむ家々を毎年その金色で飾る、不毛な土地のきびしい反射や痩せた光から生まれた、シバの女王たちをはじめとする正統ならぬ女王たちは、もはやロココの装飾に見られる化粧漆喰の人形のような、半透明の、頼りない優雅さしかもたなかった。支払われた翌日には枯葉しか残らない魔法のかかった貨幣ほどの値打もやがてなくなるはずの装身具に関していえば、僕がそれに、イシスその他の母なる女神からバッカスの秘儀の手ほどきを受けた者にその侍女を通して手渡される五角星形に類する威信を与えたとしても、こうした自己満足はあまり長続きしなかった。たちまち僕は荒々しい現実にとり巻かれ、そのような夢想に耽るのは下らないと思うようになり、それを贈ってくれた女性に対して、選ばれた人間としてどころか、無作法者として振る舞ったという、まことに現世的な確信が少しずつ——一切の詩情を呑みこんで——固まっていったのだ。というのも、考えれば考えるほど、贈物は人間としてお返しすべきものであって、青い花的な思いよりは、もっと形のあるものによって応えるべきなのは明らかだったからである。

解放の六月が花開くまで、ドイツ軍占領の四年は長い冬ごもりだった。真の地獄の入口にいる人々にとって残酷そのものであったその厳しさは、それでも同じ瀬戸際にいる人たちの協調と、これまでまともに考えなかった、ささやかな事柄から生まれる喜びとがしっかりとバランスをとって、和らげられていた。草原がどれほど幸福を約束するように思われたか、建前は売春婦である大理石のような女が突然示すあたたかみがどれほど人を酔わせるかを理解するのに、砂漠での数か月が僕に必要だったとすれば、たとえば、都市での息苦しさは、人の少ない地方の健康な空気の中に解毒剤を見出す——そのときはこれまで以上に——ので、丁重にあたたかく迎えられて田舎で過ごす、静かで自由な、何事もない数日がいかに尊いかを知るには、占領時代が必要だった。そこには、弾圧がひどくなるにつれ、「マキ〔元来はコルシカ島の灌木密生地帯のこと。転じて第二次大戦中、レジスタンスの人々が潜伏した叢林。転じてその人々をさす〕」と呼ばれる人々が、次第に数多く住むようになった。警察からすればアウトローの一団であったこの非正規兵の一団は、サテュロス、ケンタウロスその他、まだ体の半分までが自然のままの存在から人が想像するような相互滲透によって、まるで周囲の、草木の茂る環境と一体化しているかのように暮らしていた。ゲシュタポが行った家宅捜索（あるいはむしろ押込み強盗）のため、僕が定期的に会いにいっていた人たちが別の潜伏所へ追い払われる前、サン＝レオナール＝ド＝ノブラでしたある滞在の折に、たまたま知ったこのような生活のひと齣はいつまでも僕を感動させた。それは、こうした田舎での滞在がいつも僕の目に、雲の晴れ間と映っていたからでもあり、また、いまでは神話の域に入るほど遠くなってしまったハディジャの思い出にその思い出を結びつけるからでもあった。鳥の囀りや、花の咲いたりんごの木や、その香りが僕にセビリアのジャスミンの花の香りを思い出させた石南花の香りで満ちたある朝のこと、僕は、ポーランド人たちの経営する農場の近くに、剪毛中の一頭の牝羊を認めた。テーブルの上で縛られ、羊はメーメー鳴き、逃げようとしていた。一方二人の男が、羊に剪毛機をかけるのに熱中していた。少しずつ厚い毛がとり除かれて、羊は、服を脱いだような姿となり、二本の後肢のあいだ（思ったのとは違い、前肢ないし腕のあいだではなく）に見える、そのばら色の乳房の突起は女の乳房を思わせ、悩ましかった。こうして横たえられ、春の供犠かなにかに際して、心静かに殺されるのを待っているかに見える羊、闘牛士の服装をし、乳房をむき出しにして、足を痛めた馬の背に悲惨な様子でくずおれている女——唯一の光は、花束を持つ少女がつかんでいる蠟燭だけの銅版画の中で——のように、テーブルの天板の上に仰向けになった、まるで人間のようなこの牝羊がまず最初に僕に連想させたのは、太陽の輝きにもかかわらず、ピカソの構成によるあの有名な《ミノタウロマキア》〔ミノタウロスをテーマとする一連の版画（一九三五）であった。しかし闘牛《トロス》の場合と同様、死の現実を当然暗に意味している、生のきびしい現実へのこの想起を支配しているのは、太古から季節の循環と一致して行われてきた祭《フィエスタ》の歓喜であった。喉を掻き切られる寸前であるかのような、そして、女性をなんとなく思わせるにすぎないだけに他のどの女よりかえって一層裸に思われた、また異様なまでに奇妙であると同時に一層現実感をもつように見えたこの動物が太陽の真下に体をさらしている姿は、のちになって考えてみると、その両義性において、僕たちの体がそれにそなえようとしていた祭の瞬間、不可解な動きをする時計に似て、片耳から突然出血した、山羊飼の女の歩き方をするアルジェリアの女と密接な関係があるように僕には感じられた。

「みなさん、エ・クリック！　エ・クラック！」

その面影がまだ記憶に鮮やかで、輪郭を正確にするために、一筆だとて加筆する必要のなかったとき、ハディジャの中に、僕のところまで忍び寄ってきて、美と同じくらい自然なもの、すなわち将来の滅びというとりわけ毒のある思いを抵抗なしに僕に受け入れさせるために死の天使がとった、あやしげな生身の仮の姿を見るのを好んだ。彼女のそばにいると根底に触れるという、そして彼女は偶然のようにして僕を身体の奥深くに潜む秘密に参入させてくれるという感情は、それだけで、この束の間の伴侶の中に、その巣窟の中で自分を親しく迎えてくれた牧羊神ニンフ以上の存在を見るように僕を仕向けたのだろうか。「お日様」という燃える一言で、僕たちのあいだに開いていた空隙を彼女が埋めてくれたとき、彼女が望んだことでないのは確かであり、そうと知ったら笑ったにちがいない高みへと彼女をまつり上げたのは（突然傷ついて血まで流した耳と、憑依の女の歌と、彼女がひそかに地中からとり出したように見えた装身具のあとで）、入口を守るその威厳と一種の白い長衣《シマール》ではないだろうか。それは、たかだか爪でひっ掻きあう程度の女の喧嘩か、そのあとでは逃げ出すほかに手のない本物の殴り合いなのか分からないけれども、コロン＝ベシャールの事件が彼女の上に落としている影から生じたことだったのか。それともそれは、その北アフリカ的美しさ、その、奇しくも金銀象眼細工を思わせる顔（短刀か新月刀の刃）のもつ、子供のころアルフォンス・ドーデの短篇の中で出会った「ミリアナ」というアルジェリアの町の名のような、ブリリアントで、あやしげで、危険なところから彼女がおのずと身につけた運命的な性格にそもそも由来することだったのか。その町の名は僕の眼前に、色とりどりの襤褸着や乞食たち、身障者たち、そしてたぶん短刀の一撃や、埃っぽい明るさとともに、皮の臭いの漂う日に照らされた通りのありさまを現出させる。そうした印象の一部は、成年になって、カイロの歩道の真ん中で――住んでいたペンションのバルコニーで涼をとっていた際――、車輪のついた哀れな箱に乗り、箱の後輪の軸を直接手でつかむか、それに棒かなにかをひっかけて、やっとの思いで移動していた、両脚のない、みすぼらしい青年を見たときにも受けた。大きな鉄のベッドに寝て咳をし、おそらく梅毒に冒されていたと思われる、太陽の女であると同時に夜の女でもあるハディジャは、なによりもまず、自分の中に死を十分に隠しもっていたがゆえ、習慣の流れに身をまかせて怠惰に生きるか、動物的無知に身も心も委ねるのでないかぎり、人が快楽を共にしつつ相手を抱くとき、あえてその洩らす意味不明の言葉の中に、不吉な天使のささやきがほとんど決まってまじるのだ、ということを僕に忘れさせるには一番不向きな女だったのではあるまいか。というのも、愛する対象――とらえがたい瞬間（僕たちが相手を所有したまさにその瞬間）に相手がまったく見失われてしまうのを見て戸惑うので――は、魅力的な外見をとりつつ、おのれの存在の儚さを思い起こさせるまがまがしい使者と僕たちの目に映らずにはいないからである。しかしそうしたすべてが、彼女の姿のまわりに集まって結晶するにはさらに、ハディジャが、カーニヴァルめく金ぴか衣裳（燃えるような赤のブラウス、オリエント風のパンタロンや、全裸になろうとするとき、彼女が両手でひっぱって脱いだ、哀れな色あせたカミソール）を、踝まで垂れて、その長い軽やかな二本の脚をその広がりの中に隠し、彼女に驚くべき威厳を与えるシマールととり替える必要があった。僕がその厳しさと優しさの独特な結びつき（ローマ時代のモザイクに出てくる、水の精の、突然神経組織が分布したかのごとき腕のような）を好んできたあの哀れな娼婦が、いったん貞潔で王侯のような衣裳を身につけたのを見たあと、僕は、陸と海の厚い帳によって背後が閉ざされるや、たちまちさだかではなくなるのが定めのその面影を、どうして深夜、扉の框にあらわれて、終わりの日が近いと告げにくる——猫なで声ながら容赦ない物言いで——存在の姿に変えてしまうまでに、彼女の思い出をみちびかずにはいられなかったのだろうか。年をとればとるほど——集団避難となって瓦解した「奇妙な戦争」、最初は一部の、それから突然全国にひろがったドイツ軍占領、解放の前触れであり、そのあと平和へ向かってのさまざまな局面が続くことになる蜂起、「冷たい戦争」という名をもつ不安で曖昧な状態、といった相次ぐ狂乱の出来事と並行して歩みながら——、僕はますます、戯れで束の間の恋の対象であったハディジャのうちに、それ以来は恋のための恋という面では僕の気持の退潮を感じつづけている（僕たちが出会ったのは絶頂で、それ以後は下り坂だけであるかのように）女、それゆえ、僕の道が、曲がるのは見たくないと思ってもどうにもならない方向へと曲がってゆくまさにその瞬間にあらわれた——ペストやらカエサルの暗殺が差し迫っているために生気を帯びた彫像のように——女を本気になって認めるようになっている。

「みなさん、そしてクリック！（そしてクリック！　とコーラスが繰り返す）、そしてクラック！（コーラスが繰り返す、そしてクラック！）」

僕の人生、それはあれこれ考える間もなく流れ去ってゆくのだが、あれこれ考えながらそれについて僕が書くものより早く過ぎ去る。僕は数か月来（月を数えれば、日々増大している遅れがひき起こす不安は、一層ひどくなるだろう）、この物語に全力をあげて取り組んでいるのだが、といってこれは、小売店主が宣伝目的からおまけを手渡すようにして、あの十字自体が渡されたにちがいない人間のささやかな役割を自身が演じていなかったら、「艶話」といっていいようなものの域をどこまでいっても超えない挿話の単なる概略――読もうと思えば、あっという間に読めてしまう――にすぎないのである。僕が文章をどう書き改めようと、こうしたすべてに元どおりの確かな現実感を返すことはできないし、その褐色の腿のあいだに開く湿った谷と、その上のばら色の肉体の凹凸の感触が僕の脳に残した印象のおかげで、いまや幻めく突起をそなえるに至った、さだかならぬ偶像に対して僕はなすすべがない。あらゆる方面にいくらかずつ行った、やがて十五年になる探鉱ののち――ベニ＝ウニフがついこのあいだのことだったときにスタートし、僕から離れて刻々と姿を変えるように見えた点が僕にとって魅力だったアヴァンチュールをいくらかでも理解できるような形にしようとして、このような思い出の夜語りのごときものに到達した、一歩前進二歩後退の繰り返しのなかで――、僕はやっと、自分で決めた第二段階、すなわちこの『軍装』の終わりに辿りついている。このあとには、波瀾に富んだ『縫糸』が、その次には困難な『フィブラ〔古代のマントや服をとめた装飾のある留金〕』、すなわち、それによって一切がぴったり合わねばならぬ留金が続くはずである。僕の進み方はあまりにも遅いので、当初の実際的な探究（規則の追究。それを発見したら、適用する時間は十分あるはずなのだが）が、実際には一種の遺言書の作成に変わってしまうほどだ。ずっと前から、自分の衰えを認めざるをえなかった徴候に、新たなそれが加わる。僕は、自分の体の中にそれらを発見する――顔がすぐに顰めっ面になってしまうほど、かなり目立つ皺、一層目立ってきた禿頭（そこから、髪を刈る際、苦行者やアフリカ囚人部隊の兵士のようなスタイルに戻る必要が出てくる）、眼の下や縁にしばしばあらわれる袋（とくに右眼が。時にはほとんど涙眼になるほど遠慮会釈ない）、幸い肥満症ではないとはいえ、筋肉が弛んでいる腹、養生をしないうえ、あまりの睡眠不足からくる虚弱さ――。そしてそれらから感じる苦い思いが、以下の一切と結びつく。すなわち、文学上の、あるいはその他の仕事が次第に多岐にわたってゆくことからくる散漫な気分（と思いたい）や物の見方、自分の体に対して抱かざるをえなくなった容赦ない嫌悪や（一層悪いことに）文字どおりの衰え、もうごく稀にしか持続勃起の昂奮に襲われない――そのうえほとんどいつも、若いころの激しい自発性などはなく――こと。まるで一切の性的イメージがこのような屈辱的な無気力を感じたとたん消え去ってしまうかのように、他人の存在にほとんど無関心であり、愛撫かなにかのチャンスがあってなんとか呪文が解けないかぎり、せいぜいが感情を伝えたいという子供っぽい欲求（キスするとかされるとか）をもつくらいであること。いまではベッドに入って誰かの傍らで裸になることに心をときめかすことがまるでなくなったので、最近まで衣服の好みに見出していた喜びを失ったこと。もはや外見のナルシシズム（鏡の前にいるかのように振る舞う人のそれ）ではなく、内臓の深みに溺れたナルシスのそれ（体中の器官の働きに不安を抱き、もはや目がほとんど外に向かないので）のなかに閉じこもること。自閉へのほとんど生理的な傾向を超えて、暗黙のうちに了解しあっているため何も言う必要がないか、何も言わないために話しあった（といって、それがいやだったわけではなく）友人が死んでしまったので、これまで以上に自分がひとりきりであり、答える者がいないと感じること。偶然ちょっと抜け出すときのほかは、壁の中に閉じこもり、泥の中にはまり、もはや自分を説明することさえなしえないこと。「セックスをしないことで、人は生命との最小限の接触を」そして（締めくくりの言葉代わりの言葉遊び）「すべての人々〔全世界の意にもなる〕との接触を失う」。二十年前のある晩、眠りこむ前に僕はすでにこう書きとめていた。孤立していると感じることに関し、これ以上つけ加える動機がほかに何もないとするなら、いまの僕は帰る望みのない流刑者同然だ。なにしろ自分が男だと知ることのできる快楽に身をまかせる機会が段々少なくなっているからであり、生身の、そしてそうと分かっているただ一人の人間に対してであれ、働きかけるのに必要な基本的な手段の一つが遠のくと同時に、驚異の豊かな泉が枯れようとしているのは明らかだからである。

ここ数か月来、とりとめのない思い——前日、あるいは前々日にいくらか飲んで調子が悪くなるとたちまち陰気な——のあいだ、自殺という昔ながらのテーマを、とても遠くからまたきこえてくるルフランのように反芻する。生きる助けになるはずのものを緊急に自宅に備える必要！　たしかにピストルではないが（それは怖いから）、ある日心安らかに自分を清算させてくれる睡眠薬の正確な量。そこへ行けば、それ専門の、思いやりのある美女たちによって、自殺させてもらえる娼家があれば、文明の進歩であり、この進歩に、かなり多くの近代的ビルにダストシュートがあるように、各アパルトマンに死体シュートを設置する家庭改良策が加わればもっといい（エジプトに見られるような、上下に陰刻、ないし浮彫で女性の裸体の表現を施した棺の中に死体を置く理由を説明する信仰がないのだから、これは死者たちに施すべき合理的処置だ。すなわち蓋の裏には、天空の女神ヌートが両腕を上げて、天井から死者に対し夜の色香を振りまいているのであり、内側の底には、腕を垂らし、地獄の女神アメンティが死んだ姿で横たわっているのだ）。

ドイツ占領時代のさなかに住んだグランゾギュスタン河岸五三番地二の、町中での住居に、十八か月ほど前、エタンプ地方〔当時のセーヌ・エ・オワーズ県にある〕にある田舎の別荘が加わった。多くの屋根裏部屋、道具置場、いくつかの別棟の建物、廃墟と化したロマネスクの礼拝堂までついている大きな家で、なんと僕——かつて無法者《アウトロー》の乳兄弟たらんと夢見たこの僕——が、実際にその所有者の一人となったのである。妻と僕自身と、一緒に住んでいる妻の両親は、ウィークエンドはほとんどいつもそこへ過ごしにゆく。

納骨堂（工事の際、どうやら昔の修道女のものらしいいくつかの頭蓋骨と骨片が思いがけず発掘され、その存在が分かった）のついていた小修道院の敷地に建てられていたこの家には、僕たちのものになって以来、その大人の成員たちは、管理人であると同時に僕たちの友人同然であるが、グアドループ出身の一族が居住していた。黒人と白人の混血である妻君は家政婦の役割を果たし、黒人の夫は庭を受け持ち、その一方、黒人の少女（十七歳だと思う）は家事と料理を仕事としている。家禽、数羽の兎、一匹の牡猫、二つがいの小鳥（雉鳩と鳩）のほか、そこにはヴァロワ地方の歌の中に出てくるようなディーヌという名の牝犬がいる。しかし、同じ年に生まれた純血種の犬たちは、みな同じ文字で始まる名前をつけるというしきたりがあって、頭文字にDをつけねばならないとなると、ディアヌ、ディドン、あるいはディナという名前になりかねなかった。

彼らの生国で知りあった——島の太陽の下で僕が汗水垂らしていた（僕が思うに、いつもかき過ぎるくらいに）ときに——この人たち、いつも遊びたがり、散歩したがり、喜んで人を迎えるこの犬、一世紀半近く経つ古い家、すてきな眺め、木々、空間、かなり人里離れた場所、要するに、人を幸せにしてくれる多くのもの。僕が葬られたいと願うのは、この土地なのだろうか。ひとときそう考えもしたが、すぐにとり下げた。共同基地に葬られることを求める——みなと一緒という一見平等主義的な願いによって、近親者たちを拒否する気のきいた方法——似非謙譲家であろうとする以上に、自分の土地で眠りたがる田舎貴族を演じたくはなかったし、そのうえ、僕という非キリスト教徒にとって（それにキリスト教徒にとっても同様に）、自分の遺体の運命についてとやかく考えるのはばかばかしいと思ったので。同様に、音楽祭のとき、フェニーチェ（すなわちフランス語で「フェニックス」）劇場で行われたオペラの上演のため、ヴェネツィアに二度行った際に着た、いささか青の勝った、熱帯産の生地のスモーキング（思ったより派手だったので、気恥ずかしさがないわけではなかった）を身につけて埋葬されたいという、不吉な夢想に耽った別の日に思いついた計画もとり下げた。こうした手前勝手な願い（一心同体と思っている伴侶のことなど眼中にない、最後の処置は自分ひとりでしなければならない独身者が抱くような願い）よりは、僕の将来の死体の眼球を、盲の人たちのため外科医の処置に委ねたいという計画のほうが、もっとまじめな検討に価する。この場合、有益な何かをすることが大切なのであって、生きていたら着るのをためらうような派手な服に葬儀の折ひと役買わせることによって、どうやら見当違いだった彼の好みを改めることではない。死後の乱暴な遺体処理を思って背筋を走るひやっとする思いをこらえることなど、たしかに僕にとってどうってことはないだろう。なにしろあの世のことに関し何らかの勇気を示すのに、たしかに勇敢である必要などまるでないのだから。

葬儀に関し、あれこれ自分の意向を表明すること――当日は欠席するはずの仮面舞踏会の入場の支度でもするかのように――は、賛成できかねるとして、人生が、突然中断した連載小説さながら、それっきりになってしまうかわりに、他の誰かがそこから何かを引き出すことによって、いくらかなりと続いてゆくのを望むことも、同じようにばかげているだろうか。別離とそれに続くとてつもないどさくさが、僕にとってハディジャをほとんど死者同然にしてしまったあと（アルジェリアでカスバを訪れたとき、影、あるいは光の織りなす一角にその姿が突然あらわれたら、と思ったものだ）、ついには消え去ってしまったあの装身具は、彼女の化身の一つの役割を演じ――遠くにいる女性は、それについて何も知るよしもなく――、その話は、僕たちの出会いの短いエピソードに、新たな局面のようにつながったのだった。死後、僕の残す身近な遺贈品（僕がそうと決心するなら二つの眼と、そのような遺贈品の有益性にははなはだ問題があるとしても、なにはともあれ、僕の似姿である、書いた作品）をもって、ハディジャのくれた十字がそうであったように、僕の話がそれで終わりとなる章

——困ったことに、その展開は予想がつかない——をはじめさせてもらいたいと思うのは、ばかげているだろうか。

しかしなにやら知れない調子の狂った楽器で気の滅入るような単調な旋律《メロペ》を即興で弾くのが気に入っているかのように、暗い考えをこうして爪繰ってばかりいるこの僕はたぶん、行止りの未舗装道路にみちびかれていった場所で、身動きのとれなさと困惑で死ぬ思いをする内陸部《ブレッド》以外の何ものも知りえなかった、動員された仲間たちと同じくらい滑稽だ。

レベッカ、下女のハガル〔旧約に出てくる女性。アブラハムの妻サラの下女。サラが不妊だったので、かわりにアブラハムの子を生んだ〕、ノエミ〔旧約の女性。エリメレクの妻、ルトの姑〕、ラケル〔旧約の女性。ヤコブの妻、ヨセフとベンヤミンの母〕（トランプに出てくる。そこにはまたユディット〔旧約の女性。アッシリア軍に町が包囲されたとき、夜、敵陣に忍びこみ、敵将ホロフェルネスの首を切って殺害、町を救った〕、ギリシア女性のパラス〔アテーナ女神の呼称の一つ〕。誰だかよく分からないアルジーヌ〔トランプのクラブの女性〕もいる。こちらには誰も関心を払わなかった）。ヘブライの伝説の中で、滑稽なポテパル〔エジプトの侍従長。ヨセフの主人。ヨセフを誘惑しそこなった妻の言葉を信じてヨセフを投獄した〕のごとき人物と立ち向かい、そして——「マンドリンのE線のように」痩せた若い女と同様に——、感動的な発明の才を発揮して、感謝のしるしでもある、五彩に光る品々を作り出す、油断のならない名をもつ美女たち。太陽のことを僕に話すために、シェリフ〔アラブの首長〕のターバンのように緑色のモスリンをかぶり、ただ人が単純に交わしあうお別れのキスのため彼女の頬に口を押し当てたとき、これまでの抱擁のときよりたぶんもっと裸だったおひきずりの女ハディジャ。僕の手がその蒼ざめた額を二度にわたって押さえ、事の順序も時の歩みも否定するために突然逆にまわりはじめた時計を見るかのような、こちらを戸惑わせる合図をしたあと、あれほど輝かしい死に方をしたあの女友達。彼女たちは、メランコリーの色に染まっているとはいえ、僕にとってはむしろ励ましになるものだとあえて言いたい真実のイメージ。なぜなら、その魔術が、一方に関しては、その対象となった女性の送っていたみじめな生活を、他方に関しては、近づきになった人たちが、その高い理想への要求がどれほど揺るがぬものだったか、大方の人々の同意する規範に対してその反抗がどれほど激しかったかを知らずにはいなかったある存在が、数人の記憶の底に残した痕跡を出るものではないことを忘れさせるからである。僕たちの条件がどれほど意気沮喪させるものであれ、また、多くの人々のために作り出された僕たちの制度がどれほどいとわしいものであれ――こうしたことは、そこにやましさもまじって、僕の居心地の悪さを一層助長する――、この世界が僕にとって、人間同士の和合が、こういってよければ純粋な状態で表出されている、そして僕に感嘆の叫びをあげさせるほど申し分ない結晶となって実を結ぶ仕草や言葉にたとえひと握りであれ出合うことのできる場所と思われるかぎり、まったく絶望し、個人的な欲求と反発の波に身をまかせる以外の、悲しい実利主義以外の生き方を発見するのを諦めることができようか。

ほら、……死の天使が（Vedi?... di morte l'angelo）
きらめきながら僕らの方に近づいてくる……（Radiante a noi si appressa...）

死所となる地下牢でなかば窒息死しているにもかかわらず、ほとんど嬉々としてラダメスとアイーダは甘美に歌う〔ヴェルディのオペラ『アイーダ』の終幕、ラダメスとアイーダが地下牢で死を迎える場面〕。まるでこの二人の恋人――けれどいままでのところ、小説とオペラ以外ではあまり出会ったことがないような――は、恋が彼らを照らす暗闇の只中で、ラダメスがアイーダに対し、アイーダがラダメスに対して抱いていたであろう燃ゆる思いが、ただ一人の大天使のきらめく姿となってあらわれたと想像したかのように。

一九四八―一九五五年

訳者あとがき

『ゲームの規則』第三巻『軍装』は、第一巻『抹消』から七年後の一九五五年に刊行された。巻末に記されているように、その執筆には一九四八年から五五年までの七年を要した。この時間の長さは例外ではなく、『ゲームの規則』全四巻のほぼ平均であり、それ以上の年月を費やした巻もある。世界文学のなかでも稀な息の長さといえるのではないだろうか。

まずは、題名について一言。第一巻の「訳者あとがき」でも述べたように、レリスの作品タイトルは多くの場合多義的で訳題を決しがたい。「フルビ（fourbis）」も同様である。辞書によれば、この語は「所持品、装具一式、がらくた」といった意味をもち、本書の内容からはそのいずれにも当てはまるように思われる。すなわち、主要テーマであるスポーツや南オランでの軍隊生活に関していえば「装具一式」、かたや、レリスが『ゲームの規則』全体は次々と「がらくた」を抛りこむ「物置」と化していると自嘲しているとおり、本書でこまごまと書き記されるさまざまな記憶は「がらくた」のようなものかもしれない。

「ビフュール（biffures）」の場合のようには、「フルビ」については作者による説明がほとんどなされていない。ただ一か所、『抹消』の終章「太鼓＝ラッパ」の中で、「ビフュールないしフルビ」について「僕はこれらを、意味をふくらませる必要などまったくない「フルビ」という無性格な言葉で呼んだほうがいいのではないかと思っている」とあるだけである。また、レリスは「フルビ」を第一巻のタイトルとすることも考えていたようだ。

『軍装』が『抹消』ときわめて趣を異にする作品であることは衆目の認めるところである。『ゲームの規則』第二巻は、それに先立つ全作品とははっきり異なっている。もちろん、それらの自然な続篇ではあるのだが、作者がおのれの人となりを受け入れ、『オーロラ』でとった「激烈な」反抗者の、『幻のアフリカ』に現れる憐れむべきマゾヒスト的皮肉屋の、『成熟の年齢』の精神分析家兼社会学者の、『抹消』に見られる躊躇いと繰り言の泥沼であがく不器用で苛立った作家のポーズと縁を切った最初の作品である。

『ミシェル・レリスとその円積法』(一九六三)の著者モーリス・ナドーはかつてこのように断じた。これはいささか極端に過ぎる見解であり、文体一つとっても従来の作品と際立った相違はなく、しかも『抹消』が「躊躇いと繰り言の泥沼であがく不器用な作家の」作品とは思われない。これはこれできわめてユニークな作品といえるだろう。ただ、のちに少し触れるように、『抹消』から『軍装』へと至る行程においてレリスの考え方にいくつかの変化が生じていることは確かである。

いっぽう、プレイアード版『ゲームの規則』の解説を担当したドゥニ・オリエは次のように評する。『抹消』はきびしい書物だった。『軍装』はバロック的な書物となるだろう。緻密で、比較的単色で、分析的キュビスムを思わせる巻のあとで、『軍装』のパレットははるかに豊かだ。この書物は前著ほどには理屈っぽくなく、あきらかに論証的でもなく、歌うようにもっと軽やかである。その彩色は見事なまでの効果的なオーケストレーションに支えられている。また、シリーズ四巻のなかで『軍装』はその叙述の枠組がきわめて安定している作品でもある。

こちらのほうが穏当で、実際に即しているといえるだろう。『抹消』がとりわけ幼少年期の言語現象だけを取り上げ、それぞれの挿話の舞台もパリとその周辺からほとんど出ることがないので、その世界を狭小と感じる人もいるだろう。それに対し『軍装』は、幼少年期の記憶をめぐって相変わらず多くの言及があるものの、後半では、レリスが第二次大戦でアルジェリアのルヴォワル・ベニ＝ウニフに動員されていたときの経験が中心をなし、舞台は戦後に調査団の一員として訪れていた西アフリカのコートディヴォワール、さらにはアンティル諸島にまで延び、最終章の「おや！　もう天使が……」では、黒人娼婦との恋が描かれる。『抹消』に比べるならば、良し悪しは別として、はるかに小説的興趣に富んでいよう。

レリスが『軍装』に着手した一九四八年（プレイアード版所収の年譜では、『軍装』巻末に記載されたよりも一年前に書き出し、すぐに中断、一九四九年から本腰を入れて再び書き始められたとしている）は、第二次大戦が終わってから三年後、レリスは四十七歳である。以前と同じように人類博物館に勤務し、義父母であるカーンワイラー夫妻と妻ゼットとともに、パリ中心部、セーヌ河沿いのグランゾギュスタン河岸にあるアパルトマンで暮らしていた。

戦後の彼の文学活動で注目すべきは、ジャン＝ポール・サルトル、シモーヌ・ド・ボーヴォワールらとともに『タン・モデルヌ』の編集に積極的に携わったことである。実際、『軍装』の一部はこの雑誌に掲載されている。

このころ、二つの旅がレリスの後年の思考と行路に大きな影響を与える。一つは終戦の年、一九四五年二月から五月のコートディヴォワール旅行だ。西アフリカの労働問題調査団に民族学の専門家として参加したのである。調査の対象は、それまで彼がもっぱら関心を抱いてきたアフリカの伝統的宗教や祭祀と直接関わりのない、「人々の生身そのものにかかわる諸問題」、つまり「村とプランテーションでの生活状態、生活水準、臨時雇いの報酬の支払方法、彼らのサラリーの使途、その他。とりわけ「プリミティヴ」と呼ばれる心性への関心からアフリカニストになった人間にはまことに難儀なありとあらゆる種類の問題」であった。レリスは「自分のロマン主義的性向を捨て去り、〔……〕観想的ともいうべきものの見方にできるかぎり逆らい、〔……〕周囲の美しさ、その主役である人々自身の美しさのため、えてして眼中に入らなくなるこれらの貧困を正しく認識しなければならなかった」。そして、この旅について「アフリカを、それまでしてきたのとはまったく別の目で見ることを余儀なくされた旅」と書く。

その点で、「スポーツ記録板」の章の末尾で語られる、この旅の最後の晩にレリスの身に起きた出来事は象徴的である。ベルリン陥落の報をきき、大戦がほぼ終わったことを知った彼は、こうした記念すべき晩にこそ、アフリカの人々と連帯し、平和な未来を共に祝いたいと深夜のダカールの町をひとりで彷徨し、たまたま知り合った数人の黒人たちと一緒になり、自分の「アフリカへの愛、ヨーロッパ人よりずっと真の生活をしているアフリカ人に対するきわめて高い評価について」語っているまさにそのときに突然アッパーカットを食らい、身ぐるみ剝がれてしまうのだ。

レリスのアフリカ人への友愛がどれほど真情から出たものであれ、それは「殿様風」のいい気なものに過ぎず、真の友愛とは「きわめて地上的かつ日常的な面で、彼らの利害を守ることに粘り強く努めつつ、〔……〕この民族の側に立つこと」であることを、この出来事は彼に強く悟らせることになる。以後レリスは、自分の中の「ロマン主義的性向」を抑制し、時には扼殺しつつ、あくまで現実に即した立場を堅持し、同時に政治的参加《アンガジュマン》への傾向を強める。彼をサルトルらに近づけたのは、このような立場や傾向だったといえるだろう。

もう一つの旅はその三年後、一九四八年七月二十八日から十一月十二日までのマルティニック、グアドループ、ハイチ周遊だ。

この旅は、マルティニック生まれの黒人詩人で首都フォール＝ド＝フランスの市長を務めていたエメ・セゼールが、奴隷制度廃止百年記念の行事としてクルージングを企画し、知己のレリスに参加を呼びかけたものであった。妻のゼットも招待されていて、当初は気軽な観光旅行ほどのものであったはずが、諸般の事情からレリスの嫌いな講演を伴う調査旅行に計画が変わってしまった。レリスは参加を躊躇っていたが、ハイチでの民族学的調査をユネスコから依頼されていた旧友アルフレッド・メトローの、「ハイチで一緒にヴードゥーの聖所巡りをしよう」という誘いの一言が彼の迷いの雲を吹き払った（アリエット・アルメル『ミシェル・レリス伝』その他）。

『軍装』の中でもしばしば言及されているヴードゥーとは、ハイチを中心にカリブ海の島々やアメリカ南部で行われている民間信仰である。カトリックの典礼なども取り入れてキリスト教と習合してはいるものの、根幹は十七世紀に西アフリカから白人の経営する大農場に奴隷として連れてこられた黒人たちの信仰、とりわけダホメ起源の信仰である。ロアと呼ばれる神々を信奉し、この神々が信者たちに乗り移る憑依現象を特色とする。

ヴードゥーは、レリスが『幻のアフリカ』の旅の際、エチオピアのゴンダールで異常なまでの関心を抱いて調査し、後に『ゴンダールのエチオピア人にみられる憑依とその演劇的諸相』（一九五八）なる一書を捧げたザール信仰とさまざまな点でよく似ている。メトローはこのヴードゥー信仰に関する研究の権威であったのだ。後に彼は、レリスの序文を付して『ハイチのヴードゥー』を刊行している。その中でレリスはメトローとヴードゥーの関係を次のように言う。

アルフレッド・メトローを知った人々はみな、私と同様に、学者としても人間としても、彼が別してこの研究を行うのに適していたと考えるであろう。日常の平俗の壁から逃れたいという激しい欲求に自身とり憑かれていただけに、研究対象である憑かれた人々に、余人よりも一層の理解をもっていたからである。

この一文は、エチオピアでザール信仰の女たちを調査しているときに、レリスが日記（『幻のアフリカ』）に書かずにはいられなかった「私は憑かれた人々を研究するよりは憑かれたいのだ。「ザール」に憑かれた女についての一部始終を科学的に知るよりも、彼女を肉体的に知りたいのだ」という言葉と響きあう。

メトローはレリスの精神上の双生児とさえいえる人物であった。メトローが一九六三年に自殺したあとも、レリスは彼に深い親愛の情を抱きつづける。「私にとって詩人＝民族誌学者の典型的タイプはアルフレッド・メトローです」、「彼は詩人〔ジェラール・ド・〕ネルヴァルのような大詩人でした。いずれも自殺した詩人です」とレリスは語る（「ジャン・シュステルとの対話」）。

『軍装』には登場しないけれども、メトローはセゼールとともにレリスの後半生におけるアンティル諸島への関心をみちびいた人物であった。

レリスとメトローは一九三四年にトロカデロ民族誌博物館（後の人類博物館）で出会った。メトローが一時この博物館に勤めることになり、二人はわずかな期間であったが同僚となったのである。ジョルジュ・バタイユが共通の友人だったこともあってすぐに親しくなる。メトローは十九歳のときに古文書学校に入り、卒業間際のバタイユと知り合った。メトローはやがて高等研究実習院へ移ってマルセル・モースの講義を聴くのだが、学校を離れても二人の親交は続いた。バタイユの主著『呪われた部分』（一九四九）と『エロティシズム』（一九五七）の理論的根拠となったモースの学説、北米インディアンのポトラッチという習俗をバタイユに教えたのはほかならぬメトローである。

しかし、メトローは南米アルゼンチン育ちで、前半生は主に南米をフィールドとし、合衆国国籍をとりアメリカ大陸で暮らすことが多く、バタイユやレリスとは長らく顔を合わせていなかった。一九四七年の七月にパリに来て久しぶりにレリスに会い、その日記によると、到着した晩にはレリス家に投宿している。そして前述のように、アンティル諸島への旅に出るべきか否か迷っていたレリスは、メトローの一言で踏ん切りをつけたのである。

『軍装』のあちこちに濃い影を落としていることからも分かるように、この旅はレリスに強い印象を与えた。彼はマルティニック島とグアドループ島を二か月かけて経めぐったあと、メトローとの約束どおり九月二十四日にハイチを訪れ、すでに来島していた彼に案内されて、ほとんど連日ヴードゥーの聖所ウムホを巡り、憑依の場面を目の当りにした。

この旅を契機にレリスはアンティル諸島の魅力にとり憑かれてしまった。そして『軍装』を書きあぐんでいた一九五〇年頃から、今度は自らすすんでアンティル諸島行を考え、ユネスコ勤務となってパリに滞在していたメトローに相談した。「レリスはハイチを自分の夢の祖国だと称し、ハイチへの旅がこれまでにした旅のなかで一番すばらしいものだったと、その特有のまじめさで断言している」――これは、メトローが友人に宛てた手紙の一節だ（『鐙に足をかけて』）。

結局、メトローの尽力により、ユネスコからの派遣というかたちで、一九五二年三月からの四か月にわたるレリスの調査旅行が実現する。この旅の成果は、レリスの数少ない民族学関係の著書の一つ『マルティニックとグアドループにおける諸文明の接触』となって実を結び、メトローの序文を付して一九五五年に刊行された。

これまで民族学ではアフリカを対象にしていたレリス——彼は人類博物館アフリカ部門の主任であった——は、以後アンティル諸島へと対象を移してゆく。

死を飼い馴らすこと、正しく振る舞うこと、おのれの枠から出ること、これが『軍装』の主要テーマだ。

これはレリス本人が書いた、『軍装』のための「書評依頼状《プリエル・ダンセレ》」中の一節だ。この三つのテーマは、「死《モルス》」、「スポーツ記録板」、「おや！　もう天使が……」の三つの章にそれぞれ対応しているが、截然と分かれているわけではない。死のテーマ一つとってみても、彼のかかわるすべての事象に立ちあらわれ、本書に限らず彼の生涯にわたるテーマだったからである。アルジェリアでのハディジャとの関係を中心とした「おや！　もう天使が……」でも、死への思いがたえずつきまとう。この黒人娼婦をうたった詩の中で、レリスは彼女を「死の天使」と呼ばずにはいられないのである。

レリスは生涯死の恐怖から逃れることができない。そのいっぽうで、彼はおのれの中に死を呼びこもうとする、いや、死の恐怖のゆえに、と言ったほうが正しいだろう。彼の死に対する恐怖と自殺願望は表裏の関係にある。『軍装』刊行の翌々年、そのクリティック賞受賞の翌年、レリスが多量の睡眠薬を飲んで自殺をはかり、病院に運びこまれ、三日間の昏睡状態の後、気管切開の手術をうけてようやく生の岸へ戻りえた事件は、彼自身、『ゲームの規則』第三巻『縫糸』にくわしく記している。レリスにとっての書くことの意味の切実さをこの事件ほど読者に伝えるものはほかにない。人生のゲーム（jeu）の規則、その試合《ジュ》の、その賭《ジュ》の、その遊戯《ジュ》の規則、彼をみちびき、支え、強化する「規則を明るみに出す」ことができないならば、本の成功に一体何の意味があるというのだろうか。

「スポーツ記録板」のテーマである「正しく振る舞うこと」とは勇気の問題である。危険を前にして怯むことも、後ろに退くこともなく立ち向かうこと。彼はスポーツをめぐる記憶を総動員して、自分の中にある臆病さ、懦弱さを追究し、あばき出す、こうした臆病さ、懦弱さが死に対する恐怖から生まれているのは明らかだ。しかしこれほどおのれの弱さを正面切って凝視することはむしろ強さだとはいえないだろうか。しかしレリスはそのような讃辞には一顧だに与えないだろう。彼が求めていたのは、このような臆病さ、懦弱さを克服する「生きた経験にもとづいた、〔……〕処方」（「書評依頼状」）なのだから。

「おのれの枠から出ること」の具体的な行為は友情と恋愛である。どちらも他人がいなければ生まれえない関係である。友情については「スポーツ記録板」の末尾近くで、恋愛については「おや！　もう天使が……」で語られる。

「おや！　もう天使が……」の女主人公であるハディジャは、レリスが『幻のアフリカ』の旅行の際、エチオピアのゴンダールでザール信仰の調査をしていたときに知ったエマワイシュという女性を思わせる。調査団は半年近くこの地に滞在し、レリスはこの信仰の中心人物であるマルカム・アッヤフという老婆の家を毎晩のように訪れ、時には泊まりこみ、自分の名前でザールに供犠を捧げるまでに至る。そしてアッヤフの娘で、その後継者と目されていたエマワイシュに恋心を抱く。

ばらばらの破片に崩れた廃墟の
藁と石の小屋
ゴンダール
何日ものあいだ
藁のように明るく
石のように冷たい
アビシニア女に僕は夢中だった
ひじょうに澄んだ彼女の声を聞くとき僕の手足はしびれてしまった
彼女を見るとき
僕の頭に亀裂が入り
そして僕の心も
廃墟のように
崩れてしまった

レリスは詩集『癲癇』（一九四三）中の長詩「紅海のネレイス」でエマワイシュをこのようにうたう。その面影は長いこと彼につきまとっていたようだ。知り合ってから二十年近く経った一九四七年、エチオピアへ調査に出かける知人に、マルカム・アッヤフとエマワイシュへの伝言の贈物を託しているからである（『ミシェル・レリス伝』）。

本書の中でも仄めかしているように、ハディジャにエマワイシュの面影を重ねて見ていたのは確かなように思われる。「俄作りの下士官と兵隊相手の娼婦との恋の域を超えなかった男女の色事」だとしながらも、レリスはこの恋にレベッカやベレニスなどの名前を召喚せずにはいられない。いつもの自己抑制や自己批判を振り捨てて、彼の筆が昂揚してゆくのが読者にもはっきりと感じられる。「「おや！　もう天使が……」の章によって、望むと望むまいと、レリスは神話の偉大さに達している」とは先のナドーの言葉だ（ポール・アロン編『ミシェル・レリス』）。

『軍装』は『抹消』とは異なり好評をもって迎えられた。ナドー、ミシェル・ビュトール、J＝B・ポンタリス、モーリス・ブランショらが有力な雑誌に次々と好意的な批評を発表、そして前述のように、刊行翌々年には『抹消』と合わせてクリティック賞を受け、レリスの文名は不動のものとなったのである。

二〇一七年九月二十五日

岡谷公二

著者略歴

Michel Leiris（ミシェル・レリス）
1901年パリ生。作家・民族学者。レーモン・ルーセルの影響を受け、20歳ころより本格的に詩作を開始。やがてアンドレ・マッソンの知遇を得て、1924年シュルレアリスム運動に参加。1929年アンドレ・ブルトンと対立しグループを脱退、友人のジョルジュ・バタイユ主幹の雑誌『ドキュマン』に協力。マルセル・グリオールの誘いに応じ、1931年ダカール＝ジブチ、アフリカ横断調査団に参加、帰国後は民族誌学博物館（のちの人類博物館）に勤務、民族学者としての道を歩む。1937年にバタイユ、ロジェ・カイヨワと社会学研究会を創立するが、第二次大戦勃発のため活動は停止。戦中は動員されてアルジェリアの南オラン地方に配属される。動員解除後はレジスタンス活動に加わり、戦後、ジャン＝ポール・サルトルらと雑誌『タン・モデルヌ』を創刊。特異な語彙感覚を駆使した告白文学の作家として文壇で活躍、晩年までその文学的活動は衰えることはなかった。1990年没。文学的著作に『シミュラクル』（1925）、『闘牛鑑』（1938）、『成熟の年齢』（1939）、『癲癇』（1943）、『オーロラ』（1946）、本書を含む4部作『ゲームの規則』（1948-76）、『夜なき夜、昼なき昼』（1961）、『獣道』（1966）、『オランピアの頸のリボン』（1981）、『ランガージュ、タンガージュ』（1985）、『角笛と叫び』（1988）、民族学的著作に『幻のアフリカ』（1934）、『サンガのドゴン族の秘密言語』（1948）、『ゴンダールのエチオピア人にみられる憑依とその演劇的諸相』（1958）、『黒人アフリカの美術』（1967）など多数。また、ジャン・ジャマンが校注し、死後公刊された大部の『日記』（1992）がある。

訳者略歴

岡谷公二（おかや・こうじ）
1929年東京生。東京大学文学部美学美術史学科卒業。跡見学園女子大学名誉教授。著書に『アンリ・ルソー 楽園の謎』（平凡社ライブラリー）、『郵便配達夫シュヴァルの理想宮』（河出文庫）、『レーモン・ルーセルの謎』（国書刊行会）、『ピエル・ロティの館』（作品社）、『貴族院書記官長柳田国男』『柳田国男の青春』（以上、筑摩書房）、『島／南の精神誌』（人文書院）、『島』（白水社）、『南海漂泊』（河出書房新社）、『殺された詩人』（新潮社）、『絵画のなかの熱帯』（平凡社）、『南海漂蕩』（冨山房インターナショナル、和辻哲郎文化賞）、『原始の神社をもとめて』『神社の起源と古代朝鮮』『伊勢と出雲』（以上、平凡社新書）、訳書に、レリス、ドランジュ『黒人アフリカの美術』（新潮社）、レリス『日常生活の中の聖なるもの』（思潮社）、同『幻のアフリカ』（共訳、平凡社ライブラリー）、同『レーモン・ルーセル――無垢な人』（ペヨトル工房）、同『ピカソ ジャコメッティ ベイコン』、同『デュシャン ミロ マッソン ラム』（編訳、以上、人文書院）、ルーセル『アフリカの印象』、同『ロクス・ソルス』（以上、平凡社ライブラリー）、バルディック『ユイスマンス伝』（学習研究社）、ゴーガン『タヒチからの手紙』（昭森社）、同『オヴィリ――一野蛮人の記録』（ゲラン編、みすず書房）など多数。

ゲームの規則II　軍装

2017年11月10日　初版第1刷発行

著　者　ミシェル・レリス
訳　者　岡谷公二
発行者　下中美都
発行所　株式会社平凡社
〒101-0051 東京都千代田区神田神保町3-29
電話 03-3230-6579（編集）
03-3230-6573（営業）
振替 00180-0-29639

装幀者　細野綾子
印　刷　株式会社東京印書館
製　本　大口製本印刷株式会社

落丁・乱丁本のお取り替えは小社読者サービス係までお送りください（送料小社負担）

平凡社ホームページ　http://www.heibonsha.co.jp/

ISBN978-4-582-33324-4　C0098
NDC 分類番号950.27　四六判(19.4cm)　総ページ290